메가스터디 **실전 N제**

내신 ✛ 수능 대비

2025
수능 연계
국어 문학

134제

구성과 특징

✦ 갈래 복합 구성이 강조된 최신 수능의 경향을 완벽 반영하였습니다.

✦ 수능 연계 교재의 모든 작품과 문제 유형을 치밀하게 분석하여 출제 가능성이 높은 실전 문제를 개발하였습니다.

✦ 작품·작가·<보기> 자료의 연계, 문제 유형 및 문항 아이디어의 연계 등 수능 연계 교재의 출제 원리를 철저하게 적용하여 수능 대비에 가장 적합한 실전 문제를 개발하였습니다.

🔔 수능 연계

문학 작품 한눈에 보기

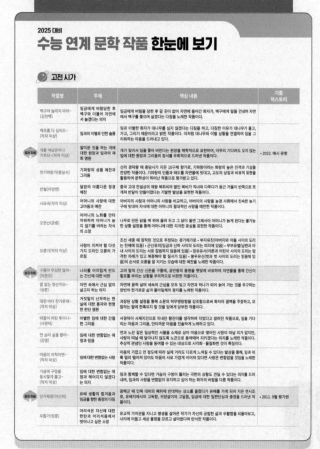

출제 확률⬆ 문항

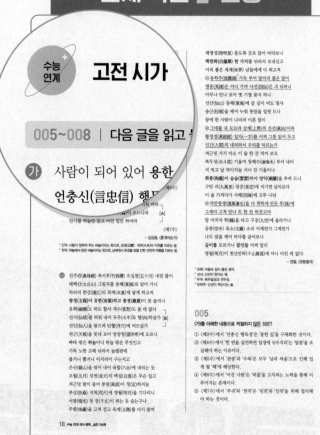

✏️ 모든 수능 연계 문학 작품을 한번에! 한눈에! 볼 수 있도록 주제와 핵심 내용을 정리했습니다.

✏️ 수능에 출제될 가능성이 있는 주요 작품과 핵심 내용을 눈에 잘 띄게 표시하여 효율적인 연계 학습을 할 수 있도록 하였습니다.

✏️ 수능 연계 교재를 철저하고 치밀하게 분석하여 출제 가능성이 높은 작품과 지문을 선별하여 출제하였습니다.

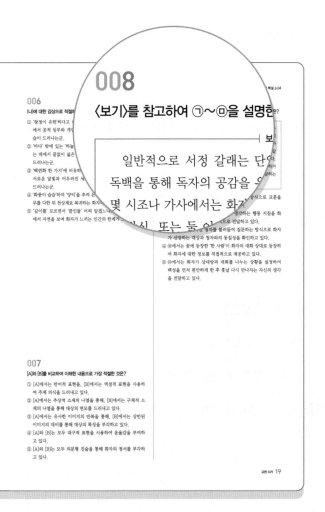

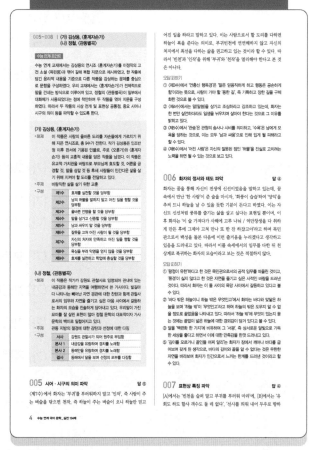

✏️ 2024, 2023 수능 및 평가원 모의고사의 출제 경향과 최근 수능 연계 교재의 연계 및 출제 원리를 적용하여 문제화하였습니다.

✏️ 문제의 핵심을 콕콕 짚어 정답 선지와 오답 선지를 자세하게 풀이하였습니다.

✏️ 수능 연계 교재에 대한 연계 포인트를 지문 분석과 함께 제시하여 작품별 연계 학습의 기술을 습득할 수 있도록 구성하였습니다.

차례

메가스터디 실전 N제
2025 수능 연계 국어 문학 134제

수능 연계 문학 작품 한눈에 보기

✦ 고전 시가

작품명	주제	핵심 내용	기출 히스토리
백구야 놀라지 마라~ (김천택)	임금에게 버림당한 후 백구와 더불어 자연에서 놀겠다는 의지	임금에게 버림을 당한 후 갈 곳이 없어 자연에 들어간 화자가, 백구에게 말을 건네며 자연에서 백구를 좇으며 살겠다는 다짐을 노래한 작품이다.	
백초를 다 심어도~ (작자 미상)	임과의 이별로 인한 슬픔	임과 이별한 화자가 대나무를 심지 않겠다는 다짐을 하고, 다짐한 이유가 대나무가 울고, 가고, 그리기 때문이라고 밝힌 작품이다. 이처럼 대나무와 이별 상황을 연결하여 임을 그리워하는 마음을 드러내고 있다.	
출제 확률 개를 여남은이나 기르되~(작자 미상)	얄미운 짓을 하는 개에 대한 원망과 임과의 재회 염원	개가 짖어서 임을 쫓아 버린다는 원망을 해학적으로 표현하여, 아무리 기다려도 오지 않는 임에 대한 원망과 그리움의 정서를 우회적으로 드러낸 작품이다.	• 2022. 예시 문항
찬기파랑가(충담사)	기파랑의 성품 예찬과 그리움	신라 경덕왕 때 충담사가 지은 10구체 향가로, 기파랑이라는 화랑의 높은 인격과 기상을 찬양한 작품이다. 기파랑의 인품과 태도를 자연물에 빗대고, 고도의 상징과 비유적 표현을 활용하여 문학성이 뛰어난 작품으로 평가받고 있다.	
반월(이양연)	달밤의 아름다운 정경 예찬	중국 고대 전설상의 제왕 복희씨의 딸이 직녀와 다투다가 둥근 거울이 반쪽으로 쪼개져 반달이 만들어졌다는 기발한 발상을 표현한 작품이다.	
사모곡(작자 미상)	어머니의 사랑에 대한 고마움과 예찬	아버지의 사랑과 어머니의 사랑을 비교하고, 어버이의 사랑을 농경 사회에서 친숙한 농기구에 빗대어 자식에 대한 어머니의 절대적인 사랑을 예찬한 작품이다.	
오관산(문충)	어머니의 노화를 안타까워하며 어머니가 늙지 않기를 바라는 자식의 소망	나무로 만든 닭을 벽 위에 올려 두고 그 닭이 울면 그제서야 어머니가 늙게 된다는 불가능한 상황 설정을 통해 어머니에 대한 지극한 효심을 표현한 작품이다.	
오륜가(작자 미상)	사람이 지켜야 할 다섯 가지 도리인 오륜의 가르침	조선 세종 때 창작된 것으로 추정되는 경기체가로 • 부자유친(아버지와 아들 사이의 도리는 친애에 있음) • 군신유의(임금과 신하 사이의 도리는 의리에 있음) • 부부유별(남편과 아내 사이의 도리는 서로 침범하지 않음에 있음) • 장유유서(어른과 어린이 사이의 도리는 엄격한 차례가 있고 복종해야 할 질서가 있음) • 붕우유신(벗과 벗 사이의 도리는 믿음에 있음)의 순서로 오륜을 잘 지키는 모습에 대한 예찬을 노래한 작품이다.	
출제 확률 구름이 무심탄 말이~ (이존오)	나라를 어지럽게 만드는 간신에 대한 비판	고려 말의 간신 신돈을 구름에, 공민왕의 총명을 햇빛에 비유하여 자연물을 통해 간신이 횡포를 부리는 상황을 우의적으로 비판한 작품이다.	
말 없는 청산이오~ (성혼)	자연 속에서 근심 없이 살고자 하는 의지	자연에 묻혀 살며 세속의 근심을 모두 잊고 자연과 하나가 되어 늙어 가는 것을 추구하는 양반의 한가로운 삶과 물아일체의 경지를 노래한 작품이다.	
대천 바다 한가운데~ (작자 미상)	거짓말이 난무하는 현실에 대한 풍자와 현명한 판단 염원	과장된 상황 설정을 통해 소문의 허무맹랑함을 강조함으로써 화자의 결백을 주장하고, 모함하는 말에 현혹되지 말 것을 임에게 당부한 작품이다.	
마음이 어린 후이니~ (서경덕)	이별한 임에 대한 간절한 그리움	서경덕이 사제지간으로 지내던 황진이를 생각하며 지었다고 알려진 작품으로, 임을 기다리는 마음과 그리움, 안타까운 마음을 진솔하게 노래하고 있다.	
연 심어 실을 뽑아~ (김영)	임에 대한 변함없는 애정과 믿음	연과 노끈 같은 일상적인 사물을 소재로 삼아 마음으로 맺어진 사랑이 떠날 리가 없지만, 사랑이 떠날 때 달아나지 않도록 노끈으로 동여매어 지키겠다는 의지를 노래한 작품이다. 추상적 관념인 사랑을 동여맬 수 있는 대상으로 시각화·물질화한 것이 특징이다.	
마음이 지척이면~ (작자 미상)	임에 대한 변함없는 사랑	마음의 가깝고 먼 정도에 따라 실제 거리도 다르게 느껴질 수 있다는 발상을 통해, 임과 비록 멀리 떨어져 있어도 마음이 서로 가깝게 이어져 있다면 사랑은 변함없을 것임을 노래한 작품이다.	
가슴에 구멍을 둥시렇게 뚫고~ (작자 미상)	임에 대한 변함없는 애정과 헤어지지 않겠다는 의지	임과 함께할 수 있다면 가슴이 구멍이 뚫리는 극한의 상황도 견딜 수 있다는 의지를 드러내며, 임과의 사랑을 변함없이 유지하고 싶어 하는 화자의 바람을 다룬 작품이다.	
출제 확률 단가육장(이신의)	유배 생활의 힘겨움과 임금을 향한 충정의 다짐	광해군 때 인목 대비의 폐위에 반대하는 상소를 올렸다가 유배를 가게 되어 지은 연시조로, 유배지에서의 고독함, 귀양살이의 고달픔, 임금에 대한 일편단심과 충정을 드러낸 작품이다.	• 2011. 9월 평가원
우활가(정훈)	어리석은 자신에 대한 한탄과 어리석음에서 벗어나고 싶은 소망	유교적 가치관을 지니고 평생을 살아온 작가가 자신의 궁핍한 삶과 우활함을 되돌아보고, 사리에 어둡고 세상 물정을 모르고 살아왔다며 탄식한 작품이다.	

작품(작가)	주제	해설	출제 정보
봉산곡(채득기)	경천대의 풍경 예찬과 청나라로 떠나는 신하의 마음	병자호란으로 인해 볼모가 되어 청나라 심양으로 끌려간 소현 세자와 봉림 대군을 보필하라는 임금의 명을 받은 화자가 성은의 망극함과 충절의 마음을 노래한 작품이다.	
농가월령가(정학유)	절기에 따른 농사일과 세시 풍속	열두 달을 차례대로 노래한 월령체 형식으로, 노동의 대상이자 생활의 현장인 자연을 배경으로 절기에 따른 농사일과 세시 풍속을 소개하고 농민들을 교화시키고자 지은 교훈적 가사이다.	• 2019. 10월 교육청 • 2016. 6월 평가원 A형
시집살이 노래 (작자 미상)	시집살이의 고달픔과 체념의 정서	남성 중심의 가부장적 가족 관계에서 시집살이를 하는 여인의 애환을 노래한 민요이다. 사촌 자매가 대화하는 형식을 사용하고 시댁 식구들과 자신을 새에 빗대어 시집살이의 고충을 해학적으로 표현하고 있다.	• 2014. 6월 평가원 A/B형
우부가(작자 미상)	양반의 도덕적 타락에 대한 풍자	세 명의 어리석은 남자가 무절제한 생활을 하다 재산을 탕진하고 타락하는 과정을 보여 주어 조선 후기 양반층의 도덕적 타락상을 사실적이고 풍자적으로 그린 가사이다.	
제비가(작자 미상)	여러 새들의 다양한 모습	다양한 새들의 각양각색 모습을 구체적이며 정겹게 묘사한 잡가이다. 판소리 〈춘향가〉와 〈흥보가〉, 민요 〈새타령〉 등을 조합하여 하나의 이야기로 묶어 부른 것이 특징이다.	
기녀반(허난설헌)	규방에 갇힌 처지 한탄과 결혼 전 삶에 대한 그리움	제목은 '처녀 적 친구에게 부치다.'라는 뜻으로 작가가 친구에게 한시를 적어 소식을 전하는 상황임을 알 수 있다. 쓸쓸한 가을 풍경을 바라보며 결혼 전에 친구들과 놀던 추억을 그리워하는 마음을 드러내고 있다.	
앞 못에 든 고기들아~ (작자 미상)	자유가 없는 처지에 대한 한탄	궁궐에 갇혀 사는 궁녀의 처지를 좁은 연못에서 살고 있는 물고기에 빗대어 세상과 단절된 채 자유를 잃고 살아가야 하는 신세를 한탄한 작품이다.	
밭매는 소리 (작자 미상)	고된 노동에 대한 한탄과 시집살이의 고통	시집온 부녀자들이 뜨거운 땡볕 아래에서 밭일을 하며 부른 민요로, 고된 노동에 시달리는 괴로운 삶과 친정어머니의 부고 소식에도 친정에 가지 못하는 시집살이의 설움을 노래하고 있다.	
벌의 줄 잡은 갓을~ (신헌조)	아전들의 횡포로 백성의 뜻을 알기 어려운 현실 비판	탐관오리를 동물에 비유하여 그들의 횡포로 인해 백성들의 뜻이 제대로 전달되지 못하는 부조리한 현실에 대한 비판과 백성들을 걱정하는 마음을 드러낸 사설시조이다.	
착빙행(김창협)	얼음 채취로 고통받는 백성들의 모습과 부조리한 현실 비판	얼음을 채취하는 노동에 내몰린 백성들의 참담한 모습과 그 얼음을 즐기는 양반들의 모습을 대비적으로 제시하여, 부조리한 현실 속에서 고통받는 백성들의 현실을 고발한 작품이다.	• 2008. 7월 교육청
늙은 소의 탄식(이광사)	쓸모를 다한 삶에 대한 한탄	무거운 짐을 끌 수 없을 정도로 힘이 빠지고 수척해진 늙은 소가 굶주리며 쓸쓸하게 있는 모습을 보며, 자신의 처지를 소에 이입하여 쓸모가 다하면 버려질 수 있다는 생각을 드러낸 작품이다.	
훈계자손가(김상용)	사람의 올바른 도리와 바람직한 삶에 대한 가르침	유교적 가치관을 기반으로 부모에 대한 효, 어른에 대한 공경, 착하고 바른 일을 할 것, 말을 조심할 것, 남과 싸우지 말 것, 그른 일은 반성하고 다시 하지 말 것, 어진 일을 행할 것, 부모 봉양을 잘할 것 등 바람직한 삶에 대한 조언을 담은 작품이다.	
관서별곡(백광홍)	관서 지방 경치의 아름다움과 연군지정	작가가 평안도 평사(군사 감독을 하던 무관 벼슬)가 되어 관서 지방을 유람하며 명승지의 아름다움을 노래한 기행 가사이다. 관서 지방을 살펴보고 돌아온 심정을 신선 세계에 다녀온 것 같다고 하면서도 한편으로 어버이와 임금에 대한 그리움을 드러내고 있다.	
홍무 정사년 일본에 사신으로 가서 지음 (정몽주)	사신으로 간 일본에서 느낀, 고향과 가족에 대한 그리움	고려 후기에 사신의 신분으로 일본에 다녀온 작가가 이국땅에서의 적적함, 외로운 심정, 나라에 대한 충정, 고국에 대한 그리움 등을 노래한 한시이다.	
낙지가(이이)	자연에서 안빈낙도하는 즐거움과 정신적 자유 추구	속세를 버리고 자연에 은거하여 신선과 같이 편안하고 한가롭게 정신적 자유를 누리고 싶은 소망을 드러냄으로써 자연 속에서 안빈낙도하며 지내고자 하는 삶의 자세를 노래한 작품이다.	
불일암 인운 스님에게 (이달)	속세를 벗어난 자연에서 탈속의 경지에 이른 스님의 삶	자연 속에 묻혀 세월의 흐름도 잊고 지내다가 손님이 와 문을 열고서야 비로소 봄이 지나가는 세월의 흐름을 알게 된 스님의 모습을 통해 탈속적 삶의 경지를 보여 준 작품이다.	• 2004. 4월 교육청
재 너머 성 권농 집에~ (정철)	전원에서 벗과 함께하는 풍류적 삶	정철이 친하게 지냈던 성혼의 집에 방문하는 모습을 그린 작품으로, 술이 익었다는 소식을 듣고는 신이 나서 친구의 집을 찾아가는 모습과 화자의 흥취를 해학적으로 표현하고 있다.	
서방님 병들여 두고~ (김수장)	아픈 남편을 위해 화채를 준비하는 아내의 정성	화자가 병든 남편에게 화채를 만들어 주려고 머리카락을 팔아 재료를 샀는데 단맛을 내는 오화당을 사지 않은 것을 깨닫고 탄식하는 작품으로, 남편에 대한 애정이 드러난다.	
호아곡(조존성)	전원에서 은거하며 농사짓는 삶의 즐거움	제목은 초장의 첫 구가 모두 '아이야'로 시작하는 것에서 유래하였으며, 고사리를 캐 먹으며 물욕을 멀리하는 태도, 낚시를 즐기는 한가한 흥취, 직접 농사일을 하는 체험, 술에 취한 흥취 등 전원에서 한가하게 지내는 생활을 노래한 작품이다.	

현대시

작품명	주제	핵심 내용	기출 히스토리
추일서정(김광균)	황량하고 쓸쓸한 가을날의 풍경 속에서 느끼는 고독함	쓸쓸하고 황량한 가을날의 풍경을 배경으로 도시 문명 속에서 사는 현대인의 고독과 애수의 정서를 그린 작품이다.	• 2020. 6월 평가원
어느 날 고궁을 나오면서 (김수영)	사회적 부조리에 저항하지 못하는 소시민적 삶에 대한 반성	고궁에 갔다가 나오면서 일상의 사소한 일에는 잘도 화를 내면서 부정한 권력에 저항하지 못하는 옹졸한 화자 자신의 소시민적 태도를 인식하고 반성하고 있는 작품이다.	
초혼(김소월)	임의 죽음과 그로 인한 상실감과 그리움	장례 절차 중 죽은 사람을 소생시키려는 의식인 초혼을 통해 사랑하는 사람과 사별한 한과 슬픔을 처절하고 절절하게 형상화한 작품이다.	• 2003. 3월 교육청
출제 확률 이별가(박목월)	이별의 정한과 생사를 뛰어넘는 인연에 대한 소망	죽음으로 인한 이별의 안타까움과 슬픔, 대상에 대한 그리움을 방언과 대화체로 노래하면서 이승과 저승 사이의 아득한 거리감과 생사를 초월한 인연을 표현한 작품이다.	• 1997. 수능
노정기(이육사)	고통스럽고 절망스러웠던 지난 삶	현실에 쫓듯이 살아온 화자가 시련과 고통 속에서 희망 없이 불안에 시달리며 살았던 삶을 반추하며 스스로를 보잘것없는 존재로 여기는 부정적 자기 인식을 드러낸 작품이다.	
질투는 나의 힘(기형도)	젊은 날의 방황과 이에 대한 성찰	먼 훗날 되돌아보게 될 자신의 삶을 타인으로부터 인정받지 못하고 자신을 사랑하지 않았던 질투뿐인 삶이었다고 회고하며 젊은 시절의 삶을 반성적으로 성찰한 작품이다.	
출제 확률 우라지오 가까운 항구에서(이용악)	어린 시절에 대한 회상과 고향에 대한 그리움	고향의 가족들과 헤어져 우라지오 근처의 항구 어딘가에 서 있는 화자가 이국땅에서 외롭게 살아가는 슬픔을 형상화한 작품으로, 어린 시절을 회상하며 고향에 돌아가고 싶은 마음과 고독함을 노래하고 있다.	• 2009. 3월 교육청
출제 확률 흑백 사진 – 7월 (정일근)	평화로웠던 어린 시절에 대한 회상과 그리움	유년 시절의 아름다웠던 추억을 흑백 사진의 한 장면처럼 이미지로 제시하여 형상화한 작품으로, 자연에 동화되었던 순수한 어린 시절의 모습을 감각적으로 표현하고 있다.	
성탄제(오장환)	폭압적 세력에 대한 비판과 순결한 생명에 대한 연민	피를 흘리며 인간들에게 쫓기던 어미 사슴이 결국 사냥꾼에게 희생되는 장면을 어린 사슴이 목격하게 되는 비극적인 상황을 통해, 일제의 폭력에 억압당하던 우리 민족의 모습을 상징적으로 그린 작품으로, 연약한 존재와 폭압적 존재의 대립을 통해 폭력적인 세계를 고발하고 있다.	
출제 확률 새 1(박남수)	순수에 대한 옹호와 인간 문명의 폭력성 비판	생명과 순수의 표상인 가식 없는 '새'의 모습과 이를 파괴하는 '포수'의 욕망을 대비하여 인간에 의해 파괴되는 자연의 순수성을 보여 주어, 인간 문명의 비정함과 파괴력, 폭력성을 날카롭게 비판한 작품이다.	• 2012. 9월 평가원
출제 확률 장수산 1(정지용)	장수산의 겨울 풍경과 탈속의 경지 지향	절대적 고요함과 탈속의 공간인 장수산에서 윗절 중의 여유로움과 무욕적 태도를 배우고, 인고적 삶의 자세로 시름을 극복하려는 의지를 드러낸 작품이다.	• 2023. 3월 교육청 • 2017. 7월 교육청 • 2006. 10월 교육청
출제 확률 고고(김종길)	겨울 북한산의 모습과 높은 정신적 경지에 대한 지향	세상일에 초연하여 홀로 고상해 보이는 북한산이 고고한 높이를 회복하는 겨울까지 기다리는 화자의 모습을 통해 화자가 추구하는 세속에 초연하고 고고한 삶의 자세를 형상화한 작품이다.	• 2015. 9월 평가원 B형 • 2007. 수능
거문고(김영랑)	나라를 잃은 민족의 슬픔과 비극적 현실 인식	일제에 의해 억압당하는 우리 민족의 상황을 울지 못하고 스무 해가량을 벽에 기대어 세워 둔 거문고에 빗대어 형상화한 작품이다. 화자는 거문고가 다시 울기를 소망하지만 해가 바뀌어도 거문고가 마음 놓고 울 수 있는 세상은 오기 어려울 것 같다는 안타까움을 드러내고 있다.	• 2010. 6월 평가원
굴동리 일박(곽재구)	정약용을 통해 성찰한 양심적 지식인이 고통받는 현실	강진장과 도암만을 지나면서 지배층에 항거했던 의적을 떠올리고, 정약용이 유배 생활을 했던 강진의 굴동리 주막에서 하룻밤을 묵으며 우연히 본 다산에 대한 메모를 통해, 양심 있는 지식인이 탄압을 받았던 과거의 상황이 현재에도 계속되고 있음을 비판한 작품이다.	
북방에서 – 정현웅에게 (백석)	과거의 영화를 잃은 북방의 모습과 민족의 비참한 현실	이별을 아쉬워하는 북방 민족들을 뒤로하고 북방을 떠났던 '나'가 일제 강점의 시련을 견디지 못해 다시 북방으로 돌아가지만, 과거의 영화가 사라진 북방에서 느낀 허무감과 상실감을 다룬 작품이다.	• 2019. 10월 교육청
출제 확률 나비와 철조망(박봉우)	분단의 고통과 통일에 대한 소망	비극적인 전쟁과 분단을 겪은 후에도 평화를 기다리는 우리 민족을 나비에, 분단과 대립의 상황을 철조망에 빗대어 민족 분단의 아픔과 통일과 평화에 대한 염원을 형상화한 작품이다.	
화체개현(조지훈)	석류꽃의 개화 순간을 목격한 감동	화자가 여름밤에 석류꽃이 개화하는 모습을 목격하고 생명 탄생의 신비로움이 마치 새로운 우주가 열리는 것을 본 듯한 감동이었음을 표현한 작품이다.	
누에(최승호)	고통을 감내하며 나비로 변모하는 누에의 노력	누에가 번데기가 되었다가 스스로 고치를 뚫고 나와 나비가 되어 날아가는 과정을 통해, 날개를 얻으려는 누에의 꿈과 고치의 벽을 뚫고 날아가겠다는 누에의 의지가 합쳐져 나비가 될 수 있음을 표현한 작품이다.	

	작품(작가)	주제	해설	출제 정보
	과목(박성룡)	가을 과목을 통해 깨달은 자연의 섭리와 경이로움	소멸과 조락의 계절인 가을에 시련을 견디고 홀로 은총의 결실을 이룬 과일나무의 모습을 보며, 신의 은총과 삶에 대한 새로운 깨달음을 얻은 화자의 내면과 자기반성을 드러낸 작품이다.	
	낙화(이형기)	이별의 아름다움과 내면의 성숙	이별을 봄의 낙화에 비유하여 이별을 영혼의 성숙을 위한 계기로 삼아야 한다는 인식을 노래한 작품이다. 낙화는 단순한 소멸이 아나라 열매라는 더 큰 성숙을 위한 과정이라는 깨달음을 표현하고 있다.	• 2014. 수능 A형
	산(김광섭)	산을 통해 깨달은 올바른 삶의 모습	배려심, 포용력, 너그러움, 신성함, 혼탁한 속세 거부, 인간적 성숙함 등 덕성을 지닌 산의 모습을 통해 삶의 깨달음을 얻고, 바람직한 삶의 모습을 제시한 작품이다.	• 1996. 수능
	가을 떡갈나무 숲 (이준관)	생명체를 포용하고 배려하는 떡갈나무 숲의 아름다움	낙엽이 떨어진 떡갈나무 숲을 걸으며 떡갈나무 숲이 생명체의 안식처이자 사랑이 가득한 곳임을 깨닫고, 떡갈나무에게 위로받는 모습을 형상화한 작품이다.	
	장자를 빌려 - 원통에서 (신경림)	세상을 바라보는 관점에 대한 성찰과 깨달음	설악산 대청봉 위에서 바라본 세상의 모습과 속초, 원통에서 바라본 세상의 모습을 대조하여 삶은 단순하기도 하고 복잡하기도 하기 때문에 삶을 너무 쉽거나 어렵게 바라보는 것은 옳지 않은 태도라는 깨달음을 다룬 작품이다.	
	나무 속엔 물관이 있다 (고재종)	겨울의 감나무를 통해 알게 된 생명의 이치에 대한 깨달음	겨울바람에 흔들리는 감나무를 보며 분수에 맞게 살아가는 삶의 가치를 깨닫고, 하나의 둥치에서 가지가 뻗어 나온 모습의 경이로움과 땅심이 시련을 견딜 수 있는 강인한 생명력의 근원이라는 깨달음을 노래한 작품이다.	• 2018. 10월 교육청
	봄비(이수복)	봄비 내리는 날의 애상감	봄비를 보며 곧 다가올 생동감 넘치는 봄의 생명력을 떠올리고 사별한 임에 대한 그리움과 슬픔, 서러움 등 애상적 정서를 노래한 작품이다.	
	청산행(이기철)	속세에 대한 미련과 자연에 동화된 삶에 대한 소망	속세를 떠나 청산으로 왔으나 속세에 대한 미련을 버리지 못하던 화자가 청산에서 속세를 내려다보며 과거를 반추한 후 자연과 동화되어 살고 싶다는 소망을 드러낸 작품이다.	
	찔레(문정희)	사랑의 아픔을 승화하려는 의지	가시가 있어도 봄이 되면 흰 꽃을 피우는 찔레를 통해 이루지 못한 사랑의 아픔을 떨쳐내지 못하고 살았던 과거를 돌아보고, 사랑의 아픔을 극복하는 성숙한 사랑의 모습을 형상화한 작품이다.	• 2017. 4월 교육청
	낙화, 첫사랑(김선우)	이별을 수용하려는 의지와 진정한 사랑의 의미에 대한 깨달음	첫사랑의 실패를 경험한 화자의 정신적 성숙과 깨달음을 표현한 작품으로, 이별의 상황을 수용하는 태도를 통해 사랑을 완성하고 이별을 정신적으로 성숙하는 기회로 삼고 있는 모습이 나타나 있다.	
	희미한 옛사랑의 그림자 (김광규)	순수와 열정을 상실한 기성세대의 성찰과 부끄러움	4·19 혁명 당시에 젊은이었던 세대가 중년이 된 모습을 통해, 돌아갈 수 없는 젊은 날의 순수함 및 열정에 대한 그리움과 소시민적으로 살고 있는 현재의 삶에 대한 부끄러움을 드러낸 작품이다.	
	설일(김남조)	너그럽고 겸손한 삶을 살아가려는 새해의 다짐	겨울나무와 바람이 함께하는 모습을 통해 누구도 혼자가 아니라는 깨달음과 삶과 사랑에 대한 깨달음을 얻은 화자가 새해를 맞아 순수한 마음으로 너그럽게 살겠다는 다짐을 하는 작품이다.	
출제 확률	상한 영혼을 위하여 (고정희)	시련을 극복하고자 하는 강인한 의지와 내적 성숙	내면에 아픔과 상처를 간직한 존재들이 고통에 직면했을 때, 이를 수용하고 강한 의지로 삶의 고통을 견디어 나가기를 바라는 마음을 강인한 어조로 노래한 작품이다.	• 2014. 9월 평가원 A형 • 2005. 7월 교육청
	초토의 시·8 – 적군 묘지 앞에서 (구상)	적군 묘지 앞에서 느끼는 전쟁의 아픔과 그 치유에 대한 의지	15편의 연작시 중 8번째 작품으로, 적군 묘지 앞에서 적군 병사의 죽음을 애도하는 화자가 자신과 적군의 비극을 동일시하며 분단 현실에 대한 원통함, 통일에 대한 염원, 인간애 등을 드러낸 작품이다.	
출제 확률	꽃을 위한 서시(김춘수)	존재의 본질을 파악하고자 하는 바람과 노력	존재의 본질을 인식하지 못하는 상태에서 꽃을 제재로 삼아 존재의 본질을 파악하기 위해 치열하게 노력하지만 끝내 본질을 규명하지 못한 좌절과 안타까움을 그린 작품이다.	
	등산(오세영)	진리에 도달하기 위한 노력	산을 오르는 과정을 통해 번뇌로부터 벗어나 진리를 향해 나아가고자 하는 태도를 형상화한 작품으로, 삶은 어둠 속에서 암벽을 타는 것과 같이 고통스러운 것이며 행복과 불행에 연연하지 않고 주어진 상황에서 묵묵히 목표를 향해 가는 것이라는 깨달음을 제시한 작품이다.	
출제 확률	들길에 서서(신석정)	현실 극복 의지와 이상의 추구	푸른 산의 모습을 통해 이상과 희망을 지닌 삶의 숭고함과 절망적이고 고통스러운 현실에서도 희망을 잃지 않고 이상을 추구하며 살아가려는 의지를 형상화한 작품이다.	• 2007. 수능
	등꽃 아래서(송수권)	등꽃을 통해 깨달은 삶의 의미와 가치	등나무 아래에서 등꽃을 바라본 화자가 넝쿨진 등나무의 모습을 보며 기쁨과 슬픔이 뒤섞여 녹아 흐르는 경험을 하고, 타인과 조화를 이루며 사는 삶이 가치 있다는 깨달음을 드러낸 작품이다.	

🌟 고전 산문

작품명	주제	핵심 내용	기출 히스토리
눈을 쓸며 옥소선을 엿보다(임방)	신분을 초월한 기생과 사대부의 사랑	평안도 관찰사 아들과 기생인 자란의 신분을 뛰어넘는 사랑을 그린 작품으로, 어린 시절 인연을 맺은 두 사람이 잠시 이별하였다가 재회한 후 함께 도망치나, 관찰사 아들의 과거 급제를 계기로 왕으로부터 두 사람의 사랑을 인정받아 행복한 결말을 맞이하는 애정 소설이다.	
천자를 이긴 아이 (작자 미상)	천자의 무리한 요구로 발생한 문제를 재치로 해결한 아이의 지혜	중국의 천자가 자신의 권위를 내세우며 조선을 시험하기 위해 중국 땅을 모두 덮을 장막과 두만강 물을 모두 담을 가마를 바치라는 무리한 요구를 하자, 정승의 아들이 지혜를 발휘하여 문제를 해결하고 나라를 위기에서 구했다는 아이 지혜담이다.	
종놈이 상전을 속이다 (작자 미상)	상전을 속여 원하는 것을 얻어 내는 하인의 꾀	득거리라는 하인이 김 진사를 수행하는 과정에서 주인이 하인을 챙기지 않는 이기적인 모습을 보이자 재치 있는 꾀를 내어 주인을 여러 차례 속이며 골탕을 먹이고, 다른 사람들을 속여 물건을 빼앗는다는 내용의 설화이다.	
수성지(임제)	마음이 평온을 되찾는 과정을 통해 본 내적 안정의 중요성	마음을 의인화한 천군 소설로, 마음에 근심의 성이 생기는 바람에 근심에 빠진 천군이 주인옹의 조언을 받아 국양(술) 장군을 불러 수성을 토벌하게 함으로써 마음의 평온을 되찾게 되는 과정을 그린 이야기이다.	
위경천전(권필)	청춘 남녀의 비극적이고 애절한 사랑	위경천이 친구와 유람을 갔다가 우연히 만난 소숙방과 인연을 맺은 후 혼인을 하지만, 임진왜란이 발발하면서 전쟁에 나가게 된 위경천은 부인을 그리워하다 병이 들어 죽고, 이 소식을 들은 소숙방도 자결한다는 비극적 사랑 이야기이다.	
달천몽유록(윤계선)	임진왜란에서 희생된 혼들의 한탄과 전쟁의 공과에 대한 평가	파담자가 암행어사가 되어 충주 달천에 갔다가 꿈에서 임진왜란 때 희생된 군사들의 영혼을 만나 전쟁에서 희생된 참상과 하소연을 들은 후, 탄금대 전투 패배의 책임이 있는 신립 장군의 영혼을 만나 그의 사연을 듣고 여러 장수들의 공과를 논의한 후 꿈에서 깨 제문을 짓는 몽유록계 소설이다.	
조웅전(작자 미상)	조웅의 영웅적 활약상과 일대기	중국 송나라를 배경으로 충신이자 영웅인 조웅이 역적 이두병에 의해 고난을 겪은 후 그를 처단하고 태자를 복위시키는 과정의 영웅적 무용담을 일대기 형식으로 그려 낸 영웅 군담 소설이다.	• 2023. 7월 교육청 • 2020. 6월 평가원 • 2015. 7월 교육청 B형 • 2014. 6월 평가원 B형
이대봉전(작자 미상)	남녀 주인공의 영웅적 행적과 애정 성취	이대봉과 장애황이 어린 시절 인연을 맺었으나 간신인 우승상 왕희의 간계로 갖은 고난을 겪다가 함께 과거에 급제한 후 전쟁에서 공을 세운 끝에 부귀영화를 누리게 된다는 군담 영웅 소설이다.	• 2023. 3월 교육청
춘향전(작자 미상)	신분을 초월한 남녀의 사랑과 탐관오리 징벌	신분을 초월한 이몽룡과 성춘향의 사랑을 다룬 판소리계 소설로, 기생의 딸과 양반 자제의 결합은 단순한 남녀 간의 혼사를 넘어서 인간적인 해방과 신분 상승의 욕구 추구를 상징한다는 점에서 당대 민중들의 심리가 잘 반영된 작품이다.	• 2018. 9월 평가원 • 2010. 7월 교육청
서대주전(작자 미상)	부패하고 무능한 관리의 도덕적 타락 풍자	서대주 무리가 타남주 무리의 알밤을 훔친 일로 인해 타남주가 서대주를 관가에 고발하지만, 뇌물을 주고 관리들을 매수한 서대주는 결국 자신에게 유리한 판결을 받게 되고, 타남주는 억울하게 유배를 가게 된다는 이야기를 통해 지방 관리와 결탁하여 백성들을 괴롭히는 지방 토호를 풍자한 우화·송사 소설이다.	• 2009. 7월 교육청
정을선전(작자 미상)	가정 내 불화로 인한 여성의 수난과 권선징악	정을선과 유추연은 혼인하지만 계모에게 모함을 당한 추연은 을선이 떠난 사이에 억울하게 죽고 만다. 이 사연을 알게 된 을선이 추연을 회생시키지만 이번에는 정렬부인 조 씨가 충렬 부인이 된 추연을 죽이려 한다. 추연은 을선의 도움으로 위기를 극복하고 행복한 가정을 이루게 된다.	• 2019. 7월 교육청 • 2014. 4월 교육청 B형
삼선기(작자 미상)	도학자 이춘풍의 훼절과 새로운 삶에 대한 모색	이름난 가문의 후손인 이춘풍은 우연히 기생 홍도화와 류지연을 만나 남장을 한 그들의 거짓말에 속아 훼절한다. 두 기생과 인연을 맺은 이춘풍은 평양에서 큰 교방을 운영하나, 노영철과 심일청의 모함을 받아 귀양을 가게 된 후 돌아와 두 기생과 더불어 살았다는 이야기를 다룬 작품이다.	
송경운전(이기발)	고매한 예술가 송경운의 삶에 대한 회고	조선 중기에 활동했던 실존 음악가인 송경운의 삶과 예술관에 대해 그와 교류했던 작가 이기발이 회고 형식으로 이야기하는 작품으로, 명성이 높은 악사였음에도 차별 없이 음악을 들려주며 청중의 취향을 존중하는 음악을 선보였던 송경운의 삶에 대해 예찬하고 있다.	
유광억전(이옥)	과거 시험의 답안을 매매하는 도덕적 타락상 비판	능력은 뛰어나나 집안이 가난하고 지위가 낮아 과거 시험지의 답안을 팔아 생계를 이어가던 유광억의 일화를 통해 뇌물을 주고받으며 글을 팔았던 행위와 뇌물이 만연했던 당시 세태를 비판한 작품이다.	
노비 반석평(유몽인)	재능을 인정받아 출세한 노비와 신분에 구애받지 않고 인재를 알아본 안목	노비였던 반석평이 그의 능력을 알아본 재상의 도움을 받아 학문을 닦은 결과 결국 과거에 급제해 재상이 되고, 재상이 된 후에도 몰락한 재상 집안의 사람들에게 예를 갖춘 반석평의 성품을 다룬 글이다.	

작품명	주제	핵심 내용	기출 히스토리
옥린몽(이정작)	가정 화목의 중요성과 선인의 승리를 통한 권선징악의 교훈	범경문의 두 부인인 유 부인과 여 부인 사이의 갈등을 중심으로 여 부인이 유 부인을 죽이고자 음모를 꾸미나 결국 죄가 드러나게 되는 이야기와 범경문이 오랑캐의 침입으로부터 나라를 구하는 이야기를 통해 가정의 평화와 입신양명이라는 유교적 가치관을 다룬 가정 소설이다.	
만복사저포기(김시습)	생사를 초월한 남녀의 사랑과 좌절	남원에 사는 양생이 배필을 만나고자 만복사에서 부처와 저포 놀이를 한 후 여인을 만나 인연을 맺는 이야기로, 산 사람과 죽은 사람의 생사를 초월한 사랑을 다룬 애정 전기 소설이다.	• 2016. 10월 교육청 • 2010. 수능
설홍전(작자 미상)	설홍의 영웅적 활약상과 위기 극복	설홍이 어린 시절 부모를 잃고 계모에게 버림받은 후 독약을 먹고 곰으로 변해 고난을 겪다가 왕 승상의 도움으로 다시 인간이 된 다음, 운담 도사의 조력으로 영웅적 능력을 갖추고 나라를 위기에서 구한다는 영웅 소설이다.	• 2021. 3월 교육청

✦ 현대 소설

작품명	주제	핵심 내용	기출 히스토리
해산 바가지(박완서)	남아를 선호하는 세태 비판과 생명 존중 사상	아기의 성별에 상관없이 정성스럽게 해산 준비를 해 주시고, 산모와 아이에게 먹일 음식을 해 주신 시어머니를 통해 남아 선호 사상을 비판하고 생명의 소중함을 이야기한 작품이다.	
곡예사(황순원)	피난 생활의 고달픔과 전쟁의 폐해	작가가 겪은 전쟁과 피난의 경험을 소재로 쓴 자전적 소설로, 부산에 피난을 간 한 가족이 지인의 도움을 받아 방을 구해 피난살이를 시작하지만 경제적 어려움은 계속되고, 방을 비워 달라는 주인의 요구에 쫓겨날 처지에 놓인다. '나'는 피난지에서 생존을 위해 절박하게 살아가는 자신과 가족을 곡예사라고 생각한다.	
만세전(염상섭)	식민지 지식인의 눈으로 본 일제 강점하 조선의 암담한 현실	동경 유학생인 '나'가 아내가 위독하다는 전보를 받고 서울을 다녀가는 과정에서 마주하게 되는 3·1 만세 운동 직전의 암울한 식민지 조선의 현실을 지식인의 시각에서 사실적으로 그린 작품이다.	• 2014. 6월 평가원 B형 • 2006. 9월 평가원
만무방(김유정)	일제 강점기의 구조적 모순과 피폐한 농촌 현실	도박과 절도를 일삼는 응칠, 모범적 농민이었지만 가난 때문에 자기 논의 벼를 훔치는 응오, 일확천금을 노리는 농촌의 사람들을 통해 1930년대 일제 강점기를 살아가는 농민들의 비참한 삶을 드러낸 작품이다.	• 2007. 수능
명일(채만식)	일제 강점기하 무능력한 지식인의 삶에 대한 풍자	일제 강점기를 배경으로 지식인이 지식인으로서의 역할을 할 수 없었던 시대를 사는 인물이 학력이 높음에도 일자리를 구하지 못해 가난하게 살며 도둑질을 고민하는 자신을 자조하는 모습을 다룬 작품이다.	• 2014. 7월 교육청 B형
해방 전후(이태준)	해방 전후 시대 변화를 겪는 지식인의 현실 인식과 갈등	일제 강점기의 혼란을 피해 시골에서 생활하던 지식인 현은 김 직원이라는 인물과 인연을 맺는다. 현은 갑작스러운 해방 후 신탁 통치 문제를 둘러싸고 다시 혼란해진 사회에서 김 직원과 재회하지만 서로의 이념과 사상이 달라 그와 함께할 수 없음을 깨닫게 된다.	• 2002. 6월 교육청
단독 강화(선우휘)	이념 대립을 초월한 민족의식과 민족의 동질성 회복	전쟁 중 우연히 만난 국군 병사와 인민군 병사가 서로의 정체를 알게 되지만 하룻밤을 함께 보내는 과정에서 서로의 처지를 이해하게 된다. 떠났던 인민군 병사 장이 중공군과 총격전을 벌이는 국군 병사 양을 도와주러 왔다가 두 사람 모두 죽는 상황을 통해 전쟁의 참혹함을 보여 주는 작품이다.	
서울 1964년 겨울(김승옥)	소외된 도시인의 피상적 인간관계와 연대감의 상실	1960년대 서울을 배경으로 인간적 소통이나 연대감을 상실한 세 남자가 우연히 선술집에서 만나 하룻밤을 보내는 이야기로, 산업화 시대를 살아가는 인간의 고독과 소외를 통해 현대 사회의 문제를 보여 주는 작품이다.	• 2002. 10월 교육청
날개 또는 수갑(윤흥길)	국민을 획일화하고 통제하는 국가 권력에 대한 비판	한 회사가 제복 제도를 일방적으로 도입하는 과정에서 불만을 갖는 직원이 발생하고, 민도식과 우기환이라는 인물만 끝까지 제복을 거부하다 결국 우기환이 퇴사하게 되는 과정을 통해 획일화를 강요하는 전체주의 문화를 비판한 작품이다.	
개는 왜 짖는가(송기숙)	언론의 자유를 탄압하는 불의 세력과 시대 현실 비판	언론 통폐합이 이루어지며 언론의 자유가 억압당했던 시대를 배경으로, 사회 현실에 흥미를 잃은 기자가 동네 어르신들과 얽히면서 불효자의 악행을 기사로 쓰지만 다른 기자가 기사를 거절당하는 모습을 목격하고서는 자신이 쓴 기사를 버리는 모습을 통해 불의한 사회를 비판한 작품이다.	
비 오는 날이면 가리봉동에 가야 한다(양귀자)	소시민들의 갈등과 화해, 소외 계층에 대한 연민	비 오는 날이면 쉬지도 못하고 떼인 돈을 받으러 가리봉동에 가야 하는 임 씨의 고단한 삶을 통해 1980년대 도시 빈민층의 소외감과 무력감을 드러낸 작품이다.	

	작품명	주제	핵심 내용	기출 히스토리
	마당 깊은 집(김원일)	6·25 전쟁 후 고단한 삶을 살아내야 했던 서민들의 애환	부유한 집주인과 가난한 피란민 가족들이 함께 살아가는 공간인 마당 깊은 집을 배경으로, 1950년대 중반 전쟁의 상처 속에서 자라난 한 소년의 성장 이야기를 그린 자전적 소설이다.	• 2011. 7월 교육청
출제 확률	속삭임, 속삭임(최윤)	이념 대립을 초월한 화해와 공존에 대한 염원	주인공이 지인의 과수원에서 휴가를 보내게 된 일을 계기로, 남로당 간부였던 아재비와 함께 보낸 어린 시절을 회상하고는 그를 가족으로 받아 준 부모의 따뜻한 마음과 '나'에게 잘 해준 아재비에 대한 고마움 등을 통해 분단과 이념 갈등의 상처를 극복할 가능성을 모색한 작품이다.	• 2021. 10월 교육청
	서울 사람들(최일남)	시골을 막연히 동경하는 도시인의 허위의식과 소시민적 안일	시골 출신이지만 서울에 정착해 살고 있는 네 명의 친구들이 각박한 서울에서 벗어나 시골 여행을 떠나지만 자신들이 떠나온 도시 문명에 길들여진 모습을 보이며 서울로 돌아와 안도감을 느끼는 모습을 통해 도시 현대인의 허위의식을 다룬 작품이다.	
출제 확률	모래톱 이야기(김정한)	삶의 터전을 위협받는 하층민의 삶과 부당한 현실에 대한 저항	낙동강 하류의 모래가 쌓여서 만들어진 모래톱 섬인 조마이섬을 배경으로, 부당한 권력에 핍박받으며 시대에 항거하는 민중들의 비극적인 현실과 부조리한 현실에 대한 민중의 힘겨운 저항을 사실적으로 그려 낸 작품이다.	• 2015. 6월 평가원 A/B형
출제 확률	제3 인간형(안수길)	생활과 사명 사이에서 고민하는 지식인의 방황	역사의 소용돌이 속에서 인간이 어떻게 변모되는가를 살피고 어떻게 사는가라는 문제를 제기한 작품이다. 세속적 인물형인 조운과 생활에 얽매이지 않고 사명을 위해 꿈을 찾아 나서는 인간형인 미이, 그리고 사명을 추구하지도, 포기하지도 못하는 인간형인 석 등 다양한 인간상을 보여 줌으로써 전쟁이라는 극한 상황에서 인간이 지닌 의미와 사명의 의미를 묻고 있다.	
	아버지의 땅(임철우)	전쟁으로 인한 상처와 이해, 연민을 통한 치유	6·25 전쟁 중 좌익 활동을 했던 아버지로 인해 정신적 고통을 겪어 오던 '나'가 무연고 유골을 발굴하는 과정을 통해 저주와 공포의 대상이었던 아버지에게 연민을 느끼게 되고, 개인의 비극적 가족사를 민족의 아픈 역사와 결부 지음으로써 분단의 상처를 극복하고자 한 작품이다.	• 2015. 3월 교육청 A/B형 • 2004. 10월 교육청
	모범 동화(최인호)	아이다움이 없는 소년을 통한 어른들의 허위, 위선에 대한 비판	초등학생들을 대상으로 장사를 하며 아이들을 돈벌이 대상으로만 여기는 인물이 아이답지 않은 전학생을 만나 조롱을 당하게 되는 과정을 보여 주며, 아이들의 순수함을 돈벌이에 이용하는 어른들의 세계와 아이다움을 잃은 아이를 통해 부조리한 현실을 비판한 작품이다.	
	장곡리 고욤나무 (이문구)	산업화의 과정에서 소외된 농촌의 현실과 정부의 정책에 대한 비판	1990년대를 배경으로 농촌의 노인이 스스로 생을 마감한 사건을 통해 소외된 농민들의 어려움과 그들을 보호하지 못하는 정부 정책의 허상을 고발한 작품이다.	

극 문학

	작품명	주제	핵심 내용	기출 히스토리
출제 확률	어디서 무엇이 되어 만나랴(최인훈)	신분을 초월한 남녀의 사랑과 비극적 죽음	온달 설화를 재해석하여 각색한 희곡으로, 온달과 평강 공주가 운명적으로 만나 부부가 되지만 온달이 전사하게 되고, 평강 공주마저 권력 다툼에 희생되는 비극적 사랑 이야기를 다룬 작품이다.	• 2011. 9월 평가원
	만선(천승세)	만선을 향한 어부의 집념과 비극적 삶	만선에 대한 집념을 가진 어부의 비극적 현실을 그린 작품으로, 인간과 자연의 대결, 인간과 인간의 갈등, 빈부 간의 갈등 양상을 통해 어부의 꿈이 좌절되는 과정을 그렸다.	
	살아 있는 이중생 각하 (오영진)	해방 후 혼란한 사회 속 기회주의자의 처세에 대한 풍자	물질적 욕망과 권력욕에 빠져 민족을 배반한 친일파의 비극적 최후를 그린 작품으로, 친일 잔존 세력이 판치는 병든 사회에 대한 풍자와 친일 잔존 세력 청산의 당위성을 제시하고 있다.	• 2001. 수능
	한씨 연대기 (황석영 원작, 김석만·오인두 각색)	한국 현대사의 이데올로기 대립에 휘말린 개인의 비극적 삶	한영덕의 일대기를 그리고 있는 작품으로 동명의 소설을 각색한 희곡이다. 한국 현대사의 소용돌이 속에서 희생된 고지식한 인물의 삶을 통해 이데올로기가 만든 민족의 비극을 형상화한 작품이다.	• 2008. 6월 평가원
	북어 대가리(이강백)	현대 산업 사회의 인간 소외와 인간의 존엄성 상실 비판	자앙과 기임이라는 두 명의 창고지기를 통해 분업화되고 획일화된 현대 사회의 문제점과 그로 인한 인간 소외 문제, 정체성을 잃어버린 채 기계적 삶을 사는 현대인의 모습을 풍자하는 희곡이다.	
	인어 공주 (송혜진·박흥식)	시간 여행을 통해 엄마의 삶을 이해한 딸	억척스러운 엄마와 무능한 아버지로부터 벗어나고 싶어 한 딸이 고향에 갔다가 과거로의 시간 여행을 통해 젊은 어머니를 만나게 되면서 부모의 삶을 이해하게 되고 현실로 돌아온다는 이야기를 통해 부모와 자식 사이의 애증과 화해를 그린 작품이다.	

| 웰컴 투 동막골(장진) | 이념을 초월한 인간애와 희생 정신 | 순수와 평화를 상징하는 공간인 동막골을 배경으로, 6·25 전쟁의 소식을 모르는 한 두메산골에 국군, 인민군, 연합군이 한데 모이며 일어난 갈등과 화해의 과정을 그린 시나리오이다. | |
| 무의도 기행(함세덕) | 일제 강점기 가난한 어부들의 비참한 현실과 비극적 삶 | 일제 강점기의 가난한 어민의 현실을 비극적으로 형상화한 희곡이다. 바다로 나간 두 형을 잃고 배를 타기를 원하지 않지만, 외삼촌 부부와 부모의 끈질긴 설득에 못 이겨 결국에는 배를 탔다가 죽음을 맞이하게 되는 인물의 비극적 삶을 그리고 있다. | |

✦ 수필

작품명	주제	핵심 내용	기출 히스토리
연경당에서(최순우)	연경당의 아름다움과 전통 수용에 대한 고찰	전통 건축물 연경당을 보고 느낀 소감을 담은 수필로, 글쓴이는 연경당을 한국 문화의 결정체라고 생각하며 소박함과 편안함이 느껴지는 건축물의 아름다움에 대해 예찬하고, 외국의 건축 문화를 무분별하게 수용하는 세태를 비판하며 조선 주택의 가치를 보존해야 한다는 생각을 드러내고 있다.	
규정기(조위)	유배지에 지은 정자의 이름을 '규정'이라고 붙인 이유	글쓴이가 의주에서 유배 생활을 하는 동안 '규정(해바라기 정자)'이라는 정자를 지은 사연과 해바라기를 뜻하는 이름을 정자에 붙인 이유를 통해 임금에 대한 변함없는 충정을 드러낸 한문 수필이다.	• 2020. 5월 교육청
참새(윤오영)	어린 시절을 떠올리게 해 주는 참새에 대한 상념	참새 소리를 듣고 잠에서 깬 글쓴이가 참새와 참꽃의 유사성, 우리 민족과 참새의 관계, 어린 시절의 추억, 참새가 사라져 가는 현대 사회의 각박함에 대한 안타까움 등 상념을 기록한 수필이다.	
두물머리(유경환)	두물머리를 바라보며 깨달은 삶의 이치	글쓴이가 운길산에서 두 물줄기가 만나는 두물머리를 본 후 만남의 이치와 물의 미덕을 생각하며 만남의 의미를 성찰하고 삶의 이치를 깨닫는 내용을 담은 수필이다.	
게(김용준)	게를 그리는 이유를 통해 본 예술관과 인간 세태 풍자	화가인 글쓴이가 자신의 그림 소재로 게를 즐겨 선택하는 이유를 밝히고, 게의 속성을 통해 인간 세태를 풍자한 작품이다.	• 2004. 수능
산정무한(정비석)	금강산을 등반하며 감상한 절정과 감회	글쓴이가 금강산을 등반하면서 본 풍경의 아름다움과 감동, 금강산에 얽힌 마의 태자 이야기 등을 통해 금강산 등반의 의미과 정산 등정에 성공한 자부심, 자연의 아름다움을 등을 다양하게 서술한 작품이다.	• 2019. 3월 교육청
다락(강은교)	다락에 얽힌 추억 회상과 사라져 가는 문화에 대한 안타까움	어린 시절에 다락이 있는 집에서 살았던 글쓴이가 다락에서 보냈던 추억을 떠올리며 아파트의 등장으로 다락이 사라진 주택 문화에 대한 아쉬움과 안타까움, 다락의 가치에 반성적 성찰을 담은 수필이다.	
아내의 무덤에 나무를 심으며(심노숭)	죽은 아내에 대한 사랑과 나무를 심는 행위의 의미	고향에 돌아가 집을 짓고 아내와 함께 살 일을 꿈꾸었던 글쓴이가 아내의 죽음으로 인해 꿈을 실현하지 못한 사연과 자신이 죽은 후 아내와 무덤에서 꽃나무를 감상할 시간은 영원하다는 믿음으로 아내의 무덤가에 꽃나무를 심는 모습을 통해 아내를 향한 사랑을 드러낸 수필이다.	
아름다운 흉터(이청준)	흉터에 대한 인식 변화를 통한 시련 극복의 의지와 삶에 대한 깨달음	어린 시절 사고로 인해 손에 세 개의 상처를 갖게 된 후 열등감을 느꼈던 글쓴이가 상처의 가치를 알아봐 주는 선배의 말을 들은 후 자신의 상처에 대해 자부심을 갖게 되며 삶에 대한 인식을 전환하는 과정을 담은 수필이다.	
그림과 시(정민)	시와 그림에서 발견한 공통의 회화적 성질과 특징	그림과 시는 모두 회화의 특징을 갖고 있다는 점에 주목하여 경치와 사물을 통해 감정과 의미를 표현하는 한시의 표현상 특징과 경치와 사물에 마음을 담아 표현하는 것이 그림과 시의 공통점임을 밝힌 수필이다.	
그때 알았더라면 좋았을 것들(정여울)	꿈을 포기했던 삶에 대한 성찰과 젊은이들에 대한 당부	과거 꿈을 쉽게 포기하는 습관을 가졌던 자신의 모습을 성찰하고 친구와의 대화를 통해 깨달음을 얻은 글쓴이가 젊은이들에게 자신과 같은 실수를 반복하지 말고 가슴을 뛰게 하는 꿈에 몰두할 것을 당부한 수필이다.	

메가스터디 실전 N제

2025 수능 연계 국어 문학 134제

출제 확률
높은 문항

고전 시가 / 현대시
고전 소설 / 현대 소설 / 갈래 복합

✦ 연계 기출 2022 예비 시행

001~004 | 다음 글을 읽고 물음에 답하시오.

고전 시가의 세계에서는 많은 사람들에게 애창되던 작품이 후대로 전승되다가, 창작 당시와는 다른 상황에 놓이면서 변모하는 사례가 종종 발견된다. '개'를 소재로 한 아래의 시조들이 이러한 사례에 해당한다.

국립중앙박물관에는 '하기야키'라고 불리는 도자기 가운데 한 점이 소장되어 있다([사진]). '하기야키'는 진주 지방에서 도자기 비법을 이어 오다가 임진왜란 때에 일본으로 끌려간 도공 형제와 그 후손들이 일본 하기 지방에서 만든 도자기이다. [사진]의 도자기에는 한글로 (가)와 같은 시조가 씌어 있다.

[사진]
추철회시문다완(萩鐵繪詩文茶碗)

가 개야 즈치 말라 밤 사룸 다 도듯가
ᄌᆞ목지 호고려 님 지슘 딍겨ᄉᆞ라
그 개도 호고려 개로다 듯고 즘즘ᄒᆞ ᄂᆞ라

그런데 18세기의 가집인 《고금명작가》에 이와 유사하면서도 그보다 더 이른 시기에 창작된 작품 (나)가 수록되어 있어 주목된다.

나 개야 즛지 마라 밤 스람이 다 도적가
두목지*호걸이 님 츄심 단니노라*
그 개도 호걸의 집 갠지 듯고 즘즘ᄒᆞ더라

* 두목지: 기생들에게 인기가 많았던 당나라 시인 두목(杜牧).
* 츄심 단니노라: 찾으러 다니노라.

(가)와 (나)는, 일부 시어의 표기가 다르기는 하지만 대부분의 구절과 표현이 일치하기 때문에 같은 작품으로 간주된다. (나)가 우리나라에 전하고 있을 뿐 아니라 오기가 거의 없다는 점에서, 조선에서 오래전부터 전승되어 오던 (나)를 고국에서 익힌 도공들이 일본으로 끌려가 도자기를 구울 때 (가)를 기록해 넣은 것으로 판단된다. ㉠(나)는 화자를 여성으로 간주할 경우, 두목지 같은 남성이 찾아오기를 기다리는 한 여인의 마음을 노래한 것으로 해석된다.

임병양란 이후에 개를 소재로 한 작품은 기존 평시조의 틀을 벗고 다른 양식의 갈래인 사설시조로 다시 창작되었다. 사설시조 (다)는 수많은 가집에 수록될 정도로 인기 있던 작품인데, 여기에서는 중심 소재가 개이고 화자가 여성인 점은 그대로 이어지고 있지만 이를 담아내는 양식은 달라졌다.

다 개를 여남은이나 기르되 요 개같이 얄미우랴
미운 임 오면은 꼬리를 홰홰 치며 치뛰락 내리뛰락 반겨서 내닫고 고운 임 오면은 뒷발을 버둥버둥 무르락 나으락 캉캉 짖어서 돌아가게 한다
쉰밥이 그릇그릇 난들 너 먹일 줄이 있으랴

1907년 한일신협약이 체결된 이후, 개를 소재로 한 (다)는 그 조약의 조인에 찬성한 이완용 등의 정미칠적(丁未七賊)을 비판하기 위한 수단으로 다시 쓰였다. 작품이 창작된 시점을 고려할 때 (라)의 '일곱 마리 요 박살할 개'는 정미칠적을 비유한 것으로 해석된다. 제목 '살구(殺狗)'는 '개를 죽이다.'라는 뜻이다.

라 개를 여러 마리나 기르되 요 일곱 마리같이 얄밉고 잦미우랴
낯선 타처 사람 보게 되면 꼬리를 회회 치며 반겨라고 내달아 요리 납작 조리 갸웃하되 낯익은 집안사람 보면은 두 발을 뻗디디고 콧살을 찡그리고 이빨을 엉성거리고 컹컹 짖는 일곱 마리 요 박살할 개야
보아라 근일에 새로 개 규칙 반포되어 개 임자의 성명을 개 목에 채우지 아니하면 박살을 당한다 하니 자연(自然) 박살
— 작자 미상, 〈살구〉

이상과 같은 변모의 사례들에서는 앞선 작품의 형식과 내용이 그대로 이어지기도 하지만, 표기·표현·주제·양식 등에서 다양한 변모가 이루어지기도 한다. 이러한 변모는 이본, 작품, 갈래의 세 가지 차원으로 구분할 수 있다. ⓐ이본 차원의 변모는 앞선 작품의 표기나 표현 가운데 일부가 바뀌기는 하지만, 주제·양식 등은 대체로 그대로 유지되는 경우를 말한다. ⓑ작품 차원의 변모는 앞선 작품의 양식은 그대로 따르지만, 표현·주제 등이 바뀌어서 후속 작품을 새로운 작품으로 인정할 수 있는 경우를 말한다. ⓒ갈래 차원의 변모는 새로운 작품이 앞선 작품과 다른 양식에 근거하여서 후속 작품을 새로운 갈래로 보아야 하는 경우를 말한다.

001

㉠을 바탕으로 (나)를 감상한 내용으로 적절하지 않은 것은?

① 초장에서 화자가 개에게 '즛지 마라'라고 한 것은 '밤 스람'이 개가 짖는 소리에 발걸음을 되돌릴까 염려했기 때문이겠군.

② 초장의 '도적'과 중장의 '두목지 호걸'은 모두 화자가 기다리는 사람을 가리키는군.

③ 중장의 '두목지 호걸'은 '두목지 같은 호걸'로 풀이되어 '호걸'에 대한 화자의 호감을 드러내는군.

④ 종장의 '즘즘ᄒ더라'는 '호걸'이 '님 츄심'하기에 용이한 상황이 되었음을 암시하는군.

⑤ 중장은 초장에서 화자가 개에게 '즛지 마라'라고 부탁한 이유를, 종장은 그 결과를 드러내는군.

002

'개'를 중심으로 (나)와 (다)를 비교한 내용으로 적절하지 않은 것은?

① (나)와 (다)의 개는 모두 화자의 기다림을 표현하는 매개물로 기능하고 있다.

② (나)와 (다)에서는 모두 지시어에 의해 개와 화자 간의 물리적 거리가 환기되고 있다.

③ (나)와 (다)에서는 모두 기다리는 사람에 대한 화자의 기대와 개의 반응이 다른 데서 시적 상황이 조성되고 있다.

④ (나)의 개는 화자와 교감이 가능한 대상으로, (다)의 개는 화자와 교감을 나누기 어려운 대상으로 간주되고 있다.

⑤ (나)의 개가 상황이 변해도 행동을 바꾸지 않는 존재라면, (다)의 개는 상황이 변하면 행동을 바꾸는 존재로 제시되고 있다.

003

(가)~(라) 사이에 이루어진 변모의 양상을 ⓐ~ⓒ에 따라 적절하게 구별한 것은?

	ⓐ	ⓑ	ⓒ
①	(가) → (나)	(나) → (다)	(다) → (라)
②	(가) → (나)	(다) → (라)	(나) → (다)
③	(나) → (가)	(나) → (다)	(다) → (라)
④	(나) → (가)	(다) → (라)	(나) → (다)
⑤	(다) → (라)	(나) → (다)	(가) → (나)

004

(가), (다), (라)의 향유 양상에 대한 추론으로 적절하지 않은 것은?

[3점]

① (가)가 일본으로 끌려간 도공들이 기록한 것이라면, 한글 표기를 통해 그들이 고국에 대한 기억을 간직하고 있었음을 알 수 있겠군.

② (가)가 일본에서 태어난 도공들의 후손이 기록한 것이라면, 그들이 조선인임을 잊지 않으려 노력했음을 알 수 있겠군.

③ (다)가 만나지 못하는 '고운 임'에 대한 원망(怨望)을 표현한 것이라면, 개는 '고운 임' 탓에 부당하게 대접받고 있는 셈이겠군.

④ (라)가 한일신협약을 비판하기 위해 지어진 것이라면, '개 규칙'은 한일신협약을 비유적으로 가리키는 표현이겠군.

⑤ (라)가 정미칠적에 대한 비판의 의도로 지어진 것이라면, '타처 사람'과 '집안사람'은 일본과 조선을 대조하는 표현이겠군.

005~008 | 다음 글을 읽고 물음에 답하시오.

가 사람이 되어 있어 **용한 길**로 다녀스라
언충신(言忠信) 행독경(行篤敬)을 염려(念慮)에 잊지 마라
㉠내 몸이 바르지 않으면 동네 안인들 다니랴   〈제3수〉

㉡**말**을 삼가 노(怒)한 제 더 참아라
한 번을 실언(失言)하면 일생(一生)에 뉘우치리
이 중의 조심할 것이 **말씀**인가 하노라   〈제4수〉

남과 싸움 마라 싸움이 **해** 많으니라
크면 **관송(官訟)**이요 적으면 **수욕(羞辱)**이라
무슨 일로 내 몸을 그릇 다녀 부모 수욕(父母羞辱) 먹이리
            〈제5수〉

그른 일 몰라 하고 뉘우치면 다시 마라
알고도 또 하면 끝끝내 그르리라
진실로 **허물**을 고치면 **어진 사람** 되리라   〈제6수〉

빈천(貧賤)을 슬퍼 말고 **부귀(富貴)**를 부러워 마라 ─
인작(人爵)을 닦으면 **천작(天爵)**이 오느니라   [A]
만사를 하늘만 믿고 어진 일만 하여라   ─
            〈제7수〉
            – 김상용, 〈훈계자손가〉

* 인작: 사람이 정하여 주는 벼슬이라는 뜻으로, 공경(公卿)·대부(大夫)의 지위를 이르는 말.
* 천작: 하늘에서 받은 벼슬이라는 뜻으로, 남에게서 존경을 받을 만한 선천적 덕행을 이르는 말.

나 진주관(眞珠館) 죽서루(竹西樓) 오십천(五十川) 내린 물이
태백산(太白山) 그림자를 동해(東海)로 담아 가니
차라리 한강(漢江)의 목멱(木覓)에 닿게 하고저
왕정(王程)이 유한(有限)하고 **풍경(風景)**이 못 슬믜니
유회(幽懷)도 하도 할샤 객수(客愁)도 둘 데 없다 ─
선사(仙槎)를 띄워 내어 두우(斗牛)로 향(向)하살가   [B]
선인(仙人)을 찾으려 단혈(丹穴)에 머므살가   ─
천근(天根)을 못내 보아 망양정(望洋亭)에 오르니
바다 밖은 하늘이니 하늘 밖은 무엇인고
가뜩 노한 고래 뉘라서 놀랬관데
불거니 뿜거니 어지러이 구는지고
은산(銀山)을 꺾어 내어 육합(六合)에 내리는 듯
오월(五月) 장천(長天)의 백설(白雪)은 무슨 일고
져근덧 밤이 들어 풍랑(風浪)이 정(定)하거늘
부상(扶桑) 지척(咫尺)에 명월(明月)을 기다리니
서광(瑞光) 천 장(千丈)이 뵈는 듯 숨는구나
주렴(珠簾)을 고쳐 걷고 옥계(玉階)를 다시 쓸며

계명성(啓明星) 돋도록 곳초 앉아 바라보니
백련화(白蓮華) 한 가지를 뉘라서 보내신고
이리 좋은 세계(世界) 남들에게 다 뵈고져
㉢**유하주(流霞酒)** 가득 부어 달더러 물은 말이
영웅(英雄)은 어디 가며 사선(四仙)은 긔 뉘러니
아무나 만나 보아 옛 기별 묻자 하니
선산(仙山) 동해(東海)에 갈 길이 머도 멀샤
송근(松根)을 베어 누워 풋잠을 얼핏 드니
꿈에 한 사람이 나더러 이른 말이
㉣그대를 내 모르랴 상계(上界)의 진선(眞仙)이라
황정경(黃庭經) 일자(一字)를 어찌 그릇 읽어 두고
인간(人間)의 내려와서 우리를 따르는가
져근덧 가지 마오 이 술 한 잔 먹어 보오
북두성(北斗星) 기울여 창해수(滄海水) 부어 내어
저 먹고 날 먹이거늘 서너 잔 기울이니
화풍(和風)이 습습(習習)하야 양익(兩腋)을 추켜 드니
구만 리(九萬里) 장공(長空)에 저기면 날리로다
이 술 가져다가 사해(四海)에 고루 나눠
㉤억만창생(億萬蒼生)을 다 취하게 만든 후(後)에
그제야 고쳐 만나 또 한 잔 하잣고야
말 마치자 학(鶴)을 타고 구공(九空)에 올라가니
공중(空中) 옥소(玉簫) 소리 어제런가 그제런가
나도 잠을 깨어 바다를 굽어보니
깊이를 모르거니 **끝**인들 어찌 알리
명월(明月)이 천산만락(千山萬落)에 아니 비친 데 없다
            – 정철, 〈관동별곡〉

* 유회: 마음속 깊이 품은 생각.
* 선사: 신선이 탄다는 배.
* 두우: 북두칠성과 견우성.
* 유하주: 신선이 먹는다는 술.

005

(가)를 이해한 내용으로 적절하지 않은 것은?

① 〈제3수〉에서 '언충신 행독경'은 '용한 길'을 구체화한 것이다.
② 〈제4수〉에서 '한 번을 실언하면 일생에 뉘우치리'는 '말씀'을 조심해야 하는 이유이다.
③ 〈제5수〉에서 '관송'과 '수욕'은 모두 '남과 싸움'으로 인해 입게 될 '해'에 해당한다.
④ 〈제6수〉에서 '어진 사람'은 '허물'을 고치려는 노력을 통해 이루어지는 존재이다.
⑤ 〈제7수〉에서 '부귀'와 '천작'은 '빈천'과 '인작'을 위해 멀리해야 하는 것이다.

006

(나)에 대한 감상으로 적절하지 않은 것은?

① '왕정이 유한'하다고 하면서도 '풍경'이 싫지 않다고 하는 데에서 공적 임무와 개인적 바람 사이에서 갈등하는 화자의 모습이 드러나는군.

② '바다' 밖에 있는 '하늘'을 보며 하늘 밖에 무엇이 있는지 묻는 데에서 끝없이 넓은 대상에 대해 화자가 느끼는 경외감이 드러나는군.

③ '백련화 한 가지'에 비유하며 달이 뜬 것을 반기는 데에서 상서로운 달빛과 어우러진 세상을 바라보는 화자의 만족감이 드러나는군.

④ '화풍이 습습'하여 '양익'을 추켜 든다는 데에서 속세에서의 임무를 다한 뒤 천상계로 복귀하는 화자의 모습이 드러나는군.

⑤ '깊이를' 모르면서 '끝인들' 어찌 알겠느냐고 스스로 묻는 데에서 자연을 보며 화자가 느끼는 인간의 한계가 드러나는군.

007

[A]와 [B]를 비교하여 이해한 내용으로 가장 적절한 것은?

① [A]에서는 반어적 표현을, [B]에서는 역설적 표현을 사용하여 주제 의식을 드러내고 있다.

② [A]에서는 추상적 소재의 나열을 통해, [B]에서는 구체적 소재의 나열을 통해 대상의 면모를 드러내고 있다.

③ [A]에서는 유사한 이미지의 반복을 통해, [B]에서는 상반된 이미지의 대비를 통해 대상의 특징을 부각하고 있다.

④ [A]와 [B]는 모두 대구적 표현을 사용하여 운율감을 부여하고 있다.

⑤ [A]와 [B]는 모두 의문형 진술을 통해 화자의 정서를 부각하고 있다.

008

〈보기〉를 참고하여 ㉠~㉤을 설명한 내용으로 적절하지 않은 것은?

─── 보기 ───

일반적으로 서정 갈래는 단일한 화자가 자기 진술을 하는 독백을 통해 독자의 공감을 유도하는 경우가 많다. 그러나 몇몇 시조나 가사에서는 화자가 청자에게 말을 건네거나 질문하는 방식, 또는 둘 이상의 화자가 직접 대화를 나누는 것과 같은 방식 등 대화 상황을 설정하여 표현하는 경우도 나타난다. 이와 같은 방식들은 화자의 내면 의식을 자연스럽게 표현하거나 한 사람의 화자만으로는 제공하기 어려운 정보를 전달하는 데 효과적으로 활용된다.

① ㉠에서는 화자가 청자에게 질문을 던지는 방식으로 교훈을 제시하여 사람들의 공감을 유도하고 있다.

② ㉡에서는 사람들이 삼가야 한다고 생각하는 행동 지침을 화자가 청자에게 명령하는 방식으로 전달하고 있다.

③ ㉢에서는 의인화된 청자를 불러들여 질문하는 방식으로 화자가 선망하는 대상과 청자의 동질성을 확인하고 있다.

④ ㉣에서는 꿈에 등장한 '한 사람'이 화자의 대화 상대로 등장하여 화자에 대한 정보를 직접적으로 제공하고 있다.

⑤ ㉤에서는 화자가 상대방과 대화를 나누는 상황을 설정하여 백성을 먼저 편안하게 한 후 훗날 다시 만나자는 자신의 생각을 전달하고 있다.

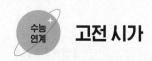

009~011 | 다음 글을 읽고 물음에 답하시오.

㉮ 정월(正月)은 맹춘(孟春)이라 **입춘(立春) 우수(雨水)** 절기로다
산중 간학(澗壑)에 빙설은 남았으나
㉠평교(平郊) 광야에 운물(雲物)이 변하도다
어와 우리 성상 애민 중농(愛民重農)하오시니
간측(懇惻)하신 권농(勸農) 윤음(綸音) 방곡(坊曲)에 반포하니
㉡슬프다 농부들아 아무리 무지한들
네 몸 이해(利害) 고사하고 **성의(聖意)**를 어길쏘냐
㉢산전 수답(山田水畓) 상반하게 힘대로 하오리라
일 년 풍흉(豊凶)은 측량하지 못하여도
인력(人力)이 극진하면 **천재(天災)**를 면하나니
제각각 권면(勸勉)하여 게을리 **굴지 마라**
일년지계(一年之計) 재춘(在春)하니 범사를 **미리 하라**
봄에 만일 실시(失時)하면 종년(終年) 일이 낭패되네

－ 정학유, 〈농가월령가〉

㉯ 좌수(左手)의 잡은 춘광(春光) 우수(右手)로 옮겨 내어 ⎤
농부가 흥을 계워 수답(水畓)의 이종(移種)하니 　[A]
아마도 성세 낙민(聖世樂民)은 이뿐인가 ⎦

〈제3수〉

초운(初耘) 재운(再耘) 풀 맬 적의 저 농부 수고한다
사립 쓰고 호미 들고 상평(上坪) 하평(下坪) 분주하다
아마도 실시(失時)하면 일 년 생애 허사(虛事)인가

〈제4수〉

근고(勤苦)하여 심은 오곡(五穀) 날 가물어 근심터니
㉣유연 작운(油然作雲) 오신 비의 패는 이삭 거룩하다
아마도 **우순풍조(雨順風調)*** **성화(聖化)***신가 　〈제5수〉

백로(白露) 상강(霜降) 다닷거든 낫 가러 손의 들고
지게 지고 가서 보니 백곡(百穀)이 다 익엇다
지금의 실시(失時)헌 농부야 일어 무삼

〈제6수〉

일 년을 수고하여 백곡이 풍등(豊登)하니
우순풍조 아니런들 **함포고복(含哺鼓腹)*** 어이하리
아마도 국태평(國太平) 민안락(民安樂)은 금세신가

〈제7수〉

그대 추수(秋收) 얼마 헌고 내 농사 지은 거슨 ⎤
토세(土稅) 신역(身役) 밧친 후의 몃 섬이나 남을는지 [B]
아마도 다하고 나면 겨울나기 어려 ⎦

〈제8수〉

그대 농사 적을 적의 내 추순들 변변헐가
㉤져 건너 박 부자 집의 빗이나 다 갑흘는지
아마도 가난한 사람은 가을도 봄인가

〈제9수〉

－ 이세보, 〈농부가〉

* 우순풍조: 비가 때맞추어 알맞게 내리고 바람이 고르게 붊.
* 성화: 임금이나 성인이 덕으로써 교화함.
* 함포고복: 잔뜩 먹고 배를 두드린다는 뜻으로, 먹을 것이 풍족하여 즐겁게 지냄을 이르는 말.

009

㉠~㉤에 대한 설명으로 가장 적절한 것은?

① ㉠: 다른 공간보다 늦은 자연의 변화를 보여 주고 있다.
② ㉡: 농사일로 인해 화자가 겪는 내적 갈등을 표출하고 있다.
③ ㉢: 기후 조건에 따라 농사를 달리해야 함을 강조하고 있다.
④ ㉣: 때맞춰 내린 비에 패는 이삭을 보며 근심이 해소되었음을 드러내고 있다.
⑤ ㉤: 빚을 갚기 어려운 이웃의 처지에 대한 안타까움을 나타내고 있다.

010

[A]와 [B]에 대한 이해로 적절하지 <u>않은</u> 것은?

① [A]와 [B]는 동일한 부사어를 사용하여 앞서 제시한 상황에 대한 화자의 판단을 드러내고 있다.

② [A]에서는 [B]와 달리, 관념적인 시어를 사용하여 화자가 지향하는 가치를 강조하고 있다.

③ [A]에서는 [B]와 달리, 계절적 배경을 바탕으로 농촌의 생활상을 구체적으로 제시하고 있다.

④ [B]에서는 [A]와 달리, 표면에 드러난 화자가 상대에게 말을 건네는 방식으로 시상을 전개하고 있다.

⑤ 농사 시작 단계인 [A]의 흥겨운 상황과 대비적으로, [B]에서는 추수 후 농민들이 처한 현실적 문제 상황을 보여 주고 있다.

011

〈보기〉를 바탕으로 (가)와 (나)를 감상한 내용으로 적절하지 <u>않은</u> 것은?

> ┤ 보기 ├
>
> 조선 후기 사대부들의 시가 문학에는 한 해 동안 이루어지는 농사일과 절기 등을 계절에 따라 소개하는 작품들이 있다. 이러한 작품들은 유교적 충의 사상을 바탕으로 태평성대를 기원하며, 농촌 현실을 사실적으로 묘사한다. 또 실천적 행동을 중시하는 실학적 가치관을 바탕으로 농민들이 때맞춰 해야 할 일을 전달하거나, 농민을 교화의 대상으로 보고 지시적인 태도를 드러내기도 한다.

① (가)에서 '입춘 우수', (나)에서 '백로 상강'과 같은 절기가 소개되는 것은, 작가가 계절에 따라 농사일과 농촌 생활을 제시하고 있기 때문이겠군.

② (가)에서 농사를 짓는 일이 '성의'임을 강조하고 (나)에서 농사가 잘되어 감을 '성화'로 여기는 것은, 작가의 유교적 충의 사상에서 비롯된 것으로 볼 수 있겠군.

③ (가)에서 '인력이 극진'하면 '천재'를 면할 수 있다고 하고, (나)에서 '우순풍조'로 '함포고복'이 가능했다고 말하는 것은, 작가가 지니고 있는 실학적 가치관을 드러내는 것이겠군.

④ (나)의 평서형·의문형 진술과 달리 (가)의 '굴지 마라', '미리 하라'와 같은 명령형 어조는, 농민을 교화의 대상으로 보는 작가의 지시적인 태도를 보여 주는 것이겠군.

⑤ (가)에서 '봄에 만일 실시'할 때의 결과와 (나)에서 '아마도 실시'할 때의 결과를 언급한 것은, 농사일을 때맞춰 하는 것이 중요함을 농민들에게 전달하려는 작가의 의도를 드러내는 것이겠군.

012~014 | 다음 글을 읽고 물음에 답하시오.

가 여파(餘波)에 정을 품고 그 근원을 생각해 보니
연못의 잔물결은 맑고 깨끗이 흘러가고
㉠오래된 우물에 그친 물은 담연(淡然)히* 고여 있다
짧은 담에 의지하여 고해(苦海)를 바라보니
욕심의 거센 물결이 하늘에 차서 넘치고
탐욕의 샘물이 세차게 일어난다
㉡흐르는 모양이 막힘이 없고 기운차니 나를 알 이 누구인가
평생을 다 살아도 **백 년(百年)**이 못 되는데
공명(功名)이 무엇이라고 일생에 골몰할까
낮은 벼슬을 두루 거치고 부귀에 늙어서도
남가(南柯)의 한 꿈이라 황량(黃粱)*이 덜 익었네
나는 내 뜻대로 평생을 다 즐겨서
천지(天地)에 넉넉하게 놀고 강산에 누우니
사시(四時)의 내 즐김이 어느 때 없을런가
누항(陋巷)에 안거(安居)하여 단표(簞瓢)에 **시름없고**
세로(世路)에 발을 끊어 명성(名聲)이 감추어져
은거행의(隱居行義)* 자허(自許)하고* 요순지도(堯舜之道)* 즐기니
내 몸은 속인(俗人)이나 **내 마음은 신선(神仙)**이오
진계(塵界)가 지척이나 지척이 **천 리(千里)**로다
제 뜻을 고상(高尙)하니 제 몸이 자중(自重)하고
일체의 다툼이 없으니 시기할 이 누구인가
㉢뜬구름이 시비(是非) 없고 날아다니는 새가 한가하다
여년(餘年)이 얼마런고 이 아니 즐거운가
제 뜻을 제 즐기고 제 마음 제 임의(任意)라
먹으나 못 먹으나 이것이 세상이며
입으나 못 입으나 이것이 지락(至樂)이다.
아내가 베를 짜니 의복(衣服)이 걱정 없고
앞 논에 벼 있으니 양식인들 염려하랴
늙은 부모가 건강하니 내 무슨 시름이며
형제가 화목하니 즐거움이 또 있는가
내 뜻에 내 즐거워 낙지가(樂志歌) 지어 내니
묻노라 청허자(淸虛子)*야 이를 능히 좋아하면
평생에 이를 즐겨 죽도록 잊지 마라

— 이이, 〈낙지가〉

* 담연히: 맑고 깨끗하게.
* 황량: '황량몽'에서 온 것으로 인생의 덧없음을 뜻함.
* 은거행의: 숨어서 의로운 일을 행함.
* 자허하고: 자신의 힘으로 넉넉히 할 만한 일이라고 여기고.
* 요순지도: 요임금과 순임금의 도. 충의, 효행, 우애 등.
* 청허자: 마음을 비운 맑고 깨끗한 사람.

나 새로 거른 막걸리 젖빛처럼 뿌옇고   新篘濁酒如湩白
큰 사발에 보리밥 높기가 한 자로세   大碗麥飯高一尺
㉣밥 먹자 도리깨* 잡고 마당에 나서니   飯罷取耞登場立
검게 탄 두 어깨 햇볕 받아 번쩍이네   雙肩漆澤翻日赤
옹헤야 소리 내며 발맞추어 두드리니   呼邪作聲舉趾齊
삽시간에 보리 낟알 온 사방에 가득하네   須臾麥穗都狼藉
㉤주고받는 노랫가락 점점 높아지는데   雜歌互答聲轉高
보이느니 지붕까지 나는 보리 티끌   但見屋角紛飛麥
그 기색 살펴보니 **즐겁기** 짝이 없어   觀其氣色樂莫樂
마음이 몸의 노예 되지 않았네   了不以心爲形役
낙원이 먼 곳에 있는 게 아닌데   樂園樂郊不遠有
무엇하러 고향 떠나 **벼슬길**에 헤매리오 何苦去作風塵客

— 정약용, 〈보리타작〉

* 도리깨: 곡식의 낟알을 떠는 데 쓰는 농구.

012

(가), (나)에 대한 설명으로 가장 적절한 것은?

① (가)는 (나)와 달리, 대구를 활용하여 대상에 대한 경외감을 드러내고 있다.

② (가)는 (나)와 달리, 명시적 청자에게 말을 건네는 방식으로 화자의 바람을 나타내고 있다.

③ (나)는 (가)와 달리, 근경에서 원경으로 시선을 이동하는 방식으로 시상을 전개하고 있다.

④ (나)는 (가)와 달리, 상승과 하강의 이미지를 대비하여 대상의 변화 과정을 보여 주고 있다.

⑤ (가)와 (나)는 모두, 인간과 자연의 대비를 통해 주제 의식을 구체화하고 있다.

013

㉠~㉤에 대한 이해로 적절하지 <u>않은</u> 것은?

① ㉠: 자연에서 심리적 안정을 이룬 화자의 상태와 조응되고 있다.
② ㉡: 세속에서의 자신의 삶에 대한 화자의 반성이 나타나 있다.
③ ㉢: 화자가 지향하는 삶의 태도가 자연물에 투영되어 있다.
④ ㉣: 농민들의 일상적 삶이 연속적인 행동으로 드러나고 있다.
⑤ ㉤: 보리타작하는 농민들의 흥이 점차 고조되는 분위기가 반영되어 있다.

014

〈보기〉를 참고하여 (가), (나)를 감상한 내용으로 적절하지 <u>않은</u> 것은?

┤ 보기 ├

고전 시가에서 즐거움은 화자가 추구하는 이상과 현실이 부합하는 상황에서 촉발되는 정서이다. (가)에서 화자는 자연 속에 은거하며 누리는 평화로운 삶에서 즐거움을 느끼며 세속의 세계에 대한 거부의 태도를 보이고 있다. (나)에서 화자는 힘겨운 노동을 하면서도 활기찬 농민들의 모습에서 즐거움을 발견하고 공명(功名)에 얽매여 살아온 자신의 삶을 돌이켜 보고 있다.

① (가)는 '평생'을 살아도 '백 년이 못' 된다는 인식에서 화자가 현재와 같은 삶을 선택한 이유를 짐작할 수 있군.
② (나)는 '마음이 몸의 노예'가 되지 않았다고 한 데서 농민들에 대한 화자의 긍정적 시선을 확인할 수 있군.
③ (가)는 '누항'에 머물며 '시름'없다고 한 데서 자연에 은거하는 삶에서 느끼는 즐거움을, (나)는 '그 기색'이 '즐겁기 짝'이 없다고 한 데서 농민에게서 발견한 즐거움을 알 수 있군.
④ (가)는 '내 마음은 신선'이고 '일체의 다툼이 없'다고 한 데서, (나)는 '낙원'이 '먼 곳'에 있지 않다고 한 데서 화자가 처해 있는 현실이 이상과 부합하는 상황을 파악할 수 있군.
⑤ (가)는 '진계'를 '천 리'라고 한 데서 세속의 세계에 대한 화자의 심리적 거리감을, (나)는 '벼슬길'을 헤맨 것에 대해 '무엇하러'라고 한 데서 세속적 욕망에 대한 화자의 반성을 엿볼 수 있군.

015~017 | 다음 글을 읽고 물음에 답하시오.

가 살어리 살어리랏다 청산(靑山)에 살어리랏다
ⓐ멀위랑 다래랑 먹고 청산에 살어리랏다
얄리얄리 얄랑셩 얄라리 얄라

우러라 우러라 새여 자고 니러 우러라 새여
ⓑ널라와 시름 한 나도 자고 니러 우니로라
얄리얄리 얄라셩 얄라리 얄라

가던 새* 가던 새 본다 믈 아래 가던 새 본다
ⓒ잉 무든 장글란* 가지고 믈 아래 가던 새 본다
얄리얄리 얄라셩 얄라리 얄라

이링공 뎌링공 하야 나즈란 디내와손뎌
오리도 가리도 업슨 바므란 또 엇디 호리라
얄리얄리 얄라셩 얄라리 얄라

어듸라 더디던 돌코 누리라 마치던 돌코
ⓓ믜리도 괴리도 업시 마자셔 우니노라
얄리얄리 얄라셩 얄라리 얄라

살어리 살어리랏다 바다에 살어리랏다
나문재 구조개랑 먹고 바다에 살어리랏다
얄리얄리 얄라셩 얄라리 얄라

가다가 가다가 드로라 에졍지* 가다가 드로라
사슴이 장대에 올아셔 해금(奚琴)을 혀거를 드로라
얄리얄리 얄라셩 얄라리 얄라

가다니 배브른 도긔 설진 강수*를 비조라
ⓔ조롱곳 누로기 매와 잡사와니 내 엇디 하리잇고
얄리얄리 얄라셩 얄라리 얄라

— 작자 미상, 〈청산별곡〉

* 가던 새: 날아가던 새 또는 갈던 사래.
* 잉 무든 장글란: 이끼 묻은(녹이 슨) 쟁기 또는 병기를.
* 에졍지: 아직 정확한 뜻이 밝혀지지 않았으나, '외따로 떨어져 있는 부엌'이라고도 함.
* 설진 강수: 덜 익은 또는 농도가 진한 강술.

나 산촌(山村)에 눈이 오니 돌길이 묻혔어라
㉠시비(柴扉)를 여지 마라 날 찾을 이 뉘 있으리
밤중만 일편명월(一片明月)이 긔 벗인가 하노라

— 신흠

다 절집이 흰 구름에 묻혀 있기에,　　　　　寺在白雲中
㉡흰 구름을 스님은 쓸지를 않아.　　　　白雲僧不掃
바깥손님 와서야 문 열어 보니,　　　　　客來門始開
온 산의 송화는 하마 쇠었네.　　　　　萬壑松花老

— 이달, 〈불일암 인운 스님에게〉

015
(가)~(다)에 대한 설명으로 가장 적절한 것은?

① (가)와 (나)는 후렴구의 사용을 통해 리듬감을 형성하고 있다.
② (가), (나)는 의문형 종결 표현을 통해 화자의 처지를 드러내고 있다.
③ (나)와 (다)는 감정 이입을 통해 대상을 생동감 있게 묘사하고 있다.
④ (가), (나), (다)는 동일한 시어를 반복하여 주제 의식을 강조하고 있다.
⑤ (가), (나), (다)는 자연물을 매개로 하여 화자의 깨달음을 드러내고 있다.

016

㉠과 ㉡에 대한 이해로 가장 적절한 것은?

① ㉠은 ㉡과 달리, 세속적 삶의 어려움을 인식하는 계기가 된다.
② ㉡은 ㉠과 달리, 자연에 대한 화자의 지향 의식을 나타낸다.
③ ㉠과 ㉡은 모두, 세속과 자연의 모습을 대조적으로 보여 준다.
④ ㉠과 ㉡은 모두, 세속과 단절된 삶을 살아가려는 태도를 암시한다.
⑤ ㉠과 ㉡은 모두, 세속과의 괴리에서 오는 화자의 내적 갈등을 드러낸다.

017

〈보기〉를 참고하여 (가)의 ⓐ~ⓔ를 감상한 내용으로 적절하지 않은 것은?

| 보기 |

　　고려 후기에는 대내적으로 무신의 난(亂)이 계속되면서 혼란이 그치질 않았고, 대외적으로는 왜적과 몽고의 침입으로 인해 민중들이 삶의 터전을 잃고 유랑할 수밖에 없는 어려움을 겪어야만 했다. 〈청산별곡〉은 이와 같은 내우외환(內憂外患)의 상황 속에서 민중들이 겪었던 삶의 고뇌와 비애를 비유와 상징을 통해 노래하고 있다.

① ⓐ에는 내우외환의 상황 속에서 평안하게 살 수 있는 새로운 세계를 지향하던 고려 민중들의 바람이 나타나 있군.
② ⓑ에는 삶의 터전을 잃은 채 유랑할 수밖에 없는 상황에서 느끼는 고려 민중들의 깊은 시름과 고뇌가 나타나 있군.
③ ⓒ에는 유랑의 삶을 떠나기 이전의 일상적 삶의 공간에 대한 고려 민중들의 애착과 미련이 나타나 있군.
④ ⓓ에는 아무런 잘못이 없는데도 자신의 의지와 관계없이 고통스러운 삶을 감당해야만 하는 현실에 대한 고려 민중들의 인식이 나타나 있군.
⑤ ⓔ에는 고뇌로 가득 찬 삶의 현실에도 불구하고 비애의 정서를 해학으로 승화시킬 줄 아는 고려 민중들의 낙관적인 삶의 태도가 나타나 있군.

018~020 | 다음 글을 읽고 물음에 답하시오.

㉮ 논밭 갈아 기음매고 베잠방이 다임* 쳐 신들메고*
　　낫 갈아 허리에 차고 도끼 벼려 둘러매고 무림 산중(茂林山
中) 들어가서 삭정이* 마른 섶을 베거니 버히거니 지게에 짊어
지팡이 받쳐 놓고 새암을 찾아가서 점심 도시락 부시고* 곰방
대를 톡톡 떨어 **잎담배 피어 물고 콧노래에 졸다가**
　　석양이 재 넘어갈 제 **어깨를 추키면서 긴소리 짧은소리 하
며 어이 갈꼬 하더라**

　　　　　　　　　　　　　　　　　　　　　　　　　　　－ 작자 미상

* 다임: 대님. 한복에서, 남자들이 바지를 입은 뒤에 그 가랑이의 끝 쪽을 접어서 발목을 졸
　라매는 끈.
* 신들메고: 신이 벗어지지 않도록 발에 잡아매고.
* 삭정이: 살아 있는 나무에 붙어 있는, 말라 죽은 가지.
* 부시고: 그릇 따위를 깨끗하게 다 비우고.

㉯ 서방님 ㉠병들여 두고 쓸 것 없어
　　종루 저자에 ㉡다리* 팔아 배 사고 감 사고 유자 사고 석류
샀다 아차아차 잊었구나 오화당*을 잊어버렸구나
　　　㉢수박에 술 꽂아 놓고 한숨 겨워하노라

　　　　　　　　　　　　　　　　　　　　　　　　　　　－ 김수장

* 다리: 예전에, 여자들의 머리숱이 많아 보이라고 덧넣었던 딴머리.
* 오화당: 오색으로 물들여 만든 둥글납작한 사탕.

018

(가), (나)에 대한 설명으로 적절하지 않은 것은?

① (가), (나)는 모두 열거를 통해 인물의 행동을 보여 주고 있다.
② (가), (나)는 모두 해학과 풍자를 통해 삶의 모습을 표현하고
　있다.
③ (가), (나)는 모두 일상적 소재를 통해 인물의 생활상을 구체
　화하고 있다.
④ (가)는 (나)와 달리 시간적 배경을 제시하여 인물의 정서를 강
　조하고 있다.
⑤ (나)는 (가)와 달리 감탄사를 사용하여 인물의 심정을 나타내
　고 있다.

019

〈보기〉를 바탕으로 (가)를 이해한 내용으로 적절하지 않은 것은?

> ┤ 보기 ├
>
> 　사설시조는 당대 민중의 일상적인 생활상과 삶에 대한 인식
> 을 진솔하게 형상화하고 있다. 즉 사설시조에는 힘들고 고된
> 노동으로 점철된 삶의 현실에 대한 긍정과 소박한 흥취, 그리
> 고 여유를 잃지 않는 서민 계층의 낙천적인 성정이 생동감 있
> 게 드러나 있는 것이다. 또 사설시조에 나타난 자연은 민중의
> 구체적인 생활 공간으로 묘사되어 있으며, 이는 사대부의 시
> 가에 나타난 관념적인 자연과 대비된다.

① '논밭 갈아 기음매고 베잠방이 다임 쳐 신들메고'에는 당대 민
　중의 낙천적인 성정이 드러나 있군.
② '무림 산중'은 힘들고 고된 노동이 이루어지는 서민들의 구체
　적인 생활 공간에 해당하겠군.
③ '삭정이 마른 섶을 베거니 버히거니'에는 노동하는 민중의 모
　습이 생동감 있게 나타나 있군.
④ '잎담배 피어 물고 콧노래에 졸다가'에서 고된 노동으로 힘겨
　운 삶에서도 여유를 즐기는 서민들의 삶의 태도를 엿볼 수 있군.
⑤ '어깨를 추키면서 긴소리 짧은소리 하며 어이 갈꼬 하더라'에
　서 서민 계층의 소박한 흥취를 느낄 수 있군.

020

(나)의 ㉠~㉢에 대한 설명으로 적절하지 않은 것은?

① ㉠은 ㉢을 만들게 되는 계기가 된다.
② ㉡은 ㉠이 든 남편을 위한 화자의 희생을 환기한다.
③ ㉢은 ㉡을 파는 직접적인 계기이다.
④ ㉢은 ㉠, ㉡과 달리 상황에 대한 화자의 긍정이 나타난다.
⑤ ㉡에는 화자의 절박함이, ㉢에는 ㉠이 치유되기를 바라는 마음이 담겨 있다.

✦ 연계 기출 2015 9월 평가원 B형

021~023 | 다음 글을 읽고 물음에 답하시오.

가 모란이 피기까지는
　　나는 아직 ㉠나의 봄을 기다리고 있을 테요
　　모란이 뚝뚝 떨어져 버린 날
　　나는 비로소 봄을 여읜 **설움**에 잠길 테요
　　오월 어느 날 그 하루 무덥던 날
　　떨어져 누운 꽃잎마저 시들어 버리고는
　　천지에 모란은 자취도 없어지고
　　뻗쳐오르던 내 보람 서운케 무너졌으니
　　모란이 지고 말면 그뿐 **내 한 해는 다 가고 말아**
　　삼백예순 날 하냥 섭섭해 우옵네다
　　모란이 피기까지는
　　나는 아직 기다리고 있을 테요 **찬란한 슬픔의 봄을**

　　　　　　　　　　　　　　　– 김영랑, 〈모란이 피기까지는〉

나 북한산이
　　다시 그 높이를 회복하려면
　　다음 겨울까지는 기다려야만 한다.

　　밤사이 눈이 내린,
　　그것도 백운대나 인수봉 같은
　　높은 봉우리만이 옅은 화장을 하듯
　　가볍게 눈을 쓰고

　　왼 산은 차가운 수묵(水墨)으로 젖어 있는,
　　어느 겨울날 이른 아침까지는 기다려야만 한다.

　　신록이나 단풍,
　　골짜기를 피어오르는 안개로는,
　　눈이래도 왼 산을 뒤덮는 적설(積雪)로는 드러나지 않는,

　　심지어는 장밋빛 햇살이 와 닿기만 해도 변질하는,
　　그 ㉡고고(孤高)한 높이를 회복하려면

　　백운대와 인수봉만이 **가볍게 눈을 쓰는**
　　어느 겨울날 이른 아침까지는
　　기다려야만 한다.

　　　　　　　　　　　　　　　　– 김종길, 〈고고(孤高)〉

021

(가), (나)의 공통점으로 가장 적절한 것은?

① 공간의 이동을 통해 시상을 전개하고 있다.
② 수미상관의 구조를 통해 주제를 강조하고 있다.
③ 어순의 도치를 통해 상황의 긴박감을 표현하고 있다.
④ 흑백의 대비를 통해 회화적 이미지를 강화하고 있다.
⑤ 가상의 상황을 통해 자기반성의 태도를 보여 주고 있다.

022

〈보기〉를 참고하여 (가), (나)를 감상한 내용으로 적절하지 <u>않은</u> 것은? [3점]

| 보기 |

김영랑의 〈모란이 피기까지는〉과 김종길의 〈고고〉는 대상이 지닌 특정 속성을 통해 화자가 경험한 아름다움을 드러낸다. 〈모란이 피기까지는〉에서는 봄이라는 계절에 소멸을 앞둔 대상을 통해, 〈고고〉에서는 겨울날 대상의 고고함이 드러나는 순간을 통해 대상의 아름다움이 경험되고 있다. 한편, 전자는 대상 자체보다는 대상에서 촉발된 주관적 정서의 표현에, 후자는 정서의 직접적 표현보다는 대상 자체의 묘사에 중점을 두고 있다.

① (가)에서는 아름다움을 경험하는 주체를 직접 노출하여 정서를 표현하고 있군.

② (가)에서는 한정된 시간 동안 존속하는 속성이 대상의 아름다움을 강화하고 있군.

③ (나)에서는 대상의 높이가 고고한 아름다움을 결정하는 유일한 조건이군.

④ (나)는 대상의 고고한 아름다움이 드러나는 순간과 그렇지 않은 때의 모습을 대비하고 있군.

⑤ (가)와 (나)는 각각 특정한 계절적 배경을 통해 대상의 아름다움을 표현하고 있군.

023

㉠, ㉡과 관련지어 (가), (나)를 이해한 내용으로 적절하지 <u>않은</u> 것은?

① (가)의 '설움'은 ㉠을 경험하지 못하게 방해하는 요인을 나타낸다.

② (가)의 '내 한 해는 다 가고 말아'는 ㉠의 경험이 화자의 삶에서 차지하는 비중이 큼을 나타낸다.

③ (가)의 '찬란한 슬픔'은 ㉠에서 경험할 수 있는 강렬한 정서를 나타낸다.

④ (나)의 '어느 겨울날 이른 아침'은 ㉡을 경험할 수 있는 특정 시간을 나타낸다.

⑤ (나)의 '가볍게 눈을 쓰는'은 ㉡을 경험하기 위한 대상의 요건을 나타낸다.

024~027 | 다음 글을 읽고 물음에 답하시오.

가
삽살개 짖는 소리
눈보라에 얼어붙는 섣달 그믐
밤이
얄궂은 손을 하도 곱게 흔들길래
술을 마시어 불타는 소원이 이 부두로 왔다

걸어온 길가에 찔레 한 송이 없었대도
㉠나의 아롱범은
자옥 자옥을 뉘우칠 줄 모른다
어깨에 쌓여도 하얀 눈이 무겁지 않고나

철없는 누이 고수머릴랑 어루만지며
우라지오*의 이야길 캐고 싶던 밤이면
울 어머닌
서투른 마우재*말도 들려 주셨지
졸음졸음 귀 밝히는 누이 잠들 때꺼정
등불이 깜박 저절로 눈 감을 때꺼정

다시 내게로 헤여드는
어머니의 입김이 **무지개처럼 어질다**
나는 그 모두를 살뜰히 담았으니
어린 기억의 새야 귀성스럽다*
거사리지 말고 마음의 은줄에 작은 날개를 털라

드나드는 배 하나 없는 지금
부두에 호젓 선 나는 멧비둘기 아니건만
날고 싶어 날고 싶어
머리에 어슴푸레 그리어진 그곳
우라지오의 바다는 **얼음이 두텁다**

등대와 나와
서로 속삭일 수 없는 생각에 잠기고
밤은 얄팍한 꿈을 끝없이 꾀인다
가도 오도 못할 우라지오
— 이용악, 〈우라지오 가까운 항구에서〉

* 우라지오: 러시아의 항구 도시 '블라디보스토크'의 일본어식 표현.
* 마우재: '러시아인'을 이르는 함경도 방언.
* 귀성스럽다: 제법 수수하면서도 은근한 맛이 있어 마음을 끄는 데가 있다.

나 **내 유년 시절** 바람이 문풍지를 더듬던 동지의 밤이면 어머니는 내 머리를 당신 무릎에 뉘고 무딘 칼끝으로 시퍼런 무를 깎아 주시곤 하였다. 어머니 무서워요 저 울음소리, 어머니조차 무서워요. 애야, 그것은 네 속에서 울리는 소리란다. 네가 크면 너는 이 겨울을 그리워하기 위해 더 큰 소리로 울어야 한다. 자정 지나 앞마당에서 **은빛 금속처럼 서리가 깔릴 때**까지 어머니는 **마른 손으로** 종잇장 같은 내 배를 자꾸만 쓸어내렸다. 처마 밑 시래기 한 줌 부스러짐으로 천천히 등을 돌리던 바람의 한숨. 사위어 가는 호롱불 주위로 방 안 가득 풀풀 **수십 장 입김이 날리던 밤**, 그 ㉡작은 소년과 어머니는 지금 어디서 무엇을 할까?

— 기형도, 〈바람의 집 — 겨울 판화 1〉

024

(가), (나)에 대한 설명으로 가장 적절한 것은?

① (가)는 공감각적 심상을 활용하여 계절적 배경을 부각하고 있다.
② (나)는 두 인물의 모습을 묘사하여 대상 간의 친밀감을 드러내고 있다.
③ (가)는 (나)와 달리 색채어를 활용하여 시적 분위기를 형성하고 있다.
④ (나)는 (가)와 달리 공간의 이동에 따른 화자의 심리 변화를 드러내고 있다.
⑤ (가)는 의도적 행갈이를 통해, (나)는 연쇄적 표현을 통해 화자의 안타까움을 강조하고 있다.

025

(가)에 대한 설명으로 적절하지 <u>않은</u> 것은?

① 1연에서 '밤'이 '얄궂은 손'을 흔든다고 표현하여 화자가 '부두'에 오게 된 이유를 제시하고 있다.

② 2연에서 '없었대도'라는 부정 표현을 통해 '찔레 한 송이'조차 갖지 못한 화자의 자책감을 강조하고 있다.

③ 4연에서 '새'에게 '작은 날개를 털라'라고 말함으로써 '기억'을 상기하고자 하는 화자의 적극적 태도를 드러내고 있다.

④ 5연에서 '날고 싶어'의 반복을 통해 '멧비둘기'를 부러워하는 화자의 내면을 드러내고 있다.

⑤ 6연에서 '나'와 처지가 유사한 대상인 '등대'를 제시하여 '얄팍한 꿈'을 실현할 수 없는 화자의 상황을 부각하고 있다.

026

㉠과 ㉡에 대한 이해로 가장 적절한 것은?

① ㉠과 ㉡은 모두 미래에 대해 낙관적 태도를 보인 존재이다.

② ㉠은 ㉡과 달리 주변의 조언에 따라 삶의 방향을 정한 존재이다.

③ ㉡은 ㉠과 달리 부정적 상황을 극복하기 위한 의지를 지닌 존재이다.

④ ㉠은 가족과 유대감을 나눌 수 있는 존재이고, ㉡은 가족과 단절되어 있던 존재이다.

⑤ ㉠은 시련에 맞서 당당하게 살아온 존재이고, ㉡은 내면의 두려움을 감추지 않고 표출한 존재이다.

027

〈보기〉를 참고하여 (가), (나)를 감상한 내용으로 적절하지 <u>않은</u> 것은?

> ┤ 보기 ├
>
> 선생님: (가)는 과거의 추억을 떠올리는 화자가 돌아갈 수 없는 고향에 대한 그리움을 노래하고, (나)는 유년 시절의 아픈 기억을 떠올리는 화자가 그 시절의 단면을 그려내고 있습니다. 그러나 과거에 대한 기억이 (가)에서는 따뜻하고 정겨운 이미지로 형상화되고 있는 반면에, (나)에서는 궁핍하고 냉혹한 이미지로 제시되고 있다는 차이를 보여요. 이러한 차이는 현재를 부정적으로 인식할 때 과거를 더 애틋하게 생각하고 그리워하는 경향에서 비롯되었다고 볼 수 있습니다.

① (가)의 화자는 '철없는 누이 고수머릴랑 어루만지며'를 통해 과거의 정다운 분위기를 드러내고 있군.

② (나)의 화자는 '은빛 금속처럼 서리가 깔릴 때'를 통해 과거의 냉혹한 분위기를 나타내고 있군.

③ (가)의 화자는 '우라지오의 이야길 캐고 싶던'을 통해 고향을 그리워하던 과거의 모습을 드러내고, (나)의 화자는 '수십 장 입김이 날리던 밤'을 통해 고단했던 어린 시절의 모습을 표현하고 있군.

④ (가)의 화자는 '무지개처럼 어질다'를 통해 추억 속 어머니를 애틋한 대상으로 형상화하고, (나)의 화자는 '마른 손으로'를 통해 가난을 겪은 어머니의 모습을 표현하고 있군.

⑤ (가)의 화자는 '얼음이 두텁다'를 통해 현재 상황에 대한 비극적 인식을 드러내고, (나)의 화자는 '내 유년 시절'을 통해 과거에 대한 회상에 잠겨 있음을 드러내고 있군.

028~030 | 다음 글을 읽고 물음에 답하시오.

가 푸른 하늘에 닿을 듯이
　세월에 불타고 우뚝 남아 서서
　차라리 봄도 꽃피진 말아라.

　낡은 거미집 휘두르고
　끝없는 꿈길에 혼자 설레이는
　마음은 아예 뉘우침 아니라

　검은 그림자 쓸쓸하면
　마침내 호수 속 **깊이** 거꾸러져
　차마 바람도 흔들진 못해라

　　　　　　　　　　　　　　　　– 이육사, 〈교목〉

나 지금 저기 보이는 시푸런 강과 또 산을 넘어야 진종일을 별
일 없이 보낸 것이 된다. 서녘 하늘은 장밋빛 무늬로 타는 큰
눈의 창을 열어⋯⋯ **지친** 날개를 바라보며 서로 가슴 타는 그
러한 거리(距離)에 숨이 흐르고.

　모진 바람이 분다.
　그런 속에서 피비린내 나게 싸우는 나비 한 마리의 생채기.
첫 고향의 꽃밭에 마즈막까지 의지하려는 강렬한 바라움의 향
기였다.

　앞으로도 저 강을 건너 산을 넘으려면 몇 '마일'은 더 날아
야 한다. 이미 날개는 피에 젖을 대로 젖고 시린 바람이 자꾸
불어 간다 **목이 빠삭 말라 버리고 숨결이 가쁜** 여기는 **아직도**
싸늘한 적지.

　벽, 벽⋯⋯ 처음으로 나비는 벽이 무엇인가를 알며 피로 적
신 날개를 가지고도 날아야만 했다. 바람은 다시 분다 얼마쯤
날으면 아방(我方)의 따시하고 슬픈 철조망 속에 안길,

　이런 마즈막 '꽃밭'을 그리며 **숨은 아직 끝나지 않았다** 어설
픈 표시의 벽. 기(旗)여⋯⋯

　　　　　　　　　　　　　　　　– 박봉우, 〈나비와 철조망〉

028

(가), (나)의 표현상 특징으로 가장 적절한 것은?

① (가)는 대비적 표현을 활용하여 회고적 정서를 드러내고 있다.

② (나)는 음성 상징어를 사용하여 대상의 역동성을 부각하고 있다.

③ (가)와 (나)는 모두 역설적 표현을 통해 애상적 정서를 드러내고 있다.

④ (가)와 (나)는 모두 동일한 시어를 반복하여 화자의 내면 의식을 강조하고 있다.

⑤ (가)는 명령형 어미를 통해 화자의 굳건한 태도를 드러내고, (나)는 현재형 진술을 통해 부정적 상황을 형상화하고 있다.

029

(가), (나)에 대한 설명으로 적절하지 않은 것은?

① (가)에서 '깊이'는 절망적인 상황에서 죽음을 불사하고자 하는 화자의 의지를 부각하고 있다.

② (가)에서 '차마'는 고통과 유혹에도 동요하지 않겠다는 화자의 자세를 강조하고 있다.

③ (나)에서 '지친'은 비행을 계속해 온 나비가 고단함을 느끼고 있음을 드러내고 있다.

④ (나)에서 '아직도'는 아군과 적이 대립하는 상황이 지속되고 있음을 부각하고 있다.

⑤ (나)에서 '어설픈'은 무모한 나비의 행위에 대한 화자의 부정적 시각을 드러내고 있다.

030

〈보기〉를 참고하여 (가), (나)를 감상한 내용으로 적절하지 않은 것은?

> ┤ 보기 ├
>
> (가)는 일제 강점기에 죽음을 각오하고 독립 투쟁을 벌이며 일제에 항거한 시인의 작품으로, 하늘을 향해 곧게 자라는 특성을 지닌 '교목(喬木)'을 상징물로 활용하여 조국 광복에 대한 화자의 소망과 의지를 노래하고 있다. (나)는 우리 민족의 모습을 '나비'에 빗대어 분단 상황 속에서 우리 민족이 겪고 있는 아픔과 민족 공동체의 회복에 대한 소망, 의지를 노래하고 있다.

① (가)는 교목이 '세월에 불타고' 있는데도 '우뚝 남아 서서' 존재할 것이라고 말함으로써 화자가 조국 광복을 위해서는 어떤 시련에도 결코 굴복하지 않을 것임을 보여 주고 있군.

② (가)의 '마음은 아예 뉘우침 아니라'와 관련하여 볼 때, '끝없는 꿈길'은 포기할 수 없었던 광복을 위해 투쟁했던 날들을 나타내는 것이겠군.

③ (나)의 '목이 빠삭 말라 버리고 숨결이 가쁜'으로 미루어 볼 때, 우리 민족이 겪어야 할 시련과 고난이 끝나 가는 상황을 짐작할 수 있군.

④ (나)에서 화자가 '숨은 아직 끝나지 않았다'라고 말한 것은 분단 상황의 극복에 대한 소망을 결코 버릴 수 없다는 신념을 드러낸 것이겠군.

⑤ (가)의 '푸른 하늘'은 화자가 염원하는 조국 광복의 모습을, (나)의 '첫 고향의 꽃밭'은 평화로운 삶을 영위하던 민족 공동체의 모습을 표현한 것으로 볼 수 있겠군.

031~033 | 다음 글을 읽고 물음에 답하시오.

가 푸른 산이 흰 구름을 지니고 살 듯
내 머리 우에는 항상 푸른 하늘이 있다

하늘을 향하고 산림처럼 두 팔을 드러낼 수 있는 것이 얼마나 숭고한 일이냐

두 다리는 비록 연약하지만 젊은 산맥으로 삼고
부절히 움직인다는 둥근 지구를 밟았거니……

푸른 산처럼 든든하게 지구를 디디고 사는 것은 얼마나 **기쁜** 일이냐

뼈에 저리도록 '생활'은 슬퍼도 좋다
저문 들길에 서서 **푸른 별을 바라보자……**

푸른 별을 바라보는 것은 하늘 아래 사는 거룩한 나의 일과이거니—

– 신석정, 〈들길에 서서〉

나 ㉠이 길을 만든 이들이 누구인지를 나는 안다
이렇게 길을 따라 나를 걷게 하는 그이들이
㉡지금 조릿대밭 눕히며 소리치는 바람이거나
이름 모를 풀꽃들 문득 나를 쳐다보는 수줍음으로 와서
내 가슴 벅차게 하는 까닭을 나는 안다
㉢그러기에 짐승처럼 그이들 옛 내음이라도 맡고 싶어
나는 자꾸 집을 떠나고
그때마다 서울을 버리는 일에 신명 나지 않았더냐
무엇에 쫓기듯 살아가는 이들도
힘이 다하여 비칠거리는 발걸음들도
무엇 하나씩 저마다 다져 놓고 사라진다는 것을
뒤늦게나마 나는 배웠다
그것이 부질없는 되풀이라 하더라도
㉣그 부질없음 쌓이고 쌓여져서 마침내 길을 만들고
길 따라 그이들을 따라 오르는 일
이리 힘들고 어려워도
㉤왜 내가 지금 주저앉아서는 안 되는지를 나는 안다

– 이성부, 〈산길에서〉

031

(가)와 (나)의 공통점으로 가장 적절한 것은?

① 비유적 표현을 통해 대상이 지닌 가치를 드러내고 있다.

② 감각적 이미지를 사용하여 화자의 생각을 드러내고 있다.

③ 음성 상징어를 반복적으로 사용하여 밝은 분위기를 형성하고 있다.

④ 자문자답의 방식을 사용하여 전달하고자 하는 의미를 강조하고 있다.

⑤ 공간의 변화를 통해 화자의 고조되는 감정을 점층적으로 부각하고 있다.

032

〈보기〉를 참고하여 (가)를 감상한 내용으로 적절하지 않은 것은?

> **⊣ 보기 ⊢**
>
> 신석정은 초기 목가적인 서정시를 주로 발표하여 전원주의 시인으로 불리었지만, 이 작품은 다른 작품들과 달리 당대 현실에 대한 역사의식을 드러내고 있다. 이 작품에는 1939년 일제 강점기의 힘겨운 현실 속에서도 이상을 품고 희망을 잃지 않으려는 작가의 굳은 의지와 낙관적인 삶의 태도가 잘 형상화되어 있다.

① '푸른 산'은 작가가 자신과 동일시하는 대상이자 자신이 지향하는 삶의 자세를 보여 주는 소재이군.

② '두 다리는 비록 연약하지만'에는 나약한 자신의 모습에 대한 작가의 자조적 인식이 담겨 있군.

③ 지구를 디디며 사는 삶을 '기쁜 일'로 여기는 모습에서 삶에 대한 작가의 낙관적 태도를 엿볼 수 있군.

④ 창작 당시의 시대상을 고려할 때, 뼈에 저리도록 슬픈 '생활'은 일제 치하에 살고 있는 작가의 상황을 의미하겠군.

⑤ '푸른 별을 바라보자'에는 어려운 상황 속에서도 희망을 잃지 않으려는 작가의 의지가 담겨 있군.

033

㉠~㉤에 대한 설명으로 적절하지 않은 것은?

① ㉠: 산길을 만들어 낸 존재를 자각하고 있는 화자의 내면이 드러나고 있다.

② ㉡: 삶의 고통을 유발하는 대상에 대한 화자의 부정적 인식이 드러나고 있다.

③ ㉢: 자신보다 앞서 살아간 존재가 남긴 삶의 흔적을 찾으려는 화자의 태도가 드러나고 있다.

④ ㉣: 사소한 존재들의 흔적이 축적되어 길이 만들어진다는 화자의 생각이 드러나고 있다.

⑤ ㉤: 산길을 걷는 과정에서 포기하지 않는 화자의 의지적 태도가 드러나고 있다.

034~036 │ 다음 글을 읽고 물음에 답하시오.

가 겨울 바다에 가 보았지
미지(未知)의 새
보고 싶던 새들은 죽고 없었네

그대 생각을 했건만도
매운 해풍에
그 진실마저 눈물겨 얼어 버리고

허무의
불
물이랑 위에 불붙어 있었네

나를 가르치는 건
언제나
시간……
끄덕이며 끄덕이며 겨울 바다에 섰었네

남은 날은
적지만

기도를 끝낸 다음
더욱 뜨거운 기도의 문이 열리는
그런 영혼을 갖게 하소서

남은 날은
적지만

겨울 바다에 가 보았지
인고(忍苦)의 물이
수심(水深) 속에 기둥을 이루고 있었네

– 김남조, 〈겨울 바다〉

나 상한 갈대라도 하늘 아래선
한 계절 ㉠넉넉히 흔들리거니
뿌리 깊으면야
㉡밑둥 잘리어도 새순은 돋거니
충분히 흔들리자 상한 영혼이여
충분히 흔들리며 고통에게로 가자

뿌리 없이 흔들리는 부평초 잎이라도
물 고이면 꽃은 피거니
이 세상 어디서나 개울은 흐르고

이 세상 어디서나 등불은 켜지듯
가자 고통이여 ㉢살 맞대고 가자
외롭기로 작정하면 어딘들 못 가랴
가기로 목숨 걸면 지는 해가 문제랴

고통과 설움의 땅 훨훨 지나서
뿌리 깊은 벌판에 서자
두 팔로 막아도 바람은 불듯
㉣영원한 눈물이란 없느니라
영원한 비탄이란 없느니라
캄캄한 밤이라도 하늘 아래선
㉤마주 잡을 손 하나 오고 있거니

– 고정희, 〈상한 영혼을 위하여〉

034

(가)와 (나)에 대한 설명으로 가장 적절한 것은?

① (가)에서는 감정 이입을 통해 화자의 내면을 드러내고 있다.
② (나)에서는 시상이 전개되면서 화자의 태도가 소극적으로 변화하고 있다.
③ (가)와 달리 (나)에서는 청유형 문장을 사용하여 화자의 의지를 보여 주고 있다.
④ (나)와 달리 (가)에서는 설의적 표현을 통해 화자의 의도를 강조하고 있다.
⑤ (가)와 (나) 모두 시구의 반복을 통해 화자가 처한 상황에 대한 냉소적 태도를 드러내고 있다.

035

〈보기〉를 참고하여 (가)를 감상한 내용으로 적절하지 <u>않은</u> 것은?

┤ 보기 ├

　　삶의 허무를 극복하려는 의지를 노래한 김남조의 〈겨울 바다〉에는 시상이 전개되는 과정에서 화자의 인식 변화가 드러난다. 전반부에서 화자는 겨울 바다를 희망이 없고 현실적 시련이 존재하는 죽음의 공간으로 인식하면서 좌절과 허무를 경험한다. 그러나 곧 겨울 바다는 깨달음의 공간으로 바뀌게 되는데, 화자는 겨울 바다에 서서 인간은 시간의 흐름 속에서 성숙해지는 존재라는 것을 깨닫고 기도를 통해 허무의 극복을 소망하며 삶의 의지를 다지게 된다. 이러한 점에서 '겨울 바다'는 소멸과 생성의 이중적 이미지를 지니고 있다고 할 수 있다.

① 화자는 겨울 바다에서 '보고 싶던 새들'이 '죽고 없'음을 확인하고 좌절과 허무를 경험하고 있군.

② 화자가 겨울 바다에서 맞는 '매운 해풍'은 화자에게 삶의 의지를 다지게 하는 원동력으로 작용하는군.

③ 화자는 자신을 성숙에 이르게 하는 것이 '시간'이라는 것을 깨닫고 삶에 대한 긍정적 인식을 갖게 되는군.

④ 화자는 '기도'를 통해 삶의 허무를 이겨 내고자 하는 바람을 드러내고 있군.

⑤ 화자는 인식의 변화를 겪은 후 허무한 삶에 대한 극복 의지를 '수심 속에 기둥'으로 형상화하고 있군.

036

㉠～㉤에 대한 이해로 적절하지 <u>않은</u> 것은?

① ㉠: 고통을 의연하게 견디고 있는 갈대의 모습을 드러내고 있다.

② ㉡: 강한 의지만 있다면 절망 속에서도 희망을 가질 수 있음을 제시하고 있다.

③ ㉢: 고통을 적극적으로 수용하려는 의지를 특정 행동을 통해 표현하고 있다.

④ ㉣: 삶의 유한성에서 오는 무상감을 환기시키며 주제 의식을 부각하고 있다.

⑤ ㉤: 고통스러운 현실을 함께 극복할 동반자가 있을 것이라는 낙관적인 인식을 보여 주고 있다.

037~040 | 다음 글을 읽고 물음에 답하시오.

가　내 유년의 7월에는 냇가 잘 자란 미루나무 한 그루 솟아오르고 또 그 위 파란 하늘에 뭉게구름 내려와 어린 눈동자 속 터져 나갈 듯 ㉠가득 차고 찬물들은 반짝이는 햇살 수면에 담아 쉼 없이 흘러갔다. 냇물아 흘러 흘러 어디로 가니, 착한 노래들도 물고기들과 함께 큰 강으로 헤엄쳐 가 버리면 과수원을 지나온 달콤한 바람은 미루나무 손들을 흔들어 ㉡차르르 차르르 내 겨드랑에도 ㉢간지러운 새잎이 돋고 물 아래까지 헤엄쳐 가 누워 바라보는 하늘 위로 뼈뚤뼈뚤 헤엄쳐 달아나던 미루나무 한 그루. 달아나지 마 달아나지 마 미루나무야, 귀에 들어간 물을 뽑으려 햇살에 데워진 둥근 돌을 골라 귀를 가져다 대면 허기보다 먼저 온몸으로 ㉣퍼져 오던 따뜻한 오수, 점점 무거워져 오는 눈꺼풀 위로 ㉤멀리 누나가 다니는 분교의 풍금 소리 쌓이고 미루나무 그늘 아래에서 7월은 더위를 잊은 채 깜박 잠이 들었다

– 정일근, 〈흑백 사진 – 7월〉

나　진주 장터 생어물전에는
바닷밑이 깔리는 해 다 진 **어스름**을,

울 엄매의 장사 끝에 남은 고기 몇 마리의
빛 발(發)하는 눈깔들이 속절없이
은전(銀錢)만큼 손 안 닿는 **한(恨)**이던가
울 엄매야 울 엄매,

별 밭은 또 그리 멀리
우리 오누이의 머리 맞댄 골방 안 되어
손 시리게 떨던가 손 시리게 떨던가,

진주 남강 맑다 해도
오명 가명
신새벽이나 밤빛에 보는 것을,
울 엄매의 마음은 **어떠했을꼬**,
달빛 받은 옹기전의 옹기들같이
말없이 글썽이고 **반짝이던 것인가.**

– 박재삼, 〈추억에서〉

037

(가)와 (나)에 대한 설명으로 가장 적절한 것은?

① (가)는 여러 대상을 비교하며, (나)는 공간을 이동하며 시상을 전개하고 있다.

② (가)는 역설적 표현을 통해, (나)는 비유적 표현을 통해 대상에 대한 화자의 인식을 드러내고 있다.

③ (가)는 (나)와 달리 자연물을 의인화하여 추억 속 어린 화자의 내면을 보여 주고 있다.

④ (나)는 (가)와 달리 계절감이 두드러지는 시어를 통해 화자의 상황을 구체화하고 있다.

⑤ (가)와 (나)는 모두 음성 상징어를 활용하여 대상을 생동감 있게 표현하고 있다.

038

(가)와 (나)에 제시된 공간에 대한 이해로 적절하지 않은 것은?

① (가)에서 '냇가'는 자연과 동화된 화자의 순수한 동심이 돋보이는 공간이다.

② (가)에서 화자가 오수를 즐기는 '미루나무 그늘 아래'는 시골의 평화로운 정경을 드러낸다.

③ (나)에서 '생어물전'은 어머니의 삶의 현장이자 과거 회상의 매개체가 되는 공간이다.

④ (나)에서 어머니를 기다리며 오누이가 추위로 떨었던 '골방'은 가난한 삶을 상징한다.

⑤ (나)에서 '진주 남강'은 새벽부터 밤까지 생업에 종사하며 고달프게 살아가는 어머니의 삶을 부각한다.

039

㉠~㉤을 이해한 내용으로 적절하지 <u>않은</u> 것은?

① ㉠: 하늘의 구름을 바라보고 있는 유년 시절 속 화자의 모습을 부각하고 있다.

② ㉡: 바람으로 인해 미루나무의 잎들이 서로 부딪치며 내는 소리를 구체적으로 표현하고 있다.

③ ㉢: 나뭇잎들이 자신의 몸에 닿아 간지러움을 느끼는 화자의 모습을 표현하고 있다.

④ ㉣: 물놀이를 끝내고 나서 낮잠에 빠지게 된 화자의 상태를 드러내고 있다.

⑤ ㉤: 화자가 위치한 냇가와 누나가 다니는 학교 사이의 거리감을 드러내고 있다.

040

〈보기〉를 참고하여 (나)를 감상한 내용으로 적절하지 <u>않은</u> 것은?

┤ 보기 ├

〈추억에서〉는 가난으로 힘겨웠던 유년 시절의 추억을 다루고 있다. 화자는 자신보다 시적 대상인 어머니에게 초점을 맞춰 시상을 전개하는데, 연상을 통해 가난으로 인한 한(恨)의 정서를 효과적으로 드러내고 있다. 전반적으로 어두운 분위기 속에서 어머니에 대한 화자의 애정과 그리움, 어머니의 삶에 대한 안타까움은 자연스레 어머니에 대한 연민의 태도로 이어지고 있다.

① 바닷밑까지 깔리는 '어스름'은 시간적 배경을 나타내며 무겁고 애상적인 시적 분위기를 형성하고 있군.

② 고기의 '빛 발하는 눈깔'은 '은전'에 대한 연상으로 이어져 어머니가 버는 돈에 대한 어린 화자의 기대를 표현하고 있군.

③ '울 엄매야 울 엄매'에서 '울 엄매'를 반복하여 어머니에 대한 화자의 그리움과 안타까움을 표현하고 있군.

④ '별 밭'이 '또 그리 멀리' 있다는 것은 가난에서 벗어나는 것이 쉽지 않았던 유년 시절의 상황을 의미하는군.

⑤ '어떠했을꼬', '반짝이던 것인가'에서 의문형 어미를 사용하여 어머니에 대한 연민의 태도를 부각하고 있군.

✦ 연계 기출 2014 6월 고2 교육청 B형

041~044 | 다음 글을 읽고 물음에 답하시오.

가 천하가 버글거리며 온통 이익을 위하여 오고 이익을 위하여 간다. 세상이 이익을 숭상함이 오래되었다. 그러나 이익을 위하여 사는 사람은 반드시 이익 때문에 죽는다. 그렇기 때문에 군자는 이익을 말하지 아니하고, 소인은 이익을 위하여 죽기까지 한다.

서울은 장인바치와 장사치들이 모이는 곳이다. 가게들에 수많은 물품들이 별처럼 벌여 있고 바둑판처럼 펼쳐 있다. 남에게 손과 손가락을 파는 사람이 있고, 어깨와 등을 파는 사람도 있고, 뒷간 치는 사람도 있고, 칼을 갈아서 소 잡는 사람도 있고, 얼굴을 꾸며 몸을 파는 사람도 있으니, ㉠세상에서 사고 파는 것이 이처럼 극도에 달하고 있다.

외사씨(外史氏)*는 말한다.

"벌거숭이 나라에는 실과 비단을 파는 저자가 없고, 산 짐승을 잡아 날고기로 먹던 시대에는 솥을 팔지 않았다. 수요가 있어야만 파는 자가 생기는 것이다. 큰 대장장이의 문 앞에서는 칼이나 망치를 선전하지 못하고, 힘써 농사짓는 집에는 쌀 행상이 지나가면서도 소리치지 않는다. 자기에게 없는 다음에라야 남에게서 구하는 것이다."

나 류광억(柳光億)은 영남 합천군 사람이다. 시를 대강 할 줄 알았으며 과체(科體)*를 잘한다고 남쪽 지방에 소문이 났으나, 그의 집이 가난하고 지체는 미천하였다. 그 당시 시골에서는 과거 글을 팔아 생계를 삼는 자가 많았는데, 광억도 그것으로 이득을 취하였다. 일찍이 영남 향시(鄕試)에 합격하여 장차 서울로 과거 보러 가는데, 부인들이 타는 수레로 길에서 맞이하는 사람이 있었다. 당도해 보니 붉은 문이 여러 겹이고 화려한 집이 수십 채인데, ㉡얼굴이 희고 수염이 성긴 서사꾼* 몇 사람이 바야흐로 종이를 펼쳐 놓고 광억이 글을 쓰면 깨끗하게 옮겨 적을 준비를 하고 있었다.

광억에게는 그 집 안채에 숙소를 정해 두고 매일 다섯 번 진수성찬을 바치며, 주인이 서너 번씩 광억을 보러 와서 공경하였는데, 마치 아들이 부모를 봉양하는 듯하였다. 이윽고 주인의 아들이 과거를 치렀는데 예상대로 광억의 글로 진사에 올랐다. 이에 주인은 광억에게 말 한 필과 종 한 사람을 주어 집으로 보냈다. ㉢이후 이만 냥을 가지고 광억을 찾아온 사람도 있었고, 그가 빌렸던 고을의 환곡(還穀)을 미리 갚은 감사(監司)도 있었다.

광억의 문사(文詞)는 격이 별로 높은 것이 아니고, 다만 잔재주를 부리는 것이 장기인데, 이로써 과거 글에 득의하였던 것이다. 광억은 이미 늙었는데도 나라 안에 더욱 소문이 났다.

경시관(京試官)*이 감사를 만난 자리에서 물었다.

"영남의 인재 가운데 누가 제일입니까?"

감사가 답하였다.

"류광억이라는 사람이 있습니다."

"이번에 내가 반드시 장원으로 뽑겠소."

"당신이 그렇게 골라낼 수 있을까요?"

"능히 할 수 있습니다."

마침내 서로 논란하다가 광억의 글을 알아내느냐, 못하느냐로 내기를 하게 되었다. 경시관이 이윽고 과장에 올라 시제(詩題)를 내는데 '영남 시월에 중구회(重九會)를 여니, 남쪽과 북쪽의 기후가 같지 않음을 탄식한다.'라는 것이었다. 조금 있다가 답안 하나가 들어 왔는데 그 글에,

중양절 놀이가 또한 중음달에 펼쳐지니,
북쪽에서 오신 손 남쪽 데운 술 억지로 먹고 취하였네.

라고 하였다. 시관이 그것을 읽고 말하였다.

"이것은 광억의 솜씨가 틀림없다."

주묵(朱墨)으로 비점(批點)을 마구 쳐서 이하(二下)의 등급을 매겨 장원으로 뽑았다. 또 어떤 답안이 있어 자못 작법에 합치되므로 이등으로 하였고, 또 한 답안을 얻어 삼등으로 삼았는데, 봉한 부분을 떼어 보니 광억의 이름은 없었다. 몰래 조사해 보니 모두 광억이 ㉣남이 건넨 돈의 많고 적음을 가려 선후를 차등 있게 한 것이었다. 시관은 그 사실을 알았으나, 감사가 글을 보는 자신의 안목을 믿지 않을 것을 염려하여 광억의 공초(供招)*를 얻어 증거로 삼으려고 합천군에 이관(移關)하여 광억을 잡아서 보내도록 하였다. 그러나 실상 ㉤옥사(獄事)를 일으킬 뜻이 있었던 것은 아니었다.

광억이 군수에게 잡혀 장차 압송되기 직전에 지레 두려워하면서, '나는 과적(科賊)이라, 가더라도 역시 죽을 것이니, 가지 않는 것만 같지 못하다.'고 여겨, 밤에 친척들과 더불어 마음껏 술을 마시고 이내 몰래 강에 투신하여 죽었다. 시관은 이를 듣고 애석해하였다. 광억의 재능을 아까워하지 않는 이가 없었지만, 군자는 "광억이 죽어 없어지는 것이 마땅하다."라고 말하였다.

다 매화외사(梅花外史)*는 말한다.

"세상에 팔 수 없는 것이 없다. 몸을 팔아 남의 종이 되는 자도 있고, 미세한 터럭과 형체 없는 꿈까지도 모두 사고팔 수 있으나 아직 그 마음을 파는 자는 있지 않았다. 아마도 모든 사물은 다 팔 수 있지만 마음은 팔 수 없는 것이 아니겠는가? 하지만 류광억과 같은 자는 그 마음까지 팔아 버린 자가 아닌가? 아!

누가 알았으랴, 천하의 파는 것 중에서 지극히 천한 매매를 글 읽는 자가 하였다는 사실을. 법전(法典)에는 '주는 것과 받는 것이 죄가 같다.'라고 하였다."

－ 이옥, 〈류광억전〉

* 외사씨(外史氏), 매화외사(梅花外史): 작가 이옥의 별호.
* 과체(科體): 조선 시대에 과거를 볼 때 사용하던 문체.
* 서사꾼: 글씨 쓰는 일을 직업으로 하는 사람.
* 경시관(京試官): 서울에서 파견된 시험관.
* 공초(供招): 조선 시대에 죄인이 범죄 사실을 진술하던 일 또는 진술서.

041

윗글의 서술상 특징으로 가장 적절한 것은?

① 구체적인 배경 묘사를 통해 현장감을 살리고 있다.
② 요약적 진술을 사용하여 인물의 특성을 드러내고 있다.
③ 시를 삽입하여 주인공의 비극적 결말을 암시하고 있다.
④ 서술의 시점을 달리하여 사건의 입체성을 살리고 있다.
⑤ 대화 장면을 제시하여 인물 간의 갈등을 구체화하고 있다.

042

㉠~㉤을 통해 알 수 있는 사실이 <u>아닌</u> 것은?

① ㉠: 사회 전반에 잇속을 좇는 풍조가 만연하였다.
② ㉡: 과거 부정행위에 동원되는 사람들이 있었다.
③ ㉢: 돈과 권력을 가진 자들이 광억에게 청탁을 하였다.
④ ㉣: 답안의 수준을 조절할 수 있을 정도로 과체에 능했다.
⑤ ㉤: 경시관은 광억에게 청탁한 인물들을 체포하려고 하였다.

043

〈보기〉를 참고하여 (가)~(다)를 이해한 내용으로 적절하지 <u>않은</u> 것은? [3점]

> ――――――――| 보기 |――――――――
>
> 전(傳)은 한 인물의 일생을 시간의 순서에 따라 서술하는 서사 양식이다. 주인공은 주로 유교적 덕목을 실현하는 존재로 한정되었다가 신선, 도인, 예술가, 패륜자 등으로 확장된다. 전의 구조는 초기에 '도입 – 전개 – 논평'의 단계로 정형화되어 있었다. 도입부에서 인물의 가계나 성장 과정을 제시하고, 전개부에서 인물의 업적이나 잘못을 열거하며, 논평부에서 저자의 견해, 평가, 교훈 등을 제시하는 것이 일반적이었다. 조선 후기에 이르면 변형된 구조가 나타나기도 하였다.

① (가)에 논평이 나타나는 것으로 보아 전형적인 전의 구조에 변화를 준 것으로 볼 수 있다.
② (가)는 주인공의 집안 내력과 성장 환경을 서술하고 있는 것으로 보아 도입부에 해당한다.
③ (나)는 주인공의 그릇된 행위를 몇 개의 사건을 들어 제시하고 있는 것으로 보아 전개부에 해당한다.
④ (나)에서 부도덕한 주인공을 설정한 것으로 보아 전에 등장하는 주인공의 범위가 확장된 것을 알 수 있다.
⑤ (다)는 주인공의 옳고 그름을 따져 부정을 일삼는 세태를 비판하고 있는 것으로 보아 논평부에 해당한다.

044

윗글에 나타난 주인의 태도를 비판할 수 있는 말로 가장 적절한 것은?

① 사공이 많으면 배가 산으로 간다는 것도 모르는군.
② 모로 가도 서울만 가면 된다는 식으로 행동하는군.
③ 뒷간에 갈 적 마음 다르고 올 적 마음 다른 격이군.
④ 떡 줄 사람은 생각지도 않는데 김칫국부터 마시고 있군.
⑤ 얌전한 고양이 부뚜막에 먼저 올라간다더니 영판 그렇군.

045~048 | 다음 글을 읽고 물음에 답하시오.

앞부분의 줄거리 중국 송나라 때 공신인 조정인이 간신 이두병의 참소로 죽자, 황제는 이를 애석하게 여기어 조 승상의 아들 조웅을 인재로 키우기 위해 태자와 사귀게 한다. 황제가 죽은 후 어린 태자가 황제가 된다. 이두병이 어린 황제를 외딴 섬으로 쫓아내고 스스로 황제가 되어 그의 다섯 아들과 함께 위세를 부리니 감히 누구도 반대하며 나서지 못한다.

이날 밤에 황제 꿈자리 극히 참혹하매 밝기를 기다려 제신을 입시(入侍)하여 몽사를 의논할새, 경화문 지킨 관원이 급히 아뢰기를,

"밤을 지내오니 불의에 없던 글이 있삽기로 등서(謄書)하여 올리나이다."

황제 그 글을 보고 하였으되,

"송나라 황실이 쇠미하니 간신이 만조(滿朝)로다. 만민이 불행하여 국상(國喪)이 나셨도다. 동궁이 장성하지 못했으니 소인이 득세라. 만고 소인 이두병은 벼슬이 일품이라. 무슨 부족함으로 역적이 되었단 말인가? 천명이 온전하거늘 네 어이 장수하리. 동궁을 어찌하고 네가 옥새를 전수하뇨? 진시황 날랜 사슴 임자 없이 다닐 적에 초패왕의 세상을 덮는 기운과 범증의 신묘(神妙)로도 임의로 못 잡아서 임자를 주었거든, 어이할까 저 반적아 부귀도 좋거니와 신명(神命)을 돌아보아 송업(宋業)을 끊지 말라. 광대한 천지간에 용납 없는 네 죄목을 조목조목 생각하니 일필로는 어림없도다. 우서(右書)는 전조 충신 조웅이 삼가 쓰노라." [A]

하였더라.

황제와 제신이 보기를 다하매 놀라며 분기등등하여 우선 경화문 관원을 나입하여 그때에 잡지 못한 죄로 결곤(決棍) 방출(放出)하고 크게 호령하여 조웅 모자를 결박 나입하라 하니 장안이 분분한지라. 조웅의 집을 에워싸고 들어가니 인적이 고요하여 조웅 모자 없는지라. 금관이 돌아와 도망한 사연을 주달하니 황제 서안을 치며 크게 노하여,

"조웅 모자를 잡지 못하면 조신(朝臣)을 중죄할 것이니 바삐 잡아 짐의 분을 풀게 하라."

한대, ㉠제신이 황황 대겁하여 장안을 에워싸고 또한 황성 삼십 리를 겹겹이 싸고 곳곳이 뒤져 본들 벌써 삼천 리 밖에 있는 조웅을 어찌 잡으리오. 종시 잡지 못하니 황제 분기를 참지 못하여 크게 호령하니,

"우선 충렬묘에 가 조정인의 화상을 나입하라."

한대, 금관이 영을 듣고 곧바로 충렬묘에 가 화상을 찾으니 또한 없는지라. 금관이 황망히 돌아와 화상도 없는 연유를 주달하니 황제 서안을 치며 좌불안석하여 경화문 관원을 다시 나입하라 한대 시신이 창황분주하여 그 넋을 잃었더라. 순식간에 경화문 관원을 나입하니 황제 분두(憤頭)에

"불문곡직하고 내어 효시(梟示)*하라."

하고 침식이 불안하니 제신이 여쭈오되,

㉡"웅은 나이 팔 세요 그 어미는 여인이라 멀리 못 갔을 것이니 각 도 열 읍에 급히 행관하면 우물에 든 고기 잡듯 하오리다. 폐하는 근심하지 마오소서."

황제 옳이 여겨 각 도 열 읍에 행관하여 누구를 막론하고 조웅 모자를 잡아 바치면 천금상(千金賞)에 만호후(萬戶侯)를 봉하리라 하였더라.

중략 부분의 줄거리 이두병의 세력을 피해 도망한 조웅 모자는 온갖 고생을 하다가 월경 대사의 도움을 받는다. 조웅은 몇 년 후 바깥세상으로 나와 능력을 더 키운 후 대원수가 되어 이두병과 다시 대립한다.

문득 서관장이 격서를 올리거늘 황제 제신으로 더불어 열어 보시니 그 글에 하였으되,

"중국 대사마 대원수 겸 의병장 조웅은 격서를 이두병에게 부치나니 하늘이 나를 명하사 너를 죽여 만민을 안정하고 송실을 회복하고자 하였으매 마지못하여 의병 팔십만을 거느리고 반적에게 격서를 전하나니 족히 당적(當敵)할까 싶거든 빨리 나와 나와 대적하라. 만일 두려웁거든 항복하여 잔명을 보전하라." [B]

하였더라.

견필에 황제와 제신이 대경 황망하여 어찌할 줄을 모르고 서로 돌아보며,

"이 일을 어찌하리오?"

하고 두서를 정하지 못하거늘 이에 태자 이관 등 오 형제가 말하기를,

㉢"폐하는 근심하지 말으시고 이제 장략자(將略者)를 택출하여 선봉을 하시옵고 폐하 자장격지(自將擊之)*하옵소서. 조신은 난신적자(亂臣賊子)라. 보처자(保妻子)하기만 생각하고 위국충정(爲國忠情)이 없사오니 어찌 절통하지 아니하오리까? 국가를 평정 후에 역률(逆律)로 다스려 분함을 덜게 하옵소서."

한대, 제신이 묵묵부답하고 머리를 숙이더라. 이에 황제 할 수 없이 군장(軍將)을 택취하시며 친행하려 하시니 감히 응하는 자 없더라.

이날 밤에 승상 황덕이 만조백관으로 더불어 의논하기를,

"국가 존망이 조석(朝夕)에 달렸음이라. 이제 아무리 하여도 살 길이 없는지라. 그대 등은 어찌하려 하느뇨?"

백관이 대답하기를,

"우리 생각은 도망하면 좋을까 하도다. 승상은 무슨 계교 있나이까?"

황덕이 칼을 빼어 놓고 말하기를,

"그대 등은 내 말을 좇으려 하는가?"

모두 대답하기를,

"이제 강노 말세라 사생을 도모하려 하니 무슨 일을 못 하오리까?"

황덕이 침음양구(沈吟良久)에 말하기를,

ⓔ"이제 도망하여도 수많은 가인(家人)을 어찌하며 도망한들 어찌 살기를 바라리요? 나의 아득한 소견은 처자를 안보하고 좋은 벼슬할 묘책이 있으니 그 일이 어떠한고?"

모두 크게 즐겨 말하기를,

"승상의 말씀이 당연하오니 어찌 좋지 아니하오리까?"

황덕이 말하기를,

"우리 모든 중에 용맹 있는 무반(武班) 장수 육십 명을 취하여 가만히 궐내에 들어가 황제와 황자 오 형제를 다 결박하여 마주 나아가 조웅께 올리면 우리는 제일 공신 될 것이니 이 꾀 어떠하뇨?"

모두 대답하기를,

"차사는 실로 상책이로소이다."

하고 이날 밤에 용장 육십여 인을 궐내에 복병하였다가 밤이 깊은 후에 달려들어 황제와 황자 오 형제를 다 결박하여 말하기를,

ⓜ"천시(天時) 이미 쇠잔하였으니 무가내하(無可奈何)라."

하고 결박하니 이미 동방이 새는지라. 이날 만조 제신이 이두병과 이관 오 형제를 수레에 싣고 조 원수 대진을 찾아가니라.

– 작자 미상, 〈조웅전〉

* 효시: 목을 베어 높은 곳에 매달아 놓아 뭇사람에게 보임.
* 자장격지: 자기 스스로 군대를 거느리고 나아가 싸움.

045

윗글의 서술상 특징으로 가장 적절한 것은?

① 우연한 사건이 거듭 발생하여 인물들 간의 갈등이 심화되고 있다.

② 초월적 시·공간을 설정하여 사건을 새로운 국면으로 전환하고 있다.

③ 공간적 배경을 세밀하게 묘사하여 인물의 심리 변화를 제시하고 있다.

④ 동일 시간에 벌어지는 사건을 병치하여 사건 간의 연관성을 드러내고 있다.

⑤ 특정 인물 간의 갈등이 다른 인물과의 갈등이나 문제 상황을 유발하고 있다.

046

[A]와 [B]의 말하기 방식에 대한 설명으로 가장 적절한 것은?

① [A]는 [B]와 달리 고사를 인용하여 부족한 상대의 능력을 조롱하고 있다.

② [B]는 [A]와 달리 상대의 잘못을 구체적으로 언급하며 상대를 꾸짖고 있다.

③ [A]와 [B]는 모두 자신이 지닌 세력의 규모를 바탕으로 상대를 위협하고 있다.

④ [A]와 [B]는 모두 자신이 취할 행동을 언급함으로써 이후 상황을 예고하고 있다.

⑤ [A]와 [B]는 모두 동일한 명분에 근거하여 상대에 대한 비판적 인식을 드러내고 있다.

047

㉠~㉤에 대한 이해로 적절하지 <u>않은</u> 것은?

① ㉠에서 서술자는 ㉡과 같이 인식하며 행동하는 '제신'을 회의적으로 바라보고 있다.

② ㉡에서 '제신'은 분노하는 '황제'를 안심시키기 위한 대책을 제시하며 그 결과를 관용적 표현으로 나타내고 있다.

③ ㉢에서 '오 형제'가 제시한 방법을 '황제'가 실행하지 않자 '제신'은 ㉣과 같은 논의를 하고 있다.

④ ㉣에서 '승상'은 도망하는 소극적인 방법보다는 자신들의 지위를 유지할 수 있는 좀 더 적극적인 방법을 제시하려 하고 있다.

⑤ ㉤에서 '제신'은 하늘의 뜻으로 인해 어쩔 도리가 없는 상황임을 강조하며 자신들의 행동을 합리화하고 있다.

048

〈보기〉를 참고하여 윗글을 감상한 내용으로 적절하지 <u>않은</u> 것은?

> ┤ 보기 ├
>
> 군담 소설은 전쟁 이야기가 주된 줄거리를 이루는 소설이다. 역사적 사건을 배경으로 하는 역사 군담 소설과 달리, 가공적 영웅이 등장하는 창작 군담 소설은 자유로운 창작을 위해 조선을 배경으로 삼지 않았다. 그리고 당대 민중이 지니고 있던 위정자에 대한 반감과 정치적 변혁을 꿈꾸었던 민중의 소망을 허구적 상상력을 통해 형상화하였다. 주인공이 어려서 고난을 겪다가 조력자를 만나 도술을 배움으로써 뛰어난 능력을 갖추고 결국 국가를 위기 상황에서 구해 낸다는 설정을 바탕으로 하는 경우가 많은데, 이러한 설정은 민중이 소망하는 주인공의 영웅적 위업을 부각하는 효과가 있다.

① 공간적 배경을 우리나라가 아닌 중국으로 설정하고 있는 것은 당시의 사회적 제약에서 벗어나 자유로운 창작을 하기 위해서인 것으로 볼 수 있다.

② 황제를 결박하여 조응에게 올리고자 계획하는 신하들의 모습은 사리사욕에만 눈이 먼 위정자에 대한 당시 민중의 반감이 반영된 부분이라고 볼 수 있다.

③ 조응이 어려서 이두병으로 인해 고난을 겪는다는 설정은 조응과 이두병의 대립 구도를 강화하여 조응의 영웅적 위업을 두드러지게 만드는 요소로 볼 수 있다.

④ 의병장 조응이 보낸 격서에 황제와 제신이 대경 황망하여 어찌할 줄을 모르는 것은 민중들이 꿈꾸었던 정치적 변혁을 이루지 못한 자책 때문이라고 볼 수 있다.

⑤ 곤경에 처했던 어린 조응이 대원수가 되어 돌아오는 과정에는 조응이 국가를 위기 상황에서 구해 낼 수 있는 영웅적 능력을 갖추어 가는 과정이 담겨 있었을 것으로 볼 수 있다.

049~052 | 다음 글을 읽고 물음에 답하시오.

앞부분의 줄거리 추연이 태어난 지 삼 일 만에 추연의 생모가 죽자 유 승상은 후실로 노 씨를 들였는데, 노 씨는 늘상 추연을 시기한다. 정 재상의 아들 정을선은 유 승상의 회갑 때 그네 뛰는 추연을 보고 상사병에 걸린다. 이 사정을 안 정 재상은 유 승상에게 청혼하고 혼인을 약속한다.

이적에 유 승상 부인 노 씨 추연 소저 해할 꾀를 생각하고 일일(一日)은 독약을 죽에 타 소저를 주어 먹으라 하니, 소저가 마침 속이 불평한지라. 이에 받아 유모를 데리고 침소에 돌아와 먹으려 할 새, 하늘이 살피심이 소소(昭昭)한지라. 홀연 난데없는 바람이 일어나 티끌이 죽에 날려 들거늘, 소저가 티끌을 건져 문 밖에 버리니 푸른 불이 일어나는지라. 대경하여 이에 유모를 불러 연유를 말하니, 유모가 크게 놀라 이에 개를 불러 먹이니 그 개 즉시 죽거늘 소저와 유모가 더욱 놀라 차후는 주는 음식을 먹지 아니하고 유모의 집에서 밥을 지어 수건에 싸다가 겨우 연명만 하더라. 노 씨 마음에 혜오되, '약을 먹어도 죽지 아니하니, 가장 이상하도다.' 하고 다시 해할 계교를 생각하더니, 세월이 여류하여 길일이 다다르매, 정 시랑이 위의를 갖추어 여러 날을 행하여 유부에 이르니, 시랑의 풍채 전일보다 더욱 뛰어나 몸에 운무사관대(雲霧絲冠帶)를 입고 허리에 금사각대를 띠었으니, 천상 신선이 하강한 듯하더라.

(중략)

이튿날 예를 갖추어 전안(奠雁)할새, 근처 방백 수령이며 시비 하리(下吏) 쌍으로 무리지어 신부를 인도하여 이르매, 신랑이 교배석(交拜席)에 나아가 눈을 들어 신부를 잠깐 보니 머리에 화관을 쓰고 몸에 채의(彩衣)를 입고 무수한 시녀 옹위하였으니 그 절묘한 거동이 전에 그네 뛰던 모양보다 더욱 아름답더라. 그러나 신부 수색(愁色)이 만안(滿顔)하고 유모 눈물 흔적이 있거늘 심중에 괴이하나 누구를 향하여 물으리오. 이에 교배하기를 마치고 동방(洞房)에 나아가니 좌우에 옥촉(玉燭)과 운무병(雲霧屏)이 황홀한지라. 괴로이 소저를 기다리더니 이윽고 소저가 유모로 촉을 잡히고 들어오거늘 시랑이 팔을 들어 맞아 좌(座)를 정하매 인하여 촉을 물리고 원앙금리(鴛鴦衾裏)에 나아갔더니, 문득 창외(窓外)에 수상한 인적이 있거늘 마음에 놀라 급히 일어앉아 들으니 어떤 놈이 말하되,

"네 비록 시랑 벼슬을 하였으나 남의 계집을 품고 누웠으니 죽기를 아끼지 아니하는가?"

하거늘, 창틈으로 보니 신장이 구 척이오 삼 척 장검을 빗기고 섰거늘, 이를 보매 심신이 떨리어 칼을 뽑아 그놈을 죽이고자 하여 문을 열고 보니, 문득 간 데 없거늘, 분을 참지 못하여 탄식하고 생각하되, '오늘 교배석에서 보니 수색이 얼굴에 가득하기로 괴이히 여겼더니, 원래 이런 일이 있도다.' 하고, 분을 이기지 못하여 칼을 들어 소저를 죽여 분을 풀고자 하다가 다시 생각하되, **'나의 옥 같은 마음으로 어찌 저 더러운 계집을 침노하리오.'** 하고 옷을

입고 급히 일어나니, 소저가 경황 중에 옥성(玉聲)을 열어 가로대,

"군자는 잠깐 앉아 첩의 말을 들으소서."

하거늘, 시랑이 들은 체 아니하고 나와 부친께 수말(首末)을 고하고 바삐 가기를 청한대, 초왕이 대경하여 바삐 승상을 청하여 지금 발행하여 상경(上京)함을 이르고 하리를 불러 '행장을 차리라.' 하니, 유 승상이 계(階)에 내려 허물을 청하여 왈,

"어찌한 연고로 이 밤에 상경코자 하시나뇨?"

정공 부자가 ㉠일언(一言)을 부답(不答)하고 발행하니라.

원래 이 간부(姦夫)로 칭하는 자는 노녀의 사촌 오라비 노태니, 노 씨 전일에 독약을 시험하되 무사함을 애달아 주사야탁(晝思夜度)하여 소저 죽이기를 꾀하더니, 문득 길일이 다다르매 계교를 생각하고 이에 심복으로 노태를 불러 가만히 차사(此事)를 이르고, 금은을 많이 주어 행사하라 하매, 노태 금은을 욕심내어 삼척 장검을 집고 월광(月光)을 띠어 소저 침소에 이르러 동정을 살피고 입에 담지 못할 말로 유 소저를 갱참(坑塹)에 넣으니, 가련하다 유 소저 백옥 같은 몸에 누명을 실으니 원정(冤情)을 뉘게 말하리오. 불승분원(不勝忿怨)하여 칼을 빼어 죽으려 하다가 다시 생각하니, **'이렇듯 죽으면 내 일신이 옥 같음을 뉘 알리오.'** 하고, 이에 속적삼을 벗어 손가락을 깨물어 피를 내어 혈서를 쓰니 눈물이 변하여 피 되더라.

유 승상이 초왕을 보내고 급히 안으로 들어와 실상을 알고자 하나 노 씨는 모르는 체하고 먼저 문 왈,

"신랑이 무삼 연고로 심야에 급히 가니잇가?"

승상이 가로대,

"내 곡절을 물으매 제 노기충천(怒氣衝天)하여 일언을 부답하니, 어찌 곡절을 알리오? 자세히 알고자 하노라."

노 씨 승상의 귀에 대어 왈,

"첩이 잠결에 듣자오니, 신랑이 방문 밖에서 어떤 남자와 소리 지르며 여차여차 하니, 아무커나 추연더러 물으소서."

승상이 즉시 소저 침소에 가니, 소저가 이불을 덮고 일어나지 아니하거늘, 시비를 불러 이불을 벗기고 꾸짖어 왈,

"네 아비 들어오되 기동(起動)함이 없으니 이 무삼 도리며, 정 랑이 무삼 일로 밤중에 갑자기 돌아가니, 이 무삼 일인지 너는 자세히 알지니 실진무은(悉陳無隱)하라."

소저가 겨우 고왈,

"아버지가 불초한 자식을 두었다가 집을 망케 하오니, 소녀의 불효가 만사무석(萬死無惜)이로소이다."

하고 함구무언(緘口無言)하니, 승상이 다시 이르되,

"너는 어찌 일언을 아니하나뇨?"

하고 재삼 물으되, 종시(終是) ㉡일언을 답(答)지 아니하고 눈물이 여우(如雨)하니, 승상이 생각하되, '전일(前日)에 지극한 효성으로 오늘날 불효를 끼치니 무삼 곡절이 있도다.' 하고, 일어 외당(外堂)으로 나오니라.

차시 유모가 소저를 붙들고 통곡하니, 소저가 눈물을 머금고 왈,
"유모는 나의 원통한 죽음을 불쌍히 여겨 후일에 변백(辨白)함[*]을 바라노라."
하고 혈서를 쓴 적삼을 주니, 유모가 소저가 죽을까 겁하여 만언(萬言)으로 위로하니, **소저가 다시 ⓒ일언을 아니코 반일(半日)을 애곡(哀哭)하다가 명이 끊어지니**, 유모가 적삼을 안고 통곡하며 외당에 나와 소저의 명이 진(盡)함을 고하니, 승상이 대경하여 이르되,

"병들지 아니한 사람이 반일이 못하여 세상을 버리니 이상하도다."

하고 일장을 통곡하고 유모로 인도하라 하고 소저의 빈소(殯所)에 이르니, 비풍(悲風)[*]이 소슬하여 능히 들어갈 수 없더라.

– 작자 미상, 〈정을선전〉

* 소소: 밝고 밝음.
* 수색: 근심스러운 기색.
* 동방: 침실.
* 주사야탁: 밤낮으로 깊이 생각하고 헤아림.
* 갱참: 깊게 파 놓은 구덩이.
* 불승분원: 분하여 원망을 이기지 못함.
* 실진무은: 숨김없이 모두 이야기함.
* 만사무석: 만 번 죽어도 아까울 것이 없음.
* 함구무언: 입을 다물고 아무 말도 하지 아니함.
* 변백: 변명.
* 애곡: 슬피 욺.
* 비풍: 구슬픈 느낌을 주는 바람.

049

윗글에 대한 설명으로 가장 적절한 것은?

① 인물의 외양을 자세히 묘사하여 그가 천상의 인물임을 암시하고 있다.

② 서술자가 인물이 한 말을 요약하여 제시함으로써 사건 전개의 속도감을 높이고 있다.

③ 서술자가 직접 개입하여 사건의 전말을 설명하고 인물이 처한 상황에 대해 평을 하고 있다.

④ 인물의 처지와 관련이 있는 여러 고사를 인용하여 인물의 심정을 간접적으로 드러내고 있다.

⑤ 인물들 간의 대화가 진행됨에 따라 갈등이 해소되면서 문제 해결의 실마리가 제시되고 있다.

050

윗글의 내용에 대한 이해로 적절하지 않은 것은?

① 노태는 노 씨로부터 많은 재물을 받고 노 씨가 일러 주는 계교에 따라 소저를 모함하였다.

② 시랑은 혼례에서 맞절을 하는 소저의 표정이 밝지 않음을 보고 속으로 이를 이상하게 여겼다.

③ 노 씨는 자신의 친척을 이용해 소저를 없앨 계략을 꾸몄으면서도 모른 척하며 승상에게 고하였다.

④ 소저는 자신에게 다른 남자가 있다고 의심하는 시랑에게 무고함을 말하였으나 시랑은 믿지 않았다.

⑤ 노 씨는 소저를 죽이기 위해 음식에 독약을 넣었으나 소저는 하늘의 도움으로 이를 간신히 피하였다.

051

㉠~㉢에 대한 설명으로 적절하지 <u>않은</u> 것은?

① ㉠의 주체는 시랑과 그의 부친이고, ㉡과 ㉢의 주체는 소저이다.

② ㉠에는 소저와 '어떤 남자'에 대한 분한 마음이 담겨 있다.

③ ㉡에는 말로써 자신의 억울함을 풀 수 없다는 체념이 담겨 있다.

④ ㉢에는 죽음으로써 자신의 결백을 증명하려는 의지가 담겨 있다.

⑤ ㉠과 ㉢의 '일언'은 시랑이 밤중에 갑자기 돌아간 이유에 해당한다.

052

〈보기〉를 바탕으로 윗글을 감상한 것으로 적절하지 <u>않은</u> 것은?

┤ 보기 ├

이 작품의 전반부는 계모와 전처소생의 갈등을 주축으로 하는 계모형 가정 소설에 해당하고, 후반부는 남편을 둘러싼 처첩 간의 갈등을 주축으로 하는 쟁총형 가정 소설에 해당한다. 특히 소설 전반부에서는 부정 누명(不貞陋名)에 의한 인물들 간의 갈등이 두드러진다. 이 작품에서 부정 누명은 여성이 지켜야 하는 정숙함이라는 가치가 훼손되었다고 음모를 꾸미는 것으로, 부정 누명을 쓴 여성이 고통을 당하다가 결국 죽는데, 이를 통해 여성의 정조를 목숨보다 중시했던 조선 시대 가족 제도의 모순을 보여 주고 있다.

① '나의 옥 같은 마음으로 어찌 저 더러운 계집을 침노하리오.'에서 정숙함이라는 가치가 훼손된 소저에 대한 시랑의 노여움을 엿볼 수 있군.

② '유 소저 백옥 같은 몸에 누명을 실으니'에서 노 씨가 꾸민 부정 누명으로 인해 소저가 정숙하지 못한 여인이라는 억울한 평판을 얻게 되었음을 알 수 있군.

③ '이렇듯 죽으면 내 일신이 옥 같음을 뉘 알리오.'에서 소저가 속적삼에 혈서를 쓴 이유가 부정 누명을 벗기 위해서임을 알 수 있군.

④ '아버지가 불초한 자식을 두었다가 집을 망케 하오니'에서 여성의 정조를 중시한 당시 사회에서는 정조를 잃은 여인으로 인해 집안이 몰락하는 일도 있었음을 알 수 있군.

⑤ '소저가 다시 일언을 아니코 반일을 애곡하다가 명이 끊어지니'에서 당시의 사회와 가정에서 정조를 잃은 여성에게 가한 억압을 짐작할 수 있군.

053~056 | 다음 글을 읽고 물음에 답하시오.

앞부분의 줄거리 명나라 이부시랑 이익은 오랫동안 자식이 없어 걱정한다. 하루는 한 노승이 찾아와 시주를 부탁한다. 시랑은 많은 재물을 내어주고는 자식을 점지해 달라고 빌어 아들 대봉을 낳는다. 이후 간신 왕희의 계략으로 시랑과 대봉은 유배를 가던 중 물에 빠지게 된다. 대봉과 정혼한 애황은 자신을 며느리로 삼으려는 왕희와 그의 아들 석연을 피해 남복을 하고 도망을 간다.

공자가 그때에 부친과 한가지로 창파에 떨어져 거의 죽게 되었더니 풍랑에 밀리어 한 곳에 다다르니, 어떠한 동자가 배를 타고 급히 와 공자를 건져 배에 얹거늘, 공자가 정신을 차려 동자를 보니 푸른 소매가 달린 옷을 입고 월패를 치고 왼손에 금강(金剛) 옥저를 쥐고 앉았거늘, 공자가 일어나 동자더러 치사 왈,

"어떠한 동자완데 대해(大海) 중에 귀체(貴體)를 아끼지 아니하옵고, 잔명을 구하시나잇가?"

동자가 답왈, / "나는 서해 용왕의 동자러니, 우리 왕의 명을 받자와 공자를 구하였나니이다."

대봉이 다시 치사 왈, / "사지에 든 인생을 용왕이 구하시니 그 은혜 백골난망이라. 만분지일이나 갚사오리오?" / 하고 다시 문왈,

"나는 중원 사람으로서 서해 산천을 알지 못하니, 이 지명이 어느 땅이라 하나뇨?"

동자 왈, / "이 땅은 서촉국이라 하나이다."

하고 이윽히 가다가 배를 언덕에 대고 내리라 하거늘, 공자가 배에 내려 다시 문왈, / "어디 가야 잔명을 보전하리잇가?"

동자가 왈,

"저 산명(山名)은 금화산이요, 그 산중에 절이 있으되 이름은 백운암이라. 그 절을 찾아가면 자연히 구할 사람이 있으리이다."

대봉이 동자를 이별하고 금화산을 찾아가니, 만학천봉은 하늘에 닿고 오색구름이 봉상(奉上)에 걸렸더라. 공자가 심중(心中)에 기이히 여겨 찾아 들어가니 경개절승(景槪絕勝)하고 춘경(春景)이 쇄락(灑落)한데, 산곡으로 육칠 리는 들어가더니 시내 소리 잔잔하거늘, 점점 걸어 석경(石經)으로 나아가니 수양 천만사(千萬絲)는 춘풍에 날리고, 녹죽창송(綠竹蒼松)은 울울(鬱鬱)한데 미록(麋鹿)과 난학(鸞鶴)이 쌍쌍이 왕래하니, 짐짓 별유선경이라. 공자가 경치를 볼수록 심사 더욱 비창하여 점점 나아가더니, 은은히 종경(鐘磬) 소리 풍편에 들리거늘, 완완히 산문(山門)에 다다르니, 일위 노승이 구폭가사(九幅袈裟)를 입고 구절죽장(九節竹杖)을 짚고, 백팔염주를 목에 걸고 산문에 나와 영접하여 객실로 들어와 서로 예필에 노승 왈,

"귀객이 산중에 계시되, 소승이 연만(年晩)하여 동구에 나가 맞지 못하오니 허물치 마소서."

공자가 왈, / "노선사는 곤궁한 행인을 보시고 이렇듯 관대하시니, 생의 마음에 불안하여이다."

노승 왈,

"공자가 중원 기주땅 모란동 이 시랑의 귀공자가 아니시니잇가? 오늘 이리 오심은 명천(明天)이 도우시고 부처님이 지시하심이라. 어찌 반갑지 아니하리오? 폐사가 비록 누추하오나 원컨대 공자는 소승과 한가지로 머무르소서."

공자가 경아(驚訝)하여 다시 두 번 절하고 공경 문왈,

"소자의 거주 성명을 어찌 자세히 아시난잇고?"

노승 왈, / "자연 아나이다."

공자가 왈, / "그러하시거니와 선사가 소생을 이같이 애휼하시니 감사하여이다."

노승 왈, / "귀댁 상공께 황금 오백 냥과 백미(白米) 삼백 석과 황촉(黃燭) 사천 개가 이 절에 들었사오니 어찌 공자의 의식(衣食)을 염려하시리잇가?"

공자 왈, / "소생은 세상의 곤궁한 사람이라. 어찌 부친의 전곡(錢穀)이 이 절에 들었다 하오리잇가?"

노승 왈,

"공자는 연천(年淺)하여 오래된 일을 어찌 아르시리잇고?"

(중략)

각설. 장 소저가 그날 밤에 도망하여 남으로 향하여 정처 없이 가더니, 수일 만에 여람땅에 이르러 이름을 고쳐 장계운이라 하고 한 집에 가 밥을 빌더니, 이 집은 최 어사 집이라. 어사는 일찍 기세(棄世)하고 부인 희 씨 한 딸을 데리고 치산(治産)하되 살림이 부유한지라. 부인이 문을 사이에 두고 장 소저의 거동을 보니, 인물이 비범하고 풍채 준수하거늘, 부인이 소저에게 왈,

"차인(此人)의 행색을 보니 본래 걸인이 아니라."

하고, 시비로 하여금 서헌으로 청하여 앉히고, 부인이 친히 나와 소저를 향하여 문왈,

"공자는 어디 살며 나이 몇이나 되고, 이름은 무엇이라 하나뇨?"

소저가 대왈, / "본대 기주땅에 사는 장계운이라 하옵고 나이는 십육 세로소이다."

부인이 또 문왈,

"부모는 구존(俱存)하시며, 무삼 일로 이곳에 이르시나뇨?"

소저가 대왈, / "일찍 부모를 여의고 의탁할 곳이 없어 동서로 표박하여 사해로 다니나이다."

부인 왈, / "공자의 모양을 보니 걸인으로 다니기는 불쌍하니, 공자는 아직 내 집에 있음이 어떠하뇨?"

소저가 사례 왈,

"부인이 소생의 고혈(孤子)함을 생각하사 존문(尊門)에 두고자 하시니, 하해 같은 은혜를 어찌 다 갚으리잇고?"

부인이 희열하여 노복을 명하여 서당을 쇄소(刷掃)하고 서책을 주며 왈, / "부디 학업을 힘써 공명을 취하라."

소저가 서책을 받아 보니, 성경현전(聖經賢傳)과 손오병서라. 소저가 학업을 공부할새 낮이면 시서백가를 읽고, 밤이면 손오병서와 육도삼략을 습독하여 창검 쓰는 법을 익히니, 부인이 각별

사랑하여 기출(己出)*같이 여기더라.

　일월이 유매(流邁)하여 삼 년이 지나니, 장 소저가 나이 십구 세라. 재주는 능히 풍운조화를 부리고 용력(勇力)은 능히 태산을 끼고 북해(北海)를 뛸 듯하더라.

– 작자 미상, 〈이대봉전〉

* 옥저: 옥으로 만든 피리.
* 쇄락: 마음이 상쾌하고 시원함.
* 비창: 마음이 몹시 상하고 슬픔.
* 예필: 인사를 끝마침.
* 연천: 나이가 적음.
* 기세: 세상을 떠남.
* 기출: 자기가 낳은 자식.

053

윗글에 대한 설명으로 가장 적절한 것은?

① 관련 고사를 제시하여 인물의 말과 행동이 옳지 않음을 강조하고 있다.
② 서술자가 작품에 개입하여 인물이 처한 비참한 상황에 대해 평가하고 있다.
③ 주변의 경치를 자세히 묘사하여 그와 대조되는 인물의 심리를 부각하고 있다.
④ 인물의 외양을 다른 것에 빗대어 표현하여 그의 비범한 능력을 암시하고 있다.
⑤ 다른 인물의 말을 인용하여 인물이 그동안 겪은 경험을 요약적으로 제시하고 있다.

054

윗글을 통해 알 수 있는 내용이 아닌 것은?

① 서해 용왕의 명을 받은 동자가 바다에 빠져 죽게 된 대봉을 구해 주었다.
② 서해 용왕의 동자는 대봉에게 금화산의 백운암을 찾아갈 것을 알려 주었다.
③ 노승이 산문에 나와 영접하며 환대하자 대봉은 불안함을 느끼면서 황송해하였다.
④ 희씨 부인은 애황이 남장한 여인이라는 것을 눈치채고 함께 지내기를 권하였다.
⑤ 애황은 최 어사의 집에 머물면서 낮과 밤을 가리지 않고 학문과 무예를 연마하였다.

055

[A]와 [B]에 대한 설명으로 적절하지 않은 것은?

① [A]에서 노승은 과거 공자의 부친이 자신의 절에 시주한 일을 언급하고 있다.

② [B]에서 부인은 소저가 학식이 매우 높다는 것을 알아채고 평범한 인물이 아니라고 생각한다.

③ [A]에서 노승은 [B]의 부인과 달리 상대방과의 만남이 하늘의 뜻임을 강조하고 있다.

④ [B]에서 소저는 [A]의 공자와 달리 자신의 거주 성명을 상대방에게 직접적으로 말하고 있다.

⑤ [A]의 공자와 [B]의 소저 모두 상대방이 자신을 불쌍히 여겨 은혜를 베푼다고 생각하고 있다.

056

〈보기〉를 바탕으로 윗글을 감상한 내용으로 적절하지 않은 것은?

> ─┤ 보기 ├─
>
> 〈이대봉전〉은 남녀가 이별하고 만나는 남녀이합의 구조를 중심으로 하면서, 이대봉과 장애황이라는 두 인물의 영웅적 행적을 그려 낸다. 이대봉과 장애황의 서사는 유사하게 흘러가지만 세부 요소의 측면에서 차이를 보인다. 남성 주인공 이대봉은 자신에게 닥친 위기를 초월적 대상과의 만남을 비롯한 조력자의 도움으로 극복한 후 무예와 학업을 닦아 영웅성을 획득한다. 여성 주인공 장애황이 다양한 시련을 겪으며 사회적 제약 속에서 비범한 능력을 획득하고 영웅으로서의 과업을 수행하기까지는 남장(男裝) 모티프의 활용이 두드러진다.

① 대봉과 애황이 왕희 부자의 계략으로 인해 생사를 모르고 이별하는 데서 남녀이합의 구조를 확인할 수 있군.

② 동자가 죽을 뻔한 대봉을 구하고 금화산 백운암으로 갈 것으로 알려 주는 데서 초월적 조력자의 역할을 확인할 수 있군.

③ 노승이 산문에 나와 대봉을 공손히 맞이하는 데서 영웅으로서 능력을 갖춘 대봉을 인정하는 모습을 확인할 수 있군.

④ 애황이 남장을 하고 희 씨 부인의 집에 머무는 데서 남장 모티프가 위기 극복에 활용되는 모습을 확인할 수 있군.

⑤ 애황이 풍운조화를 부리는 재주와 뛰어난 용력을 지니게 된 데서 비범한 능력을 갖춘 영웅으로 거듭나는 과정을 확인할 수 있군.

057~060 | 다음 글을 읽고 물음에 답하시오.

앞부분의 줄거리 평안 감사의 아들인 도령은 기생 자란과 연인이 되어 함께 지낸다. 몇 해가 지나 감사의 임기가 끝나 서울로 올라가게 되자 도령은 고작 기생 따위와의 이별로 상사병을 앓겠느냐고 하며 의연한 태도로 자란과 이별한다. 이후 도령은 부친의 명에 따라 산속에서 과거 시험을 준비한다. 그러나 도령은 자란에 대한 사랑을 깨닫고 그리움을 떨치지 못해 한밤중에 절을 뛰쳐나온다.

곧장 자란이 본래 살던 집을 찾아가 보니 자란은 없고 그 어미가 홀로 있을 따름이었다. 자란의 어미는 도령을 보고도 누군지 알아보지 못했다. 도령이 다가서서 사정을 설명했다.

"나는 전관 사또의 아들일세. 자네 딸을 잊지 못해 천 리 길을 걸어왔네. 어디 갔는지 모르는가?"

어미가 그 말을 듣고는 달갑지 않은 표정으로 말했다.

㉠"우리 딸은 새로 오신 사또 아드님께 총애를 받아 밤낮으로 산속 정자에서 함께 살고 있답니다. 사또 아드님께서 잠시도 밖에 나가는 걸 허락하지 않으셔서 집에 못 온 지가 벌써 몇 달이나 됐지요. 도련님이 먼 길을 오셨지만 만날 길이 없으니 퍽 한스럽게 됐군요."

그러고는 뜨악한 태도를 보이며 대접할 뜻이 없었다.

'자란을 보러 왔건만 볼 길이 없고, 그 어미 또한 나를 이리 박대하니 몸 붙일 곳이 없구나!'

진퇴유곡(進退維谷)이라 도령이 어찌할 바를 몰라 주저하고 있는데, 문득 예전 일이 떠올랐다. 부친이 관찰사를 지낼 때 관아의 아전 하나가 중죄를 지은 일이 있었다. 그 아전은 사형 판결을 받을 것이 확실했고 달리 용서받을 길도 없었는데, 도령 홀로 아전의 처지를 불쌍히 여겨 아침저녁으로 부친께 문안 인사를 할 때마다 그 사람을 살려 주십사 주선하는 데 정성을 쏟았다. 결국 관찰사는 도령의 말을 받아들여 그 아전의 목숨을 살려 주었다.

'이 사람에게는 내가 생명의 은인인 셈이니 찾아가면 며칠쯤이야 좋은 대접을 해 주지 않겠는가.'

도령은 자란의 집을 나와서 물어물어 아전의 집을 찾아갔다. 아전 역시 도령을 못 알아보기는 마찬가지였다. 도령이 이름을 밝히며 예전 일을 언급하자 그제야 깜짝 놀라며 절하고 맞아들였다. 아전은 안방을 깨끗이 치워 도령을 거처하게 하고 진수성찬을 올렸다.

도령은 그 집에 며칠 머물며 아전과 함께 자란을 만나 볼 계책을 궁리했다. 아전이 한참 생각하더니 이렇게 말했다.

"아무리 머리를 맞대고 궁리해도 방법이 정말 없군요. 얼굴만이라도 한 번 보고 싶으시다면 한 가지 방법이 있긴 합니다만, 제 말씀을 따라 주실지 모르겠군요."

도령이 방법을 묻자 아전은 이렇게 말했다.

㉡"지금 눈이 온 뒤라 관아에서는 눈을 치우기 위해 성안에 사는 사람들을 차출하고 있는데, 제가 마침 이 일을 담당하고 있습죠. 도련님이 인부들 중에 섞여서 비를 들고 산속 정자로 가

눈을 치우시면 정자에 자란이 있을 테니 그 얼굴을 볼 수 있지 않겠습니까? 이거 말고는 다른 길이 없습니다."

도령이 그 꾀를 따라 이른 아침에 인부들과 함께 산속 정자로 들어가 비를 들고 뜰 앞의 눈을 쓸었다. 신임 관찰사의 아들은 창을 열고 문 곁에 기대앉아 있었고, 자란은 방 안에 있어 보이지 않았다. 다른 인부들은 모두 건장한 사내들이어서 눈을 치우는 일을 거뜬히 해내고 있었지만, 유독 도령만은 비질하는 것이 서툴러서 일하는 모습이 남들과 썩 달랐다.

관찰사 아들이 도령의 일하는 꼴을 보고는 껄껄 웃더니 자란을 불러 저 밖에 저것 좀 보라고 했다. 자란이 방 안에 있다가 부르는 소리를 듣고 나와 앞마루에 섰다. 도령은 쓰고 있던 벙거지의 앞쪽 챙을 걷어 올리고 자란을 올려다보았다. 자란 역시 도령을 한참 동안 뚫어져라 쳐다보았다. 그러더니 돌연 방으로 돌아가 문을 닫고는 그 뒤로 다시 나오지 않았다. 도령은 풀이 죽은 채 슬픔에 잠겨 아전의 집으로 돌아왔. [A]

자란은 본래 총명한 사람인지라, 단번에 그 사람이 도령임을 알아차렸다. 자란이 말없이 앉아 눈물을 흘리고 있자 관찰사의 아들이 이상히 여겨 왜 그러냐고 물었다. 자란은 계속 입을 굳게 다물고 있다가 관찰사 아들이 거듭해서 간절히 이유를 묻자 비로소 이렇게 대답했다.

"저는 천한 사람이온데, 어쩌다 서방님의 넘치는 총애를 받게 되었습니다. 밤에는 비단 이불을 함께 덮고 낮에는 진기한 음식을 함께 먹으며 저를 잠시도 집에 가지 못하게 하신 지가 벌써 서너 달이 되었네요. 저는 지금 지극한 행복을 누리고 있으니 원망하는 마음이라곤 조금도 없어요. 다만 한 가지 마음에 걸리는 일이 있답니다. 저는 집이 가난하고 어미가 늙어, 아버지 제삿날만 돌아오면 집에 있으면서 관아에서 이런저런 것들을 빌려다가 간신히 몇 그릇 음식을 마련해 제사를 올리곤 했어요. 하지만 제가 지금 이곳에 갇힌 몸이 되었으니, 내일이 아버지 기일이건만 집에는 노모 혼자뿐이라 필시 제사 음식을 마련하지 못했을 거라는 생각이 들어요. 문득 이런 생각을 하다 보니 자연히 슬퍼져 눈물을 흘리게 되었던 거지, 다른 이유가 있었던 건 아니에요."

관찰사 아들은 자란에게 빠진 지 이미 오래된 터라, 자란의 말을 듣자 측은한 마음이 들어 조금도 의심치 않고 이렇게 말했다.

"그런 사정이 있으면 왜 진작 말하지 않았느냐?"

그러고는 즉시 제사 음식을 성대하게 갖추어 자란에게 주며 집에 가서 제사를 지내고 오라고 했다.

자란이 허둥지둥 집으로 돌아와 어미에게 말했다.

"전관 사또 아드님이 오신 걸 봤어요. 분명 우리 집에 계실 줄 알았는데 안 계시니 대체 어디로 가신 거죠?"

(중략)

자란은 한참 동안 운 뒤에 조용히 뭔가를 생각하더니 이렇게 말했다.

"이 성안에 도련님이 머물 만한 곳이 달리 없으니, 필시 그 아전의 집에 계실 거야!"

곧바로 일어나 아전의 집으로 달려가 보니 과연 그곳에 도령이 있지 않은가. 두 사람은 손을 마주 잡고 하염없이 눈물을 흘리며 한마디 말도 하지 못했다. 이윽고 자란은 도령을 자기 집으로 데려와 술과 안주를 성대하게 마련해 올렸다. 밤이 되자 자란이 도령에게 말했다.

"내일이면 다시 만나기 어려울 테니, 어쩌면 좋죠?"

두 사람이 마침내 은밀히 의논하여 도망갈 계획을 세웠다. 자란은 옷상자에서 비단옷을 꺼낸 다음 옷 속에 든 솜을 모두 끄집어내고, 또 약간의 금과 진주, 비녀와 패물 등 가벼운 보배들을 꺼내서 각각 보자기를 싸 두었다. 이윽고 밤이 깊어지자 두 사람은 자란의 어미가 깊이 잠든 틈을 타 보따리를 이고 지고 몰래 달아났다. 양덕과 맹산 사이의 깊은 골짜기 안으로 들어가서는 시골 촌가에 몸을 의탁했다.

– 임방, 〈눈을 쓸며 옥소선을 엿보다〉

057

윗글의 내용에 대한 이해로 가장 적절한 것은?

① '도령'은 '자란'에 대한 그리움을 잊기 위해 절에서 학업에 매진하였다.

② '도령'은 '자란'이 자신을 멀리하는 이유를 알기 위해 그녀를 찾아갔다.

③ '도령'은 '자란'의 관심을 끌기 위해 눈을 쓸 때 일부러 서툰 척하였다.

④ '도령'은 과거 사건을 바탕으로 '아전'이 자신을 잘 대접할 것이라고 예상하였다.

⑤ '도령'은 '자란'의 행동을 근거로 그녀와의 재회를 준비하기 위해 아전의 집으로 돌아왔다.

058

㉠과 ㉡에 대한 설명으로 가장 적절한 것은?

① ㉠은 청자의 과거 잘못을 지적하며 청자의 바람이 이루어지기 힘들 것임을 언급하고 있다.

② ㉠은 청자의 바람과 관련된 대상이 거처하는 곳을 언급하며 청자의 무심함을 질책하고 있다.

③ ㉡은 청자의 바람을 이루기 위해 자신의 역할을 드러낸 후 청가가 취해야 할 행동과 예상되는 결과를 제시하고 있다.

④ ㉡은 다른 방안과의 비교를 통해 자신의 제안이 청자의 바람을 이루기 위한 가장 좋은 방안이라는 점을 강조하고 있다.

⑤ ㉠은 청자의 바람을 방해하는 대상을 언급하며, ㉡은 청자의 바람을 이루기 위한 조건을 언급하며 청자의 행동 변화를 강요하고 있다.

059

〈보기〉를 바탕으로 윗글을 이해한 내용으로 적절하지 <u>않은</u> 것은?

---| 보기 |---

이 작품은 신분이 다른 남녀 간의 사랑을 다루고 있다. 주인공들은 사회적으로 중시되는 효와 같은 유교적 가치나 신분 질서로부터 완전히 벗어나지는 못한다. 그러나 인간의 본질적 욕망인 사랑을 실현하는 과정에서는 충동적 결단이나 인습에 반하는 행동의 실행, 유폐된 공간으로의 도피 등의 형태로 이러한 구속으로부터 벗어나려는 모습을 보이기도 한다. 이 과정에서 여성 주인공이 서사를 이끌어 가는 구심점이 되며, 남성 주인공은 주변적인 인물로 그려지는 경우가 많다.

① 도령이 갑작스레 산속 절을 뛰쳐나와 천 리 길을 걸어 평양의 자란을 찾아온 것은 사랑을 성취하기 위한 주인공의 충동적 결단에 해당한다.

② 도령이 자란과의 이별을 가볍게 여긴 것과 자란이 신임 관찰사 아들의 명에 따르는 것은 신분 질서의 구속에서 벗어나지 못한 모습에 해당한다.

③ 내일이면 다시 만나기 어렵다고 판단한 도령과 자란이 야반도주하는 것은 사랑을 실현하기 위해 인습에 반하는 행동을 실행하는 모습에 해당한다.

④ 도령과 자란이 몸을 의탁하는 양덕과 맹산 사이의 깊은 골짜기 안은 주인공들이 인간의 본질적 욕망 추구를 위해 선택하는 유폐된 공간에 해당한다.

⑤ 도령과의 사랑을 이루기 위해 처음부터 도망갈 계획을 세우고 신임 관찰사의 아들을 속이는 자란의 모습은 여성 주인공이 서사를 이끌어 가는 구심점 역할을 수행하는 것에 해당한다.

060

윗글의 [A]와 〈보기〉의 [B]를 비교하여 감상한 내용으로 적절하지 <u>않은</u> 것은?

---| 보기 |---

이 작품은 수록된 책에 따라 그 내용이 조금씩 다른데, 이러한 이야기군 전체를 '옥소선 이야기'라고 한다. '옥소선 이야기'는 서사적 골격은 비슷하게 유지되면서도 세부적인 내용에서는 수록자가 어떤 인물에 서사의 초점을 맞추느냐 등에 따라 차이가 있다.

이러한 '옥소선 이야기'의 차이는 도령이 자란의 얼굴을 보고자 위장한 모습으로 산속 정자로 들어간 다음의 장면을 통해 확인할 수 있다.

그때 수청 기생들이 문에 비켜서서 이 광경을 지켜보다가 도령의 거동이 어색함을 보고 서로 더불어 손가락질을 하며 웃으니, 이때 도령이 머리를 들어 한 번 볼 때, 자란이 또한 그중에 있다가 도령을 보자마자 몸을 돌려 안으로 들어가고 다시 나오지 아니하거늘, 도령이 길게 [B] 탄식하고 나오면서 아전에게 말하기를 "나는 차마 옥소선을 잊지 못하여 다시 찾아왔거늘, 어찌하여 자란은 나를 한 번 보고 도로 피하여 다시 보지 아니하니 어찌 무정함이 이렇듯 심하리오?"라며 돌아갔다.

① [A]와 [B]에서 모두, 눈을 쓰는 인부로 위장하여 산속 정자에 가 도령의 목적이 실현된다는 서사적 골격을 확인할 수 있군.

② 비질을 하는 도령을 자란이 외면하고 이에 도령이 실망한다는 점에서 [A]와 [B]의 서사적 골격은 비슷하게 유지되었다고 볼 수 있군.

③ [A]에서는 서술자의 서술을 통해, [B]에서는 발화를 통해 도령의 심리가 제시된다는 점에서 세부적 내용의 차이를 확인할 수 있군.

④ [A]에서는 재회에 대한 도령의 반응을, [B]에서는 재회에 대한 자란의 반응을 구체적으로 제시한다는 점에서 수록자가 서사의 초점으로 삼은 대상이 다르다는 것을 알 수 있군.

⑤ 도령이 비웃음의 대상이 되는 서사적 골격은 동일하지만, [A]에서는 관찰사 아들이, [B]에서는 수청 기생들이 도령을 비웃고 있다는 점에서 비웃는 주체에서는 차이를 보인다고 할 수 있군.

◆ 연계 기출 2021 10월 교육청

061~064 | 다음 글을 읽고 물음에 답하시오.

앞부분의 줄거리 '나'는 지인의 과수원에서 어린 딸과 시간을 보내며 '아재비'를 떠올린다. 남로당의 고위 간부로 사형 선고를 받았으나 도망쳐 '나'의 집 과수원에서 일한 '아재비'는 '나'를 보살펴 주며 작은 호수를 만들어 주었었다. '아재비'와의 일을 떠올리다가 딸과 놀아 주던 '나'는 품에 안은 딸이 잠들자 딸에게 속삭인다.

　아이 머리의 묵직한 무게가 가슴에 와 닿았다. 긴장이 풀린 아이는 어느새 잠이 들어 있었던 것이다.

　이애, 밖은 **전쟁**이다. 밖은 늘 전쟁이었다. 어느 해 어느 시 어느 대륙에 전쟁이 멈춘 적이 있었더냐. 아무리 방으로 방으로 숨어들고 아무리 방패를 꺼내 들어도 사방의 문틈으로 전쟁의 냄새는 새어 들어오지. 그 냄새는 딱딱하고 질기고 직선으로 세상을 자르는 그런 **고약한 냄새**지. 아, 너를 위해 세상의 미운 단어들을 모두 바꿀 수 있다면…… 모든 **딱딱하고 근육질이 박힌** 단어에 **공기 같은 가벼움과 부드러움**을 주고 모든 악취 나는 단어에 지상의 들꽃 이름을 대신해 줄 수 있다면. 너도개미자리, 둥근바위솔, 찔레, 명아주, 두메투구풀, 미나리아재비, 땅비싸리, 무릇꽃, 청사조, 패랭이, 쑥부쟁이, 아 그리고 채송화, 채송화…… 이애, 너는 아무래도 시인이 되어야겠다. 미운 단어를 아름답게 만드는, 악취에 **향기**를 주는, 입을 벌리면 **음악**이 나오는…… 너는 아주 **고전적인 시인이어야겠다**. 발가락, 땅콩, 코딱지 같은 단어를 예쁘게 발음할 줄 아는 너. 처음 글을 배울 때 네 성인 '박' 자를 삐뚤삐뚤하게 써 놓고 글자가 웃고 있다고 말하던 너. 이 먼 과수원의 오수의 나른한 틈새에까지 비집고 들어오는, 아 비릿한 그 냄새를 이애, 빨리 지워 다오. 아주 강력한, 아주 향긋한 방취 살포제인 너의 웃음. 이애, 그토록 짙은 미소를 지을 줄 아는 너는 아마도 외계인인 모양이다. 그래서 네가 자전거에만 오르면, 너의 그 짧고 가는 다리를 소금쟁이만큼 빠르게 놀려 앞으로 갈 때면 나는 그만 가슴이 무섭게 뛰기 시작하는 걸 느낀다. 너의 자전거에 가속이 붙고 앞바퀴가 들려지고, 공중으로 공중 저 높이로 솟아오르는 것이 보이는구나.

　작은 호수가 있네. 호수 주변에 채송화를 심었네.
　달력에 찍은 수많은 점들이 언젠가 별이 되리니.
　살.사랑.사람.살림.서리.성에.잘 살으오……

　그가 남긴 낡은 ㉠공책에는 이해하기 어렵게 갈겨쓴, 일기라고 하기에는 너무도 딱딱한 어투의 글들에 섞여 이처럼 정갈하게 정리해서 쓴 모호한 암호 문자들도 적지않이 들어차 있었다. 그 암호 문자 중의 몇 개는 낱장에 옮겨져, 몇 년에 한 번씩 딱지 편지로 접혔다. 변함없는 기름한 글씨. 변함없이 세 번 돌려 접은 딱지 편지. 글쎄 그것은 꼭 암호 문자가 아닐 수도 있었다.

　그와의 첫 여행에서부터 그가 죽기 전까지 십여 년에 걸쳐 모두 다섯 번을 나는 그런 이상한 편지 심부름을 했다. 수신인은 그의 처자였다.

　　　　　　　　　(중략)

　그가 간 후 한참이 지나, 이미 야산으로 변해 버린 과수원을 정리하기 위해 내려갔었다. 인력도 달리었거니와 무엇보다도 오래된 아버지의 투병으로 진 빚 감당으로 팔려 나간 과수원에 방책을 만들러 벌써 남자 서너 명이 와서 일하고 있었다. 나는 딸애의 출산을 얼마 남겨 놓고 있지 않은 때였다.

　과수원의 길이 곧게 뻗어 나가는 게 보이는 호숫가에 앉아서 나는 다시는 못 보게 될지도 모르는 낯익은 풍경들 하나하나에 나의 애정 어린 시선을 나누어 주었다. **과수원**은 황폐했어도 내게는 **평화**였다. 설령 그것이 어느 날 없어졌다 해도. 그 안에서 일어난 일을 알고 있는 무언의 동반자인 나무들은, 내일에 다가올 걱정에는 무관심한 채 늘연하게 푸른 하늘에 미세한 실핏줄을 그리고 있었다. 잎이 다 진 가을이었던 것이다.

　그 비어 있는 길 위에 하나의 영상이 떠올랐다. 아재비의 어깨에 팔을 얹어 기대고 불편한 몸을 움직이며 짧은 산책을 하는 아버지와 그 옆에 그림자처럼 엉킨 아재비의 모습이었다. 그들은 늘 할 말이 많았다. **단둘이서**. 나는 그럴 때의 그들이 제일 아름다웠다고 생각한다. 그들은 무에 그리 할 말이 많았을까. 혈혈단신 가족을 모두 버리고 남쪽을 택해 내려온 아버지였던 만큼 건강이 좋았던 젊은 시절만 해도 읍으로 나가서 또는 내가 다니는 국민학교에 와서 가끔 반공 강연을 하곤 했었다. 모든 사람이 고개를 끄덕여 주어 내 어깨를 으쓱하게 한 강연들이었다.

　바로 그가 남로당의 열성 간부였던 아재비를 과수원에서 발견했고 그의 불안한 신원의 바람막이가 되어 주었으며 그와 일생의 의형제가 된 것이다. 그리고 어머니가 내준 아재비의 공책에 보면 자연을 읊은 글만 있었던 것이 아니었다. 거기에는 잘 알아볼 수 없을 정도로 흘려 쓴 글씨이기는 하지만 그가 일생 동안 붙잡고 있었던 생각들이 두서없이 채워져 있었다. 그가 겪어 온 사고의 모든 갈피들. 어떻건 그는 변하지 않은 채로 일생을 살았던 것 같고 그것을 아버지나 어머니한테 그다지 숨겼던 것 같지도 않다. **상식으로는 설명되지 않는 일들**이, 그 이전 혹은 그것을 뛰어넘은 어떤 곳에 그들의 삶과 함께 위치해 있었던 것이다.

　과수원의 사방에 그들의 속삭임이 있었다. 그들이 근본적으로 지니고 있는 차이가 끝도 없는 속삭임을 만들었던 것일까. 특히 늦은 밤의 집 앞에 내놓은 **평상 위**와 과수원의 **좁은 길들**, 야산

밑에 패인 **호수 주변**……. 사방에서 귀만 기울이면 **바람 소리 같** **은 그들의 속삭임**이 들려왔다. 무엇보다도 호수 주변에. 그것이 수많은 세월이 흐른 지금까지도 황량하고 지난하던 과수원의 생활을 안온한 미소로서 기억하게 하는 것이다.

– 최윤, 〈속삭임, 속삭임〉

* 남로당: 1946년 11월 서울에서 결성된 공산주의 정당인 남조선 노동당의 줄임말.

061

윗글에 대한 설명으로 가장 적절한 것은?

① 공간적 배경에 대한 묘사를 통해 인물의 태도가 변화하는 양상을 드러내고 있다.

② 인물 간의 대화를 통해 인물이 겪은 과거 사건의 비현실적인 성격을 드러내고 있다.

③ 서술자의 고백적 진술을 바탕으로 과거에 대한 기억과 그 기억에 부여한 의미를 제시하고 있다.

④ 시간적 배경에 따라 서술자를 달리하여 인물의 행위와 사건에 대한 다양한 관점을 서술하고 있다.

⑤ 서술자가 서술의 초점이 되는 인물의 시선으로 주변 인물들의 행위에 담긴 의미를 제시하고 있다.

062

윗글을 읽은 독자의 반응으로 적절하지 않은 것은?

① 아재비는 거동하기가 어려웠던 아버지가 의지할 수 있는 대상이었겠군.

② 아재비가 매사에 조심스럽게 행동하여 아버지가 그의 신원을 알아차릴 수 없었던 것이겠군.

③ 어린 시절 과수원의 호숫가에 앉아서 볼 수 있었던 풍경들을 '나'는 애정 어린 시선으로 보았겠군.

④ '나'가 어린 시절을 보낸 과수원을 보전하기 힘들었던 것은 인력 부족과 아버지의 오랜 투병 때문이었겠군.

⑤ 어린 시절 국민학교에서 아버지가 한 반공 강연을 들은 사람들의 태도를 보고 '나'는 아버지를 자랑스럽게 생각했겠군.

063

〈보기〉를 참고하여 윗글을 감상한 내용으로 적절하지 않은 것은?

[3점]

| 보기 |

〈속삭임, 속삭임〉은 "나'가 딸에게 하는 속삭임'과 '아버지와 아재비가 나눈 속삭임'을 통해 대립을 초월하는 화해와 공존에 대한 지향을 주제 의식으로 표현하고 있다. 전자의 속삭임은 다양한 감각적 이미지를 환기하는 내용을 통해 주제 의식을 나타내고 있다. 후자의 속삭임은 인물들이 교감을 나누는 조화로운 모습으로 제시되며 공간과 연계된 감각적 이미지로 형상화되어 주제 의식을 나타내고 있다. 그리고 전자의 속삭임을 통해 형성된 대조적 의미 구조는 후자의 속삭임과 유기적 관련성을 맺으며 주제 의식의 형상화를 뒷받침하고 있다.

① '전쟁'의 이미지인 '딱딱하고 근육질이 박힌'과 대조되는 '공기 같은 가벼움과 부드러움'은 '과수원'에 담긴 '평화'의 의미와 어울려 주제 의식의 형성에 기여하고 있다고 할 수 있어.

② '고약한 냄새'를 지울 수 있는 '향기', '음악' 등은 다양한 감각적 이미지를 환기하며 아버지와 아재비의 속삭임에서 '나'가 느낀 아름다움과 조응하고 있다고 할 수 있어.

③ '나'가 딸에게 '고전적인 시인이어야겠다'라고 한 말은 '상식으로는 설명되지 않는 일들'을 이해하려는 '나'의 소망이 투영된 것으로 속삭임들 간의 유기성을 드러내고 있다고 할 수 있어.

④ '단둘이서' 속삭였던 아버지와 아재비의 모습은 교감을 나누는 조화로운 모습으로 대립을 초월한 화해와 공존을 보여 주고 있다고 할 수 있어.

⑤ '바람 소리 같은 그들의 속삭임'은 과수원의 '평상 위', '좁은 길들', '호수 주변' 등의 공간과 연계되어 수많은 세월이 흘러도 잊히지 않는 이미지로 형상화되고 있다고 할 수 있어.

064

㉠에 대한 설명으로 가장 적절한 것은?

① 딱지 편지에 인용된 문장이 본래 너무도 딱딱한 어투였음을 보여 주는 말들이 적혀 있었다.

② 자연을 읊은 글들로만 가득 차 있어 '나'가 아재비의 감성을 느낄 수 있는 말들이 많이 적혀 있었다.

③ 아재비가 일생 동안 붙잡고 있던 생각들을 어린 '나'도 이해하기 쉽게 설명해 주는 말들이 적혀 있었다.

④ 아재비가 아버지와 의형제 관계를 맺을 정도로 친밀한 관계였음을 '나'가 깨닫게 해 주는 말들이 적혀 있었다.

⑤ 아재비가 과수원에서 생활하는 동안에도 아재비의 신념에 변화가 없었음을 '나'가 짐작하게 해 주는 말들이 적혀 있었다.

065~068 | 다음 글을 읽고 물음에 답하시오.

"저녁거리가 없지?"

범수는 할 수 없으면 양복이라도 잡혀야겠어서 떼어 입고 나가기를 주저하는 것이다. / "번연한 속이지 물어서는 무얼 허우?"

영주는 풀 죽은 대답을 한다. / "그럼 저 양복이라두 잡혀 오구려."

"그것마저 잽히구 어떡헐랴구 그러우?"

"그리 긴하게 양복을 입구 출입을 헐 일은 무엇 있나?"

영주는 그래도 느긋한 희망을 지니고 있었다. 남편이 몇 군데 이력서를 보내 두었으니 그런 데서 갑자기 오라는 기별이 올지도 모르는 터에 양복을 잡혀 버리면 일껏 된 취직도 낭패가 되고 말 것이다.

그리고 또 남편이 밖에 나가 있는 동안만은 행여 무슨 반가운 소식이나 가지고 돌아오나 해서 한심한 기대를 하는 터였다.

"천하 없어두 그건 안 잽혀요."

"거참 괴사스런 성미도 다 보겠네!"

하고 범수는 더 우기려 하지 아니했다.

"정말 큰일 났수! 하두 막막한 때는 죽어 버리기라두 하구 싶지만 자식들을 생각하면 그럴 수두 없구…… 글쎄 왜 학교는 안 보내려 드우? 우리는 이 지경이 되었으나 자식이나 잘 가르쳐야지?"

영주는 아이들이 생각나자 가슴을 찢고 싶게 보풀증이 나는 것이다. 범수와 영주 사이에 제일 큰 갈등은 아이들의 교육 문제인 것이다.

영주는 아이들을 공부를 시켜서 장래의 희망을 거기다 붙이자는 것이다. 그는 하다 못하면 자기가 몸뚱이를 팔아서라도 아이들의 뒤는 댄다고 하고 또 그의 악지로 그만 짓을 못할 것도 아니었다.

그러나 범수는 듣지 아니했다. ㉠섣불리 공부를 시켰자 허리 부러진 말처럼 아무짝에도 쓸데없는 반거충이가 될 것이요, 그러니 그것이 아이들 자신 장래에 불행하게 할 뿐 아니라, 따라서 부모의 기쁨도 되지 아니한다고 내내 우겨 왔던 것이다. 그러면서 그는 자기가 보통학교의 교과서 같은 것을 참고해 가며 산술이니 일어니 또 간단한 지리 역사니를 우선 가르치고 있었다.

그러나 영주가 보기에는 그것이 도무지 시원찮고 미덥지가 못했다. / 범수는 아내에게 너무도 번번이 듣는 푸념이라 그 대답을 또다시 되풀이하기가 성가시어 아무 말도 아니 하려 했으나 아내는 오늘은 기어코 요정을 낼 듯이 기승을 부리려 든다.

"글쎄 여보! 당신은 당신이 희망하는 일이나 있어서 그런다구 나는 어쩌라구 그러우?"

"낸들 희망을 따루 가지구 그리는 건 아니래두 그래! 자식들이 장래에 잘되어 잘살게 하자는 생각은 임자허구 꼭 같 [A] 지만 단지 내가 골라낸 방법이 옳으니까 그러는 거지……."

"나는 그 말 믿을 수 없어…… 공부 못한 놈이 막벌이 노동자가 되어 남의 하시나 받지 잘될 게 어데 있드람!"

"그건 이십 년 전 사람이 하든 소리야. 번연히 눈앞에 실증을 보면서 그래?"

"무어가 실증이란 말이요?"

"허! 그거참…… 여보 임자도 여자 고보를 마쳤지? 나도 명색 대학을 마쳤지? 그런데 시방 우리 둘이 살아가는 꼴을 [B] 좀 보지 못해?"

"그거야 공부한 게 잘못이요? 당신 잘못이지……."

"세상 탓이야……."

㉡"이런 세상에서두 남은 제가끔 공부를 해 가지구 잘들 살어 갑디다."

중략 부분의 줄거리 범수는 생활고로 인해 금은방에서 금비녀를 훔치려 시도하다가 포기하고, 자신에게는 도적질할 권리가 없다고 생각한다. 한편 범수가 외출한 사이에 아들 종석과 종태는 두부 장수의 두부를 훔쳐 먹다가 들키고, 화가 난 영주는 두 아이를 회초리로 때린다.

"웬일야?"

범수는 대뜰에 선 채 이렇게 물었으나 아내는 눈물 젖은 눈을 들어 원망스럽게 한번 치어다보고는 도로 엎드려 울기만 한다.

영주는 폭포같이 말을 쏟뜨려 놓고 싶어도 무슨 말을 어떻게 해야 좋을지 다만 남편이 원망스럽고 노여워 울음이 앞을 서는 것이다.

"너, 요놈 또 어머니 말 아니 듣구 싸웠든지 그랬구나?"

하고 나무람 반 물었으나 아이 역시 대답이 없다.

그러자 아내가 고개를 번쩍 쳐들더니 범수를 치올려 보며

"무슨 낯으루 자식을 나무래요? 다 에미 애비 죄지."

하고 악을 쓴다.

"아니 그건 무슨 소리야?" / "자식을 굶겨 노니 안 그럴까?"

"아니 글쎄 왜 그러는 거야. 굶은 게 오늘 처음이요, 또 우리뿐이게 새삼스럽게 이리나?"

"그러니까 자식이 도적질을 해두 괜찮단 말이요?" / "도적질?"

"그렇다우…… 배가 고파서 두부 장수 두부를 훔쳐 먹다가 들켰다우. 자, 시어허우."

범수는 피가 한꺼번에 머리로 치밀어 올랐다.

그는 무어라고 아이를 나무래려다가 문득 자기가 오늘 낮에 겪던 일이 선연히 눈앞에 나타나 그만 두 어깨가 축 처져 버렸다.

그는 종석이를 흘겨보며

㉢"흥! 이놈의 자식 승어부(勝於父)는 했구나."

하고 두런거렸다. 영주도 남편이 무슨 말을 했는지 알아듣지 못했다.

이튿날 아침 일찍이.

㉣영주는 종태만이라도 근처의 사립 학교에나마 보낸다고 데리고 나섰다. 종석이까지 데리고 간다고 밤늦게까지 우기며 다투었으나 범수는 듣지 아니하고 정 그러려든 작은아이 종태나 마음

대로 하라고. 그래 말하자면 두 사람의 소산을 둘이선 반분한 셈이다.

종태를 데리고 나가는 아내의 뒷모습을 바라보며 범수는 혼자 중얼거렸다.

"두구 보자— 네 방침이 옳은지 내 방침이 옳은지."

뒤미처 ⓜ범수는 종석이를 데리고 서비스 공장으로 최 씨를 찾았다.

– 채만식, 〈명일〉

* 반거충이: 무엇을 배우다가 중도에 그만두어 다 이루지 못한 사람.
* 고보: 일제 강점기에, '고등 보통학교'를 줄여 이르던 말.
* 승어부(勝於父): 아버지보다 나음.

065

윗글에 대한 이해로 적절하지 <u>않은</u> 것은?

① 영주는 자식들을 위해 자신의 삶을 희생하는 것을 두려워하지 않았다.

② 영주는 자식들이 굶주림으로 인해 도둑질한 것은 부모의 탓이라고 여겼다.

③ 범수는 자식들이 저지른 일에 대해 듣고서도 그들을 직접 꾸짖지는 않았다.

④ 영주는 범수가 뜻하는 바가 있어 자식들을 학교에 보내지 않는다고 생각했다.

⑤ 범수는 그를 책망하는 영주의 말에 가장의 책임을 다하지 못한 것에 대한 미안함을 표현했다.

066

[A]와 [B]에 대해 이해한 내용으로 가장 적절한 것은?

① [A]는 상대가 알고 있는 사실을 들어, [B]는 상대방이 모르는 새로운 사실을 들어 자신의 주장을 제시하고 있다.

② [A]는 상대가 지닌 능력의 한계를 언급하며, [B]는 자신의 능력 부족을 언급하며 기존의 의견을 변경하고 있다.

③ [A]는 자신과 상대의 교육관 차이를 근거로 들어, [B]는 자신과 상대의 역할 차이를 근거로 들어 상대를 비판하고 있다.

④ [A]는 자신의 생각에 대한 확신을 바탕으로, [B]는 자신의 주장에 대한 가정을 바탕으로 예상되는 결과를 암시하고 있다.

⑤ [A]는 자신과 상대의 목적이 같음을 언급하며, [B]는 자신과 상대의 현재 처지가 같음을 언급하며 상대를 설득하고 있다.

067

<u>양복</u>에 대한 설명으로 가장 적절한 것은?

① '양복'은 범수가 살아온 삶의 내력을 드러내는 상징물이다.

② '양복'은 생계유지를 위해 영주가 필요하다고 여기는 대상이다.

③ '양복'은 범수가 벗어나고자 하는 사회생활의 억압을 상징하는 소재이다.

④ '양복'은 취직에 실패한 범수에 대한 영주의 실망감이 담겨 있는 물건이다.

⑤ '양복'은 범수가 지식인으로서의 자신의 정체성을 회복하는 계기가 되는 소재이다.

068

〈보기〉를 참고하여 윗글을 감상한 내용으로 적절하지 <u>않은</u> 것은?

┤ 보기 ├

〈명일〉에 등장하는 인물들은 두 가지 관점에서 대립되는 양상을 보인다. 하나는 '지식의 효용성에 대한 신뢰와 불신' 측면에서 이루어지는 대립으로, 범수와 영주의 갈등이다. 또 다른 대립은 '지식의 보유와 미보유' 측면에서 이루어지는 범수와 종석의 대립이다. 범수는 지식인으로서의 체면과 윤리의식 때문에 도둑질에 실패하는데, 배움이 없는 종석이 두부를 훔쳐 먹은 것을 알고 종석이 자신보다 낫다고 여긴다. 이 작품은 이러한 대립을 통해 실업 상태에 놓인 일제 강점기의 무능력한 지식인을 풍자하고 있다.

① ㉠: 지식이 불우한 삶을 살게 하는 요인이라고 여기는 인물의 인식을 보여 주는 것으로, 범수가 지식의 효용성에 대해 불신하고 있음을 확인할 수 있다.

② ㉡: 자신들의 문제 상황이 지식 때문이 아니라고 여기는 인물의 생각을 드러내는 것으로, 영주가 지식의 효용성에 대해 신뢰하고 있음을 알 수 있다.

③ ㉢: 도둑질을 한 종석에 대한 인물의 주관적 인식을 드러내는 것으로, 범수가 지식을 보유한 자신에 대한 자조를 표현한 것으로 볼 수 있다.

④ ㉣: 종태를 학교에 보내 교육을 시키려는 인물의 의지를 보여 주는 것으로, 지식의 효용성으로 인한 갈등의 결과 범수가 영주의 결정을 전적으로 따르기로 했음을 알 수 있다.

⑤ ㉤: 종석을 공장에 취직시키고자 하는 인물의 의도가 반영된 것으로, 종석이 고등 지식을 보유하지 않고서 생계를 해결하기를 바라는 범수의 기대가 드러나고 있음을 알 수 있다.

069~072 | 다음 글을 읽고 물음에 답하시오.

앞부분의 줄거리 동림 산업의 사장이 사원들에게 제복을 입혀 단결력을 높이고 생산성을 향상시키겠다고 하자 장상태, 민도식을 비롯한 많은 사원들이 불만스러워 한다. 하지만 사장은 사원들의 반대 여론을 억누르고, 단체로 제복을 맞추어 회사 창립 기념일에 입고 오게 한다. 제복을 맞추는 날 민도식과 우기환이 슬그머니 사라지자 사장은 그들을 직접 호출한다.

"과장일세. 자네들이 지금 취하고 있는 행동이 어떤 결과를 부르는지 알고나 그러나?"

수화기에서 대뜸 불호령이 떨어졌다.

"자네들이 ⓐ이번 일에 비협조적이란 걸 알고 있어. 뒷전으로 돌면서 불평이나 터뜨리고 다니는 걸 내가 모를 줄 아나?"

과장은 계속해서 닦아세웠다.

"이 전화 끝나자마자 사장실로 가 봐! 나하고 이미 용무가 끝났어!"

사장은 전혀 화가 난 얼굴이 아니었다. 조심스럽게 들어와서 맞은편 소파에 앉는 두 사원을 응접 세트 너머로 지그시 바라보고 있었다.

"자네들이 의복에 관해서 일가견을 가졌다는 소문인데, 어디 그 견해 좀 들어 보세나."

참으로 난감한 청이었다. 듣자는 말은, 듣지 않겠다는 강인한 의지의 반어적 표현임을 잘 알기 때문에 그들 두 사람은 아무 말도 하지 않았다. 하지 못했다.

"나대로 충분히 생각해서 내린 결정이고 사원 대표의 지지를 얻어서 시행하는 일이야. 그런데 그런 일을 반대할 때는 나름대로 충분한 이유가 있었겠지. 민 군부터 이유를 설명해 보게."

그러면서 사장은 담배를 권했다. 청자였다. 민도식은 그것이 값이 싼 청자임을 확인하는 순간 하마터면 제 주머니 속에 든 거북선을 꺼낼 뻔했다가 문득 깨닫는 바가 있어서 사장이 주는 대로 다소곳이 받아 들었다.

"서두를 거 없어, 천천히 얘기해도 괜찮으니까."   [A]

민도식은 결코 서두르지 않았다. 그렇다고 이미 이렇게 된 마당에 망설거릴 것도 없었다.

"옷에는 보호 기능과 표현 기능이 있다고 들었습니다. 우리가 옷에서 바랄 수 있는 것은 그 두 가지 기능만으로 충분하다고 믿고 있습니다. 제복으로 사원들 간에 일체감을 조성해서 회사를 더욱더 발전시키겠다고 그러시지만 제 생각엔 그렇게 해서 얻어지는 단결력보다는 **제복에 눌려서 개성이 위축되고 단결력에 밀려서 자유로운 창의력이 퇴보되는 데서 오는 손실이 더 클 것 같습니다.**"

"아주 좋은 말을 했어. 하지만 그건 일이 실천에 옮겨지기 전에 했어야 할 얘기야. 대다수 사원들 지지를 얻어서 실천 단계에 들어선 지금은 사정이 달라. 그리고 기업 발전에 단결력이 중요하냐 창의력이 중요하냐 하는 문제는 자네가

아니라 내가 결정할 문제야. 또 제복을 입었다고 어제는 있던 창의력이 오늘 싹 죽는다는 논리도 설득력이 없어. 민 군, 자네는 일찍이 제복 제도를 도입한 K 직물이 창의력 없이 그저 눈감땡감으로 오늘날의 위치에 올라섰다고 생각하나?"

"K 직물은 사정이 다릅니다."

잠자코 있던 우기환이가 불쑥 말했다.

"호오, 그래? 어떻게 다르지?"

"자기 개성에 맞는 옷을 입을 권리를 포기할 때는 뭔가 그 이상의 보상이 뒤따라야 합니다. 그런 면에서 K 직물의 기업 정신은 아주 훌륭하다고 봅니다."

이때 옆방이 다소 소란해졌다. 사장실 도어 저쪽에서 여비서가 누군가하고 들어가겠다느니 안 된다느니 하면서 실랑이하는 눈치였다. 그 소리를 듣더니 사장의 낯빛이 싹 달라졌다.

"자네들이 이러지 않아도 난 지금 복잡한 일이 많은 사람이야. 우 군이 K 직물을 동경하는 그 심정은 나도 알아. 허지만 앞으로 가까운 장래에 다른 사람들이 자네들을 동경하도록 만들기 위해서는 나도 노력하고 자네들도 적극 협조해야 되잖겠나. 그동안을 못 참아서 협조할 수 없다면 별수 없지. 이런 일엔 누군가 한 사람쯤 희생이 따른다는 사실을 각오해야 돼."

"무슨 뜻인지 알겠습니다. 제가 희생이 되죠. 피고용자한테도 권리는 있습니다. **들어올 때는 제 맘대로 못 들어오지만 나갈 때는 제 맘대로 나갈 수 있으니까요.**"

우기환이가 분연히 소파에서 일어나 빠른 걸음으로 도어를 향해 갔다.

(중략)

"장 선생 집에 전화 걸었더니 부인이 받데요. **새로 맞춘 유니폼 입구 아침 일찍 출근했다구요.**"

아내의 바가지 긁는 소리로 창업 기념일의 아침은 시작되었다. 체육 대회가 열리는 제1 공장까지 가자면 다른 날보다 더 일찍 나서야 되는데도 여전히 뭉그적거리고만 있는 남편 곁에서 아내는 시종 근심스러운 눈초리를 거두지 않았다. 제복 때문에 총각 사원 하나가 사표를 던졌다는 소문을 아내는 믿지 않았다. 사표를 제출한 게 아니라 강제로 모가지가 잘린 거라고 굳게 믿고 있었다.

"까짓것 난 필요 없어. 거기 아니면 밥 빌어먹을 데 없는 줄 알아? 세상엔 아직도 유니폼 안 입는 회사가 수두룩하단 말야!"

거듭되는 재촉에 이렇게 큰소리로 대거리는 했지만 결국 민도식은 뒤늦게나마 집을 나서고 말았다.

시내를 멀리 벗어나서 교외에 널찍하게 자리 잡은 제1 공장 앞에 당도했을 때는 벌써 개회식이 시작된 뒤였다. 공장 정문 철책 너머로 검정 곤색 일색의 운동장을 넘어다보는 순간 민도식은 갑자기 숨이 턱 막혀 옴을 느꼈다. 새로 맞춘 제복으로 단장한 남녀 전 사원이 각 부서별로 군대처럼 질서 정연하게 도열해 서서 연단에 선 지휘자의 손끝을 우러러보며 사가(社歌)를 제창하

기 직전의 예비 운동으로 목청을 가다듬는 헛기침들을 하고 있었다. 이윽고 공장 일대를 한바탕 들었다 놓는 우렁찬 노래가 터지기 시작했다. 노래 부르는 사원들 모두가 작당해서 지각한 사람을 야유하는 듯한 기분이 들었다. **검정 곤색의 제복들이 일치단결해 가지고 사복 차림으로 꽁무니에 따라붙으려는 유일한 사람을 완강히 거부하는 듯한 기분에 사로잡혔다.** 세상 전체가 온통 제복투성이인 가운데 저 혼자만 외돌토리로 떨어져 있는 셈이었다. 자기 한 사람쯤 불참한다 해도 아무렇지도 않게 체육 대회 개회식은 진행될 수 있다는 사실이 민도식을 무척 화나면서도 그지없이 외롭게 만들었다. 정문으로 들어서지도 못하고 그렇다고 뒤돌아서서 나오지도 못한 채 그는 일단 멈춘 자리에 붙박여 버린 듯 언제까지고 움직일 줄을 몰랐다.

– 윤흥길, 〈날개 또는 수갑〉

069

윗글의 서술상 특징으로 가장 적절한 것은?

① 역사적인 사건을 서술하여 시대적 배경을 부각하고 있다.
② 회상 장면을 통해 이야기의 인과 관계를 재구성하고 있다.
③ 인물 간의 대화를 통해 인물 사이의 위계질서가 나타나고 있다.
④ 이야기 외부의 서술자가 중심인물에 대한 비판적 시각을 드러내고 있다.
⑤ 독백을 반복적으로 제시하여 인물이 처한 긴박한 상황을 드러내고 있다.

070

ⓐ에 대한 설명으로 가장 적절한 것은?

① '사장'이 '사원들'의 진심을 확인하기 위해 계획한 일이다.
② '우기환'이 K 직물의 사정을 참고하여 추진하게 된 일이다.
③ '민도식'이 '사장'과 면담을 하게 된 원인으로 작용한 일이다.
④ '과장'이 '사장'에게 잘 보이기 위해 제안하여 실행하는 일이다.
⑤ '장상태'와 '우기환'의 태도가 변화하게 된 계기로 작용한 일이다.

071

[A]에 나타난 '사장'의 말하기 방식으로 가장 적절한 것은?

① 상대방의 전문적 견해를 듣고 자신의 생각을 바로잡으려는 의지를 드러내고 있다.

② 상대방의 의견에 근거가 없음을 질책하면서 자신의 논리적 근거를 제시하고 있다.

③ 상대방의 생각을 수용하는 척하면서 권위를 통해 자신의 주장을 밀어붙이고 있다.

④ 상대방이 사건을 감정적으로 판단하고 있음에 주목하면서 대화의 완급을 조절하고 있다.

⑤ 상대방이 주장하는 말을 이해하지 못하고 자신의 입장이 받아들여질 것을 기대하고 있다.

072

〈보기〉를 참고하여 윗글을 감상한 내용으로 적절하지 않은 것은?

> ┤ 보기 ├
>
> ㄱ. 〈날개 또는 수갑〉이라는 제목에는 다양성이 존중되고 개인의 자유가 보장되는 '날개'와 개인을 구속하고 억압하는 '수갑'이라는 상반되는 의미가 나타난다. 작가는 이를 통해 옷이 '수갑'으로 존재하는 부조리한 현실에 문제를 제기하고 개인에 대한 속박과 이로부터 벗어나고자 하는 바람을 드러내고 있다.
>
> ㄴ. 〈날개 또는 수갑〉에는 제복 제정이라는 사건을 중심으로 현실에 순응하거나, 현실과 갈등하거나, 현실에 불응하는 등 불합리한 권력에 대응하는 인물들의 다양한 양상이 나타난다.

① ㄱ: '제복에 눌려서 개성이 위축되고 단결력에 밀려서 창의력이 퇴보되는 데서 오는 손실이 더 클 것 같습니다.'를 통해 작가는 개인을 속박하는 현실에 문제를 제기하고 있군.

② ㄱ: '검정 곤색의 제복들이 일치단결해 가지고 사복 차림으로 꽁무니에 따라붙으려는 유일한 사람을 완강히 거부하는 듯한 기분에 사로잡혔다.'를 통해 작가는 속박에서 벗어나고자 하는 바람을 드러내고 있군.

③ ㄴ: '새로 맞춘 유니폼 입고 아침 일찍 출근했다구요.'에서 장상태는 제복 제정에 찬성하지는 않지만 결국 회사 방침을 따르며 현실에 순응하는 인물임을 알 수 있군.

④ ㄴ: '들어올 때는 제 맘대로 못 들어오지만 나갈 때는 제 맘대로 나갈 수 있으니까요.'에서 우기환은 제복 제정에 적극적으로 반대하고 자신의 의사가 관철되지 않자 회사를 떠나며 현실에 불응하는 인물임을 알 수 있군.

⑤ ㄴ: '세상 전체가 온통 제복투성이인 가운데 저 혼자만 외돌토리로 떨어져 있는 셈이었다.'에서 민도식은 제복 제정에 반대하지만 창립 기념일에 참석하고 다른 사원들의 모습에 혼란을 느끼며 현실과 갈등하는 인물임을 알 수 있군.

073~076 | 다음 글을 읽고 물음에 답하시오.

앞부분의 줄거리 '나'의 시어머니는 '나'가 출산할 때마다 정성을 다해 산바라지를 해 주셨다. 이후에 시어머니는 치매에 걸리는데, '나'는 치매를 앓는 시어머니를 모시는 것 때문에 스트레스를 받아 정신과 치료를 받으며 신경 안정제까지 복용하게 된다. 이에 가족들은 시어머니를 요양 시설에 보내기로 결정하고 시설을 알아본다. 그러던 중 좋은 요양 시설이 있다는 소문을 듣고 '나'와 남편은 함께 그곳을 찾아간다.

남편이 웃도리를 벗어 들었다. ㉠알맞은 기온인데도 그의 와이셔츠 등어리에 동그랗게 땀이 배어 있는 게 보였다. 나도 괜히 진땀이 났다. 조그만 마을이 나타났다. 마을 어귀엔 구멍가게도 있었다. 구멍가게 좌판엔 비닐통에 든 부연 막걸리와 라면이 진열돼 있을 뿐 주인은 보이지 않았다. 남편이 그 앞에서 걸음을 멈추었다. 그의 얼굴엔 막걸리가 먹고 싶다고 씌어 있었다. 나는 너그럽게 웃었지만 속으론 까닭 없이 낭패스러웠다. 남편이 좌판에 털썩 주저앉았다. 그리고 주인도 찾지 않고 막걸리 병마개를 비틀었다. 등허리뿐 아니라 이마에도 번드르 땀이 배어 있었다. 서늘한 미풍이 숲을 이루다시피 한 길가의 코스모스를 잠시도 가만 놔두지 않았다. 색색 가지 꽃이 오색의 나비 떼처럼 하늘댔다. 쾌적한 날씨였다. 그런데도 우린 둘 다 달군 프라이팬에 들볶이고 있는 것처럼 안절부절못했다. 막걸리를 병째 마시는 그가 조금도 호방해 보이지 않고 조바심만이 더욱 드러나 보이는 걸 나는 쓰라린 마음으로 곁눈질했다.

(중략)

나는 주인을 찾아 가게터 뒤로 돌아갔다. 좀 떨어진 데 초가가 보였다. 초가지붕 위에 방금 떠오른 보름달처럼 풍만하고 잘생긴 ⓐ박이 서너 덩이 의젓하게 자리 잡고 있었다.

"여보, 저 박 좀 봐요. 해산 바가지 했으면 좋겠네."

나는 생뚱한 소리로 환성을 질렀다.

"해산 바가지?"

남편이 멍청하게 물었다.

"그래요. 해산 바가지요."

실로 오래간만에 기쁨과 평화와 삶에 대한 믿음이 샘물처럼 괴어 오는 걸 느꼈다.

내가 첫애를 뱄을 때 시어머님은 해산달을 짚어 보고 섣달이구나, 좋을 때다, 곧 해가 길어지면서 기저귀가 잘 마를 테니, 하시더니 그해 가을 일부러 사람을 시켜 시골에 가서 해산 바가지를 구해 오게 했다.

"잘생기고, 여물게 굳고, 정한 데서 자란 햇바가지여야 하네. 첫 손자 첫국밥 지을 미역 빨고 쌀 씻을 소중한 바가지니까."

이러면서 후한 값까지 미리 쳐주는 것이었다. 그럴 때의 그분은 너무 경건해 보여 나도 덩달아서 아기를 가졌다는 데 대한 경건한 기쁨을 느꼈다. 이윽고 정말 잘 굳고 잘생기고 정갈한 두 짝의 바가지가 당도했고, 시어머니는 그걸 신령한 물건인 양 선

반 위에 고이 모셔 놓았다. 또 손수 장에 나가 보얀 젖빛 사발도 한 쌍을 사다가 선반에 얹어 두었다. 그건 해산 사발이라고 했다.

나는 내가 낳은 첫아기가 딸이라는 걸 알자 속으로 약간 켕겼다. 외아들을 둔 시어머니가 흔히 그렇듯이 그분도 아들을 기다렸음 직하고 더구나 그분의 남다른 엄숙한 해산 준비는 대를 이를 손자를 위해서나 어울림 직했기 때문이다. 그러나 퇴원한 나를 맞아들이는 그분에게서 섭섭한 티 따위는 조금도 찾아볼 수 없었다. 그 잘생긴 해산 바가지로 미역 빨고 쌀 씻어 두 개의 해산 사발에 밥 따로 국 따로 퍼다가 내 머리맡에 놓더니 정성껏 산모의 건강과 아기의 명과 복을 비는 것이었다. 그런 그분의 모습이 어찌나 진지하고 아름답던지, 비로소 내가 엄마 됐음에 황홀한 기쁨을 느낄 수가 있었고, 내 아기가 장차 무엇이 될지는 몰라도 착하게 자라리라는 것 하나만은 믿어도 될 것 같은 확신이 생겼다. 대문에 인줄을 걸고 부정을 기(忌)하는 삼칠일 동안이 끝나자 해산 바가지는 정결하게 말려서 다시 선반 위로 올라갔다. 다음 해산 때 쓰기 위해서였다. 다음에도 또 딸이었지만 그 희색이 만면하고도 경건한 의식은 조금도 생략되거나 소홀해지지 않았다. 다음에도 딸이었고 그다음에도 딸이었다. 네 번째 딸을 낳고는 병원에서 밤새도록 울었다. 의사나 간호사까지 나를 동정했고 나는 무엇보다도 시어머니의 그 경건한 의식을 받을 면목이 없어서 눈물이 났다. 그러나 그분은 여전히 희색이 만면했고 경건했다. 다음에 아들을 낳았을 때도 더도 아니고 덜도 아닌 똑같은 영접을 받았을 뿐이었다. 그분은 어디서 배운 바 없이, 또 스스로 노력한 바 없이도 저절로 인간의 생명을 어떻게 대접해야 하는지를 알고 있는 분이었다. 그분이 아직 살아 있지 않은가. 그분의 여생도 거기 합당한 대우를 받아 마땅했다. 나는 하마터면 큰일을 저지를 뻔했다. 그분의 망가진 정신, 노추한 육체만 보았지 한때 얼마나 아름다운 정신이 깃들었었나를 잊고 있었던 것이다. 비록 지금 빈 그릇이 되었다 해도 사이비 기도원 같은 데 맡겨 있지도 않은 마귀를 내쫓게 하는 수모와 학대를 당하게 할 수는 없는 일이었다.

나는 남편이 막걸릿병을 다 비우기도 전에 길을 재촉해 오던 길을 되돌아섰다. ㉡암자 쪽을 등진 남편은 더 이상 땀을 흘리지 않았다. 시어머님은 그 후에도 삼 년을 더 살고 돌아가셨지만 그동안 힘이 덜 들었단 얘기는 아니다. 그분의 망령은 여전히 해괴하고 새록새록해서 감당하기 힘들었지만 나는 효부인 척 위선을 떨지 않음으로써 조금은 숨구멍을 만들 수가 있었다. 너무 속상할 때는 아이들이나 이웃 사람의 눈치 볼 것 없이 큰 소리로 분풀이도 했고 목욕시키거나 옷 갈아입힐 때는 아프지 않을 만큼 거칠게 다루기도 했다. 너무했다 뉘우쳐지면 즉각 애정 표시에도 인색하지 않았다.

위선을 떨지 않고 마음껏 못된 며느리 노릇을 할 수 있고부터 신경 안정제가 필요 없게 됐다. 시어머니도 나를 잘 따랐다. 마치

갓난아기처럼 천진한 얼굴로 내 치마꼬리만 졸졸 따라다녔다. 외출했다 늦게 돌아오면 그분은 저녁도 안 들고 어린애처럼 칭얼대며 골목 밖에서 나를 기다리고 있곤 했다. 임종 때의 그분은 주름살까지 말끔히 가셔 평화롭고 순결하기가 마치 그분이 이 세상에 갓 태어날 때의 얼굴을 보는 것 같았다. 나는 마치 그분의 그런 고운 얼굴을 내가 만든 양 크나큰 성취감에 도취했었다.

– 박완서, 〈해산 바가지〉

073

윗글에 대한 설명으로 가장 적절한 것은?

① 인물의 독백적인 어조로 현실과 단절된 의식 상태를 표현하고 있다.

② 인물들의 서로 다른 특성을 제시하는 데에 서술의 초점을 맞추고 있다.

③ 인물의 성격과 행위의 괴리를 통해 인물이 처한 심리적 상황을 부각하고 있다.

④ 특정 인물과 관련 있는 서술자의 체험과 태도를 중심으로 이야기를 서술하고 있다.

⑤ 공간적 배경에 따라 서술자를 달리함으로써 인물의 상황을 입체적으로 제시하고 있다.

074

㉠과 ㉡을 통해 추리할 수 있는 내용으로 가장 적절한 것은?

① '남편'은 자신의 어머니가 언제 어디서 돌아가실지 모른다는 불안감에 몹시 초조해했다.

② '남편'은 자신의 어머니에게 적합한 요양 시설을 찾지 못할 수 있다는 걱정을 많이 했다.

③ '남편'은 자신의 어머니가 지내기에 좋은 요양 시설을 알아보는 과정에서 심신이 지쳤다.

④ '남편'은 자신의 어머니를 요양 시설에 모시는 문제와 관련하여 심리적으로 많은 부담감을 느꼈다.

⑤ '남편'은 자신의 어머니가 요양 시설에 가지 않을 것이라고 생각하고 요양 시설을 찾는 데에 소극적이었다.

075

ⓐ의 서사적 기능에 대한 설명으로 가장 적절한 것은?

① '나'에게 과거 회상의 계기를 제공하고 있다.

② '나'에게 닥칠 사건의 성격을 예고해 주고 있다.

③ '나'에게 현실 상황의 모순을 인식하게 해 주고 있다.

④ '나'와 '남편' 사이의 갈등이 해소되는 원인으로 작용하고 있다.

⑤ '나'가 현실에 대한 저항 의지를 누그러뜨리는 계기가 되고 있다.

076

〈보기〉를 참고하여 윗글을 이해한 내용으로 적절하지 <u>않은</u> 것은?

┤ 보기 ├

　　박완서의 〈해산 바가지〉는 시어머니가 '나'를 이해하고 포용하는 것으로부터, '나'가 시어머니를 이해하고 포용하는 것으로 순환하는 구조로 이루어져 있다. 시어머니는 사회에 만연해 있는 남아 선호 사상의 영향을 받지 않고 생명 존중 의식을 바탕으로 '나'의 산바라지를 매번 정성껏 해 줌으로써 '나'를 이해하고 포용하는 태도를 보여 준다. 이러한 시어머니의 태도는 '나'가 치매에 걸린 시어머니를 이해하고 포용하는 토대가 된다. 이러한 이해와 포용의 순환 구조는 생명 존중의 고귀한 가치를 종종 잊고 사는 현 세태에 대한 비판적 인식을 유도하며 문제 해결의 방향성을 알려 주고 있다.

① 네 번째 딸을 낳고 슬퍼한 '나'와 그러한 '나'를 동정한 의사나 간호사의 태도는 사회에 만연한 남아 선호의 사상을 보여 준 것이겠군.

② '나'가 딸을 낳든 아들을 낳든 정성을 다해 산바라지를 해 준 시어머니의 모습은 생명 존중 의식을 바탕으로 '나'를 이해하고 포용하는 태도를 보여 준 것이겠군.

③ 시어머니에게 아름다운 정신이 깃들어 있다는 것을 깨닫고 반성하는 '나'의 모습은 생명 존중의 가치를 종종 잊는 현 세태에 대한 비판적 인식을 유도할 수 있겠군.

④ '나'가 시어머니를 요양 시설에 보내지 않기로 하고 함께 지내면서 임종할 때까지 모신 것은 시어머니를 이해하고 포용하는 태도를 토대로 이루어진 것이겠군.

⑤ 평화롭고 순결한 시어머니의 임종 모습을 보며 '나'가 성취감에 도취된 것은, '나'가 이제 치매에 걸린 시어머니를 모시는 수고에서 벗어났다는 문제 해결의 완성을 보여 준 것이겠군.

077~080 | 다음 글을 읽고 물음에 답하시오.

"자네가 술을 마시면 얼마 마시구, 끊으면 얼마 끊겠나?"

술에도 자신이 규모가 큰 것 같은 어조로 조운은 말하였다.

"딴은 끊을 만한 술도 못 되지마는 생각한 바 있어 절주는 해야겠네."

이렇게 말하고 석은 '몸이 저렇게 났으니 기름진 것도 어지간히 먹었겠고 술도 많이 마셨을 것이다.' 생각하면서 조운의 **보기 좋은 얼굴**을 건너다보고 빙긋이 웃었다.

"십 년은 더 늙은 것 같네. 그간 고생 몹시 했지? 학교에서 문 열구 나오는 자넬, 자네루 알아 못 보았네. ㉠<u>어쩌면 그렇게 훈장 티가 꼭 뱄나?</u>"

"일 년 못 돼 훈장 티가 배어 뵌다면야 슬픈 일이네마는…… 알아 못 보긴 자넨 게 아니라 내였네. 상큼한 콧날과 움푹 팬 눈이 자네 얼굴의 특징이었었는데, 콧날은 없어지고 눈마저 변했더면 통 알아 못 볼 뻔했네."

"……"

"그렇게 변한 자네의 삼 년이 알고프네. 6·25 나던 때, 신문사서 갈라진 게 마지막 아닌가?"

"그랬던가? 내 얘긴 차차 하고 자네 지낸 일 들어 보세."

그러는데 요리가 들리어 들어왔다.

"자, 들게."

흰 알잔에 따른 빼주가 쿡 코를 찌른다. 둘은 함께 들어 조금씩 마시었다. 조운의 젓가락은 해삼 요리에 먼저 갔다. 호르몬제라고 중국 요리를 먹을 때마다 죄 없는 화젯거리가 되는 음식이다.

석은 문득 그것을 생각하고 빙그레 웃음을 띠는데, 조운은 큰 놈 한 개를 집어 입에 넣고 씹으면서,

㉡<u>"삼 년 동안 나는 타락했네."</u> / 하였다.

"타락이라니? 난 자네의 세계가 넓어지고 커졌으리라 기대하고 있는 판인데……."

조운은 얼굴에 또 복잡한 표정이 서리더니, 잔에 술을 부어서 먼저 들이마시고 빈 잔을 석에게 건넸다.

잔은 왔다 갔다 하였다.

석은 얼굴이 화끈해지면서 거나해 간다. 한 달 만에 접구*하는 것이라 좋은 안주에 술맛을 한결 돋우었다.

말하기 꼭 좋았다.

"나는 이를테면 **넓은 데서 좁은 구멍으로 기어 들어가** 옴짝달싹 못 하고 기진맥진하고 있는 터이지마는, 자네야 넓은 세계에 활활 날아다니는 셈 아닌가? 작품 세계가 커지고 힘차리라고, 오늘 자네를 대할 때부터 그런 기대를 가지고 있었네."

"작품?"

"그래!"

잠깐 머리를 푹 숙이었다가 조운은 갑자기 일어나더니, 벗어 못에 걸어 놓았던 외투 안주머니에서 종이에 싼 것을 끄집어냈다.

"이걸 보게."

내미는 종이 꾸러미를 펴 보고 석은 어리둥절하지 않을 수 없었다.

"이건 뭔가?"

거기에는 새것인 검정 넥타이 위에 흰 봉투가 놓여 있는 것이 나타났다.

봉투에는 '조운 선생님'이라고 틀림없는 여자의 글씨가 단정하게 씌어 있었다.

중략 부분의 줄거리 석이 펴 본 편지는 간호 장교가 되기 위해 떠난다는 미이의 편지였다. 석은 조운을 따랐던 미이를 기억해 내며 전쟁 전 문학에 대한 자존심이 강했던 조운, 문학에 대한 열정을 지니고 있던 미이, 그리고 문학의 꿈을 지녔던 자신 등 세 사람의 과거 모습을 떠올린다. 조운은 전쟁 이후 3년 동안 피란 온 부산에서 자동차 사업으로 큰돈을 번 이야기와 미이를 우연히 다시 만나게 된 이야기를 들려준다. 그는 미이가 전쟁으로 부유했던 집안이 몰락하자 문학의 꿈을 접은 채 자신의 사명을 찾고 있는 중이었다고 말한다.

이튿날부터 부산에서의 새 사업 계획에 분망한 틈을 타서, 나는 미이를 하루 한 번씩은 만났고, 그의 판잣집에도 찾아가 보았네. 그 생활이란 것이 말이 아니네. 꼼짝 못 하고 누워 있는 미이 아버지의 얼빠진 모양, 고생 모르고 늙던 어머니의 목판 장사하는 정경.

나는 미이의 가족을 구해야겠다는 생각이 더욱 간절했네. 그러나 미이와 자주 만나는 사이 처음의 순수했던 생각보다도 야심이 더 앞을 섰다는 것을 고백하네. 술과 계집이 마음대로였던 내 생활이라, 미이에 대해 밖으로 나타나는 태도도 좀 다르다고 미이 자신이 눈치챘을 것일세.

ⓒ나는 다방을 하나 차려 줄 것에 생각이 미치었네. 이것이면 내 힘으로 자금 유통도 되고, 미이의 명랑성도 센스도 살릴 수 있고, 수입 면도 문제없다고 생각했네. 이 계획을 말했더니, 처음에는 그럴싸하게 듣고, 얼굴에 희망의 불그레한 홍조까지 떠올렸던 미이였으나, 다음 날 오 일간의 생각할 여유를 달라는 것이었네. 더 생각할 여지도 없는 일일 터인데 망설이는 것이 수상쩍었으나, 그러마 하고 나는 동아 극장 옆에 있는 마침 물려주겠다는 다방 하나를 넘겨 맡기로 이야기가 다 되었었네. 그 닷새 되는 날이 오늘이고, 정한 시각에 연락 장소인 다방엘 갔더니, 레지가 내민 것이 종이 꾸러미였었네. 펴 보고 놀라지 않을 수 없었네. 다른 길과 달라 간호 장교이고 보니, 생활 방편을 위한 것이 아님이 대뜸 짐작이 갔고, ⓓ더욱 나의 뒤통수를 때린 것이 검정 넥타이였었네. 그러면 미이가 첫날 다방에서 '사명 운운'했던 것은 그 길을 말함이었던가? 나는 부끄럽기 짝이 없었네. 검정 넥타이를 들고, 나는 비로소 삼 년 동안 내가 정신적으로 타락의 길을 걷고 있었다는 것을 뼈아프게 느꼈네. 미이가 말하는 그 사명을 찾는 길, 사명을 다하는 일을 나는 사변이라는 외적인 격동 때문에 포기하고 만 것일세. 가장 잘 생각하는 체하던 나는 가장 바보같

이 생각했고, 부박하다고* 세상을 모른다고 여기었던 미이는 **사변에서 키워졌고** 굳세어졌고, 올바른 사람이 된 것일세. 이렇게 생각하자 나는 천야만야한 낭떠러지를 굴러떨어지는 듯했네. ⓔ구르면서 걷어잡으려고 한 것이 친구의 구원이었네. 자네를 찾은 것은 이 때문일세…….

조운의 긴 이야기를 들고 난 석은, 여기 올 때까지 그렇게 호기심을 끌었고 기대의 대상이 되었던 그에게는 이제 아무런 흥미도 가지지 않았다. 더욱이 그의 고민 같은 것은 문제도 아니었다.

석의 뇌와 마음은 강렬한 미이의 인상으로 꽉 차 있었다.

그리고 미이가 조운의 마음에 던져 준 충격 이상의 충격을 석도 받지 않을 수 없었다.

안주가 좋아서만이 아니었다. 그 강렬한 빼주도 석을 취하게 하지 못했다.

역시 **마음이 미이로 말미암아 팽팽 차 있었기 때문**이었다.

조운의 차로 집에 돌아와서도 석은 큰소리를 탕탕 치거나 울거나 하지 않았다. 얌전하게 자리에 들어가 가족들을 들볶지 않았다.

그의 엄숙한 태도에 가족들은 또 술을 먹었다고 잔소리를 할 수 없었다.

자리에 드러누워 그는 생각하였다.

'조운의 말대로 조운은 사변의 압력으로 그의 사명을 포기했고, 사변을 통하여 미이는 용감하게 시대적 요구에 응할 수 있는 사람으로 변하였다. 그러면 나는?'

눈을 감았다 뜨며 석은 중얼거렸다.

"사명을 포기치도 그것에 충실치도 못하고 말라 가는 나는? 나도 **사변이 빚어 낸 한 타입**이라고 할까?"

— 안수길, 〈제3 인간형〉

* 접구: 입에 댄다는 뜻으로, 음식을 아주 조금 먹음을 이르는 말.
* 부박하다: 천박하고 경솔하다.

077

윗글의 서술상 특징으로 가장 적절한 것은?

① 빈번한 장면의 전환을 통해 갈등이 고조됨을 보여 준다.

② 인물을 희화화하여 현실에 대한 비판적 시각을 드러낸다.

③ 배경에 대한 감각적 묘사를 통해 사건의 의미를 부각한다.

④ 과거 회상을 통해 인물이 지닌 내적 갈등의 해소를 드러낸다.

⑤ 특정 인물의 시각에서 현재의 사건을 서술하여 내면 심리를 효과적으로 전달한다.

078

⊙~⑩에 대한 설명으로 적절하지 <u>않은</u> 것은?

① ⊙: '조운'이 교사인 '석'을 우회적으로 비판하고 있다.
② ⓒ: '조운'이 자신의 과거를 부정적으로 평가하고 있다.
③ ⓒ: '조운'이 지닌 삶의 태도에 대해 짐작해 볼 수 있다.
④ ⓔ: '조운'이 자신의 삶을 반성하는 계기로 기능하고 있다.
⑤ ⑩: '조운'이 삼 년 만에 '석'을 찾은 까닭을 확인할 수 있다.

079

〈보기〉를 바탕으로 윗글을 이해한 내용으로 적절하지 <u>않은</u> 것은?

| 보기 |

이 작품의 사건 전개 과정을 시간적으로 배열하면 다음과 같다.

6 · 25 전쟁 이전	→	6 · 25 전쟁	→	6 · 25 전쟁 이후 3년 동안	→	'조운'과 '석'의 만남 이후
[A]				[B]		[C]

① [A]에서 '조운'과 '석'은, 문학에 대해 열정적인 삶을 살았으나 [B]에서 변화한다.
② [B]에서 '조운'은, [A]에서 자신이 추구하던 삶과는 전혀 다른 방향의 삶을 산다.
③ [B]에서 '조운'은, 처음에는 자신의 삶과 [A]에서의 '미이'의 삶을 바탕으로 '미이'를 평가한다.
④ [C]에서 '석'은, [B]에서의 '미이'의 삶에 대해 들은 후 자신의 현재 모습을 성찰하게 된다.
⑤ [C]에서 '석'은, [B]에서의 '조운'의 삶이 자신이 기대했던 것과 달라진 이유에 대해 흥미를 느낀다.

080

〈보기〉를 참고하여 윗글을 감상한 내용으로 적절하지 <u>않은</u> 것은?

| 보기 |

〈제3인간형〉에서는 특수한 외적 상황 속에서 각기 다른 선택을 하는 세 사람이 지닌 삶의 방식을 조명하고 있다. 특수한 외적 상황 속에서 원래의 모습을 잃고 세속적으로 변해 가는 인간형, 새롭게 각성하며 성숙해 가는 인간형, 이러지도 저러지도 못하며 고뇌하는 인간형을 통해 작가는 독자에게 '어떻게 살아야 하는가?'라는 문제를 제기하고 있다.

① '조운'이 특수한 외적 상황 속에서 '보기 좋은 얼굴'을 하고 있는 것은 세속적인 인물로 변했음을 보여 주는군.
② '석'이 '넓은 데서 좁은 구멍으로 기어 들어가'는 것은 특수한 외적 상황 속에서도 원래의 모습을 지키기 위해 안간힘을 썼음을 드러내는군.
③ '미이'가 '사변에서 키워졌'다는 것은 특수한 외적 상황을 겪으면서 정신적으로 성숙한 인물로 변하였음을 의미하겠군.
④ '석'이 '마음이 미이로 말미암아 팽팽 차 있었기 때문'이라고 한 것에서 작가가 '어떻게 살아야 하는가?'라는 질문에 대한 답변으로 특수한 외적 상황 속에서도 새롭게 각성하며 성숙해 가는 삶을 제시하고 있다고 볼 수 있군.
⑤ '석'이 자신을 '사변이 빚어 낸 한 타입'이라고 한 것은 특수한 외적 상황 속에서 이러지도 저러지도 못하며 고뇌만 하는 자신을 자각한 결과라고 볼 수 있군.

✦ 연계 기출 2018 9월 평가원

081~085 | 다음 글을 읽고 물음에 답하시오.

가 만금 같은 너를 만나 백년해로하잤더니, 금일 이별 어이하리! 너를 두고 어이 가잔 말이냐? 나는 아마도 못 살겠다! 내 마음에는 어르신네 공조참의 승진 말고, 이 고을 풍헌(風憲)만 하신다면 이런 이별 없을 것을, 생눈 나올 일을 당하니, 이를 어이한단 말인고? 귀신이 장난치고 조물주가 시기하니, 누구를 탓하겠냐마는 속절없이 춘향을 어찌할 수 없네! 네 말이 다 못 될 말이니, 아무튼 잘 있거라!

춘향이 대답하되, 우리 당초에 광한루에서 만날 적에 내가 [A]
먼저 도련님더러 살자 하였소? 도련님이 먼저 나에게 하신 말씀은 다 잊어 계시오? 이런 일이 있겠기로 처음부터 마다하지 아니하였소? 우리가 그때 맺은 금석 같은 약속 오늘날 다 허사로세! 이리해서 분명 못 데려가겠소? 진정 못 데려가겠소? 떠보려고 이리하시오? 끝내 아니 데려가시려 하오? 정 아니 데려가실 터이면 날 죽이고 가오!

그렇지 않으면 광한루에서 날 호리려고 ㉠명문(明文) 써 준 것이 있으니, ㉡소지(所志) 지어 가지고 본관 원님께 이 사연을 하소연하겠소. 원님이 만일 당신의 귀공자 편을 들어 패소시키시면, 그 소지를 덧붙이고 다시 글을 지어 전주 감영에 올라가서 순사또께 소장(訴狀)을 올리겠소. 도련님은 양반이기에 ㉢편지한 장만 부치면 순사또도 같은 양반이라 또 나를 패소시키거든, 그 글을 덧붙여 한양 안에 들어가서, 형조와 한성부와 비변사까지 올리면 도련님은 사대부라 여기저기 청탁하여 또다시 송사에서 지게 하겠지요. 그러면 그 ㉣판결문을 모두 덧보태어 돌돌 말아 품에 품고 팔만장안 억만가호마다 걸식하며 다니다가, 돈 한 푼씩 빌어 얻어서 동이전에 들어가 바리뚜껑 하나 사고, 지전으로 들어가 장지 한 장 사서 거기에다 언문으로 ㉤상언(上言)을 쓸 때, 마음속에 먹은 뜻을 자세히 적어 이월이나 팔월이나, 동교(東郊)로나 서교(西郊)로나 임금님이 능에 거둥하실 때, 문밖으로 내달아 백성의 무리 속에 섞여 있다가, 용대기(龍大旗)가 지나가고, 협연군(挾輦軍)의 자개창이 들어서며, 붉은 양산이 따라오며, 임금님이 가마나 말 위에 당당히 지나가실 제, 왈칵 뛰어 내달아서 바리뚜껑 손에 들고, 높이 들어 땡땡하고 세 번만 쳐서 억울함을 하소연하는 격쟁(擊錚)을 하오리다! 애고애고 설운지고!

그것도 안 되거든, 애쓰느라 마르고 초조해하다 죽은 후에 넋이라도 삼수갑산 험한 곳을 날아다니는 제비가 되어 도련님 계신 처마에 집을 지어, 밤이 되면 집으로 들어가는 체하고 도련님 품으로 들어가 볼까! 이별 말이 웬 말이오?

이별이란 두 글자 만든 사람은 나와 백 년 원수로다! 진시황이 분서(焚書)할 때 이별 두 글자를 잊었던가? 그때 불살랐다면 이별이 있을쏘냐? 박랑사(博浪沙)*에서 쓰고 남은 철퇴를 천하장사 항우에게 주어 힘껏 둘러메어 이별 두 글자를 깨치고 싶네! 옥황전에 솟아올라 억울함을 호소하여, 벼락을 담당하는 상좌가 되어 내려와 이별 두 글자를 깨치고 싶네!

– 작자 미상, 〈춘향전〉

* 박랑사: 중국 지명. 장량이 진시황을 암살하려 했던 곳.

나 이별이라네 이별이라네 이 도령 춘향이가 이별이로다
춘향이가 도련님 앞에 바짝 달려들어 눈물짓고 하는 말이
도련님 들으시오 나를 두고 못 가리다
나를 두고 가겠으면 홍로화(紅爐火) 모진 불에
다 사르겠으면 사르고 가시오
날 살려 두고는 못 가시리라
잡을 데 없으시면 ⓐ삼단같이 좋은 머리를
휘휘칭칭 감아쥐고라도 날 데리고 가시오
살려 두고는 못 가시리다
날 두고 가겠으면 용천검(龍泉劍) 드는 칼로다
요 내 목을 베겠으면 베고 가시오
날 살려 두고는 못 가시리라
두어 두고는 못 가시리다
날 두고 가겠으면 ⓑ영천수(潁川水) 맑은 물에다
던지겠으면 던지고나 가시오
날 살려 두고는 못 가시리다
이리 한참 힐난하다 할 수 없이 도련님이 떠나실 때
방자 놈 분부하여 나귀 안장 고이 지으니
도련님이 나귀 등에 올라앉으실 때
춘향이 기가 막혀 미칠 듯이 날뛰다가
우르르 달려들어 나귀 꼬리를 부여잡으니
㉢나귀 네 발로 동동 굴러 춘향 가슴을 찰 때
안 나던 생각이 절로 나
그때에 이별 별(別) 자 내인 사람 나와 한백 년 대원수로다
깨치리로다 깨치리로다 박랑사 중 쓰고 남은 철퇴로
천하장사 항우 주어 이별 두 자를 깨치리로다
할 수 없이 도련님이 떠나실 때
향단이 준비했던 주안을 갖추어 놓고
풋고추 겨리김치 문어 전복을 곁들여 놓고
잡수시오 잡수시오 이별 낭군이 잡수시오
언제는 살자 하고 화촉동방(華燭洞房) 긴긴 밤에
청실홍실로 인연을 맺고 백 년 살자 언약할 때
물을 두고 맹세하고 산을 두고 증삼(曾參)*되자더니

[B]

ⓓ산수 증삼은 간 곳이 없고

이제 와서 이별이란 웬 말이오

잘 가시오

잘 있거라

산첩첩(山疊疊) 수중중(水重重)한데 부디 편안히 잘 가시오

나도 ⓔ명년 양춘가절*이 돌아오면 또다시 상봉할까나

　　　　　　　　　　　　　　　 – 작자 미상, 〈춘향이별가〉

* 증삼: 공자의 제자. 고지식하여 약속을 반드시 지킴.
* 양춘가절: 따뜻하고 좋은 봄철.

081

(가)에 대한 이해로 적절하지 <u>않은</u> 것은?

① '도련님'은 이별의 상황이 자신의 입장에서는 불가피한 것임을 드러내고 있다.

② '춘향'은 '도련님'을 처음 만날 때부터 이별의 상황을 우려하였음을 말하고 있다.

③ '춘향'은 '도련님' 곁에 머물고 싶은 마음을 자연물에 의탁하여 드러내고 있다.

④ '춘향'은 고사를 활용하여 자신의 상황이 역사적 사건과 관련되어 있음을 말하고 있다.

⑤ '춘향'은 천상의 존재에게 억울함을 전하는 상황을 설정하여 자신의 감정을 드러내고 있다.

082

㉠~㉤에 대한 설명으로 가장 적절한 것은?

① ㉠: '도련님'의 마음을 확인하고자 '춘향'이 쓴 글이다.

② ㉡: '도련님'이 자신의 무고함을 밝히는 내용이 담길 것이다.

③ ㉢: '춘향'과의 친밀감을 강화하려는 '도련님'의 마음을 전하는 내용이 담길 것이다.

④ ㉣: '도련님'에게는 약속 파기의 책임을 물을 수 없음을 밝히는 내용이 담길 것이다.

⑤ ㉤: '춘향'이 '순사또'의 힘을 빌려 '임금'에게 자신의 입장을 전하는 내용이 담길 것이다.

083

ⓐ~ⓔ에 대한 설명으로 가장 적절한 것은?

① ⓐ는 인물이 지닌 자부심을 환기하여 좌절감을 완화하는 소재이다.

② ⓑ는 초월적 공간에 대한 지향을 드러내어 현재의 고통과 대비하기 위한 소재이다.

③ ⓒ는 부정적인 상황을 희화화함으로써 당면한 현실을 풍자하는 표현이다.

④ ⓓ는 기대가 어긋나 버린 사정을 부각하여 비애감을 심화하는 표현이다.

⑤ ⓔ는 미래에 대한 전망을 바탕으로 대상과의 재회를 확신하는 표현이다.

084

〈보기〉를 바탕으로 (가), (나)를 이해한 내용으로 적절하지 <u>않은</u> 것은?

┤ 보기 ├

여러 작품에서 '춘향'은 다양한 면모를 지닌 인물로 형상화되었다. '춘향'은 원치 않는 상황을 받아들이는 수용적 면모를 보이기도, 목표를 이루려 단호하게 행동하는 적극적 면모를 보이기도 한다. 신세를 한탄하며 절규하는 격정적 면모를 드러내는가 하면, 문제를 숙고하여 대응책을 모색하는 치밀한 면모를 표출하기도 한다. 한편 '춘향'은 당대 민중의 시각을 대변하는 면모를 지니기도 한다.

① (가)에서 양반들이 한통속이어서 '도련님'을 두둔할 것이라고 언급하는 모습을 통해, 민중의 입장을 취하는 '춘향'의 면모를 확인할 수 있다.

② (가)에서 구걸하고 다니면서라도 자신의 상황을 알리겠다는 모습을 통해, 뜻한 바를 성취하려는 '춘향'의 적극적 면모를 확인할 수 있다.

③ (나)에서 이별 후 자신이 겪을 고난을 말하며 '도련님'의 마음을 돌리려는 모습을 통해, 문제 해결책을 강구하는 '춘향'의 치밀한 면모를 확인할 수 있다.

④ (나)에서 '도련님'에게 주안을 올리며 어쩔 수 없이 이별을 받아들이는 모습을 통해, 서글픈 현실을 감내하려는 '춘향'의 수용적 면모를 확인할 수 있다.

⑤ (가), (나)에서 '이별'이라는 두 글자를 철퇴로 깨뜨리고자 하는 모습을 통해, 북받친 감정을 토로하면서 탄식하는 '춘향'의 격정적 면모를 확인할 수 있다.

085

〈보기〉를 바탕으로 [A], [B]를 감상한 내용으로 적절하지 <u>않은</u> 것은?

[3점]

┤ 보기 ├

조선 후기에 책을 대여하고 값을 받는 세책업자는 〈춘향전〉을 (가)와 같은 세책본 소설로, 유흥적 노래를 지은 잡가의 담당층은 〈춘향전〉의 대목을 (나)와 같은 잡가로 제작했다. 세책업자는 과장되고 재치 있는 표현을 활용하여 흥미를 높이거나 특정 부분의 분량을 늘려 이윤을 얻으려 했다. 잡가의 담당층은 노래의 내용을 단시간에 전달하기 위해 상황을 집약해 설명하고 인물의 감정을 드러내는 가사를 반복해 청중의 공감을 끌어냈다. 연속되지 않은 장면들을 엮어 노래를 구성할 때에는 작품 속 화자의 역할이 바뀌기도 하였다.

① [A]에서 '생눈 나올 일'이라는 과장된 표현을 쓴 것은 작품의 흥미를 높이려는 취지와 관련되겠군.

② [A]에서 '도련님'에게 거듭하여 묻는 형식을 사용한 것은 분량을 늘리려는 의도와 관련되겠군.

③ [B]에서 첫 행에 작품의 상황을 제시한 것은 청중을 작품의 내용에 빠르게 끌어들이려는 전략과 관련되겠군.

④ [B]에서 '못 가시리다'라는 구절을 반복하여 인물의 감정을 강조한 것은 청중의 공감을 유발하려는 목적과 관련되겠군.

⑤ [B]에서 화자가 해설자에서 인물로 역할을 바꾸는 것은 연속되지 않은 장면들이 엮여 작품이 구성되었음을 알게 해 주는 단서이겠군.

가 속이 꽉 찬 **배추**가 본디 속부터
단단하게 **옹이**지며 자라는 줄 알았는데
겉잎 속잎이랄 것 없이
저 벌어지고 싶은 마음대로 벌어져 자라다가
그중 땅에 가까운 잎 몇 장이 **스스로 겉잎 되어**
나비에게도 몸을 주고 **벌레**에게도 몸을 주고
즐거이 자기 몸을 빌려주는 사이
결구*가 생기기 시작하는 거라
알불을 달듯 속이 차 오르는 거라
마음이 이미 길 떠나 있어
몸도 곧 길 위에 있게 될 늦은 계절에
채마밭 조금 빌려 무심코 배추 모종 심어 본 후에
알게 된 것이다
빌려줄 몸 없이는 저녁이 없다는 걸
내 몸으로 짓는 공양간 없이는
등불 하나 오지 않는다는 걸
처음 자리에 길은 없는 거였다

― 김선우, 〈빌려줄 몸 한 채〉

* 결구: 호배추나 배추 따위의 채소 잎이 여러 겹으로 겹쳐서 둥글게 속이 드는 일.
* 알불: 무엇에 싸이거나 담기지 않은 상태로 불이 이글이글하게 핀 숯등걸.
* 공양간: 절의 부엌을 이르는 말.

나 [AH벌목정정(伐木丁丁)이랬거니 아람드리 큰 솔이 베어짐
직도 하이 골이 울어 메아리 소리 **쩌르렁** 돌아옴직도 하이]
[BH다람쥐도 좇지 않고 멧새도 울지 않아 깊은 산 **고요**가
차라리 뼈를 저리우는데 눈과 밤이 종이보다 희고녀! 달도
보름을 기다려 **흰 뜻은 한밤 이 골을 걸음**이람다?] [CH윗절
중이 여섯 판에 여섯 번 지고 웃고 올라간 뒤 조찰히* 늙은 사
나이의 남긴 내음새를 줍는다?] [DH시름은 바람도 일지 않는
고요에 심히 흔들리우노니 오오 견디랸다 차고 올연히* 슬픔
도 꿈도 없이 **장수산 속 겨울 한밤내**―]

― 정지용, 〈장수산 1〉

* 벌목정정: 『시경』에 나오는 시구로, 도끼로 나무를 벨 때 나는 '쩡쩡'하는 소리를 의미함.
* 조찰히: 아담하고 깨끗하게. 맑고 그윽하게.
* 올연히: 홀로 우뚝한 모양.

다 서생 숙이라는 자가 서울의 번화하고 부유한 곳에서 생장하
였으나 정신이 한가롭고 마음이 고요하여 물건을 사고팔아 이익
을 남기는 것과 가산의 유무(有無)가 무슨 일인지 묻지 않으며,
장기와 바둑, 오만함과 방탕함이 어떤 것인지 알지 못하고, 오직
문을 닫고 책만 읽을 뿐이었다.

ㄱ젊은 시절에 일찍이 나에게 글을 배웠는데 중간에 병으로 공
부를 중지하였고, 또 황제와 기백의 의술을 익혀서 다소 그 의취

를 알았는데, 알고 지내던 유력자에게 반류낭하여 고습과 도검*의
사이에 종사한 지가 10여 년이 되어 절충장군의 품계를 얻었으나
장차 노쇠한 나이에 접어들게 되었다. 그는 개연히 한탄하며 다
음과 같이 말하였다.

"저는 글을 배웠으나 이루지 못했고, **의술**을 배웠으나 통달하
지 못했고, 군문에서 일하였으나 또한 **공**을 세우고 **업적**을 세
우지 못하였습니다. 지금에 이르러 이가 빠지고 머리가 세었으
며 지기(志氣)가 저하되어 당세에 써먹을 수가 없으니, 차라리
넓고 조용하고 적막한 물가에 스스로 물러나서 한가롭고 편안
하게 소요하면서 제 몸을 마쳐야 할 것입니다. **가평의 조종현
비렴산 아래에 살 곳을 정하니**, 이곳에는 큰 냇가에 큰 바위가
솟아 있는데, 두 뿔이 우뚝 솟아 **꿈틀꿈틀하여 마치 물을 마시
는 용 모양**과 같으므로 용암이라고 이름 붙였습니다. 저는 그
위에 한 칸의 정자를 짓고 마음대로 구경하며 회포를 부치는
장소로 삼았습니다.

저는 이미 문장을 잘하지도 못하고 무예를 잘하지도 못하여 한
사람의 곤궁한 늙은이일 뿐이니 이곳이 훌륭한 인물을 만나 명승
지로 일컬어지게 할 수가 없으며, 이곳 또한 **궁벽한 산중의 한 황
폐한 곳일 뿐** 깨끗하고 수려하며 빼어난 구경거리가 없어서 시인
과 일사들이 놀고 감상할 장소가 될 수 없으니, 진실로 시부에 읊
조리고 문장에 나타내어 후세에 전할 만하지 못합니다. 그러나
사람은 지위의 높고 낮음에 관계없이 자기 뜻을 굽히지 않는 자
를 군자라 하고, 땅은 좋고 나쁨에 관계없이 남이 빼앗으려고 다
투지 않는 곳을 **고요하고 한가롭**다고 합니다. ㄷ그렇다면 저는
진실로 이 땅을 얻은 것을 다행으로 여기고 이 땅도 저를 만난 것
을 꼭 불행으로 여기지는 않을 것이니, 공은 저를 위하여 용암정
기문을 지어 주시겠습니까?"

이에 나는 다음과 같이 대답하였다.

"그러고말고. 내 그대의 말을 듣고 가슴이 뭉클하지 않을 수
없었다. 옛날 내가 병조 판서를 맡았을 때에 그대도 편비(偏
裨)가 되었는데, 그때 그대와 같이 있던 무리들 중에는 재
주 있고 민첩하여 일을 맡길 만하다고 이름나 그대보다 우
위에 있는 자들이 많았다. 그러나 수십 년 동안 그 사람들
의 소행을 평소 살펴보면 혹은 파리 머리만 한 작은 이익을
사모하여 죽을 곳으로 달려가 형벌을 받고 질곡에 빠진 자
가 있으며, 혹은 분수에 맞지 않는 복을 바라고 무망한 사람*
을 본받아서 끝내 몸을 죽이고야 마는 형벌을 당한 자도 있다.
그런데 오직 그대만은 홀로 물욕 밖에 초연하여, 살아가는 일
을 한 바위 위에 맡겨서 비록 오랫동안 곤궁하고 굶주려도 마
음에 달게 여기고 후회함이 없으니, ㄹ지난날 재주 있고 민첩
하여 일을 맡길 만하다고 이름났던 자들에게 비한다면 그 득실
이 어떠한가?

내 들으니 용이라는 물건은 본래 숨고 감추는 것을 덕으로 여

겨서 혹은 깊은 못 속에 칩거하고 혹은 더러운 진흙 속에 서려 있으며, 또 혹은 변하여 북이 되고 사람의 손톱 속으로 들어오기도 하는바,* 이는 모두 자취를 감추어 그 몸을 온전히 하기 위해서라 한다. ㉣지금 그대가 이 정자에 처하기를 깊은 못에 처하고 진흙 속에 처하듯 하고 북 같고 손톱같이 한다면 좋지 않겠는가. 이 정자에 올라 바라볼 때에 산천이 두 손을 마주 모아 읍하는 듯한 형세와 마주치게 되며 아지랑이와 구름이 변하는 모습을 감상할 수 있다는 것에 대해서는 내가 아직 보지 못하였으니 말할 만한 것이 없고, ㉤비록 말한다 하더라도 또 어찌 그대에게 보탬이 되겠는가."

서생이 "삼가 가르침을 받들겠습니다." 하므로 마침내 이것을 써서 용암정 기문으로 삼는 바이다.

- 남구만, 〈용암정기〉

* 고습과 도검: 고습은 군복의 아랫도리를, 도검은 군사를 지휘하여 전쟁을 하는 방법을 이르는 말로, 병법에 조예가 깊음을 뜻함.
* 무망한 사람: 무망은 의외와 같은 말로, 바라서는 안 될 것을 바라는 사람을 이름.
* 사람의 손톱 속으로 들어오기도 하는바: 선율사는 사람이 손톱을 치니 흑룡 한 마리가 손톱 속에서 나와 공중으로 날아갔다는 고사의 내용.

086

(가)~(다)의 공통점으로 가장 적절한 것은?

① 물음의 방식을 활용하여 대상에서 발견한 의미를 강조하고 있다.

② 말을 건네는 방식을 사용하여 대상에 대한 통찰을 드러내고 있다.

③ 가정적 진술을 사용하여 현재 상황에 대한 인식을 드러내고 있다.

④ 묘사의 방식을 활용하여 대상의 특징을 구체적으로 드러내고 있다.

⑤ 영탄적 표현을 활용하여 대상에 대한 고조된 감정을 표현하고 있다.

087

〈보기〉를 참고하여 (가)를 감상한 내용으로 적절하지 않은 것은?

─┤ 보기 ├─

(가)에는 생태계의 먹이 사슬에서 발견할 수 있는 상호 관계성에 대한 화자의 인식과 깨달음이 제시되어 있다. 생태계의 상호 관계란 세계를 구성하고 있는 모든 생명체는 먹이 사슬 구조 속에서 타자의 희생을 바탕으로 생명력을 유지할 수 있고, 자신이 희생함으로써 타자의 생명 유지에 기여하게 되는 관계를 의미한다. 이는 먹이 사슬의 순환 구조가 우주 만물의 탄생과 생장을 유지시키는 동력이라는 인식에 기반하고 있다. (가)의 화자는 이러한 인식을 특정한 소재에 투사하여 얻은 의미를 자신의 삶으로 확장하고 있다.

① '배추'가 본디 '속'부터 옹이지'는 줄 알았다는 것은 생태계의 상호 관계성을 인식하지 못했던 상태의 화자가 한 생각이로군.

② '스스로 겉잎 되어' '나비'와 '벌레'에게 몸을 내어 주는 배추의 모습에서 화자는 타자의 생명 유지에 기여하는 자기희생의 면모를 발견했겠군.

③ '결구'가 생기고 '알불'처럼 속이 차 오는 것에 대한 화자의 생각은 타자의 희생이 새로운 생명 탄생의 원동력이 된다는 결론으로 이어지고 있군.

④ '내 몸으로 짓는 공양간 없이는' '등불'을 얻을 수 없다는 것은 생태계의 상호 관계성에 대한 깨달음을 내면화한 화자의 인식을 보여 주는군.

⑤ '처음 자리에 길은 없'다는 깨달음은 화자를 포함한 모든 생명이 상호 관계를 벗어나 홀로 존재할 수 없다는 인식을 내포하고 있군.

088

[A]~[D]에 대한 이해로 적절하지 않은 것은?

① [A]는 실제로 들리지 않는 소리를 활용하여 장수산의 전경에 대한 화자의 인상을 드러내고 있다.

② [A]를 통해 짐작할 수 있는 장수산의 모습은 [B]에서 시간성이 부여되면서 특정한 모습으로 구체화되고 있다.

③ [B]의 외부 세계에 부여된 탈속적 이미지는 [C]의 시적 대상에게 그대로 이어져 시상이 연결되고 있다.

④ [C]의 시적 대상이 보이는 행위는 [D]에서 화자가 지향하는 바와 관련되어 영향을 미치고 있다.

⑤ [B]에 형상화된 장수산의 모습은 [D]에서도 동일하게 유지되며 탈속의 경지에 이른 화자의 내면을 환기하고 있다.

089

㉠~㉤에 대한 이해로 가장 적절한 것은?

① ㉠: 서생 '숙'과 맺었던 과거의 인연을 드러내며 그가 관료로서 다양한 방면에서 뛰어난 능력을 발휘했던 행적을 제시하고 있다.

② ㉡: 여생을 보낼 만한 명승을 발견한 서생 '숙'의 만족감과 자부심을 직접 드러내며 글의 창작 동기를 드러내고 있다.

③ ㉢: 글쓴이가 지켜보았던 서생 '숙'의 삶의 태도를 다른 사람들과의 비교를 통해 긍정적으로 평가하고 있다.

④ ㉣: 용이 누추한 곳에 숨어 있다가 승천하는 것처럼 서생 '숙'에게 앞으로의 입신을 위해 지금은 몸을 낮추라는 당부를 건네고 있다.

⑤ ㉤: 서생 '숙'이 기거하는 공간에 대해 잘 알지 못한다는 이유를 들어 서생 '숙'의 요청을 완곡하게 거절하고 있다.

090

〈보기〉를 참고하여 (나)와 (다)를 감상한 내용으로 적절한 것은?

┤ 보기 ├

　문학 작품에서 공간은 단순한 배경으로서의 역할 이외에도 여러 가지 기능을 수행한다. 공간 자체가 환기하는 이미지는 작품의 분위기를 형성하는 주요 요인이 되며 인물의 정서를 효과적으로 표현할 수 있게 한다. 특히 공간에 부여된 이미지가 인물의 내면과 조응할 때 이러한 공간의 역할은 더욱 중요해진다. 또한 인물이 자신이 처한 현실을 자각하거나 삶의 자세를 드러내는 데에서 공간이 중요한 역할을 할 수도 있다.

① (나)의 '벌목정정'은 '쩌르렁'과 함께 역동적인 분위기를 형성하여 겨울 '장수산'에 생명이 회복되기를 바라는 화자의 정서를 효과적으로 드러내는군.

② (다)의 '꿈틀꿈틀하여 마치 물을 마시는' 것 같은 '용암'의 모습은 생동감 있는 분위기를 환기하여 다른 이와 활발하게 교류하는 삶을 지향하는 인물의 의도를 보여 주는군.

③ (다)의 '용암'이 '궁벽한 산중의 황폐한 곳일 뿐'이라는 생각은 '의술'에 통달하지도 '공'과 '업적'을 세우지도 못했던 자신의 처지에 대한 인물의 비관적 인식이 반영된 것이겠군.

④ (나)의 '장수산'에 부여된 '흰'색의 이미지, '고요'한 이미지와 (다)의 '용암'에 부여된 '고요하고 한가'로운 이미지는 세속과 거리를 두고자 하는 화자나 인물의 정서와 조응되는군.

⑤ (나)의 '장수산 속 겨울 한밤내—'가 환기하는 어두운 이미지와 (다)의 '가평의 조종현 비렴산 아래'에 있는 '용암'에 부여된 신비한 이미지는 모두 인물의 현실 극복의 의지를 강조하는 효과가 있군.

091~096 | 다음 글을 읽고 물음에 답하시오.

가 이른 아침 6시부터 밤 10시까지 **하루도 빠짐없이**

그는 **의자 고행**을 했다고 한다.

제일 먼저 출근하여 제일 늦게 퇴근할 때까지

그는 자기 책상 자기 의자에만 앉아 있었으므로

사람들은 그가 서 있는 모습을 여간해서는 볼 수 없었다고 한다.

점심시간에도 의자에 단단히 붙박여

보리밥과 김치가 든 도시락으로 공양을 마쳤다고 한다.

그가 화장실 가는 것을 처음으로 목격했다는 사람에 의

하면 / 놀랍게도 그의 다리는 의자가 직립한 것처럼 보였 [A]

다고 한다.

그는 하루 종일 **손익관리대장경(損益管理臺帳經)**과 자금수

지심경(資金收支心經) 속의 숫자를 옮으며

철저히 고행 업무 속에만 **은둔**하였다고 한다.

종소리 북소리 목탁 소리로 전화벨이 울리면

수화기에다 자금 현황 매출 원가 영업 이익 재고 자산 부실

채권 등등을 / 청아하고 구성지게 염불했다고 한다.

끝없는 수행 정진으로 머리는 점점 빠지고 배는 부풀고

커다란 머리와 몸집에 비해 팔다리는 턱없이 가늘어졌으며

오랜 음지의 수행으로 얼굴은 창백해졌지만

그는 매일 상사에게 굽실굽실 108배를 올렸다고 한다.

수행에 너무 지극하게 정진한 나머지

전화를 걸다가 **전화기 버튼 대신 계산기를 누르기도 했으며**

귀가하다가 **지하철 개찰구에 승차권 대신 열쇠를 밀어 넣었**

다고도 한다.

이미 습관이 모든 행동과 사고를 대신할 만큼

깊은 경지에 들어갔으므로 / 사람들은 그를 '30년간의 장좌

불립(長座不立)*'이라고 불렀다 한다.

그리 부르든 말든 그는 전혀 상관치 않고 **묵언**으로 일관했으며

다만 혹독하다면 혹독할 이 수행을

외부 압력에 의해 끝까지 마치지 못할까 두려워했다고 한다.

그나마 지금껏 매달릴 수 있다는 것을 큰 행운으로 여겼다

고 한다.

그의 **통장**으로는 매달 적은 대로 **시주**가 들어왔고

시주는 채워지기 무섭게 속가의 살림에 흔적 없이 스며들었으나

혹시 남는지 역시 모자라는지 한 번도 **거들떠보지 않았다고**

한다.

오로지 의자 고행에만 더욱 **용맹** 정진했다고 한다.

그의 책상 아래에는 여전히 다리가 여섯이었고

둘은 그의 다리 넷은 의자 다리였지만   [B]

어느 둘이 그의 다리였는지는 알 수 없었다고 한다.

– 김기택, 〈사무원〉

* 장좌불립: 눕지 않고 앉아서만 하는 불교의 수행 방식을 이름.

나 1.

하늘에 깔아 논

바람의 여울터에서나

속삭이듯 서걱이는

나무의 그늘에서나, 새는

노래한다. 그것이 노래인 줄도 모르면서

새는 그것이 사랑인 줄도 모르면서

두 놈이 부리를

서로의 쭉지에 파묻고

다스한 체온(體溫)을 나누어 가진다.

2.

새는 울어

뜻을 만들지 않고,

지어서 교태로

사랑을 가식(假飾)하지 않는다.

3.

— 포수는 **한 덩이 납으로**

그 순수(純粹)를 겨냥하지만,

매양 쏘는 것은

피에 젖은 **한 마리 상(傷)한 새에 지나지 않는다.**

– 박남수, 〈새 1〉

다 **아파트**는 그 내부의 면적이 어떠하거나 같은 높이의 단일한 평면을 나누어 사용하게 되어 있다. 보통 집, 아니 다시 내 아내의 표현을 빌면 **땅집***은 아무리 그 면적이 적더라도 단일한 평면을 분할하게 되어 있지 않다. 다락방이나 지하실은 거실이나 안방과 같은 높이의 평면 위에 있지 않다. 그것들은 거실이나 안방보다 높거나 낮다. 그런데 아파트는 모든 방의 높이가 같다. 다만 분할된 곳의 크기가 다를 뿐이다. 그렇기 때문에 아파트에서의 삶은 입체감을 갖고 있지 않다. 아파트에서는 부엌이나 안방이나 화장실이나 거실이 다 같은 높이의 평면 위에 있다. 그것보다 밑에 또는 위에 있는 것은 다른 사람의 아파트이다. 좀 심한 표현을 쓴다면 아파트에서는 모든 것이 평면적이다. 깊이가 없는 것이다. 사물은 아파트에서 그 부피를 잃고 평면 위에 선으로 존재하는 그림과 같이 되어 버린다. 모든 것은 한 평면 위에 나열되어 있다. 그래서 한눈에 들어오게 되어 있다. ㉠아파트에는 사람이나 물건이나 다 같이 자신을 숨길 데가 없다. 모든 것이 열려 있다. 그러나 그 열림은 깊이 있는 열림이 아니라 표피적인 열림이다. 한눈에 드러난다는 것, 또는 한눈에 드러난 것으로 여겨지는 것은, 깊이를 가진 인간에게는 상당한 형벌이다.

땅집에서는 사정이 전혀 딴판이다. 땅집에서는 모든 것이 자기 나름의 두께와 깊이를 가지고 있다. 같은 물건이라도 그것이 다락방에 있을 때와 안방에 있을 때와 부엌에 있을 때는 거의 다르다. 아니 집 자체가 인간과 마찬가지의 두께와 깊이를 갖고 있다. 내가 좋아한 한 철학자는 집이 아름다운 것은 그것이 인간을 닮았기 때문이라고 말했다. 다락방은 의식이며, 지하실은 무의식이다. 땅집의 지하실이나 다락방은 우리를 얼마나 즐겁게 해 주는 것인지. 그곳은 자연과는 또 다른 매력을 갖고 있다. 다락방과 지하실에서는 하찮은 것들이라도 굉장한 신비를 간직한 것으로 나타난다. ⓒ그것들은 쓸모가 없는, 또는 쓰임새가 줄어든 것들이어서, 쓰임새 있는 것에만 둘러싸여 살던 우리를 쓰임새의 세계에서 안 쓰임새의 세계로 인도해 간다. 화가 나서, 주위의 사람들이 미워서, 어렸을 때에 다락방이나 지하실에 혼자 들어가, 낯설지만 흥미로운 것들을 한두 시간 매만지면서 나 혼자만의 세계에 잠겨 있었을 때에 정말로 내가 얼마나 행복했던걸! (중략)

ⓒ그래서 다 자란 뒤에도 다락방이나 지하실을 쓸데없는 것들이 잔뜩 들어 있는 쓰레기 창고로서가 아니라 내가 끝내 간직해야 될 신비를 담고 있는 신비로운 사물함으로 자꾸만 인식하게 된다. 나도 내가 사랑한, 그리고 지금도 사랑하고 있는 그 철학자처럼 다락방과 지하실 때문에 땅집을 사랑하는 것인지 모른다.

땅집이 아름다운 것은 그것이 많은 것을 숨기고 있기 때문이다. 어린 왕자에 대한 아름다운 산문을 남긴 생텍쥐페리는 사막이 아름다운 것은 어디엔가 우물이 있기 때문이라고 말한 적이 있다. 과연 그렇다. 땅집이 아름다운 것은 곳곳에 우물과 같은 비밀스러운 것들이 있기 때문이다. 아파트에는 그 비밀이 있을 수가 없다. 오 분 안에 찾아낼 수 없는 것은 아파트에 없다. 거기에는 모든 것이 노출되어 있다. 스물두 평 또는 서른두 평의 평면 위에 무엇을 숨길 수가 있을 것인가. 쓰임새 있는 것만이 아파트에서는 존중을 받는다. 아파트에 쓰임새 없는 것으로서 존재하는 것은 값비싼 골동품뿐이다. ⓒ그 골동품들 또한 아파트에서는 얼마나 엷게 보이는지. 그것은 얼마짜리로서 존재하는 것이지 그것의 두께로 존재하지 않는다. 두께 없는 사물과 인간. 아파트에서 우리는 모든 것을 그대로 드러내고 산다. 그러나 감출 것이 없을 때에 드러낸다는 것이 무슨 의미를 가질 수 있을까? 드러낼 수 있다는 것은 감출 수도 있다는 말에 다름 아니다. 사람은 자기가 드러내는 것보다 훨씬 많은 것을 숨겨야 살 수 있다. ⓒ그 숨김이 불가능해질 때에 사람은 사회가 요구하는 것만을 살 수밖에 없게 된다. 무의식은 숨김이라는 생생한 역동성을 잊고 표면과 동일시되어 메말라 버린다. 표면의 인공적인 삶만이 가장 중요한 것으로 여겨지게 되는 것이다. 그 가장 첨예한 상징적인 사실이 아파트에서는 채소를 손수 가꿔 먹을 수 없는 것이다. 아파트에서는 자연과의 직접 교섭이 거의 완전히 단절된다. 아파트에 자연이 있다면 그것은 인위적인 자연이다. (중략)

나는 아파트에서 살면서 내 아이들에게 가장 부끄러움을 느낀다. 그 아이들은 비록 아파트에서 태어나지는 않았으나, 삶에서 가장 중요하다고 하는 아이 시절을 아파트 단지 안에서 보냈다. 그리고 아직도 보내고 있다. 그들이 보고 느끼는 것은 아파트의 회색 시멘트와 잔가지가 잘 정돈된 가로수들뿐이다.

– 김현, 〈두꺼운 삶과 얇은 삶〉

* 땅집: 마당 등 땅이 있는 주택을 이름.

091

(가)~(다)에 대한 설명으로 가장 적절한 것은?

① (가)와 (나)는 (다)와 달리, 일상적 삶의 모습을 바탕으로 주제 의식을 구현하고 있다.

② (가)와 (다)는 (나)와 달리, 대상의 상태 변화에 대한 화자의 기대감을 드러내고 있다.

③ (나)와 (다)는 (가)와 달리, 대립되는 소재를 통해 작중 상황에 대한 비판적 인식을 드러내고 있다.

④ (가), (나), (다)는 모두, 대상의 현재 상황에 대한 묘사를 통해 미래에 대한 낙관적인 전망을 암시하고 있다.

⑤ (가), (나), (다)는 모두, 화자와 글쓴이 자신의 경험을 근거로 삼아 대상에 대해 지니고 있는 태도를 드러내고 있다.

092

〈보기〉를 바탕으로 (가)를 이해한 내용으로 적절하지 <u>않은</u> 것은?

─┤ 보기 ├─

　김기택은 〈사무원〉에서 일상적인 몸에 대한 탐구를 바탕으로 사회적 제도와 시대 현실에 의해 몰락해 가는 모습을 구체화한다. 이 작품은 현대 사회에서 이루어지는 노동의 이면을 그려 내고 있는데, 작품 속 '그'는 반복적이고 맹목적인 삶을 살아가면서 자동화된 의식과 소외의 상황을 보여 준다. 또한 자본주의 사회에 속박된 존재로서, 주체성을 상실하고 사물화된 극단의 상태로 비인간적인 삶을 살아가는 현대인의 전형을 드러낸다. 작가는 이런 '그'의 모습을 관찰자적 입장에서 서술함으로써 독자의 성찰을 이끌어 내고 있다.

① '하루도 빠짐없'는 '의자 고행'을 하는 모습은 반복적이고 맹목적인 삶을 살아가고 있는 현대인의 상황을 보여 주는 것이겠군.

② '손익관리대장경과 자금수지심경 속의 숫자를 읊으'면서 '은둔'하는 모습은 자본주의 사회에 매몰된 채 타인과의 유대가 결여된 소외의 상황을 보여 주는 것이겠군.

③ '전화기 버튼 대신 계산기를 누르'고, '지하철 개찰구에 승차권 대신 열쇠를 밀어 넣'는 모습은 사무실 내에서의 삶이 일상을 지배하는 자동화된 의식 상태를 보여 주는 것이겠군.

④ '30년간의 장좌불립'이라고 불림에도 '묵언'으로 일관하는 모습은 사무실 내에서 비인간적인 삶의 고통을 감내하면서 의지적으로 살아가는 상태를 보여 주는 것이겠군.

⑤ '통장'의 '시주'를 '거들떠보지 않'고 고행에만 '용맹 정진'하는 모습은 자신을 돌아볼 겨를 없이 자본주의 사회에 속박되어 살아가는 현대인의 전형을 보여 주는 것이겠군.

093

〈보기〉를 참고하여 (나)와 (다)를 이해한 내용으로 적절하지 <u>않은</u> 것은?

─┤ 보기 ├─

　자연성은 현대 문학이 옹호하고 있는 중요한 가치이다. 이 자연성은 다양한 작중 상황으로 구체화되는데, (나)에서는 순수성을 기반으로 한 자연성의 본질적 가치에 대한 긍정적 인식이 바탕을 이루고 있다. 특히 '새'와 '포수' 사이의 시적 구도를 통해 자연성을 파괴하려는, 인간의 욕망으로 인한 문제에 대한 작가의 인식을 드러내고 있다. (다)는 '아파트'의 평면적이고 인공적인 속성과 달리 '땅집'으로 표상되는 자연성의 가치에 대한 옹호를 드러내고 있다. 이런 구도 속에서 작가는 인간이 추구해야 할 삶의 방향성을 제시하고 있다.

① (나)의 '새'가 서로 '다스한 체온을 나누어 가'지며 '사랑인 줄도 모르'는 모습은 순수성을 기반으로 한 자연성을 구체화하고 있다.

② (나)의 '새'가 '뜻을 만들지 않'는 모습이나 '지어서 교태로 / 사랑을 가식하지 않'는 모습은 허위나 인위적인 꾸밈이 없는 자연성의 본질적 가치를 보여 주고 있다.

③ (나)의 '포수'가 '한 덩이 납'을 통해 결국 '한 마리 상한 새'를 만드는 것에는 인간의 욕망이 초래할 수 있는 자연성 파괴 문제에 대한 작가의 인식이 반영되어 있다.

④ (다)의 작가는 '아파트'에 대해 방의 크기가 다르다는 수평적 차별성보다는 높이가 같다는 수직적 동일성에 주목하여 '아파트'에서의 삶에 대한 부정적 인식을 드러내고 있다.

⑤ (다)의 작가는 진정한 자연과의 교섭이 가능한 공간으로서 '땅집'에 대한 옹호와 현재 자신이 살고 있는 '아파트'의 '잔가지가 잘 정돈된 가로수'에서 발견한 자연성에 대한 긍정적 인식을 바탕으로 추구해야 할 삶의 방향성을 제시하고 있다.

094

(가)의 [A]와 [B]에 대한 설명으로 가장 적절한 것은?

① [A]에서 의자와 '그'의 다리 사이의 구분이 없어진 상황이 [B]에서 '그'의 다리가 의자와 구분된 상황으로 전환되고 있다.

② [A]에서 '그'를 관찰하던 사람이 [B]에서는 '그'와 구분되지 않는 상황으로 확장되어 시상이 심화되고 있다.

③ [A]의 의자를 떠나는 모습에서 드러난 '그'의 문제점이 [B]의 의자에 앉아 있는 모습에서도 그대로 유지된다는 점에서 쉽게 해소되지 않는 상황의 심각성이 부각되고 있다.

④ [A]에서 '그'의 모습에 대한 정서를 직접적으로 표출한 반면, [B]에서는 감정을 절제하고 '그'의 모습만 묘사하여 대상에 대한 화자의 태도 변화를 암시하고 있다.

⑤ [A]에서 '그'의 속성을 간접적으로 전달하던 방식을 [B]에서는 직접 관찰한 내용을 전달하는 방식으로 바꾸어 '그'에 대한 화자의 정서적 거리를 표현하고 있다.

095

(나)의 표현상 특징으로 가장 적절한 것은?

① 「1」에서는 「3」에서와 달리, 감각적 이미지를 활용하여 대상의 모습을 드러내고 있다.

② 「2」에서는 「1」에서와 달리, 공간의 나열을 통해 시적 상황을 부각하고 있다.

③ 「3」에서는 「1」에서와 달리, 문장의 어순을 바꾸어 전달하고자 하는 시적 의미를 강조하고 있다.

④ 「1」, 「2」에서는 「3」에서와 달리, 유사한 문장 구조의 반복을 통해 리듬감을 형성하고 있다.

⑤ 「2」, 「3」에서는 「1」에서와 달리, 현재형 어미를 사용하여 대상을 생생하게 나타내고 있다.

096

(다)의 ㉠~㉢에 담겨 있는 공간에 대한 인식으로 적절하지 않은 것은?

① ㉠: 공간 중에서 자신을 숨기는 것이 불가능한 열려 있는 곳은 한눈에 들어오는 장점이 있지만 인간의 본질에는 위배되는 속성이 있다.

② ㉡: 공간 속에서 인간이 진정한 행복을 추구하기 위해서는 그 공간이 지닌 실용적 가치에만 주목하여 공간의 의미를 이해해서는 안 된다.

③ ㉢: 공간이 주는 의미는 어떤 물건이 들어 있는지가 아니라 공간에 부여했던 정신적 가치의 측면에서 생각할 수 있다.

④ ㉣: 공간은 그 안에 있는 대상의 경제적 관념에 집착하여 그 대상의 진정한 가치가 도외시되는 곳으로도 기능할 수 있다.

⑤ ㉤: 공간은 드러냄보다 많은 숨김이 가능한 곳일 때, 사회가 요구하는 삶에서 벗어나 깊이 있는 삶을 영위할 수 있는 곳이 된다.

097~102 | 다음 글을 읽고 물음에 답하시오.

가
구름이 무심(無心)탄 말이 아마도 허랑(虛浪)하다
중천(中天)에 떠 있어 임의로 다니면서
구태여 광명(光明)한 날빛을 따라가며 덮나니

– 이존오

나
안락성 안에 날이 저무는데	安樂城中欲暮天
관서 지방 못난 것들이 시 짓는다고 우쭐대네.	關西儒子聳詩肩
마을 인심이 나그네를 싫어해 밥 짓는 미루면서	村風厭客遲炊飯
주막 풍속도 야박해 돈부터 달라네	店俗慣人但索錢
빈 배에선 자주 천둥소리가 들리는데	虛腹曳雷頻有響
뚫릴 대로 뚫린 창문으로 냉기만 스며드네	破窓透冷更無穿
아침이 되어서야 강산의 정기를 한번 마셨으니	朝來一吸江山氣
인간 세상에서 벽곡*의 신선이 되려 시험하는가	試向人間辟穀仙

– 김병연, 〈안락성을 지나며〉

* 벽곡: 곡식은 안 먹고 솔잎, 대추, 밤 따위만 날로 조금씩 먹음.

다
정소남*이란 사람이 난초를 그리는데 반드시 그 뿌리를 흙에 묻지 아니하니 ⓐ타족에게 짓밟힌 땅에 개결(慨潔)한 몸을 더럽히지 않으려 함이란다.

붓에 먹을 찍어 종이에다 환*을 친다는 것이 무엇이 그리 대단한 노릇이리오마는 ⓑ사물의 형용을 방불하게 하는 것만으로 장기(長技)로 치는 데 그치지 않고, 자연을 빌려 작가의 청고(淸高)한 심경을 호소하는 한 방편으로 삼는다는 데서 비로소 환이 예술로 등장할 수 있고 예술을 위하여 일생을 바치기도 하는 것이다.

그런데 나란 사람이 일생을 거의 3분의 2나 살아온 처지에 아직까지 나 자신 환쟁인지 예술가인지까지도 구별하지 못한다는 것은 딱하고도 슬픈 내 개인 사정이거니와, 되든 안 되든 그래도 예술가답게나 살아 보다가 죽자고 내 딴엔 굳은 결심을 한 지도 이미 오래다. 되도록 물욕과 영달에서 떠나자, ⓒ한묵(翰墨)으로 유일한 벗을 삼아 일생을 담박(淡泊)하게 살다 가자 하는 것이 내 소원이라면 소원이라 할까.

이 오죽잖은 나한테도 아는 친구 모르는 친구한테로부터 시혹(時或) 그림 장이나 그려 달라는 부질없는 청을 받는 때가 많다. 내 변변치 못함을 모르는 내가 아닌지라 대개는 거절하고 마는 것이나, 그러나 경우에 따라서는 할 수 없이 청에 응하는 수도 있고, 또 가다가는 자진해서 도말(塗抹)해* 보내는 수도 없지 아니하니, ⓓ이러한 경우에 택하는 화제(畵題)란 대개가 두어 마리의 게를 그리는 것이다.

게란 놈은 첫째, 그리기가 수월하다. 긴 양호(羊毫)에 수묵을 듬뿍 묻히고 호단(毫端)에 초묵을 약간 찍어 두어 붓 좌우로 휘두르면 앙버티고 엎드린 꼴에 여덟 개의 긴 발과 앙증스런 두 개의 집게발이 즉각에 하얀 화면에 나타난다. 내가 그려 놓고 보아도 붓장난이란 묘미가 있는 것이로구나 하고 스스로 기뻐할 때가 많다. 그러고는 화제를 쓴다.

뜰에 가득 차가운 비 내려 물가에 온통 가을인데	滿庭寒雨滿汀秋
제 땅 얻어 종횡으로 마음껏 다니누나.	得地縱橫任自由 [A]
창자 없는 게가 참으로 부럽도다.	公子無腸眞可羨
한평생 창자 끊는 시름을 모른다네.	平生不識斷腸愁

역대로 게를 두고 지은 시가 이뿐이랴만 내가 쓰는 화제는 십중팔구 윤우당의 작이라는 이 시구를 인용하는 것이 항례다.

[B왕세정의 "橫行能幾何 終當墮人口 마음껏 횡행하기를 얼마나 하겠는가. 결국에는 사람 입에 떨어질 신세인 것을." 하는 대문]도 묘하기는 하나 무장공자(無腸公子)로서 단장(斷腸)의 비애를 모른다는 대문이 더 내 심금을 울리기 때문이다.

이 비애의 주인공은 실로 나 자신이 아닌가. 단장의 비애를 모르는 놈, 약고 영리하게 처세할 줄 모르는 눈치 없는 미물! 아니 나 자신만이 아니라 우리 민족 중에는 이러한 인사(人士)가 너무나 많지 않은가.

맑은 동해 변 바위틈에서 미끼를 실에 매어 달고 이 해공(蟹公)을 낚아 본 사람은 대개 짐작하리라. 처음에는 제법 영리한 듯한 놈도 내다본 체 않다가 콩알만큼씩한 새끼 놈들이 먼저 덤비고 그 곁두리를 보아 가면서 차츰차츰 큰 놈들이 한꺼번에 몰려나와 미끼를 뺏느라고 수십 마리가 한 덩어리가 되어 동족상쟁을 하는 바람에 그때 실을 번쩍 추켜올리면 모조리 잡혀서 어부의 이(利)가 되게 하고 마는 것이다.

어리석고 눈치 없고 꼴에 서로 싸우기 잘하는 놈!

귀엽게 보면 재미나고, 어리석게 보면 무척 동정이 가고, 밉살스레 보면 가증(可憎)하기 짝이 없는 놈!

게는 확실히 좋은 화제다. ⓔ내가 즐겨 보내고 싶은 친구에게도 좋은 화제가 되거니와 또 뻔뻔스럽고 염치없는 친구에게도 그려 보낼 수 있는 확실히 좋은 화제다.

– 김용준, 〈게〉

* 정소남: 송나라의 화가. 송나라가 원나라에 의해 멸망한 후 난을 그리며 원나라에 대한 저항 의지를 드러냈다고 함.
* 환: 아무렇게나 마구 그리는 그림.
* 도말해: 이리저리 임시변통으로 발라맞추거나 꾸며 대어.

097

(가)~(다)에 대한 설명으로 가장 적절한 것은?

① (가)와 (다) 모두, 인용의 방식으로 대상에 대한 관점의 차이를 제시하고 있다.

② (나)와 (다) 모두, 의문형 진술을 통해 당면한 상황에 대한 인식을 드러내고 있다.

③ (가)는 의인화를 통해, (나)는 상황의 가정을 통해 화자의 소망을 표현하고 있다.

④ (나)는 독백의 어조를 통해, (다)는 자문자답을 통해 내면의 갈등을 드러내고 있다.

⑤ (나)는 비유적 표현을 통해, (다)는 비교의 방식을 통해 대상의 가치를 부각하고 있다.

098

(가)에 대한 이해로 가장 적절한 것은?

① '허랑하다'는 '구름이 무심탄 말'에 대한 화자의 의구심이 해소됨을 나타내고 있다.

② '떠 있어'와 '따라가며'는 시시각각 변하는 '구름'의 변화무쌍한 모습을 묘사하고 있다.

③ '임의로'는 하늘 한복판에서 제멋대로 활개를 치는 '구름'의 모습을 나타내고 있다.

④ '구태여'는 '무심'하고 '허랑'한 '구름'의 행태에 대한 화자의 실망감을 드러내고 있다.

⑤ '따라가며'는 '광명'을 좇는 '구름'의 수동적인 모습에 대한 화자의 안타까움을 부각하고 있다.

099

다음에 따라 (나)를 감상한 내용으로 적절하지 <u>않은</u> 것은?

| 보기 |

선생님: (나)의 작가인 김병연은 흔히 김삿갓으로 알려진 조선 후기 방랑 시인입니다. 홍경래의 난으로 가문이 몰락한 후 작가는 스스로를 푸른 하늘을 볼 수 없는 대역 죄인이라며, 평생 허름한 옷차림에 삿갓을 쓰고 떠돌아다녔습니다. 이 시는 평안도 지방에서 작가가 하루 묵으며 겪은 사건을 소재로 한 것으로, 방랑하는 삶의 비애와 함께 비참한 현실에 굴하지 않는 선비의 기상이 느껴지는 작품입니다. 이러한 작가의 삶을 바탕으로 작품을 감상해 봅시다.

① '나그네'는 화자이자 평생 삿갓을 쓰고 방랑했던 작가 자신을 객관화하여 표현한 대상이라 할 수 있습니다.

② '시 짓는다고 우쭐대네'는 작가에 대한 세속의 평가로, 죄를 짓고 떠돌이 시인으로 살아가는 모습에 대한 부정적 인식을 보여 주고 있습니다.

③ '날이 저무는데'는 '아침이 되어서야'로 연결되면서 작가가 경험한 하룻밤 동안의 사건이 시간의 순서에 따라 전개되고 있습니다.

④ '강산의 정기를 한번 마셨으니'는 선비의 기상이 느껴지는 부분으로, 비참한 현실에 굴하지 않는 작가의 모습을 보여 주고 있습니다.

⑤ '냉기만 스며드네'는 안락성의 열악한 잠자리를 나타낸 것으로, 작가가 경험한 떠돌이 삶의 비애를 감각적으로 형상화하고 있습니다.

100

[A]와 [B]에 대한 이해로 가장 적절한 것은?

① [A]에서 화자는 '창자 끊는 시름'을 모르는 '게'를 부럽다고 말하면서 자신의 비애를 우회적으로 드러내고 있다.

② [B]에서 화자는 '마음껏 횡행하기를 얼마나 하겠는가'라고 반문하면서 억압된 현실에 대한 울분을 토로하고 있다.

③ [A]는 [B]와 달리 '게'의 외양을 사실적으로 묘사함으로써 인간과 다른 '게'의 모습을 부정적으로 평가하고 있다.

④ [B]는 [A]와 달리 '게'가 횡행하는 모습을 외부의 구속에서 벗어나려는 의도로 해석하면서 긍정적으로 평가하고 있다.

⑤ [A]와 [B] 모두 '게'가 옆으로 기어다니는 모습을 우스꽝스럽게 묘사함으로써 중도에서 벗어난 삶을 경계하고 있다.

101

@~ⓔ에 대한 설명으로 적절하지 않은 것은?

① @에는 '타족'에 대한 적개심과 고국에 대해 절개를 지키려는 마음이 담겨 있다.

② ⓑ에는 사물을 얼마나 있는 그대로 형용하였는가가 환과 예술을 구분하는 기준이라는 글쓴이의 예술관이 담겨 있다.

③ ⓒ에서 글쓴이는 부귀와 권세를 탐하지 않고 오로지 예술가로서의 삶을 살기를 바라고 있다.

④ ⓓ에서 '이런 경우'는 글쓴이가 그림을 그려 달라는 청을 거절하지 못하거나 스스로 그림을 그려 주는 경우를 의미한다.

⑤ ⓔ에서 게가 '확실히 좋은 화제'인 이유는 '즐겨 보내고 싶은 친구'와 '뻔뻔스럽고 염치없는 친구'에게 서로 다른 의미를 전할 수 있기 때문이다.

102

〈보기〉를 바탕으로 (가)~(다)를 감상한 내용으로 적절하지 않은 것은?

> ┤ 보기 ├
>
> (가)~(다)는 모두 특정 시대를 배경으로, 당대 세태나 인물들의 행동을 다양한 방식으로 비판하고 있는 작품이다. (가)는 고려 말기 승려 신돈이 공민왕의 총애를 업고 나라를 어지럽히는 상황을 자연물에 빗대어 나타내고 있다. (나)는 조선 시대 관서 지방 안락성의 각박한 세태를 반어적으로 비판하는 한편, 이를 해학적으로 수용하는 화자의 모습을 보여 준다. (다)는 해방 전후의 혼란스러운 시대를 사는 인간들의 다양한 면모를 게의 생태적 특성을 통해 풍자하는 동시에 글쓴이와 우리 민족의 삶을 성찰하고 있다.

① (가)에서 '구름'이 '날빛'을 '덮'는 것은, 임금의 총애를 얻은 간신이 임금의 총기를 가려 나라가 어지러운 상황을 자연물에 빗대어 나타낸 것이겠군.

② (나)에서 '밥 짓기는 미루'고 '돈부터 달라'는 사람들이 있는 곳을 '안락성'이라고 칭한 것은, 반어적 표현으로 인심이 야박한 당시 세태를 비판하기 위한 것이겠군.

③ (나)에서 화자 자신을 '벽곡의 신선'이라고 부르는 것은, 안락성에 사는 사람들의 인색함과 대조적으로 세속적 욕망을 초월한 화자의 청빈한 모습을 해학적으로 표현한 것이겠군.

④ (다)에서 '이러한 인사가 너무나 많'다고 본 것은, 해방 전후의 혼란한 상황에서 영리하지도 못하면서 시대에 무감각하게 사는 우리 민족의 모습을 비판적으로 성찰하는 것이겠군.

⑤ (다)에서 '해공'이 서로 미끼를 뺏기 위해 싸우다가 결국에는 '모조리 잡혀서 어부의 이'가 되는 것은, 싸우기를 좋아하는 인간들의 어리석은 모습을 풍자하는 것이겠군.

103~108 | 다음 글을 읽고 물음에 답하시오.

(가) 장부(丈夫)의 하올 사업(事業) 아는가 모르는가
효제충신(孝悌忠信)밖에 하올 일이 또 있는가
어즈버 **인도(人道)에 하올 일**이 다만 인가 하노라

〈제1장〉

남산(南山)에 많던 솔이 어디로 갔단 말고
난후(亂後) ㉠**부근(斧斤)***이 그다지도 날랠시고
두어라 우로(雨露) 곧 깊으면 다시 볼까 하노라

〈제2장〉

창(窓)밖에 세우(細雨) 오고 뜰 가에 제비 나니
적객(謫客)*의 회포(懷抱)는 무슨 일로 끝이 없어
저 제비 비비(飛飛)를 보고 한숨 겨워하나니

〈제3장〉

적객의 벗이 없어 공량(空樑)의 제비로다
종일(終日) 하는 말이 무슨 사설(辭說) 하는지고
어즈버 내 품은 시름은 널로만 하노라

〈제4장〉

인간(人間)에 유정(有情)한 벗은 **명월(明月)**밖에 또 있는가
천 리(千里)를 멀다 아녀 간 데마다 따라오니
어즈버 반가운 옛 벗이 다만 넨가 하노라

〈제5장〉

설월(雪月)의 매화(梅花)를 보려 잔을 잡고 창(窓)을 여니
섞인 꽃 여윈 속에 잦은 것이 향기(香氣)로다
어즈버 호접(蝴蝶)이 이 향기(香氣) 알면 애 끊일까 하노라

〈제6장〉

– 이신의, 〈단가육장〉

* 효제충신: 어버이에 대한 효도, 형제끼리의 우애, 임금에 대한 충성과 벗 사이의 믿음을 통틀어 이르는 말.
* 부근: 큰 도끼와 작은 도끼.
* 적객: 귀양살이하는 사람.

(나) 임의 소식(消息)을 아무려나 알자 하니
오늘도 거의로다 내일이나 사람 올까
내 마음 둘 데 없다 어드러로 가잔 말고
잡거니 밀거니 높은 뫼에 올라가니
구름은 커니와 **안개**는 무슨 일고
산천(山川)이 어둡거니 일월(日月)을 어찌 보며
지척(咫尺)을 모르거든 천 리(千里)를 바라보랴
차라리 물가에 가 뱃길이나 보려 하니
바람이야 물결이야 어수선히 되었구나

사공은 어디 가고 빈 배만 걸렸는고
강가에 혼자 서서 지는 해를 굽어보니
임의 소식이 더욱 아득한뎌이고
띠집 찬 자리의 밤중만 돌아오니
㉡**반벽 청등(半壁靑燈)***은 눌 위하야 밝았는고
오르며 내리며 허둥거리며 헤매니
져근덧 역진(力盡)하여 풋잠을 잠깐 드니
정성(精誠)이 지극하여 꿈에 임을 보니
옥(玉) 같은 얼굴이 반(半)이 나마 늙었어라
마음의 먹은 말씀 실컷 사뢰자 하니
눈물이 연달아 나니 말씀인들 어이 하며
정(情)을 못다 하여 목이조차 메여 하니
방정맞은 계성(鷄聲)*의 잠은 어찌 깨었던고
어와 허사(虛事)로다 이 임이 어디 간고
잠결에 일어나 앉아 창(窓)을 열고 바라보니
가엾은 그림자만 날 좇을 뿐이로다
차라리 **죽어져서 낙월(落月)이나 되야** 이셔
임 계신 창(窓) 안에 번듯이 비최리라
각시님 달이야 커니와 굳은비나 되소서

– 정철, 〈속미인곡〉

* 반벽 청등: 벽 가운데 걸려 있는 등불.
* 계성: 닭의 울음소리.

(다) 내가 의주로 귀양 간 이듬해 여름이었다. **세 든 집이 낮고 좁아서 덥고 답답함을 참을 수가 없었다.** 그래서 채소밭에서 좀 높고 바람이 잘 통하는 곳을 골라 서까래 몇 개로 정자를 얽고 띠로 지붕을 덮어 놓으니, 대여섯 사람은 앉을 만했다. 옆집과 나란히 붙어서 몇 자도 떨어지지 않았다. 채소밭이라고 해야 폭이 겨우 여덟 발인데, 단지 해바라기 수십 포기가 푸른 줄기에 부드러운 잎을 훈풍에 나부끼고 있을 뿐이었다. 그걸 보고 이름을 규정(葵亭)이라고 했다.

손님 가운데 나에게 묻는 이가 있었다.
ⓐ"저 해바라기는 식물 가운데 보잘것없는 것입니다. 옛날 사람들은 여러 가지 풀이나 나무, 또는 꽃 가운데서 어떤 이는 그 특별한 풍치를 높이 사기도 하고, 어떤 이는 그 향기를 높이 치기도 하였습니다. 그래서 많은 이들이 소나무, 대나무, 매화, 국화, 난이나 혜초로 자기가 사는 집의 이름을 지었지, 이처럼 하찮은 식물로 이름을 지었다는 말은 아직까지 들어 보지 못했습니다. ⓑ당신은 해바라기에서 무엇을 높이 사신 것입니까? 이에 대한 말씀이 있으십니까?"
내가 그 말에 이렇게 대답했다.
"사물이 한결같지 않은 것은 그리 타고나서 그런 것입니다. 귀하고 천하고 가볍고 무겁고 하여 만의 하나도 같은 것이 없습니다. 저 해바라기는 식물 가운데 연약하고 보잘것없는 것입니

다. 사람에 비유하면 더럽고 변변치 못하여 이보다 못한 것이 없는 것과 같습니다. ⓒ소나무, 대나무, 매화, 국화, 난초, 혜초는 식물 가운데 굳고도 세어서 특별한 풍치가 있거나 향기를 지닌 것들입니다. 사람에 비유하면 무리에서 뛰어나며, 세상에 우뚝 홀로 서서 명성과 덕망이 우뚝한 것과 같습니다.

내가 지금 황량하고 머나먼 적막한 바닷가로 쫓겨나서, 사람들은 천히 여겨 **사람 대접**을 하지 않고, 식물도 나를 **서먹서먹하게 내**치는 형편입니다. 내가 소나무나 대나무 같은 것으로 나의 정자 이름을 짓고자 한다 해도, 또한 그 식물들의 수치가 되고 사람들의 비웃음거리가 되지 않겠습니까?

ⓓ버림받은 사람으로서 천한 식물로 짝하고, 먼 데서 찾지 않고 가까운 데서 취했으니 이것이 나의 뜻입니다. 또 내가 들으니 전하에 버릴 물건도 없고 버릴 재주도 없다고 합니다. 그래서 어저귀나 삽바귀, 무나 배추 같은 하찮은 것들도 옛사람들은 모두 버려서는 안 된다고 했습니다. 거기다 해바라기는 두 가지 훌륭한 점을 가지고 있습니다. 해바라기는 능히 해를 향하여 그 빛을 따라 기울어집니다. 그러니 이것을 충성이라고 해도 괜찮을 것입니다. 또 분수를 지킬 줄 아니 그것을 지혜라고 해도 괜찮을 것입니다. 대개 충성과 지혜는 남의 신하 된 자가 갖추어야 할 절조이니, 충성으로써 임금을 섬겨 자기의 정성을 다하고 지혜로써 사물을 분별하여 시비를 가리는 데 잘못됨이 없는 것, 이것은 군자도 어렵게 여기는 바이지만, 내가 옛날부터 흠모해 오던 덕목입니다.

이런 두 가지의 아름다움이 있는데도 연약한 뭇 풀들에 섞여 있다고 해서 그것을 천하게 여길 수 있겠습니까? 이로써 말하면 유독 소나무나 대나무나 매화나 국화나 난이나 혜초만이 귀한 것이 아님을 살필 수 있습니다.

지금 내가 비록 귀양살이를 하고 있지만, 자고 먹고 하는 것이 임금님의 은혜가 아님이 없습니다. 낮잠을 자고 일어나 밥을 한 술 뜨고 나서 심휴문(沈休文)이나 사마군실(司馬君實)의 시를 읊을 때마다 **해를 향하는 마음을 스스로 그칠 수가 없었**으니, 해바라기로 나의 정자의 이름을 지은 것이 어찌 아무런 근거도 없다 하겠습니까?"

손님이 말했다.

ⓔ"나는 하나는 알고 둘은 알지 못했는데, 그대 정자의 이야기를 듣고 보니 더할 것이 없어졌소이다."

그러고는 배를 잡고 웃으면서 가 버렸다.

기미년 6월 상순에 적는다.

- 조위, 〈규정기〉

103

(가)~(다)에 대한 설명으로 가장 적절한 것은?

① (가)와 (다)는 모두, 대조적인 자연물을 통해 내면의 고뇌를 간접적으로 나타내고 있다.

② (가)와 (나)는 모두, 의문형 진술을 반복하여 시적 상황에 대한 정서를 부각하고 있다.

③ (가)는 공간의 이동에 따른, (나)는 시간의 흐름에 따른 화자의 심리 변화를 나타내고 있다.

④ (나)는 독백의 방식으로, (다)는 대화의 방식으로 타인에 대한 원망의 정서를 드러내고 있다.

⑤ (가), (나), (다)는 모두 영탄적 표현을 통해 자신의 변함없는 신념을 드러내고 있다.

104

(가)에 대한 이해로 가장 적절한 것은?

① 〈제1장〉의 '장부의 하올 사업'은 〈제2장〉의 '부근'으로 '솔'을 베는 일을 포함한다.

② 〈제2장〉의 '우로'가 깊어진 상황이 〈제3장〉에서 '세우' 오는 상황으로 변화되어 화자의 기대감이 고조된다.

③ 〈제3장〉의 '제비'로부터 심화된 정서가 〈제4장〉의 '제비'에게 투영되어 나타난다.

④ 〈제4장〉의 '적객'의 '시름'은 〈제5장〉의 '인간'에 '유정한 벗'이 없는 처지에서 연유한다.

⑤ 〈제5장〉의 '옛 벗'에 대한 반가움은 〈제6장〉의 '설월'에 핀 '매화'를 볼 수 없는 비애를 부각한다.

105

〈보기〉를 참고하여 (나)를 감상한 내용으로 적절하지 <u>않은</u> 것은?

│ 보기 │

송강 정철은 선조 18년, 당쟁에 휘말리며 탄핵을 받아 관직에서 물러나 낙향하였다. 그는 고향에서 정치적 재기를 다지며 여러 작품을 남겼다. 〈속미인곡〉은 그중 하나로, 작가는 임금의 눈과 귀를 가리는 간신들에 대한 부정적 인식과 자신의 억울함을 드러내면서도 임금에 대한 변함없는 충정을 노래하였다.

① '구름', '안개'로 '산천이 어둡'다는 것은 임금이 간신에게 둘러싸여 있는 현실을 나타낸 것으로, 당시 정치 상황에 대한 작가의 부정적 인식을 엿볼 수 있군.

② '강가에 혼자 서서 지는 해를 굽어보'는 것은 먼 곳에 있는 임금을 그리워하는 상황을 나타낸 것으로, 조정에서 쫓겨나 고향으로 돌아와 지내는 작가의 처지를 엿볼 수 있군.

③ '오르며 내리며 허둥거리며 헤매'는 것은 임금과 가까운 곳으로 자신의 거처를 옮기기 위한 노력을 나타낸 것으로, 정치적으로 재기하고자 하는 작가의 의지를 엿볼 수 있군.

④ '마음의 먹은 말씀'을 실컷 말하고자 하는 것은 자신의 무고함을 임금에게 호소하려는 것으로, 자신의 억울함과 충정을 진하려는 작가의 태도를 확인할 수 있군.

⑤ '죽어져서 낙월이나 되'어 '임 계신 창 안'을 비추겠다는 것은 죽어서라도 임금에게 가까이 가고 싶다는 소망을 드러낸 것으로, 임금에 대한 작가의 변함없는 충정을 확인할 수 있군.

106

㉠과 ㉡에 대한 이해로 가장 적절한 것은?

① ㉠과 ㉡은 모두 과거에 대한 화자의 그리움을 촉발한다.

② ㉠과 ㉡은 모두 화자의 내적 갈등이 해소되는 원인으로 작용한다.

③ ㉠은 현실에 대한 화자의 안타까움을 유발하고, ㉡은 현실에 대한 화자의 외로움을 환기한다.

④ ㉠은 현실을 개선하기 위한 화자의 의지를, ㉡은 변함없는 현실에 대한 화자의 비애를 상징한다.

⑤ ㉠은 화자가 현실을 부정적으로 인식하는, ㉡은 화자가 현실을 운명적으로 수용하는 계기가 된다.

107

ⓐ〜ⓔ에 대한 설명으로 적절하지 <u>않은</u> 것은?

① ⓐ: 해바라기에 대한 통념을 제시하며 자신이 정자의 이름에 대한 의문을 품게 된 이유를 드러낸다.

② ⓑ: 해바라기에 대한 글쓴이의 견해를 비판함으로써 글쓴이가 정자의 이름에 대한 자신의 생각을 밝히는 계기가 된다.

③ ⓒ: 식물들에 대한 손님의 평가를 인정하며 정자의 이름에 대한 손님의 문제 제기를 이해함을 드러낸다.

④ ⓓ: 해바라기와 자신의 유사성을 바탕으로 정자의 이름을 '규정'으로 지은 이유를 드러낸다.

⑤ ⓔ: 해바라기에 대한 자신의 생각이 부족했음을 인정하며 정자의 이름을 지은 글쓴이의 뜻을 이해하게 되었음을 드러낸다.

108

〈보기〉를 바탕으로 (가), (다)를 이해한 내용으로 적절하지 <u>않은</u> 것은?

│ 보기 │

유배 문학은 유배의 체험을 소재로 한 작품이다. 유배는 현실과 격리된 상태이므로 주로 작가의 외롭고 힘든 삶을 형상화한다. 작가는 유배지의 열악한 거주 상황과 원주민들의 냉대에 대한 고통을 토로하며 자신의 결백을 호소하기도 하고, 자신의 내면을 들여다보면서 자신이 추구하는 삶의 자세를 드러내기도 한다. 작가는 이러한 자신의 처지나 생각을 효과적으로 드러내기 위해 관습적 상징물로서 다양한 소재를 활용한다.

① (가)는 '명월'이 '천 리를 멀다 아녀 간 데마다 따라'온다는 것에서, 유배지에 와서도 자신의 결백을 호소하는 화자의 모습을 짐작할 수 있군.

② (가)는 '섞인 꽃 여윈 속'이라고 한 것에서, 유배지에서 고통을 겪으며 피폐해진 화자의 상태를 짐작할 수 있군.

③ (다)는 '세 든 집이 낮고 좁아서 덥고 답답함을 참을 수가 없었다'는 것에서, 유배지에서 열악한 환경에 놓여 있는 글쓴이의 처지를 짐작할 수 있군.

④ (다)는 사람들에게 '사람 대접'을 받지 못하고 식물에게도 '서먹서먹하게 내'쳐지는 형편이라는 것에서, 냉대와 멸시를 받는 글쓴이의 유배 생활을 짐작할 수 있군.

⑤ (가)는 '효제충신'만이 '인도에 하올 일'이라고 한 것에서, (다)는 '해를 향하는 마음을 스스로 그칠 수가 없었다'는 것에서, 화자와 글쓴이가 추구하는 삶의 자세를 짐작할 수 있군.

갈래 복합

109~113 | 다음 글을 읽고 물음에 답하시오.

(가) **앞부분의 줄거리** 만복사 부처와의 내기에서 이긴 양생은 소원대로 여인을 만나 즐거운 시간을 보낸 후, 보련사에서의 재회를 기약하고 이별한다. 양생은 보련사로 가다가 여인의 부모를 만나 그간의 사정을 듣게 된다.

여인은 절 문에 들어서자 먼저 부처에게 예를 드리고 곧 흰 휘장 안으로 들어갔다. 그의 친척과 절의 스님들은 모두 그 말을 믿지 못하고, 오직 양생만이 혼자서 볼 수 있을 뿐이었다. 여인이 양생에게 말하였다.

"함께 저녁이나 드시지요."

양생이 그 말을 여인의 부모에게 알리자, 여인의 부모가 시험해 보려고 같이 밥을 먹게 하였다. 그랬더니 그 여인의 얼굴은 보이지 않으면서 오직 수저 놀리는 소리만 들렸는데, 인간이 식사하는 것과 한가지였다. 그제야 여인의 부모가 놀라 탄식하면서, 양생에게 권하여 휘장 옆에서 같이 잠자게 하였다. 한밤중에 말소리가 낭랑하게 들렸는데, 사람들이 가만히 엿들으려 하면 갑자기 그 말이 끊어졌다.

여인이 양생에게 말하였다.

"제가 법도를 어겼다는 것은 저도 잘 알고 있습니다. 저도 어렸을 때에 〈시경〉과 〈서경〉을 읽었으므로, 예의를 조금이나마 알고 있습니다. 〈시경〉에서 말한 '건상'이 얼마나 부끄럽고 '상서'가 얼마나 얼굴 붉힐 만한 시인지 모르는 것도 아닙니다. 그렇지만 하도 오래 다북쑥 우거진 속에 묻혀서 들판에 버림받았다가 사랑하는 마음이 한번 일어나고 보니, 끝내 걷잡을 수가 없게 되었던 것입니다. 지난번 절에 가서 복을 빌고 부처님 앞에서 향불을 사르며 박명했던 한평생을 혼자서 탄식하다가 뜻밖에도 삼세의 인연을 만나게 되었으므로, 소박한 아내가 되어 백년의 높은 절개를 바치려고 하였습니다. 술을 빚고 옷을 기워 평생 지어미의 길을 닦으려 했었습니다만, 애닯게도 업보를 피할 수가 없어서 저승길을 떠나야 하게 되었습니다. 즐거움을 미처 다하지도 못하였는데, 슬픈 이별이 닥쳐왔습니다. 이제는 제가 떠날 시간이 되었습니다. 운우는 양대에 개고 오작은 은하에 흩어질 것입니다. 이제 한번 헤어지면 뒷날을 기약하기가 어렵습니다. 헤어지려고 하니 아득하기만 해서 무어라 말해야 할지 모르겠습니다." [A]

여인은 소리를 내어 울었다. 이윽고 사람들이 여인의 영혼을 전송하자 혼이 문 밖에 나갔는지 슬픈 소리만 은은히 들려왔다.

(중략)

당신은 어릴 때부터 천품이 온순하였고, 자라면서 얼굴이 말끔하였소. 자태는 서시 같았고, 문장은 숙진보다도 나았소. 규문 밖에는 나가지 않으면서 가정 교육을 늘 받아 왔었소. 난리를 겪으면서 정조를 지켰지만, 왜구를 만나 목숨을 잃었구려. 다북쑥 속에 몸을 내맡기고 홀로 지내면서, 꽃 피고 달 밝은 밤에는 마음이 아팠겠구려. 봄바람에 애가 끊어지면 두견새의 피울음 소리가 슬프고, 가을 서리에 쓸개가 찢어지면 버림받는 비단부채를 보며 탄식했겠구려. 지난번에 하룻밤 당신을 만나 기쁨을 얻었으니, 비록 저승과 이승이 서로 다르다는 것은 알면서도 물 만난 고기처럼 즐거움을 다하였소. 장차 백년을 함께 지내려 하였으니, 하루 저녁에 슬피 헤어질 줄이야 어찌 알았겠소?

아아, 슬프구려. 그대의 성품은 총명하였고, 그대의 기상은 말쑥했었소. 몸은 비록 흩어졌다지만 혼령이야 어찌 없어지겠소? 응당 강림하여 뜰에 오르시고, 옆에 와서 슬픔을 돌보소서. 비록 사생이 다르다지만 당신이 이 글에 느낌이 있으리라 믿소.

장례를 치른 뒤에도 양생은 슬픔을 이기지 못하였다. 밭과 집을 모두 팔아 사흘 저녁이나 잇따라 재를 올렸더니, 여인이 공중에서 양생에게 말하였다.

"저는 당신의 은혜를 입어 이미 다른 나라에서 남자의 몸으로 태어나게 되었습니다. 비록 저승과 이승이 멀리 떨어져 있지만, 당신의 은혜에 깊이 감사드립니다. 당신도 이제 다시 정업을 닦아 저와 함께 윤회를 벗어나십시오."

양생은 그 뒤에 다시 장가들지 않았다. 지리산에 들어가 약초를 캐었는데, 언제 죽었는지는 알지 못한다.

– 김시습, 〈만복사저포기〉

(나) 공주: 그것이 웬 말입니까?
온달: 나를 죽인 것은 고구려 사람이오.
공주: 내 편이……
온달: 그렇소, 우리 사람이 나를 죽였소.
공주: ⊙그놈이, 오호, 누굽니까?
온달: 그 일은 급하지 않소. 공주. 내가 여기 온 것은 당신에게 작별을 고하기 위함이오.
공주: 하느님, 이것이 꿈입니까?
온달: 꿈이 아니오, 공주. 내 말을 잘 들으시오. 장수가 싸움에서 죽는 것은 마땅한 일. 비록 내 편의 흉계에 죽음을 당했을망정 나는 상관없소. 공주, 당신을 이 세상에 두고 가는 것이 내 한이오. 내가 없는 궁성에 의지 없을 당신을 생각하면 차마 내 어찌 저승길의 걸음을 옮기리까. 공주, 이 몸에게 베푸신 크나큰 은혜를 티끌만큼도 갚지 못하고 가는 이 사람은 죽어도 죽지 못하겠습니다. 10년 전 그날, 이 몸이 하늘을 보던 그날, 당신이 내 오막살이에 오신 날, 이 몸은 당신의 꽃다운 얼굴에 눈멀고 당신의 목소리에 귀먹었습니다. (중략) 공주, 당신이 나의 고구려였습니다. 고구려, 그것은 당신이었습니다. 덕이 높으신 왕자의 말씀도 내 귀는 듣지 못하였습니다. 그분들은 모두 다른 고구려를 섬기는 어른들인 것을 나는 알게 되었지만 지금까지도 이 몸과는 상관없는 일입니다. 지금 나는 당신에게서 떠납니다. [B]

나는 두렵습니다. 당신 말고 다른 고구려를 심기는 사람들
  이 당신을 해칠 일이, 공주…….

공주: 장군. (가까이 다가선다.)

온달: (다가서다가) 안 됩니다. (손을 들어 막으면서 한 발 물러선다.)

공주: 가지 마시오. 장군.

온달: ⓛ이윽고 새벽이 되겠으니, 죽은 자는 제 몸이 있는 곳을
  찾아가야지요. (이때 새벽 종소리)

공주: 장군. 장군을 해친 자가 누굽니까?

온달: ⓒ머리에, 머리에 상처가 있는 장수, 잠든 나를 찌른 그 자
  를 내가 칼로 쳤소. (뒷걸음질로 물러간다.)

공주: 장군 이름을, 그자의 이름을…….

중략 부분의 줄거리 공주는 온달의 암살자를 찾으려고 장수들에게 투구를 벗을
것을 명하지만 장수들이 이를 거부한다. 이후 궁으로부터 장교가 찾아와 온달의
집으로 돌아온 공주를 끌고 가려고 한다.

공주: 네가 어떻게 죽고 싶어서 이다지 방자하냐?

장교: 방자? (껄껄 웃는다.) 세상이 바뀐 줄도 모르시오? 온달 없
  는 공주가 누구를 어떻게 한다는 말이오?

대사: 이게 어찌 된 일이오? (장교에게) 지나치지 않는가!

장교: 가만히 비켜 서 있거라.

대사: 오!

장교: 아니, 이놈을 끌어가라.

  병사들 일부, 대사를 끌고 퇴장.

장교: (공주에게) 자 걸으시오.

공주: 네가 정녕 내 말을 듣지 못하겠느냐?

장교: 내 말을? 왕명을 받들고 온 사람에게?

공주: 이놈이 정녕 실성했구나. 내가 돌아가면 어찌 될 줄을 모르
  느냐? 나는 이곳에 머물기로 하고 이미 아버님께도 여쭙고 오
  는 길, 누가 또 나를 지시한단 말이냐? 정 그렇다면 근일 중에
  내가 궁에 갈 것이니 오늘은 물러가라.

장교: 정 안 가시겠소?

공주: ⓔ(분을 누르며) 내가? 말을 어느 귀로 듣느냐? (타이르듯)
  네가 아마 잘못 알고 온 것이니, 그대로 돌아가면 오늘의 허물
  을 내가 과히 묻지 않으리라.

장교: (들은 체를 않고) 정 소원이라면 평안하게 모셔 오라는 명령
  이었다. 잡아라.

  병사들, 공주의 팔을 좌우에서 잡는다.

공주: 어머니.

장교: 편하게 해 드려라.

  ⓜ병사 1, 칼을 뽑아 공주를 앞에서 찌른다. 공주, 앞으로 쓰러진
  다. 붙잡았던 병사들, 서서히 땅에 눕힌다.

  － 최인훈, 〈어디서 무엇이 되어 만나랴〉

109

(가)에 대한 설명으로 가장 적절한 것은?

① 여인은 부모에게 자신의 존재를 알리기 위해 소리를 냈다.

② 여인의 부모는 시험을 통해 양생에게 품었던 의심을 풀었다.

③ 여인은 보련사에서의 이별 후 양생에게 닥칠 일을 예언하였다.

④ 양생은 여인이 혼령인 것을 알고 이승에서 부부로서 함께하지
  못할 것을 염려하였다.

⑤ 양생은 여인의 부탁에 따라 재를 올리면서 여인과 함께 보낸
  지난 시절에 대한 그리움을 드러내었다.

110

**〈보기〉의 '선생님'의 설명에 따라 (가)를 감상한 내용으로 적절하지
않은 것은?**

┤ 보기 ├

선생님: 행복한 결말로 처리되는 일반적인 고전 소설과 달리,
  〈만복사저포기〉는 현실 세계와 비현실 세계 간의 전기적 사
  건과 비극적 이별의 결말을 통해 애절한 사랑이라는 주제 의
  식을 환기하고 있습니다. 한편, 세조가 단종의 왕위를 빼앗
  자 벼슬을 버리고 절개를 지킨 작가의 삶에 비추어 볼 때, 의
  리와 절개를 바탕으로 한 양생과 여인의 생사를 초월한 사랑
  에는 작가의 지향 의식이 반영된 것으로도 볼 수 있습니다.

① 여인이 다북쑥 속에 몸을 내맡기게 된 사건은 역사적 현실 세
  계를 바탕으로 하며 유교적 가치가 반영되어 있어요.

② 양생과 여인의 '만남 – 이별'이 반복되는 구조는 애절한 사랑
  이라는 주제 의식을 극대화하는 데 기여하고 있어요.

③ 사람들의 전송에 영혼의 울음소리가 은은히 들려오거나 혼령
  인 여인이 양생을 위로하는 장면에는 현실 세계의 문제가 비현
  실 세계의 도움으로 해결되는 전기적 성격이 드러나 있어요.

④ 여인과 이별 후 양생이 다시 장가들지 않은 모습에는 절개와 의
  리를 중시한 작가의 지향 의식이 반영된 것으로 볼 수 있어요.

⑤ 양생과 여인이 영원한 이별을 하고 이후 양생이 언제 죽었는
  지 모른다는 결말은 고전 소설의 일반적인 결말과는 차이가
  있어요.

111

[A], [B]를 이해한 내용으로 가장 적절한 것은?

① [A]에는 양생을 만나기 전 상황에 대한 회상이, [B]에는 공주를 향한 절대적 사랑이 시작된 날에 대한 회상이 나타나 있다.

② [A]에는 양생과의 재회 가능성에 대한 암시가, [B]에는 공주를 홀로 두고 가야 하는 상황에 대한 안타까움이 나타나 있다.

③ [A]에는 양생과 이별하는 것에 대한 아쉬움이, [B]에는 같은 편의 흉계로 죽게 된 상황에 대한 원통함이 나타나 있다.

④ [A]에는 과거에 평범한 삶을 거부했던 것에 대한 후회가, [B]에는 공주에게 닥칠 미래 상황에 대한 걱정이 나타나 있다.

⑤ [A]에는 법도에 맞지 않게 자신이 행동한 이유가, [B]에는 서로 다른 두 세력 간의 다툼이 벌어진 이유가 나타나 있다.

112

(나)의 갈등 양상에 대한 설명으로 적절하지 않은 것은?

① 온달 죽음의 내막을 밝히려는 공주는 장수들과 갈등하였다.

② 공주는 왕도 아는 상황임을 들어 장교의 요구를 거부하였다.

③ 장교는 공주를 둘러싼 상황 변화와 왕이 부여한 권위에 근거해 공주를 몰아세웠다.

④ 공주는 가정적 상황과 그에 따를 부정적 결과를 구체적으로 제시하면서 장교의 무례함을 지적하였다.

⑤ 장교는 공주가 자신의 요구에 따르지 않을 가능성을 염두에 두었음을 내비치면서, 병사들에게 특정 행동을 명령하였다.

113

〈보기〉를 바탕으로 (나)의 ㉠~㉤에 대해 연출 계획을 세운 내용으로 적절하지 않은 것은?

> ┤ 보기 ├
>
> 무대 상연을 전제로 하는 희곡의 상연화 과정은 대사와 지시문 등을 충실히 따르면서 작품의 내용을 바탕으로 하는 것이 기본이다. 단, 작중 상황을 효과적으로 드러내기 위한 장치나 효과를 추가하는 것은 가능하다.

① ㉠: 공주의 심리가 부각되게, 공주 역의 배우에게 놀라는 표정과 충격에 떨리는 목소리로 연기하도록 지시해야겠군.

② ㉡: 새벽의 도래가 의미하는 바가 부각되게, 거부할 수 없는 운명의 시간을 드러내는 낮은 톤의 종소리를 사용해야겠군.

③ ㉢: 서서히 사라지는 온달의 모습이 부각되게, 물러가는 온달의 모습에 맞춰 온달 쪽의 조명을 점점 어둡게 해야겠군.

④ ㉣: 장교의 부당한 요구에 대한 분노가 효과적으로 드러나게, 공주 역의 배우에게 처음에는 강한 어조로 감정을 드러내며 말을 하다가 점차 차분한 어조로 변화를 주도록 지시해야겠군.

⑤ ㉤: 병사들에 의해 공주가 죽음을 맞는 상황이 부각되게, 공주가 쓰러지는 부분에 비장한 분위기의 음악을 추가해야겠군.

114~119 | 다음 글을 읽고 물음에 답하시오.

가 아무도 그에게 수심(水深)을 일러 준 일이 없기에
흰나비는 도무지 **바다**가 무섭지 않다.

청(靑)무우밭인가 해서 내려갔다가는
어린 날개가 물결에 절어서
공주(公主)처럼 지쳐서 돌아온다.

삼월(三月)달 바다가 꽃이 피지 않아서 서글픈
나비 허리에 새파란 초생달이 시리다.

– 김기림, 〈바다와 나비〉

나 □나□는 시방 **위험(危險)한** 짐승이다.
나의 손이 닿으면 □너□는
미지의 까마득한 어둠이 된다.

존재(存在)의 흔들리는 가지 끝에서
너는 ⓐ이름도 없이 피었다 진다.
눈시울에 젖어드는 이 무명(無名)의 어둠에
추억(追憶)의 한 접시 불을 밝히고
나는 한밤내 운다.

나의 **울음**은 차츰 아닌 밤 **돌개바람**이 되어
탑(塔)을 흔들다가
돌에까지 스미면 금(金)이 될 것이다.

……얼굴을 가리운 나의 신부여,

– 김춘수, 〈꽃을 위한 서시〉

다 순원(淳園)*의 꽃 중에 이름이 없는 것이 많다. 대개 사물은 스스로 이름을 붙일 수 없고, 사람이 그 이름을 붙인다. 꽃이 이미 ⓑ이름이 없다면 내가 이름을 붙이는 것이 좋을 수도 있지만 또 어찌 꼭 이름을 붙여야만 하겠는가?

사람이 사물을 대함에 있어 그 이름만을 좋아하는 것은 아니다. ㉠좋아하는 것은 이름 너머에 있다. 사람이 음식을 좋아하지만 어찌 음식 이름 때문에 좋아하겠는가? 사람이 옷을 좋아하지만 어찌 옷의 이름 때문에 좋아하겠는가? 여기에 맞난 **회와 구이**가 있다면 그저 먹어 보기만 하면 된다. 먹어 배가 부르면 그뿐, 무슨 생선의 살인지 모른다 하여 문제가 있겠는가? 여기 가벼운 **가죽옷**이 있으니 입어 보기만 하면 된다. 입어 보고 따뜻하면 그뿐, 무슨 짐승의 가죽인지 모른다 하여 문제가 있겠는가? 내게 꽃이 있는데 좋아할 만한 것을 구하였다면 꽃의 이름을 알지 못한다 하여 무슨 문제가 있겠는가?

정말 좋아할 만한 것이 없다면 굳이 이름을 붙일 이유가 없고, 좋아할 만한 것이 있어 정말 그것을 구하였다면 또 꼭 이름을 붙일 필요는 없다. 이름은 가리고자 하는 데서 나오는 것이다. 가리고자 한다면 이름이 없을 수 없다. 형체를 가지고 본다면 긴 것, 짧은 것, 큰 것, 작은 것이 이름이 아닌 것은 아니다. 색깔을 가지고 본다면 푸른 것, 누른 것, 붉은 것, 흰 것이라는 말도 이름이 아닌 것은 아니다. 땅을 가지고서 본다면 동쪽, 서쪽, 남쪽, 북쪽이라는 말도 이름이 아닌 것은 아니다. 가까이 있으면 '여기'라 하는데 이 역시 이름이라 할 수 있다. 멀리 있으면 '저기'라고 하는데 그 또한 이름이라 할 수 있다. ㉡이름이 없어서 '무명(無名)'이라 한다면 '무명' 역시 이름인 것이다. 어찌 다시 이름을 지어다 붙여서 아름답게 치장하려고 하겠는가?

예전 초나라에 어부가 있었는데 초나라 사람이 그를 사랑하여 사당을 짓고 대부 굴원(屈原)과 함께 배향하였다. ㉢어부의 이름은 과연 무엇이었던가? 대부 굴원은 『초사(楚辭)』를 지어 스스로 제 이름을 찬양하여 정칙(正則)이니 영균(靈均)이니 하였으니, 이로써 대부 굴원의 이름이 정말 아름답게 되었다. 그러나 어부는 이름이 없고 단지 고기 잡는 사람이라 어부라고만 하였으니 이는 천한 명칭이다. 그런데도 대부 굴원의 이름과 나란하게 백 대(代)의 먼 후세까지 전해지게 되었으니, 어찌 그 이름 때문이겠는가? 이름은 정말 아름답게 붙이는 것이 좋겠지만 천하게 붙여도 무방하다. 있어도 되고 없어도 된다. ㉣아름답게 해 주어도 되고 천하게 해 주어도 된다. 아름다워도 되고 천해도 된다면 꼭 아름답기를 생각할 필요가 있겠는가? 있어도 되고 없어도 된다면 없는 것이 정말 좋을 것이다.

어떤 이가 말하였다. "꽃은 애초에 이름이 없었던 적이 없는데 당신이 유독 모른다고 하여 이름이 없다고 하면 되겠는가?" 내가 말하였다. "없어서 없는 것도 없는 것이요, 몰라서 없는 것 역시 없는 것이다. 어부가 또한 평소 이름이 없었던 것은 아니요, 어부가 초나라 사람이니 초나라 사람이라면 그 이름을 당연히 알고 있었을 것이다. 그런데도 초나라 사람들이 어부에 대해 그 좋아함이 이름에 있지 않았기에 그 좋아할 만한 것만 전하고 그 이름은 전하지 않은 것이다. 이름을 정말 알고 있는데도 오히려 마음에 두지 않는데, ㉤하물며 모르는 것에 꼭 이름을 붙이려고 할 필요가 있겠는가?"

– 신경준, 〈이름 없는 꽃〉

* 순원: '순창의 정원'이라는 뜻으로, 작가 신경준이 살던 마을에 있는 정원을 이르는 말.

114

(가)~(나)에 대한 설명으로 가장 적절한 것은?

① (가)와 (나)에서는 자연물에 인격을 부여하여 대상에 대한 경외감을 드러내고 있다.

② (가)와 (다)에서는 다양한 색채어를 활용하여 애상적 분위기를 조성하고 있다.

③ (나)와 (다)에서는 유사한 통사 구조를 반복하여 바람직한 삶의 태도를 제시하고 있다.

④ (가), (나), (다)에서는 모두 비유적 표현을 활용하여 부정적 상황을 형상화하고 있다.

⑤ (가), (나), (다)에서는 모두 대조적 의미의 소재를 활용하여 주제 의식을 강화하고 있다.

115

〈보기〉를 참고하여 (가)를 이해한 내용으로 적절하지 않은 것은?

─ 보기 ─

〈바다와 나비〉는 1930년대 모더니즘을 주도한 김기림 시인의 대표작이다. 이 시는 당시 일부 지식인들이 근대 문명을 이상적으로 여기고 낭만적으로 동경하며 무비판적으로 수용했던 모습과, 근대 문명의 냉혹한 현실을 상징적으로 그려 내면서 이상과 현실의 괴리로 인한 좌절감을 드러내고 있다는 평가를 받고 있다. 한편 서정(抒情)을 중시했던 당시 우리나라 문단에 시의 회화성을 강조하는 모더니즘을 도입하면서 느꼈던 시인의 절망감을 반영하고 있다고 평가되기도 한다.

① '바다'를 '청무우밭'으로 여긴 '나비'의 태도는 당시 일부 지식인들이 가졌던 근대 문명에 대한 낭만적인 동경을 나타낸 것으로 볼 수 있다.

② '나비'의 '어린 날개'가 '바다'의 '물결에 절어' 있는 것은 근대 문명이라는 환상에서 벗어나려는 지식인 계층의 몸부림을 형상화한 것으로 볼 수 있다.

③ '나비'를 지친 '공주'에 빗댄 것은 근대 문명을 이상적으로 여겼던 당시 일부 지식인들이 세상 물정에 어두운 순진한 존재였음을 나타낸 것으로 볼 수 있다.

④ '나비'의 생각과 달리 '삼월달 바다'에 '꽃이 피지 않'는 상황은 당시 일부 지식인들이 느낀 이상과 현실 간의 괴리감을 나타낸 것으로 볼 수 있다.

⑤ '새파란 초생달이 시리다'라는 표현은 모더니즘을 우리나라 문단에 도입하면서 시인이 느낀 절망감을 나타낸 것으로도 볼 수 있다.

116

나와 너를 중심으로 (나)를 이해한 내용으로 적절하지 않은 것은?

① '까마득한 어둠'은 '나'의 의지와 달리 '나'가 '너'에 대해 알지 못하는 상황임을 나타낸다.

② '흔들리는 가지'는 '너'를 관찰하고 있는 '나'가 내면적으로 혼란스러운 상태임을 드러낸다.

③ '불을 밝히'고 '한밤내' 우는 '나'의 행위는 '너'를 알고자 하는 '나'의 간절함을 보여 준다.

④ '금'은 '너'를 알고자 하는 '나'의 노력이 언젠가 결실을 얻을 것이라는 바람을 상징한다.

⑤ '얼굴을 가리운' '신부'는 참모습을 드러내지 않는 '너'이지만 '나'에게 소중한 존재임을 의미한다.

117

㉠~㉤에 담긴 의미로 적절하지 않은 것은?

① ㉠: 사람들이 사물의 가치를 평가할 때, 사물의 이름보다는 사물이 지닌 근본적 성질을 더 중요시한다.

② ㉡: 다른 것과 구별하여 일컬을 수 있는 표현이 있다면 굳이 사물의 이름을 새로 지어 붙일 필요가 없다.

③ ㉢: 이름이 세상에 널리 알려지지 않더라도 오랫동안 사람들에게 칭송받을 수 있다.

④ ㉣: 사물의 이름이 지닌 아름다움이나 천함은 그 대상 자체와는 아무 관련이 없다.

⑤ ㉤: 이름은 대상에 대한 객관적 인식을 방해하므로 없으면 그대로 두어야 한다.

118

ⓐ와 ⓑ에 대한 설명으로 가장 적절한 것은?

① ⓐ는 대상으로 인한 화자의 안타까움을, ⓑ는 글쓴이의 자기 반성을 유발한다.

② ⓐ는 화자가 지향하는 삶의 목표를, ⓑ는 글쓴이가 추구하는 삶의 태도를 표상한다.

③ ⓐ는 대상에 내재한 자연의 섭리를, ⓑ는 대상에 가해지는 인위적인 행위를 강조한다.

④ ⓐ는 대상의 현재와 대비되는 과거의 상황이고, ⓑ는 대상이 처해 있는 현재의 상황이다.

⑤ ⓐ는 대상의 본질이 인식되지 못한 상태를 의미하고, ⓑ는 대상의 실질에 영향을 주지 않는 상태를 의미한다.

119

〈보기〉를 참고하여 (가)~(다)를 감상한 내용으로 적절하지 않은 것은?

┤ 보기 ├

　현상과 본질의 문제는 동서양을 불문하고 수많은 철학자들의 탐구 대상이었다. 본질은 어떤 존재에 관해 '그 무엇'이라고 정의될 수 있는 근원적 특성으로, 가변적이고 감각적인 상태를 의미하는 현상을 성립시킨다. 그런데 대상에 따라 사물 본연의 핵심적 기능을 본질로 규정하는 철학자들도 있다. 예를 들어 책상은 그것이 어떤 재질이나 어떤 모양으로 만들어져 있는지와 무관하게 책을 읽거나 글을 쓰는 가구라는 점을 본질로 보는 것이다. 한편 사물에 내재해 있는 본질은 현상을 통해 간접적으로만 드러나는데, 이때 대상의 본질에 대한 탐구 없이 대상을 현상만 보고 판단하게 되면 자칫 편견이나 선입관으로 이어질 수도 있다.

① (가)에서 '흰나비'가 '바다'를 무서워하지 않는 것은 '바다'의 본질에 대한 탐구 없이 감각적 현상에만 치중하여 '바다'를 판단했기 때문이라고 할 수 있겠군.

② (나)에서 '나'가 자신을 '위험한 짐승'이라고 한 것은 대상의 본질을 파악하지 못하는 자신의 한계를 자각했기 때문이라고 할 수 있겠군.

③ (나)에서 '나'의 '울음'이 차츰 '돌개바람'으로 변하는 것은 현상의 이면에 있는 본질을 규명할 수 없음을 깨달았기 때문이라고 할 수 있겠군.

④ (다)에서 '나'가 사물에 반드시 '이름'을 붙일 필요는 없다고 주장하는 것은 '이름'과 본질이 관련이 없다고 생각했기 때문이라고 할 수 있겠군.

⑤ (다)에서 '나'가 '회와 구이'와 '가죽옷'의 본질을 각각 배부름과 따뜻함으로 규정하고 있는 것은 사물 본연의 핵심적 기능을 사물의 본질로 인식했기 때문이라고 할 수 있겠군.

120~124 | 다음 글을 읽고 물음에 답하시오.

가　아름다운 산책은 우체국에 있었습니다
　나에게서 그대에게로 가는 편지는
　사나흘을 혼자서 걸어가곤 했지요
　그건 발효의 시간이었댔습니다
　가는 편지와 받아 볼 편지는
　우리들 사이에 푸른 강을 흐르게 했고요

　⬚그대⬚가 가고 난 뒤
　나는, 우리가 잃어버린 소중한 것 가운데
　하나가 우체국이었음을 알았습니다
　우체통을 굳이 빨간색으로 칠한 까닭도
　그때 알았습니다 사람들에게
　경고를 하기 위한 것이겠지요

　　　　　　　　　– 이문재, 〈푸른 곰팡이 – 산책시 1〉

나　뭐락카노, 저편 강기슭에서
　⬚ㄴ⬚ 뭐락카노, 바람에 불려서
　　　　　　　　　　　　　　[A]
　이승 아니믄 저승으로 떠나는 뱃머리에서
　나의 목소리도 바람에 날려서

　뭐락카노 뭐락카노
　썩어서 동아 밧줄은 삭아 내리는데
　　　　　　　　　　　　　　[B]
　하직을 말자 하직 말자
　인연은 갈밭을 건너는 바람

　뭐락카노 뭐락카노 뭐락카노
　ㄴ 흰 옷자라기만 펄럭거리고……　[C]

　오냐. 오냐. 오냐.
　이승 아니믄 저승에서라도……
　　　　　　　　　　　　　　[D]
　이승 아니믄 저승에서라도
　인연은 갈밭을 건너는 바람

　뭐락카노, 저편 강기슭에서
　ㄴ 음성은 바람에 불려서
　　　　　　　　　　　　　　[E]
　오냐. 오냐. 오냐.
　나의 목소리도 바람에 날려서.

　　　　　　　　　　　　– 박목월, 〈이별가〉

다　유세차(維歲次)* 모년(某年) 모월(某月) 모일(某日)에, 미망인(未亡人) 모씨(某氏)는 두어 자 글로써 침자(針子)*에게 고하노니, 인간 부녀(人間婦女)의 손 가운데 중요한 것이 바늘이로되, 세상 사람이 귀히 아니 여기는 것은 도처에 흔한 바이로다. 이 바늘은 한낱 작은 물건이나, 이렇듯이 슬퍼함은 나의 정회(情懷)가 남과 다름이라. **오호통재(嗚呼痛哉)**라, 아깝고 불쌍하다. **너**를 얻어 손 가운데 지닌 지 우금(于今) 이십칠 년이라. 어이 인정(人情)이 그렇지 아니하리요. 슬프다. 눈물을 잠깐 거두고 심신을 겨우 진정하여, 너의 행장(行狀)과 나의 회포(懷抱)를 총총히 적어 영결(永訣)하노라.

연전(年前)에 우리 시삼촌께옵서 동지상사 낙점을 무르와,* 북경을 다녀오신 후에, 바늘 여러 쌈을 주시거늘, 친정과 원근 일가(一家)에게 보내고, 비복(婢僕)들도 쌈쌈이 나누어 주고, 그중에 너를 택하여 손에 익히고 익히어 지금까지 해포 되었더니, 슬프다, 연분이 비상(非常)하여, 너희를 무수히 잃고 부러뜨렸으되, 오직 너 하나를 연구(年久)히 보전하니, 비록 무심한 물건이나 어찌 사랑스럽고 미혹(迷惑)하지 아니하리오. 아깝고 불쌍하며, 또한 섭섭하도다.

나의 신세 박명(薄命)하여 **슬하에 한 자녀 없고**, 인명(人命)이 흉완(凶頑)하여 일찍 죽지 못하고, 가산(家産)이 빈궁하여 침선(針線)에 마음을 붙여, **널로 하여 생애를 도움이 적지 아니하더니**, 오늘날 너를 영결하니, 오호통재라, 이는 귀신이 시기하고 하늘이 미워하심이로다.

　　　　　　　　　　　(중략)

이생에 백년 동거(百年同居)하렸더니, **오호애재(嗚呼哀哉)**라, 바늘이여. 금년 시월 초십일 술시(戌時)에, 희미한 등잔 아래서 관대 깃을 달다가, 무심중간(無心中間)에 자끈동 부러지니 깜짝 놀라와라. 아야 아야 바늘이여, 두 동강이 났구나. 정신이 아득하고 혼백(魂魄)이 산란하여, 마음을 빻아 내는 듯, 두골(頭骨)을 깨쳐 내는 듯, **이윽도록 기색혼절(氣塞昏絕)**하였다가 겨우 정신을 차려, 만져 보고 이어 본들 속절없고 하릴없다. 편작의 신술(神術)로도 장생불사(長生不死) 못하였네. 동네 장인(匠人)에게 때이련들 어찌 능히 때일손가. **한 팔을 베어 낸 듯, 한 다리를 베어 낸 듯**, 아깝다 바늘이여, 옷섶을 만져 보니, 꽂혔던 자리 없네. 오호통재라, 내 삼가지 못한 탓이로다.

무죄(無罪)한 너를 마치니, 백인(伯仁)이 유아이사(由我而死)*라, 뉘를 한(恨)하며 뉘를 원(怨)하리요. 능란(能爛)한 성품(性品)과 공교(工巧)한 재질을 나의 힘으로 어찌 다시 바라리오. 절묘한 의형(儀形)은 눈 속에 삼삼하고, 특별한 품재(稟才)는 심회(心懷)가 삭막(索莫)하다. 네 비록 물건이나 무심하지 아니하면, 후세에 다시 만나 평생 동거지정(同居之情)을 다시 이어, 백년고락(百年苦樂)과 일시생사(一時生死)를 한가지로 하기를 바라노라. 오호애재라, 바늘이여.

　　　　　　　　　　　– 유씨 부인, 〈조침문〉

* 유세차: '이해의 차례는'이라는 뜻으로, 제문(祭文)의 첫머리에 관용적으로 쓰는 말.
* 침자: 바늘.
* 오호통재: '아, 비통하다'라는 뜻으로, 슬플 때나 탄식할 때 하는 말.
* 동지상사 낙점을 무르와: 중국으로 보내던 사신의 우두머리로 임명되어.
* 백인이 유아이사: '백인이 나로 말미암아 죽었다.'라는 뜻으로, 다른 사람이 화를 입게 된 원인이 자신에게 있음을 한탄하는 말.

120

(가)~(다)의 공통점으로 가장 적절한 것은?

① 경어체의 표현과 부드러운 어조를 활용해 애상적 분위기를 형성하고 있다.

② 대상의 모습을 섬세하게 묘사함으로써 대상에 대한 그리움을 부각하고 있다.

③ 대상의 부재나 상실로 인해 느끼는 화자의 깨달음이나 정서를 드러내고 있다.

④ 과거와 현재의 상황을 대비하여 보여 줌으로써 주제 의식을 구체화하고 있다.

⑤ 시간의 흐름에 따라 대상에 대한 화자의 인식이 변화되는 과정을 보여 주고 있다.

121

(가), (나)에 대한 설명으로 적절하지 않은 것은?

① (가)는 사물에 인격을 부여하여 특정 상황을 표현하고 있다.

② (나)는 방언의 사용을 통해 화자의 정서를 생생하게 드러내고 있다.

③ (가)는 화자의 상황 변화에 따라, (나)는 화자의 공간 이동에 따라 시상을 전개하고 있다.

④ (가)는 과거형 진술을 통해, (나)는 말끝을 생략한 진술을 통해 화자의 내면을 드러내고 있다.

⑤ (가)와 (나)는 모두 색채 이미지를 활용하여 시적 대상의 의미나 시적 상황을 형상화하고 있다.

122

(가)~(다)에 등장하는 그대, 니, 너에 대한 설명으로 적절한 것은?

① '그대'는 '니'와 달리 화자가 재회의 소망을 드러내고 있는 대상이다.

② '니'는 화자와 소통이 불가능한 상황이지만, '너'는 화자와 소통이 가능한 상황이다.

③ '그대'는 화자와 공간적으로 떨어져 있던 존재인 반면, '너'는 늘 화자 곁에 있던 존재이다.

④ '그대'가 화자와 이별한 원인은 알 수 없지만, '니', '너'와 이별한 원인은 모두 화자 때문이다.

⑤ '그대', '니', '너'는 모두 화자의 슬픔을 유발하는 존재로, 화자는 그들이 떠나고 난 후 뒤늦게 그 소중함을 깨닫게 된다.

123

〈보기〉를 참고하여 (나)의 [A]~[E]를 이해한 내용으로 적절하지 않은 것은?

──┤ 보기 ├──

　　(나)에서 '뭐락카노'의 점층적 반복은 이별에 대한 화자의 정한을 드러내고 소통의 단절로 인한 이승과 저승의 거리감을 심화시키는 역할을 하는 반면, '오냐'의 반복은 상대에 대한 긍정의 의미와 함께 운명 순응적인 태도를 드러내는 역할을 한다. 또 (나)에 사용된 '바람'은, 죽은 이와의 단절을 유발하는 장애물에서 화자와 죽은 이의 인연을 이어 주는 매개체로 의미가 변화하는 소재이다.

① [A]: 화자는 이승과 저승의 갈림길에서 죽은 이와의 단절로 인한 거리감과 안타까움을 드러내고 있다.

② [B]: 죽은 이와의 인연이 소멸되어 가는 상황에서 소통의 단절로 인한 저승과의 거리감이 심화되고 있다.

③ [C]: 죽은 이와의 소통이 이루어지지 않는 안타까움이 강조되면서 이별의 정한이 최고조에 이르고 있다.

④ [D]: 화자는 저승에서라도 재회할 것을 소망하면서도 죽은 이와의 인연이 단절될 수밖에 없는 상황을 드러내고 있다.

⑤ [E]: 죽은 이와의 인연이 이어진다는 인식 아래, 상대방을 긍정하고 죽음의 운명을 수용하는 화자의 태도가 나타나고 있다.

124

〈보기〉에 제시된 선생님의 설명을 바탕으로 (다)를 감상한 내용으로 적절하지 않은 것은?

──┤ 보기 ├──

선생님: 이 작품은 내용, 형식, 표현이 유기적으로 결합하여 독특한 감동과 미적 형상화를 이루고 있는 작품입니다. 부러진 바늘에 대한 작가의 안타까운 감정과 추모의 정을 내용으로 하는 이 작품은 제문 형식을 차용하여 작가가 처한 상황을 구체화하고 있으며, 대상의 의인화와 영탄적 어조를 통해 작가가 느끼는 슬픔과 안타까움을 부각하고 있습니다. 특히 의인화의 기법은 단순한 수사 기교를 넘어서, 외로운 처지에 있는 작가에게 바늘이 의지가 되는 소중한 존재이며 정서적 일체감을 느끼게 하는 존재였음을 전달하는 효과가 있습니다.

① '유세차'라는 관용적 표현과 '침자에게 고하노니'라는 구절을 통해, 작가가 제문의 형식을 차용하여 '바늘'과 대화를 주고받고 있음을 알 수 있다.

② '미망인'이라는 표현과 '슬하에 한 자녀 없고'라는 구절을 통해, 작가가 외로운 처지에 있는 여인임을 알 수 있다.

③ '오호통재라', '오호애재라'와 같이 영탄적 어조가 반복 사용된 것을 통해, 작가가 안타까움과 비통함을 느끼고 있음을 알 수 있다.

④ '널로 하여 생애를 도움이 적지 아니하더니'와 같은 의인화된 표현을 통해, '바늘'이 작가에게 의지가 되는 소중한 존재였음을 알 수 있다.

⑤ '이윽도록 기색혼절하였다가'와 '한 팔을 베어 낸 듯, 한 다리를 베어 낸 듯'과 같은 구절을 통해, 작가가 '바늘'과 정서적 일체감을 느끼고 있었음을 알 수 있다.

125~129 | 다음 글을 읽고 물음에 답하시오.

㉮ 내 말씀 광언(狂言)인가 저 화상을 구경하게

　남촌 **한량(閑良)** 개똥이는 부모덕에 편히 놀고

　호의호식(好衣好食) 무식하고 미련하고 용통하여*

　눈은 높고 손은 커서 가량(假量)없이* 주제넘어

　시체(時體)* 따라 의관(衣冠)하고 남의 눈만 위하겠다

　장장춘일(長長春日) 낮잠 자기 조석으로 반찬 투정

　매팔자*로 무상출입(無常出入) 매일 장취 게트림과

　이리 모여 노름 놀기 저리 모여 투전질에

　기생첩 치가(置家)*하고 오입장이 친구로다

　사랑에 조방(助幇)꾸니 **안방**에는 노구(老嫗) 할미

　명조상(名祖上)*을 떠세하고* 세도(勢道) 구멍 기웃기웃

　염량(炎凉)* 보아 진봉(進奉)하기 재업(財業)을 까불리고

　허욕(虛慾)으로 장사하기 남의 **빚**이 태산이라

　내 무식은 생각 않고 어진 사람 미워하기

　㉠ 후(厚)할 데는 박(薄)하여서 한 푼 돈에 땀이 나고

　박할 데는 후하여서 수백 냥이 헛것이라

　승기자(勝己者)를 염지하니* 반복소인(反覆小人) 허기진다

　내 몸에 이(利)할 대로 남의 말을 탄치 않고

　친구 벗은 좋아하며 제 일가(一家)는 불목(不睦)하며

　병날 노릇 모다 하고 인삼 녹용 몸 보(補)키와

　주색잡기(酒色雜技) 모도 하여 돈 주정을 무진하네

　부모 조상 돈망*하여 계집자식 재물 수탐 일가친척 구박하며

　내 인사(人事)는 나중이요 남의 흉만 잡아낸다

　　　　　　　　　　　　　(중략)

　산 너머 꾕생원 그야말로 하우(下愚)로다

　거들어서 한 말 자랑 대장부의 결기*로다

　동네 존장 몰라보고 이소능장(以少凌長)* 욕하기와

　의관열파(衣冠裂破)* 사람 치고 맞았다고 떼쓰기와

　남의 과부 겁탈하기 투장(偸葬)* 간 곳 청병하기

　친척 집의 소 끌기와 주먹다짐 일쑤로다

　부잣집에 긴한 체로 친한 사람 이간질과

　월숫돈 일숫돈 장변리(場邊利)* 장체계(場遞計)*며

　제 부모의 몹쓸 행사 투전꾼은 좋아하며 손목 잡고 술 권하며

　제 처자는 몰라보고 노리개로 정표 주며

　자식 노릇 못하면서 제 자식은 귀히 알며

　며느리는 들볶으며 봉양 잘못 호령한다

　　　　　　　　　　　　　－ 작자 미상, 〈우부가〉

* 용통하야: 어리석고 미련하여.
* 가량없이: 사람이 자기 능력이나 처지 따위에 대한 어림짐작이 없이.
* 시체: 그 시대의 풍습이나 유행.
* 매팔자: 빈들빈들 놀면서도 먹고사는 걱정이 없는 경우를 이르는 말.
* 치가: 첩을 얻어 따로 살림을 차림.
* 명조상: 이름난 조상.
* 떠세허고: 재물이나 힘 따위를 내세워 억지를 쓰고.

* 염량: 세력의 성함과 쇠함.
* 진봉: 물건을 싸서 윗사람에게 바침.
* 승기자를 염지하니: 재주가 자기보다 나은 사람을 싫어하니.
* 불목: 서로 사이가 좋지 아니함.
* 돈망: 까맣게 잊어버림.
* 하우: 아주 어리석고 못난 사람.
* 결기: 못마땅한 것을 참지 못하고 성을 내거나 왈칵 행동하는 성미.
* 이소능장: 젊은 사람이 나이 많은 사람을 업신여김.
* 의관열파: 옷을 찢고 갓을 부수며 싸움.
* 투장: 남의 산이나 묏자리에 몰래 자기 집안의 묘를 쓰는 일.
* 청병: 떡을 달라고 청함.
* 장변리: 장에서 꾸는 돈의 이자.
* 장체계: 장에서 돈을 빌려주고 장날마다 돈을 받는 일.

㉯ 경오년 여름에 쉬파리가 말할 수 없이 들끓었다. 온 집안에 가득 차고, 바글바글 번식하여 산이나 골이나 쉬파리로 득실거렸다. 높다란 누각에서도 일찍이 얼어 죽지 않더니, 술집과 떡집에 구름처럼 몰려와 윙윙거리는 소리가 우레와 같았다. 그러니 노인들은 탄식하여 괴변이 났다 하고, 소년들은 떨쳐 일어나 한바탕 때려잡을 궁리를 하였다. 어떤 사람들은 파리 통발을 놓아서 거기에 걸려 죽게 하기도 하고, 어떤 사람은 파리약을 놓아서 그 약 기운에 어질어질할 때 모조리 없애 버리려고도 하였다.

　이런 광경을 보고 나는 말하였다.

　"아, 이것은 결코 죽여서는 안 되는 것이다. 왜냐하면 이것들은 분명 굶주려 죽은 백성들이 다시 태어난 몸이기 때문이다. 얼마나 **기구한 삶**이었던가? 애처롭게도 지난해에 **염병**이 돌게 되었고, 거기다가 또 가혹한 세금까지 뜯기고 보니, **굶어 죽은 시체가 쌓여 길에 즐비**하였고, 내다 버린 시체는 언덕을 덮었다. 수의도 관도 없이 내다 버린 시체에 훈훈한 바람이 불어 더운 김이 올라오자, 그 살과 살갗이 썩어 문드러져 오래된 추깃물과 새 추깃물이 서로 괴어 엉겼다. 그것이 변해 구더기가 되니 **냇가의 모래알보다도 만 배는 더 되**었다. 이 많은 구더기들이 날개를 가진 파리가 되어 **인가**로 날아든 것이다. 그러니 이 쉬파리가 어찌 우리와 같은 무리가 아니겠는가? 너희들의 삶을 생각하면 눈물이 절로 난다. 그래서 밥도 짓고 안주도 장만하여 놓고 너희들을 널리 청하여 모이게 하니, 서로 기별해서 함께 먹도록 하여라."

　그리고 다음과 같이 글을 지어 위로했다.

　"파리야, 날아와서 음식상에 모여라. 수북이 담은 쌀밥에 국도 간 맞춰 끓여 놓았고, 술도 잘 익어 향기롭고, 국수와 만두도 곁들였으니, 어서 와서 너희들의 마른 목구멍을 적시고 너희들의 주린 창자를 채우라.

　파리야, 훌쩍훌쩍 울지만 말고, **너희 부모**와 처자식 모두 데리고 와서, 이제 한번 실컷 포식하여 굶주렸던 한을 풀도록 하여라.

　　　　　　　　　　　　　(중략)

　파리야, 날아와 다시 태어나지 말아라, 아무것도 모르는 지금 상태를 축하하라. 길이길이 모르는 채 그대로 지내거라. 사람은 죽어도 내야 할 세금은 남아 형제에게까지 미치게 되니,

유월 되면 벌써 세금 독촉하는 아전이 문을 걷어차는데, 그 소리가 사자의 울음소리 같아 산악을 뒤흔든다. 세금 낼 돈이 없다고 하면 가마솥도 빼앗아 가고 **송아지도** 끌고 가고 돼지도 끌고 간다. 그러고도 부족하여 불쌍한 백성을 관가로 끌고 들어가 곤장으로 볼기를 친다. ⓛ그 매 맞고 돌아오면 힘이 빠지고 지쳐 **염병**에 걸려 풀이 쓰러지듯, 고기가 물크러지듯 죽어 간다. 그렇지만 그 숱한 원한을 천지 사방에 호소할 데 없고, 백성이 모두 다 죽을 지경에 이르렀는데 슬퍼할 수도 없다. **어진 이는 움츠려 있고 소인배들이 날뛰니, 봉황은 입을 다물고 까마귀가 울어 대는 꼴이다.**

파리야, 날아가려거든 북쪽으로 날아가거라. 북쪽으로 천 리를 날아 임금 계신 대궐로 들어가서 너희들의 충정을 호소하고 너희들의 그 지극한 슬픔을 펼쳐 보여라. 포악한 행위를 아뢰지 않고는 시비를 가릴 수 없는 것, 해와 달이 밝게 비쳐 빛이 찬란할 것이다. 정치를 잘하여 인(仁)을 베풀고, 천지신명들께 아룀에 규(圭)*를 쓰는 것이다. 천둥같이 울려 임금의 위엄을 떨치게 하면 곡식도 잘 익어 백성들의 굶주림도 없어지리라. 파리야, 그때에 날아서 남쪽으로 돌아오너라.

– 정약용, 〈조승문〉

* 추깃물: 송장이 썩어서 흐르는 물.
* 규: 옛날 중국에서 천자가 제후를 봉하거나 신을 모실 때 썼던 옥으로 만든 홀.

125
(가)와 (나)에 대한 설명으로 가장 적절한 것은?

① (가)는 설득적 어조를 사용하여 화자의 의지를 드러내고, (나)는 명령형 어조를 사용하여 대상의 행동을 유도하고 있다.
② (가)는 시간의 흐름에 따라 변화하는 대상의 태도를 드러내고, (나)는 공간의 이동에 따라 변화하는 글쓴이의 정서를 드러내고 있다.
③ (가)는 유사한 통사 구조를 반복하여 대상에 대한 화자의 인식을 드러내고, (나)는 행동을 나열하여 대상에 대한 사람들의 인식을 드러내고 있다.
④ (가)와 (나)는 모두 대상을 의인화하여 주제 의식을 효과적으로 드러내고 있다.
⑤ (가)와 (나)는 모두 청자를 명시적으로 드러내어 화자나 글쓴이의 바람을 표출하고 있다.

126
〈보기〉를 바탕으로 (가)와 (나)를 감상한 내용으로 적절하지 않은 것은?

| 보기 |

시대 현실에 대한 작가의 비판적 이해가 문학 작품의 창작 계기로 작용하는 경우가 많은데, 〈우부가〉와 〈조승문〉도 이에 해당된다. 〈우부가〉는 상층 양반을 대표하는 개똥이와 몰락한 하층 양반을 대표하는 꽁생원 등의 부도덕한 행실과 폐해를 적나라하게 폭로하여 조선 후기 사회 전반에 만연해 있던 윤리적 가치관의 동요 양상을 드러내고 있고, 〈조승문〉은 글쓴이의 말을 통해 당대 사회의 부패한 관리들의 횡포와 그로 인한 백성들의 비참한 생활상을 제시하고 있다. 시대 현실에 대한 고발의 성격이 강한 이러한 작품들은 주로 서술 대상과 관련된 모습이나 상황의 열거, 우의적 수법, 평가적 발언 등의 다양한 표현 방식을 활용하여 주제 의식을 구체화함으로써 시대를 조망하는 작가의 인식을 드러낸다.

① (가)의 '이리 모여 노름 놀기 저리 모여 투전질'과 '투전꾼은 좋아하며 손목 잡고 술 권하며'를 통해, 부도덕한 행위를 일삼던 풍조가 양반 계층에 만연되어 있음을 알 수 있군.
② (가)의 '염량 보아 진봉하기'를 통해, 세력의 우위에 따라 행동을 달리하던 당시 양반 계층의 행태를 알 수 있군.
③ (나)의 '굶어 죽은 시체가 쌓여 길에 즐비'한 상태에서 '냇가의 모래알보다도 만 배는 더 되'는 쉬파리가 나타난 과정을 통해, 부패한 관리들의 횡포로 인한 백성의 비참한 생활상을 고발하려는 의도를 알 수 있군.
④ (가)의 '산 너머 꽁생원은 그야말로 하우로다'와 (나)의 '어진 이는 움츠려 있고 소인배들이 날뛰니'를 통해, 당시 시대 현실을 보여 주는 대상에 대한 비판적 이해가 작품의 창작 계기로 작용하였음을 알 수 있군.
⑤ (가)의 '거들어서 한 말 자랑 대장부의 결기'에 대한 예와 (나)의 '봉황은 입을 다물고 까마귀가 울어 대는 꼴'이라는 우의적 표현을 통해, 당대 현실의 변화 가능성을 넌지시 암시하고 있음을 알 수 있군.

127

(나)에 대해 이해한 내용으로 적절하지 <u>않은</u> 것은?

① '쉬파리'를 '굶주려 죽은 백성들이 다시 태어난 몸'으로 여기며 '눈물이 절로 난다'고 한 것에는, 백성들의 비극적 삶에 대한 안타까움과 연민의 마음이 담겨 있다.

② '쉬파리'에게 '주린 창자를 채우'고 '이제 한번 실컷 포식하'라고 말하는 것에는, 굶주려 죽은 백성들의 한을 풀어 주고 싶은 마음이 담겨 있다.

③ '쉬파리'를 향해 '아무것도 모르는 지금 상태를 축하하'고 '모르는 채 그대로 지내'라고 말하는 것에는, 백성들이 다시는 고통을 겪지 않기를 바라는 마음이 담겨 있다.

④ '쉬파리'에게 '임금 계신 대궐로 들어가서 너희들의 충정을 호소하'고 '지극한 슬픔을 펼쳐 보이'라는 것에는, 백성들의 고통을 대신 말해 주지 못한 것에 대한 후회의 마음이 담겨 있다.

⑤ '쉬파리'가 남쪽으로 돌아오기 위해 필요한 것으로 '임금의 위엄을 떨치게 하'고 '백성들의 굶주림이 없어지'는 상황을 제시한 것에는, 백성들의 고통을 없애기 위한 임금의 선정을 바라는 마음이 담겨 있다.

128

(가)와 (나)에 대해 설명한 내용으로 가장 적절한 것은?

① (가)의 '한량'과 (나)의 '기구한 삶'은 각각 '개똥이'와 '쉬파리'에 대한 화자 또는 글쓴이의 평가를 나타낸다.

② (가)의 '안방'과 (나)의 '인가'는 각각 '개똥이'와 '쉬파리'의 외로운 심정이 투영된 공간이다.

③ (가)의 '빚'과 (나)의 '염병'은 각각 화자가 '개똥이'를, 글쓴이가 '쉬파리'를 주목하게 된 계기이다.

④ (가)의 '소'와 (나)의 '송아지'는 각각 '꾕생원'과 '쉬파리'에게 고통을 주는 대상을 상징한다.

⑤ (가)의 '제 부모'와 (나)의 '너희 부모'는 각각 '꾕생원'과 '쉬파리'로 인해 피해를 입는 존재를 의미한다.

129

㉠과 ㉡에 대한 설명으로 가장 적절한 것은?

① ㉠은 예상치 못한 상황에 당황하는 '개똥이'의 심리를, ㉡은 예상했던 상황이 실현되어 슬퍼하는 백성의 심리를 제시하고 있다.

② ㉠은 자신에게 주어진 상황에서 적절하게 행동할 줄 모르는 '개똥이'의 어리석음을, ㉡은 비극적 상황에 처해 있는 백성의 처지를 강조하고 있다.

③ ㉠은 현실과 이상이 일치하는 것에 만족하고 있는 '개똥이'의 모습을, ㉡은 현실과 이상이 괴리된 것을 비통해하고 있는 백성의 모습을 나타내고 있다.

④ ㉠은 동일한 상황에서 상반되게 행동하는 '개똥이'의 줏대없는 면모를, ㉡은 상반된 상황에서 동일하게 반응하는 백성의 일관된 면모를 보여 주고 있다.

⑤ ㉠은 주어진 상황을 제대로 파악하지 못한 채로 살아가는 '개똥이'의 수동적 삶을, ㉡은 주어진 상황의 모순을 파악하고 이를 극복해 나가는 백성의 적극적 삶을 부각하고 있다.

130~134 | 다음 글을 읽고 물음에 답하시오.

가 별안간 또 한 줄기 쏟아지는 비도 피할 겸 윤춘삼 씨는 나를 다릿목 어떤 가겟집으로 안내했다. 언젠가 하단서 같이 들렀던 집과 거의 비슷한 차림의 주막집이었다.

둘 사이에는 한참 동안 말이 없었다. 너무나 다급하고 또 수다한 말들이 두 사람의 입을 한꺼번에 봉해 버렸다 할까!

"건우네 가족도 무사히 피난했겠지요?"

먼저 내 입에서 아까부터 미뤄 오던 말이 나왔다.

"야……."

해놓고도 어쩐지 말끝이 석연치 않았다.

㉠"집들은 물론 결딴이 났겠지만, 사람은 더러 상하진 않았던가요?"

나는 이런 질문을 해놓고, 이내 후회했다. 으레 하는 빈 걱정 같아서.

"집이고 농사고 머 있능교. 다행히 목숨들만은 건졌지만, 그바람에 갈밭새 영감이 또 안 끌려갔능교."

윤춘삼 씨는 가슴이 내려앉는 듯한 무거운 한숨을 내쉬었다.

"건우 할아버지가?"

나는 하단서 그 접낫패*에게 얼핏 들은 얘기를 상기했다.

"그래서 내가 지금 경찰서꺼정 갔다 오는 길인데, 마침 잘 만냈심더. 글 안 해도……."

기진맥진한 탓인지, 그는 내가 권하는 술잔도 들지 않고 하던 이야기만 계속했다.

바로 어제 있은 일이었다. 하단서 들은 대로 소위 배짱들이 만들어 둔 엉터리 둑을 허물어 버린 얘기였다.

— 비는 연 사흘 억수로 쏟아지지, 실하지도 않은 둑을 그대로 두었다가 물이 더 불었을 때 갑자기 터진다면 영락없이 온 섬이 떼죽음을 했을 텐데, 마침 배에서 돌아온 갈밭새 영감이 설두*를 해서 미리 무너뜨렸기 때문에 다행히 인명에는 피해가 없었다는 것이다.

"그런데 와 건우 할아버진 끌고 갔느냐고요?"

윤춘삼 씨는 그제야 소주를 한 잔 혹 들이켜고 다음을 계속했다. 섬사람들이 한창 둑을 파헤치고 있을 무렵이었다 한다. 좀 더 똑똑히 말한다면, 조마이섬 서쪽 강둑길에 검정 지프차가 한 대와 닿은 뒤라 한다. 웬 깡패같이 생긴 청년 두 명이 불쑥 현장에 나타나더니, 둑을 허물어뜨리는 광경을 보자, 이내 노발대발 방해를 하기 시작하더라고. 엉터리 둑을 막아 놓고 섬을 통째로 집어삼키려던 소위 유력자의 앞잡인지 뭔지는 모르되, 아무리 타일러도, '여보, 당신들도 보다시피 물이 안팎으로 이렇게 불어나는데 섬사람들은 어떻게 하란 말이오?' 해 봐도, 들어 주기는커녕 그중 힘깨나 있어 보이는, 눈이 약간 치째진 친구가 되레 갈밭새 영감의 괭이를 와락 뺏더니 물속으로 핑 집어 던졌다는 거다.

그러곤 누굴 믿고 하는 수작일 테지만 후욕 패설*을 함부로 뇌까리자, 순간 화가 머리끝까지 치밀었을 갈밭새 영감도,

"이 개 같은 놈아, 사람의 목숨이 중하냐, 네놈들의 욕심이 중하냐?"

말도 채 끝내기 전에 덜렁 그자를 들어 물속에 태질*을 해 버렸다는 것이다. 상대방은 '아이고' 소리도 못 해 보고 탁류에 휘말려 가고, 지레 달아난 녀석의 고자질에 의해선지 이내 경찰이 둘이나 달려왔더라고.

"내가 그랬소!"

갈밭새 영감은 서슴지 않고 두 손을 내밀었다는 거다. 다행히도 벌써 그때는 둑이 완전히 뭉개지고, 섬을 치덮던 탁류도 빙에워 돌며 뭉그적뭉그적 빠져 나가고 있었다는 것이다.

"정말 우리 조마이섬을 지키다시피 해 온 영감인데…… 살인죄라니 우짜문 좋겠능교."

게까지 말하고 나를 쳐다보는 윤춘삼 씨의 벌건 눈에서는 어느덧 닭똥 같은 눈물이 뚝뚝 떨어지기 시작했다.

㉡법과 유력자의 배짱과 선량한 다수의 목숨…… 나는 이방인(異邦人)처럼 윤춘삼 씨의 캉캉한 얼굴을 건너다보았다.

— 김정한, 〈모래톱 이야기〉

* 접낫패: 자그마한 낫을 들고 홍수에 떠내려가는 것을 건지려는 패거리.
* 설두: 앞장서서 일을 주선함.
* 후욕 패설: 꾸짖는 욕과 사리에 어긋나는 말.
* 태질: 세게 메어치거나 내던지는 짓.

나 **앞부분의 줄거리** 1901년 제주섬. 천주교인들은 고종 황제의 칙서를 들고 와 포교 활동을 벌인다. 일부 타락한 교인들은 부패한 봉세관의 앞잡이가 되어 온갖 악행을 저지르는데, 이들의 횡포와 과도한 세금 부담으로 고통받던 제주민들은 비밀 조직 '상무사'를 만드는 등 결전을 각오한다. 이에 두려움을 느낀 천주교인들이 화해를 청하고 상무사에서도 이를 받아들이려 하는데, 교인들이 명월진에서 기습적인 공격을 감행하면서 제주민들의 분노는 더욱 끓어오른다.

S# 83. 민단*의 군막 안

채 군수: 놈들이 명월진에서 한 짓을 생각하면 불이라도 삼키고 싶겠지만, 생각해 보시오. 신부들이 벌써 법국 군함과 군대를 부르러 보냈는데, 그들이 이 섬에 들어오는 날이면 어떤 일이 벌어지겠소? 작년 청국에서 의화단 사람들이 성교 신부들과 신자들을 살해했다가 어떤 결말이 났는지를. 법국이며 서양 각국들이 제 나라 사람들을 보호한답시고, 군대를 보내 대량 살육을 하고 급기야는 땅과 이윤을 차지한다고 청국을 갈라 먹고 있지 않소. 법국 함대가 지금 태고*에 있는데 삼 일이면 제주에 도착한다고 합니다.

마찬삼: 사또, 우리가 싸우지 않고 물러간다고 이 섬이 온전할 성싶소? 저 폭도들을 그냥 두면 이 섬은 온통 법국 천지가 될 거외다. 우리가 안 싸워도 법국 세상이오, 싸워도 법국 세상이라면 우린 싸워서 원풀이를 해야 하겠소이다. 제주성 동쪽에 진을 친 동진의 강우백 장두* 어른도 우리와 같은 생각입니다. **[A]**

오달문: 사또 어른, 왜 법국 군함이 무섭지 않겠습니까. 우리가 그들을 이길 수 없음은 자명한 사실이지만, 이미 피를 **[B]**

본 백성들은 눈이 뒤집혀 있습니다. 저 백성들을 통솔하자면 똑같이 눈알이 뒤집혀야 합니다.

채 군수는 한숨을 내쉬며 이재수를 바라본다. 고개를 숙이는 이재수. 채 군수는 답답한지 깊은 한숨을 내쉰다. 고개를 들어 채 군수를 쳐다보는 이재수의 눈이 붉게 충혈되어 있다. ⓒ이재수는 채 군수의 발치로 와 무릎을 꿇는다.

이재수: 채 군수 어른, 소인을 용서해 주십시오.
채 군수: 아니 왜 이러시오?
이재수: 미천한 소인이 군수 어른께 한마디 상의도 없이 감히 장두로 나섰습니다.
채 군수: (이재수의 손을 잡아 일으키며) 일어나시게. 자네는 이미 내 종복이 아닐세. 장두가 이러면 되겠나.
마찬삼: ⓔ이 장두 어서 일어나시게. 자네는 장두가 아닌가?

하지만 제자리에 꼼짝 않고 고개를 숙이고 있는 이재수.

이재수: 채 군수 어른, 관노(官奴)인 소인이 비천한 신분으로 장두에 나선 것은 젊은 객기가 영웅 소리를 듣고픈 야욕 때문이 아니우다. 죽지 못해 사는 우리 백성들을 봅세게. 성을 공격하면 지금 당장은 피를 보겠지만, 이대로 흩어진다면 자자손손 더욱 많은 피를 볼 것이우다. 소인은 불쌍한 제주민들이 이번 난리로 조금이라도 나은 생활을 자식들에게 물려줄 수 있다면 하는 생각으로 이 미천한 목숨을 바치기로 결심한 거우다. [C]

이재수의 목소리는 점점 울음 섞인 고통의 소리로 변해 가고, 내려다보는 채 군수의 눈도 붉게 충혈된다.

S# 84. 성벽 위(해 질 녘)

성벽 위, 대포를 닦고 총기를 손질하는 등 전투 준비에 바쁜 교인들의 긴장을 풀어 주려는 듯 신부가 코넷*을 연주하며 교인들 사이를 걸어간다. 신기한 듯 그 모습을 바라보는 교인들 사이를 지나다가 성벽 아래 민가 쪽을 바라보고 멈춰 선 구 신부. 더 신이 나게 연주를 계속한다. 창, 칼과 화약 더미가 쌓여 있는 민가 마당에는 최 선달과 나운경 등 교인들이 지켜보는 가운데, 멋쩍어하는 나이 어린 하인의 손을 잡아끌며 춤을 추는 문 신부가 보인다.

S# 85. 성문 근처(해 질 녘)

성문으로 들어서던 채 군수는 성벽 위에서 코넷을 연주하는 구 신부를 바라보며 멈춰 선다.

S# 86. 성벽 위

전투 준비를 하는 교인들과 조금 떨어진 성루 한쪽 구석. 붉은

석양을 배경으로 구 신부와 채 군수가 마주앉았나.

구 신부: (문서를 훑어보고는) 이게 뭡니까?
채 군수: 민단들이 얘기하는 오적의 명단이오.
구 신부: (얼굴에 미소를 띠며) 그래서 이 사람들을 내주면 우리를 용서하겠다는 겁니까?
채 군수: 더 큰 희생을 막아야 합니다.
구 신부: (얼굴에 가벼운 미소를 흘리며) 이제 며칠 후면 군함이 들이 닥칠 텐데 우리가 왜 저들의 말을 들어줘야 된다는 겁니까? 그 어리석은 사람들은 자기들의 운명을 이다지도 모른단 말이요.
채 군수: (답답하다는 듯) 저들은 이미 죽음을 각오한 사람들이오. 법국 군함이 아니라 어떤 게 온다고 해도 꿈쩍도 하지 않을 사람들이란 말이오. 구 신부도 이 섬에 들어온 지 1년은 다 돼 가면서 제주 사람들을 그렇게 모르시오? [D]

채 군수를 말없이 바라보다가 시가를 꺼내 무는 구 신부, 채 군수에게도 하나를 내민다. 채 군수, 손을 가로젓는다.

구 신부: (시가에 불을 붙이며) 저 밖에 사나운 호랑이가 있다 합시다. 채 군수가 만일 (채 군수의 하인을 가리키며) 저 아이를 성 밖으로 밀어냈다 합시다. (순간 표정이 굳어지는 채 군수를 재미있게 바라보며) 그래서 저 아이가 호랑이 밥이 되었다면 채 군수께선 '살인한 것은 내가 아니라 호랑이다' 라고 하시겠습니까? 채 군수, 난 천주님의 자식들을 사지로 몰아넣는 살인자가 될 수는 없습니다. [E]

채 군수: ……
구 신부: (자리에서 일어나며 성 밖으로 저물어 가는 해를 바라보며) ⓜ로도스섬었던가? 성 요한 기사단이 이교도들과 싸우다 최후를 맞았던 곳이.

땅거미가 내려앉는 시간. 훈련받은 교인들의 외침도 서서히 어둠 속으로 사라진다.

– 현기영 원작, 박광수 외 각색, 〈이재수의 난〉

* 민단: 민중들이 외세에 맞서기 위해 조직한 단체.
* 태고: 따구. 중국의 항구로, 의화단의 난 때 서양 군대가 집결한 지역.
* 장두: 예전에, 여러 사람이 서명한 소장이나 청원장의 맨 첫머리에 이름을 적는 사람.
* 코넷: 19세기 중엽 프랑스에서 만든, 트럼펫과 비슷하게 생긴 금관 악기.

130

(가)와 (나)의 공통점으로 가장 적절한 것은?

① 인물 간의 대화를 통해 사건이 해결되는 과정이 드러나고 있다.

② 빈번한 장소 변화를 통해 인물 사이의 긴장감이 고조되고 있다.

③ 특정 인물의 말을 통해 과거에 벌어졌던 사건이 전달되고 있다.

④ 현재와 과거를 교차하여 인물의 성격이 변화함을 나타내고 있다.

⑤ 인물들의 체험을 삽화 형식으로 나열하여 주제를 다각적으로 조명하고 있다.

131

〈보기〉를 바탕으로 (가)와 (나)를 감상한 내용으로 적절하지 않은 것은?

┤ 보기 ├

선생님: 오늘은 자신들의 삶의 터전에 침입한 외부 세력으로 인해 생존권을 위협받는 민중의 투쟁을 그린 두 작품을 비교하며 감상해 보겠습니다. (가)에서 민중을 대표하는 인물은 건우 할아버지로 그는 섬을 차지하려는 외부의 유력자 세력과 충돌하여 결국 살인까지 저지르게 됩니다. (나)에서 외부 세력은 법국 신부와 그의 추종자로 볼 수 있는데, 민단 무리는 외부 세력의 탄압에 맞서 끝까지 싸우려 합니다. 두 작품 모두 폭력과 폭력이 맞선 상황으로 비극적 결말을 맞이할 것은 자명해 보입니다.

① (가)에서 민중과 외부 세력 사이의 무력적 충돌은 갑작스러운 사건으로 인해 촉발되었고, (나)에서 이들의 갈등은 외부 세력에 대한 민중의 불신으로 인해 심화된 것이라 할 수 있군.

② (가)에는 민중과 외부 세력 사이의 갈등이 개인과 개인 사이의 폭력으로 나타나지만, (나)에는 집단과 집단 사이의 대립으로 나타나고 있군.

③ (가)에는 민중과 외부 세력 사이의 갈등을 중재하는 대상이 등장하지 않지만, (나)에는 이들의 갈등을 중재하는 대상이 등장하고 있군.

④ (가)와 (나) 모두 민중이 외부 세력에 맞서려는 이유는 외부 세력으로부터 자신들의 생존권을 지키기 위해서라고 할 수 있군.

⑤ (가)와 (나) 모두 외부 세력은 민중보다 압도적으로 우세한 힘을 내세워 민중을 그들의 삶의 터전으로부터 내쫓으려 하고 있군.

132

⊙~◎에 대한 이해로 적절하지 <u>않은</u> 것은?

① ⊙: 건우네 가족을 포함한 조마이섬 사람들에 대해 걱정하는 마음이 나타나 있군.

② ⓒ: 조마이섬의 비극을 해결하지 못하는 '나' 자신에 대한 무기력감이 표출되어 있군.

③ ⓒ: 관노였던 이재수가 채 군수와 맞서 싸우게 된 점에 대해 미안함을 드러내고 있군.

④ ⓔ: 민단을 이끄는 지도자로서의 위신에 맞게 행동하기 바라는 마음을 드러내고 있군.

⑤ ⓜ: 끝까지 성에 남아 민단에 맞서 싸우겠다는 의지를 우회적으로 밝히고 있군.

133

[A]~[E]에 대한 설명으로 적절하지 <u>않은</u> 것은?

① [A]: 법국과의 대결과 관련한 결과를 예측하여 상대방에게 자신들과 법국과의 싸움이 불가피함을 밝히고 있다.

② [B]: 상대방에게 자신들이 백성들의 두려움을 이용하려는 이유가 법국과의 싸움에서 이기기 위함임을 설명하고 있다.

③ [C]: 상대방에게 현재보다 미래를 위해, 개인보다 공동체를 위해 자신이 희생하겠다는 의지를 드러내고 있다.

④ [D]: 상대방이 맞서려는 대상의 특성을 밝혀 상대방이 자신의 제안을 받아들이도록 설득하고 있다.

⑤ [E]: 유추적 상황을 근거로 들어 상대방의 제안을 수용하지 않을 것임을 드러내고 있다.

134

〈보기〉의 영화 제작 기법을 참고할 때, (나)를 영상화하기 위해 고려한 내용으로 적절하지 <u>않은</u> 것은?

┤ 보기 ├

- F.O. : 화면이 점차 어두워지는 것.
- POV. : 등장인물의 시점으로 보이게 촬영하는 것.
- L.S. : 먼 거리에서 대상이나 배경을 촬영하는 것.
- C.U. : 어떤 대상이나 인물의 특정 부분을 화면에 확대하여 나타내는 것.
- 몽타주: 주제와 연관된 여러 장면을 모아 하나의 연속물로 결합시켜 보여 주는 것.

① S# 83의 마지막 장면은 'C.U.' 기법을 활용하여 이재수를 바라보는 채 군수의 눈이 충혈되어 있음을 보여 주어야겠어.

② S# 84에서는 '몽타주' 기법을 활용하여 구 신부와 문 신부가 한 화면에 동시에 나타나는 모습을 보여 주어야겠어.

③ S# 85에서는 'POV.' 기법을 활용하여 채 군수의 눈에 비친 구 신부의 생경한 모습을 보여 주어야겠어.

④ S# 86의 첫 장면은 'L.S.' 기법을 활용하여 구 신부와 채 군수가 대화하는 장소가 성의 어느 곳인지 보여 주어야겠어.

⑤ S# 86의 마지막 장면은 'F.O.' 기법을 활용하여 밤이 깊어 가는 성안의 모습을 보여 주어야겠어.

memo

memo

고전 시가

001 ②	002 ⑤	003 ④	004 ④	005 ⑤
006 ④	007 ④	008 ③	009 ④	010 ③
011 ③	012 ②	013 ②	014 ④	015 ②
016 ④	017 ⑤	018 ②	019 ①	020 ④

현대시

021 ②	022 ③	023 ①	024 ②	025 ②
026 ⑤	027 ③	028 ⑤	029 ⑤	030 ③
031 ②	032 ②	033 ②	034 ③	035 ②
036 ④	037 ③	038 ③	039 ③	040 ②

고전 소설

041 ②	042 ⑤	043 ②	044 ②	045 ⑤
046 ⑤	047 ③	048 ④	049 ③	050 ④
051 ⑤	052 ⑤	053 ③	054 ④	055 ②
056 ③	057 ④	058 ③	059 ⑤	060 ④

현대 소설

061 ③	062 ②	063 ③	064 ⑤	065 ⑤
066 ⑤	067 ②	068 ④	069 ③	070 ③
071 ③	072 ②	073 ④	074 ④	075 ①
076 ⑤	077 ⑤	078 ①	079 ⑤	080 ②

갈래 복합

081 ④	082 ④	083 ④	084 ③	085 ⑤
086 ④	087 ③	088 ⑤	089 ③	090 ④
091 ③	092 ④	093 ⑤	094 ③	095 ④
096 ①	097 ②	098 ③	099 ②	100 ①
101 ②	102 ③	103 ②	104 ③	105 ③
106 ③	107 ②	108 ①	109 ③	110 ③
111 ①	112 ④	113 ④	114 ⑤	115 ②
116 ②	117 ⑤	118 ⑤	119 ③	120 ③
121 ③	122 ③	123 ④	124 ①	125 ③
126 ⑤	127 ④	128 ①	129 ②	130 ③
131 ⑤	132 ③	133 ②	134 ②	

메가스터디 **실전 N제**

내신 ✛ 수능 대비

2025
**수능 연계
국어 문학**

134제 정답 및 해설

메가스터디 **실전 N제**

내신 + 수능 대비

2025

수능 연계
국어 문학

134제 정답 및 해설

고전 시가

001~004 | '개'를 소재로 한 시조의 변모 양상

수능 연계 포인트   ✦ 연계 기출 2022 예비 시행

수능 연계 교재에서는 〈백구야 놀라지 마라〉, 〈백초를 다 심어도〉, 〈개를 여남은이나 기르되〉를 엮어 지문으로 제시하고, 표현상 특징, 고쳐 쓰기에 따른 화자의 정서 및 태도 파악, 외적 준거에 따른 작품 감상 등과 관련한 문제를 출제하였다. 우리 교재에서는 〈개를 여남은이나 기르되〉를 포함하여 '개'를 소재로 한 4편의 시조와 함께 이들 시조의 변모 양상을 설명한 기출 지문을 선정하여 화자의 정서, 시어 및 시구의 의미, 중심 소재의 기능, 시조의 향유 양상 등을 폭넓게 이해할 수 있도록 구성하였다. (가)~(라) 작품의 내용적, 형식적 유사성과 차이점, 변모 양상을 중심으로 감상해 보도록 한다.

- **해제**   이 글은 '개'를 소재로 한 (가)~(라)의 시조를 비교하며 이들의 변모 양상을 설명하고 있다. (가)는 일본으로 끌려간 도공 형제와 그 후손이 도자기에 기록한 시조로, 조선에서 오래 전승되어 오던 시조인 (나)와 동일한 작품으로 간주되는 것이다. 한편, (다)는 임진왜란과 병자호란 이후에 창작된 사설시조로, 오지 않는 임에 대한 원망을 '개'에게 전가한다는 내용을 담고 있다. (라)는 (다)를 개작한 것으로 1907년 한일신협약이 체결된 이후 정미칠적의 친일 행위를 비판하고 처벌 의지를 드러낸 작품이다. 고전 시가의 변모 양상은 이본 차원, 작품 차원, 갈래 차원의 변모로 구분되는데, (가)는 (나)가 이본 차원에서 변모한 작품이고 (라)는 (다)가 작품 차원에서 변모한 작품이며, (다)는 (나)가 갈래 차원에서 변모한 작품에 해당한다.
- **주제**   '개'를 소재로 한 시조 작품들의 관계와 변모 양상
- **구성**

1문단	창작 당시와 다른 상황 속에서 변모한 고전 시가 작품들
2문단	일본으로 끌려간 도공과 그 후손이 도자기에 기록한 (가) 시조
3문단	(가)보다 이른 시기에 창작된 (나) 시조
4문단	(가)와 (나)의 이본 차원의 변모와 시대적 선후 관계
5문단	사설시조의 양식으로 다시 창작된 (다) 시조
6문단	정미칠적을 비판하기 위한 수단으로 다시 쓰인 (라) 시조
7문단	고전 시가 작품의 변모 양상

001 시구의 의미 파악   답 ②

(나)의 초장은 '개야 짖지 마라 밤 사람이 다 도적인가', 중장은 '두목지 호걸(당나라 시인 두목과 같은 호걸)이 임 찾으러 다니노라'로 풀이할 수 있다. 이로 보아 화자는 '개'에게 '밤 사람'이라고 다 '도적'인 것이 아니라 '두목지 호걸'일 수 있으니 짖지 말라고 하였음을 알 수 있다. 그리고 ㉠에 따르면 (나)의 화자는 '두목지 같은 남성'이 찾아오기를 기다리는 여성이라고 볼 수 있다. 이를 종합해 보면 (나)에서 화자가 기다리는 사람은 초장의 '도적'이 아니라 중장의 '두목지 호걸'임을 알 수 있다.

오답 피하기

① 화자는 초장에서 '개'에게 '짖지 마라'라고 한다. 이는 '밤 사람'이 다 도적이 아니라 화자가 찾아오기를 기다리는 '두목지 호걸'일 수 있으니 혹시 '개' 짖는 소리에 그가 되돌아갈까 염려하여 한 말이다.
③ ㉠에서 (나)의 화자는 '두목지 같은 남성이 찾아오기를 기다'린다고 하였으므로, 중장의 '두목지 호걸'은 곧 '두목지 같은 남성'이며, 화자가 호감을 갖고 기다리는 대상임을 알 수 있다.
④ 종장의 '좀좀ㅎ더라'는 '잠잠하더라'라는 의미로 '개'가 짖지 않아 조용한 상태를 나타낸다. 초장과 중장에서 화자는 '호걸'이 '개'가 짖는 소리에 발걸음을 되돌릴까 염려하고 있으므로 '개'가 짖지 않는 상황에서는 '호걸'이 '님 츄심'하기에 용이하다는 사실을 알 수 있다.
⑤ 초장에서 화자가 '개'에게 '짖지 마라'라고 부탁한 이유는, 중장에서 알 수 있듯이 '두목지 호걸'이 임을 찾으러 다니고 있기 때문이다. 그리고 화자가 부탁한 결과로 종장에서 '개'가 짖지 않고 '좀좀'한 상태가 된 것이다.

002 소재의 의미와 기능 파악   답 ⑤

(나)에서는 화자가 '밤 사람이 다 도적가'라며 '개'에게 '짖지 마라'라고 부탁하자, '개'가 짖기를 멈추며 '좀좀'한 상태가 된다. 따라서 (나)의 '개'는 상황에 따라 행동을 바꾸는 존재라고 할 수 있다. 한편 (다)의 '개'는 '미운 임'이 올 때는 '반겨서 내닫'지만 '고운 임'이 올 때는 '캉캉 짖어서 돌아가게' 하고 있으므로, (다)의 '개' 또한 상황에 따라 행동을 바꾸는 존재로 제시되고 있음을 알 수 있다.

오답 피하기

① (나)에서 화자는 '개'에게 짖지 말라고 하며 '두목지 호걸'이 찾아오기를 기다리고 있고, (다)에서 화자는 '고운 임'이 오면 짖어서 돌아가게 하는 '개'를 탓하며 임을 기다리는 마음을 드러내고 있다. 따라서 (나)와 (다)의 '개'는 모두 화자의 기다림을 표현하는 매개물로 볼 수 있다.
② (나)에서는 종장에 지시어 '그'를 사용하여 '개'와 화자 간의 물리적 거리가 가까운 것은 아님을 나타내고 있고, (다)에서는 지시어 '요'를 사용하여 '개'와 화자의 물리적 거리가 가까움을 드러내고 있다.
③ (나)에서 화자는 '두목지 호걸'이 찾아오기를 기다리고 있는데 '개'는 '밤 사람'이 다 도적인 줄 알고 짖고 있으며, 화자는 이 소리에 '두목지 호걸'이 되돌아갈까 염려하며 '개'에게 짖지 말라고 하고 있다. 한편 (다)에서 화자는 '고운 임'을 기다리고 있는데, '개'는 '고운 임'이 오면 '뒷발을 버둥 버둥 무르락 나으락 캉캉 짖어서 돌아가게' 하고 있다. 따라서 (나)와 (다) 모두 기다리는 사람에 대한 화자의 기대가 드러나 있으며, 이와 대비되어 임이 오지 못하게 하는 '개'의 반응이 나타나 시적 상황이 조성되고 있음을 알 수 있다.

④ (나)에서 화자가 '개'에게 짖지 말라고 부탁하자 '좀좀'해지는 모습을 보이고 있으므로, (나)의 '개'는 화자와 교감이 가능한 대상으로 볼 수 있다. 반면 (다)의 '개'는 미운 임이 오면 반겨 내닫고 고운 임이 오면 캉캉 짖어서 돌아가게 하여 화자의 미움을 받고 있으므로, 화자와 교감을 나누기 어려운 대상으로 간주되고 있음을 알 수 있다.

003 외적 준거에 따른 작품 감상   답 ④

ⓐ '이본 차원': 7문단에 따르면 이본 차원의 변모는 표기나 표현 가운데 일부가 바뀌지만, 주제·양식 등은 그대로 유지되는 경우이다. 그리고 4문단에서 (가)와 (나)는 대부분의 구절과 표현이 일치하기 때문에 같은 작품으로 간주된다고 하였다. 또한 (나)를 익힌 도공들이 일본에서 도자기를 구울 때 (가)를 기록해 넣은 것으로 판단된다고 하였으므로 (나)가 (가)보다 이른 시기부터 전승되어 왔음을 알 수 있다. 따라서 (나) → (가)는 ⓐ에 해당한다.

ⓑ '작품 차원': 7문단에 따르면 작품 차원의 변모는 작품의 양식은 그대로지만 표현·주제 등이 바뀐 경우이다. 그리고 5, 6문단을 보면 (다)와 (라)는 둘 다 사설시조로 작품의 양식적 측면은 동일함을 알 수 있으며, 6문단에서 '개'를 소재로 한 (다)가 정미칠적을 비판하기 위한 수단으로 다시 쓰여 (라)가 창작된 것이라고 하였으므로 주제와 표현 등이 바뀌었음을 알 수 있다. 즉, (다)의 주제는 임에 대한 기다림인 데 비해 (라)의 주제는 정미칠적에 대한 비판을 담고 있으므로, (다) → (라)는 ⓑ에 해당한다.

ⓒ '갈래 차원': 7문단에서 갈래 차원의 변모는 후속 작품을 새로운 갈래로 보아야 하는 경우라고 하였다. 그리고 5문단에 따르면 (나)와 (다)는 둘 다 '개'를 소재로 하고 있으며 화자가 여성인 점은 그대로 이어졌지만, 평시조인 (나)가 사설시조인 (다)로 다시 창작되었다고 하였다. 따라서 (나) → (다)는 ⓒ에 해당한다.

004 외적 준거에 따른 작품 감상   답 ④

(라)의 종장 '보아라 근일에 새로 개 규칙 반포되어 개 임자의 성명을 개 목에 채우지 아니하면 박살을 당한다 하니 자연(自然) 박살'에 따르면 '개 규칙'은 '개 임자의 성명을 개 목에 채우지 아니하면 박살을 당한다'라는 규칙이다. 6문단에서 (라)의 ''일곱 마리 요 박살할 개'는 정미칠적을 비유한 것으로 해석된다.'라고 하였으므로 '개 규칙'은 한일신협약을 가리키는 표현이 아니라, 한일신협약의 조인에 찬성한 이완용 등의 정미칠적을 박살하는 규칙이라고 볼 수 있다.

오답피하기
① 2문단에서 임진왜란 때 일본으로 끌려간 도공 형제와 그 후손이 만든 도자기에 (가)와 같은 시조가 한글로 씌어 있다고 한 것으로 보아, 일본으로 끌려간 도공들은 고국에 대한 기억을 간직하고 있었다고 볼 수 있다.
② 4문단의 (가)는, 조선에서 오래전부터 전승되어 오던 시조인 (나)를 도자기에 기록해 넣은 것으로 판단된다는 내용으로 보아, 일본으로 끌려간 도공 형제와 그 후손들은 조선인임을 잊지 않으려 노력했음을 알 수 있다.
③ (다)의 '고운 임 오면은 뒷발을 버둥버둥 무르락 나으락 캉캉 짖어서 돌아가게 한다'라는 시구로 보아 화자는 '고운 임'이 오지 못하는 이유를 '개'에게서 찾고 있다. 이는 (다)의 화자가 만나지 못하는 임에 대한 원망을

'개'에게 전가한 것이므로, '개'는 '고운 임' 탓에 화자의 원망과 미움을 받는 부당한 대접을 받고 있다고 볼 수 있다.
⑤ 6문단에서 (라)는 '1907년 한일신협약이 ∼ 조인에 찬성한 이완용 등의 정미칠적(丁未七賊)을 비판하기 위한 수단으로 다시 쓰였다.'라고 하였으므로, 부정적 대상으로 그려지고 있는 '낯선 타처 사람'은 일본을, 그에 대비되는 '낯익은 집안사람'은 조선을 의미한다고 볼 수 있다.

수능 연계 포인트

수능 연계 교재에서는 김상용의 연시조 〈훈계자손가〉를 이정작의 고전 소설 〈옥린몽〉과 엮어 갈래 복합 지문으로 제시하였고, 한 작품에 담긴 윤리적 내용을 기준으로 다른 작품을 감상하는 문제를 중심으로 문항을 구성하였다. 우리 교재에서는 〈훈계자손가〉가 전체적으로 말을 건네는 방식으로 이루어져 있고, 정철의 〈관동별곡〉이 일부에서 대화체가 사용되었다는 점에 착안하여 두 작품을 엮어 지문을 구성하였다. 따라서 두 작품의 시상 전개 및 표현상 공통점, 중요 시어나 시구의 의미 등을 파악할 수 있도록 한다.

(가) 김상용, 〈훈계자손가〉

- **해제**   이 작품은 사람의 올바른 도리를 자손들에게 가르치기 위해 지은 연시조로, 총 9수가 전한다. 작가 김상용은 인조반정 이후 판서에 기용된 인물로, 주로 〈오륜가〉와 〈훈계자손가〉 등의 교훈적 내용을 담은 작품을 남겼다. 이 작품은 유교적 가치관을 바탕으로 부모님께 효도할 것, 어른을 공경할 것, 말을 삼갈 것 등 후세 사람들이 인간다운 삶을 살기 위해 지켜야 할 도리를 전달하고 있다.

- **주제**   바람직한 삶을 살기 위한 교훈

- **구성**

제1수	효제를 실천할 것을 당부함
제2수	남의 허물을 말하지 말고 어진 일을 행할 것을 당부함
제3수	올바른 언행을 할 것을 당부함
제4수	말을 삼가고 신중할 것을 당부함
제5수	남과 싸우지 말 것을 당부함
제6수	잘못을 고쳐 어진 사람이 될 것을 당부함
제7수	자신의 처지에 만족하고 어진 일을 행할 것을 당부함
제8수	욕심을 부려 악명을 얻지 않을 것을 당부함
제9수	효제를 실천하고 학업에 충실할 것을 당부함

(나) 정철, 〈관동별곡〉

- **해제**   이 작품은 작가가 강원도 관찰사로 임명되어 관내에 있는 내금강과 동해안 지역을 여행하면서 쓴 가사이다. 발길마다 나타나는 빼어난 자연 경관에 대한 찬탄과 함께 관찰사로서의 임무와 자연을 즐기고 싶은 마음 사이에서 갈등하는 화자의 모습을 진솔하게 담아내고 있다. 우리말이 가진 묘미를 잘 살린 표현이 많아 정철 문학의 대표작이자 가사 문학의 백미로 일컬어지고 있다.

- **주제**   관동 지방의 절경에 대한 감탄과 선정에 대한 다짐

- **구성**

서사	강원도 관찰사가 되어 원주로 부임함
본사 1	내금강을 유람하며 경치를 노래함
본사 2	동해안을 유람하며 경치를 노래함
결사	동해에서 달을 보며 선정의 포부를 다짐함

005   시어·시구의 의미 파악   답 ⑤

〈제7수〉에서 화자는 '부귀'를 부러워하지 말고 '인작', 즉 사람이 주는 벼슬을 닦으면 천작, 즉 하늘이 주는 벼슬이 오니 하늘만 믿고 어진 일을 하라고 말하고 있다. 이는 사람으로서 할 도리를 다하면 하늘이 복을 준다는 의미로, 부귀빈천에 연연해하지 않고 자신의 처지에서 최선을 다하는 삶을 권고하고 있는 것이라 할 수 있다. 따라서 '빈천'과 '인작'을 위해 '부귀'와 '천작'을 멀리해야 한다고 본 것은 아니다.

오답 피하기

① 〈제3수〉에서 '언충신 행독경'은 '말은 믿음직하게 하고 행동은 공손하게 함'이라는 뜻으로, 사람이 가야 할 '용한 길', 즉 기특하고 장한 길을 구체화한 것으로 볼 수 있다.

② 〈제4수〉에서는 말(말씀)을 삼가고 조심하라고 강조하고 있는데, 화자는 한 번만 실언하더라도 일생을 뉘우치며 살아야 한다는 것으로 그 이유를 밝히고 있다.

③ 〈제5수〉에서 '관송'은 관청의 송사나 시비를 의미하고, '수욕'은 남에게 모욕을 당하는 것으로, 이는 모두 '남과 싸움'으로 인해 입게 될 피해라고 할 수 있다.

④ 〈제6수〉에서 '어진 사람'은 자신의 잘못된 점인 '허물'을 진실로 고치려는 노력을 하면 될 수 있는 것으로 보고 있다.

006   화자의 정서와 태도 파악   답 ④

화자는 꿈을 통해 자신이 전생에 신선이었음을 말하고 있는데, 꿈속에서 만난 '한 사람'이 준 술을 마시자, '화풍이 습습'하여 '양익'을 추켜 드니 하늘을 날 수 있을 듯한 기분이 든다고 하였다. 이는 자신도 신선처럼 풍류를 즐기는 삶을 살고 싶다는 표현일 뿐이며, 이후 화자는 '이 술 가져다가 사해에 고루 나눠 / 억만창생을 다 취하게 만든 후에 그제야 고쳐 만나 또 한 잔 하쟀고야'라고 하며 목민관으로서 백성을 돌본 다음에 이런 즐거움을 누리겠다고 생각하고 있음을 드러내고 있다. 따라서 이를 속세에서의 임무를 다한 뒤 천상계로 복귀하는 화자의 모습이라고 보는 것은 적절하지 않다.

오답 피하기

① '왕정이 유한'하다고 한 것은 목민관으로서의 공적 임무를 떠올린 것이고, '풍경'이 싫지 않다고 한 것은 자연을 즐기고 싶은 사적인 바람을 드러낸 것이다. 따라서 화자는 이 둘 사이의 욕망 사이에서 갈등하고 있다고 볼 수 있다.

② '바다 밖은 하늘이니 하늘 밖은 무엇인고'에서 화자는 바다와 맞닿은 하늘을 보며 '하늘 밖'이 '무엇인고'라고 하며 하늘의 밖은 도무지 알 수 없을 정도로 끝없음을 나타내고 있다. 따라서 '하늘 밖'에 무엇이 있는지 묻는 것에는 끝없이 넓은 하늘에 대한 경외감이 담겨 있다고 볼 수 있다.

③ 달을 '백련화 한 가지'에 비유하며 그 '서광', 즉 상서로운 달빛으로 가득한 세상을 좋다고 하면서 이에 대한 만족감을 한껏 드러내고 있다.

⑤ '깊이를 모르거니 끝인들 어찌 알리'는 화자가 잠에서 깨어나 바다를 굽어보며 갖게 된 생각으로, 바다의 깊이와 끝을 알 수 없다는 것은 무한한 자연을 바라보며 화자가 인간으로서 느끼는 한계를 드러낸 것이라고 할 수 있다.

007   표현상 특징 파악   답 ④

[A]에서는 '빈천을 슬퍼 말고 부귀를 부러워 마라'에, [B]에서는 '유회도 하도 할샤 객수도 둘 데 없다', '선사를 띄워 내어 두우로 향하

살가 / 선인을 찾으려 단혈에 머므살가' 등과 같은 대구적 표현을 사용하고 있으며, 이를 통해 운율감을 부여하고 있다.

오답피하기
① [A]에서는 실제와 반대로 나타내는 반어적 표현을 찾을 수 없으며, [B]에서는 모순된 진술인 역설적 표현을 찾을 수 없다.
② [A]에서는 '빈천', '부귀' 등의 추상적 소재가 언급되기는 하였으나 이것들을 나열하여 대상의 면모를 드러내고 있다고 볼 수 없다. 또한 [B]에서도 구체적 소재의 나열은 나타나지 않는다.
③ [A]에서는 '빈천'과 '부귀', '인작'과 '천착' 등 대비되는 시어가 사용되었을 뿐 유사한 이미지의 반복은 나타나지 않는다. 또한 [B]에서도 상반된 이미지의 대비는 나타나지 않는다.
⑤ [B]에는 '두우로 향하살가', '단혈에 머므살가' 등에서 의문형 진술을 찾을 수 있으나, [A]에서는 의문형 진술을 찾을 수 없다.

008 외적 준거에 따른 작품 감상   답 ③

ⓒ에서는 '달'을 의인화하여 화자가 '달'에게 질문하는 방식이 나타난다. 그런데 '영웅은 어디 가며 사선은 긔 뉘러니'라고 한 것은, '영웅'과 '사선'의 삶을 추구하며 궁금해하는 화자의 마음을 드러낸 것이지 화자가 선망하는 대상과 청자인 '달'과의 동질성을 확인하는 표현이라고 보기는 어렵다.

오답피하기
① (가)는 후손들에게 가르침을 전하는 내용으로 후손들을 청자로 설정하고 있으며, ㉠에서는 설의적인 표현을 통해 올바른 언행의 중요성을 제시하여 사람들의 공감을 이끌어 내고 있다.
② ㉡에서 화자는 청자에게 말을 삼가고 화가 났을 때 더 참으라는 행동 지침을 명령형 어미를 사용하여 전달하고 있다.
④ ㉣에서는 꿈에 '한 사람'이 화자의 대화 상대로 등장하여 화자의 기억을 유도하면서 화자가 '상계의 진선'이었다는 정보를 직접적으로 제공하고 있다.
⑤ ㉤에서는 화자가 대화 상대, 즉 '한 사람'에게 '억만창생을 다 취하게 만든 후'에 다시 만나 또 '한 잔' 하자고 기약을 하면서 백성을 먼저 생각하고 자신의 즐거움은 나중에 즐기겠다는 자신의 생각을 전달하고 있다.

009~011 | (가) 정학유, 〈농가월령가〉
(나) 이세보, 〈농부가〉

수능 연계 교재에서는 정학유의 〈농가월령가〉 중 '십이월령'과 결사 부분을 단독 지문으로 구성하여 농업에 대한 화자의 인식을 묻는 문제, 당시 사회상에 주목한 외적 준거를 통해 작품을 감상하는 문제 등을 출제하였다. 우리 교재에서는 〈농가월령가〉의 '정월령'을 소재와 주제 및 표현 면에서 함께 비교해 보아야 할 중요 작품인 이세보의 〈농부가〉와 엮음으로써, 농촌의 생활상과 농사일에 대한 관점의 차이, 표현상의 특징 등을 다채롭게 비교해 볼 수 있도록 구성하였다.

(가) 정학유, 〈농가월령가〉

- 해제   이 작품은 중농주의 실학자 다산 정약용의 아들인 정학유가 지은 전 13연의 월령체 가사로, 실학 사상을 바탕으로 하여 농민들에게 계몽적 · 교훈적 태도를 드러내고 있다. '절기 소개 – 감상 표출 – 농사일 소개 – 세시 풍속 소개'의 구성을 바탕으로 농가에서 일 년 동안 해야 할 일과 철마다 다가오는 풍속, 지켜야 할 예의범절을 달에 따라 노래하였다. 이 작품에 나타난 자연은 노동의 현장이자 생활 현장의 공간으로 당시 농촌의 삶을 잘 보여 준다.
- 주제   농사일에 임하는 농민들의 태도 권계
- 구성

1~3행	정월의 절기 소개 및 정경 제시
4~13행	농사일에 힘쓸 것에 대한 권면

(나) 이세보, 〈농부가〉

- 해제   이 작품은 계절의 흐름에 따른 농가의 일상과 농민들의 고충을 노래한 전 12수의 연시조이다. 봄에 농사를 시작해서 여름을 거쳐 가을에 곡식이 익을 때까지를 노래한 전반부(1~7수)와, 추수 후 농부들이 겪는 애환과 교훈적 내용을 담은 결사(8~12수)로 이어지는 후반부 등 크게 두 부분으로 나눌 수 있다. 이 작품에는 유교적 이상 국가의 모습과 관료들의 부패와 수탈이 드러나는데, 이는 작가가 조선 말기 세도 정치로 혼란한 상황에서 백성의 교화를 통해 유교적 이상 사회 질서의 복원을 강조하는 것이라 할 수 있다.
- 주제   계절에 따른 농가의 일상과 농민들의 어려운 삶
- 구성

제1수	봄 농사를 준비하는 농가의 모습
제2수	봄날의 정경과 논갈이를 하는 모습
제3수	모내기의 흥겨움과 태평성대 예찬
제4수	김매기를 하는 수고와 농부에 대한 가르침
제5수	자연의 조화와 임금의 성덕 예찬
제6수	잘 익은 곡식에 대한 감회
제7수	풍년의 기쁨과 태평성대에 대한 찬양
제8수	토세와 신역으로 인한 농민들의 어려움
제9수	빚으로 고통받는 농민들의 곤궁함

009 시구의 의미 파악   답 ④

㉣에서는 날이 가물어 걱정하던 화자가, 때맞춰 비가 내려 이삭이 패는 것을 보며 거룩함을 느끼고 있다. 따라서 이는 때맞춰 내린 비 덕분에 가뭄으로 곡식이 잘못될까 봐 걱정하던 마음이 해소되었음을 보여 준다.

① ㉠에서는 입춘 우수 절기가 되어 산중에는 빙설이 남아 있지만 평교 광야에는 경치가 변하고 있음을 드러내고 있다. 따라서 '평교 광야'는 다른 공간인 '산중'보다 자연의 변화가 빠르다고 할 수 있다.

② ㉡은 농사일에 힘쓰도록 농부들을 일깨우기 위한 표현으로, 무지한 농부들에 대한 안타까움을 드러낸 것이지, 화자의 내적 갈등을 표출한 것이 아니다.

③ ㉢에서는 '산전(밭농사)'과 '수답(논농사)'을 '상반하게', 즉 서로 반반씩 대등하게 해야 함을 말하고 있다. 따라서 기후 조건에 따라 밭농사와 논농사를 달리해야 함을 강조한다는 설명은 적절하지 않다.

⑤ '내 추순들 변변헐가'로 보아 ㉣의 '박 부자 집'은 화자가 빚을 갚아야 할 대상을 의미한다. 따라서 ㉣은 빚을 못 갚는 이웃에 대한 안타까움이 아니라, 이웃에게 빚을 갚기 어려운 자신의 처지에 대한 탄식을 드러낸다고 할 수 있다.

① (가)의 '입춘 우수'는 봄의 계절감이 드러나는 절기이며, (나)의 '백로 상강'은 가을의 계절감이 드러나는 절기이다. 이러한 절기의 소개는 두 작품이 계절에 따른 농사일과 농촌 생활을 제시하고 있기 때문으로 볼 수 있다.

② (가)에서 농사를 짓는 것을 '성의', 즉 '임금의 성스러운 뜻'으로, (나)에서 때맞춰 내린 비로 농사가 잘되어 가는 것을 '성화', 즉 '임금의 교화' 덕분으로 생각하는 것은 작가의 유교적 충의 사상이 바탕이 된 것으로 볼 수 있다.

④ 평서형 · 의문형 진술의 (나)와 달리, (가)에서 명령형 어조가 두드러지게 사용된 것은 작가가 농민을 교화의 대상으로 보고 지시적 태도를 드러냈기 때문인 것으로 볼 수 있다.

⑤ (가)와 (나)에서 '실시', 즉 '때를 놓치는 것'을 공통적으로 우려하는 것은 농사일을 때맞춰 하는 것이 무엇보다 중요하다는 점을 전달하려는 의도가 표출된 것으로 볼 수 있다.

010 시상 전개 방식의 이해　　　　　답 ③

[A]는 '춘광'에서 알 수 있듯이, 봄이라는 계절적 배경을 바탕으로 '수답의 이종'하는 농촌의 생활상을 드러내고 있다. 그리고 [B] 또한 '추수'에서 알 수 있듯이, 가을이라는 계절적 배경을 바탕으로 곤궁한 농촌의 생활상을 드러내고 있다. 따라서 [A]와 [B] 모두 계절적 배경을 바탕으로 농촌의 생활상을 구체적으로 제시하고 있다.

① [A]와 [B]에서는 각 종장의 첫 음보에 '아마도'라는 동일한 부사어를 사용하고 있다. [A]에서는 봄에 농부가 흥에 겨워 모내기하는 상황에 대해 '아마도 성세 낙민은 이뿐'이라는 판단을 드러내고 있고, [B]에서는 토세 신역을 내고 난 후의 상황이 '아마도 다하고 나면 겨울나기 어려'울 것이라는 판단을 드러내고 있다.

② 농촌의 현실적인 문제 상황을 보여 주고 있는 [B]와 달리, [A]에서는 '성세 낙민'이라는 관념적인 시어를 사용하여 화자가 지향하는 가치를 강조하고 있다.

④ [A]는 표면에 드러나지 않은 화자의 독백으로 이루어져 있고, [B]는 화자 '내'가 상대방인 '그대'에게 말을 건네는 형식으로 이루어져 있다. 참고로 〈제8수〉의 화자는 〈제9수〉에서는 청자가, 〈제8수〉의 청자는 〈제9수〉에서는 화자가 되어 두 사람이 대화를 주고받는다.

⑤ [A]에서는 '수답의 이종'하는, 즉 모종을 옮겨 심는 농사 시작 단계에서 '농부가 흥을 계워'한다고 하여 흥겨움이 드러나고 있지만, [B]에서는 추수 후 '토세 신역'을 바쳐서 겨울을 나기에도 어려운 처지가 된 농민들의 곤궁함이 대비적으로 제시되고 있다.

011 외적 준거에 따른 작품 감상　　　　　답 ③

(가)에서 '인력이 극진'할 경우 '천재'를 면할 수 있다고 말하는 것은 실천적 행동을 중시하는 탈운명론적 사고로서 실학적 가치관을 드러낸 것으로 볼 수 있다. 그러나 (나)에서는 가뭄이 들었을 때 '우순풍조'로 이삭이 패고 '함포고복'이 가능했다고 하며 '우순풍조'가 '성화' 덕분이라고 말하고 있다. 이처럼 '우순풍조'에 감사하는 것은 자연의 힘과 '성화(임금의 교화)'를 중시하는 태도로 실학적 가치관을 드러낸 표현으로 볼 수 없다.

수능 연계 포인트

수능 연계 교재에서는 〈낙지가〉를 이기철의 시 〈청산행〉, 최일남의 소설 〈서울 사람들〉과 엮어 갈래 복합 지문으로 제시하여 세속으로부터 벗어나 자연 속에 머물고자 한 삶의 태도를 깊이 있게 이해하도록 문항을 구성하였다. 우리 교재에서는 사대부의 입장에서 세속적 욕망에 대해 거리감을 드러내고 있다는 발상의 유사성에 주목하여 〈낙지가〉를 〈보리타작〉과 엮어 제시함으로써 삶에 대한 사대부의 인식 및 성찰을 드러내는 방식에 대한 이해의 폭을 넓혔다.

(가) 이이, 〈낙지가〉

- **해제** 이 작품은 자연에 묻혀 사는 즐거움을 표출한 장편 은일 가사이다. '서사, 춘사, 하사, 추사, 동사, 결사'의 6단 구성을 취하고 있는데, 서사에서는 세속적 가치에 매몰되어 시비가 끊이지 않는 속세와 대비하며 자연 속에서의 삶에 대한 만족감을 드러내고 있고, 본사에서는 은거지의 계절별 정경과 일상생활의 모습을 제시하면서 전원에서 소박하면서도 유유자적하게 살아가는 삶의 즐거움을 나타내고 있다. 마지막으로 결사에서는 학문에의 정진, 안분지족 등 화자가 추구하는 삶의 태도를 제시하고 있다. 한편 자연에 은거하면서도 임금의 은혜를 떠올리는 모습, 효행과 우애를 실천하는 모습에서 사대부로서의 유교적 가치관이 드러나 있다.
- **주제** 자연에 은거하며 유유자적하게 사는 삶의 즐거움
- **구성**

서사		세속에서 벗어나 전원에 은거하며 사는 삶의 만족감
본사	춘사	봄의 정경과 일상
	하사	여름의 정경과 일상
	추사	가을의 정경과 일상
	동사	겨울의 정경과 일상
결사		자연 속에서 학문을 익히며 사는 삶의 즐거움

(나) 정약용, 〈보리타작〉

- **해제** 이 작품은 보리를 타작하는 농민들의 건강한 모습을 통해 벼슬에 집착했던 과거 자신의 삶에 대한 성찰을 드러낸 한시이다. 작가는 농민들의 일상적 생활과 관련된 시어와 감각적 이미지를 사용하여 노동 현장의 모습을 실감 나게 묘사하며 노동을 하는 농민들의 건강한 삶을 예찬하고 있다. 한편, 이 작품은 선경 후정의 방식을 바탕으로 노동하는 농민들의 모습을 관찰하면서 얻은 깨달음과 자기반성을 드러내고 있다는 점이 특징적이다.
- **주제** 농민들의 건강한 삶과 이에 대한 성찰
- **구성**

기 (1~4행)	보리타작하는 농민들의 건강한 모습(관찰)
승 (5~8행)	보리타작을 하는 마당의 정경(관찰)
전 (9~10행)	몸과 마음이 조화를 이루는 노동의 기쁨(깨달음)
결 (11~12행)	벼슬길을 좇던 과거의 삶에 대한 반성(자기 성찰)

012 작품 간의 공통점, 차이점 파악 답 ②

(가)는 '문노라 청허자야 이를 능히 좋아하면 / 평생에 이를 즐겨 죽도록 잊지 마라'에서 겉으로 드러나 있는 명시적 청자인 '청허자'에게 말을 건네는 방식으로 부귀를 탐내지 말고 소박하게 살아가기를 바라는 의도를 드러내고 있다. 그러나 (나)는 화자가 농민들의 모습을 보고 자신의 삶을 성찰하는 내용을 자기 고백적인 어조로 드러내고 있을 뿐, 명시적 청자는 나타나 있지 않다.

오답 피하기

① (가)는 '내 몸은 속인이나 내 마음은 신선이오.', '먹으나 못 먹으나 이것이 세상이며 / 입으나 못 입으나 이것이 지락이다.' 등에서 대구적 표현이 나타나 있다. 그러나 이를 통해 자연에서의 삶에 대한 만족감과 안분지족의 태도를 드러내고 있을 뿐, 대상에 대한 경외감을 드러내고 있지는 않다. (나)에는 대구적 표현이 나타나지 않는다.

③ (나)에서는 근경에서 원경으로의 화자의 시선 이동은 나타나지 않는다. 보리타작하는 농민들의 건강한 삶의 모습을 먼저 제시하고, 그로부터 얻은 화자의 깨달음과 반성을 드러내고 있다는 점에서 선경 후정의 방식으로 시상을 전개한다고 볼 수 있다. 한편, (가)에서도 화자의 시선의 이동(근경 → 원경)은 찾아볼 수 없다.

④ (나)에서는 '지붕까지 나는 보리 티끌'에서 상승 이미지를 찾아볼 수 있다. 그러나 하강의 이미지는 나타나 있지 않다. 한편, (가)에는 '날아다니는 새'에 동적 이미지가 나타나 있지만 이를 상승 이미지로 보기 어려우며, 하강 이미지도 나타나 있지 않다.

⑤ (가)에서 화자는 속세를 탐욕과 욕심, 시비 다툼이 있는 부정적인 공간으로 인식하고 속세에서 벗어나 자연 속에서 유유자적하는 삶을 즐기고 있으므로 속세와 자연에서의 삶의 대비가 이루어졌다고 할 수 있으나, 자연 자체의 속성과 인간을 대비하고 있지는 않다. (나)는 건강하고 활기찬 농민들과 벼슬길을 헤맸던 화자를 대비하고 있을 뿐 자연의 모습은 드러나지 않으므로, 인간과 자연을 대비하고 있다고 볼 수 없다.

013 시구의 의미 파악 답 ②

ⓒ에서 '흐르는 모양이 막힘이 없'다는 것은 '고해'에 대한 묘사이다. '고해'는 욕심의 거센 물결과 탐욕의 샘물이 존재하는 곳으로, 속세를 의미한다. 따라서 '흐르는 모양이 막힘이 없고 기운차니 나를 알 이 누구인가'라고 한 것은 그런 속세를 떠나 살고 있는 화자의 상황을 드러내면서 탐욕에 빠져 본성을 잃어버린 세태에 대한 비판을 한 것이라고 볼 수 있다. 따라서 ⓒ에 세속에서의 화자의 삶에 대한 반성이 나타나 있다고 이해하는 것은 적절하지 않다.

오답 피하기

① ㉠에서 '오래된 우물에 그친 물'은 담연히, 즉 맑고 깨끗하게 고여 있으므로 욕심의 거센 물결이 넘치고 탐욕의 샘물이 세차게 일어나는 '고해'와는 대비를 이룬다. 여기서 '고해'는 화자가 부정적으로 보는 속세를 의미한다. 따라서 ㉠은 자연 속에 살아가며 편안함을 느끼는 화자의 안정된 심리 상태와 조응된다고 볼 수 있다.

③ ⓒ에서 '뜬구름'과 '날아다니는 새'는 시비 없고 한가한 존재이다. 이는 시비 다툼 없이 한가롭게 살고자 하는 화자의 지향이 자연물에 투영된 것으로 볼 수 있다.

④ ㉣에서 '밥 먹자 도리깨 잡고 마당에 나서'는 것은 밥을 먹는 행동, 도리깨를 잡는 행동, 보리타작을 하기 위해 마당에 나서는 행동을 연속적으로

보여 줌으로써 농민들의 일상적 삶을 드러내고 있다고 볼 수 있다.

⑤ ⓔ에서 '주고받는 노랫가락 점점 높아지'는 것은 농민들이 보리타작을 하며 부르는 노랫소리가 점차 커지고 있음을 나타내므로 농민들의 흥이 고조됨을 알 수 있다. 따라서 ⓔ에는 보리타작을 하는 농민들의 흥겨움이 점차 고조되는 분위기가 반영되어 있다고 볼 수 있다.

014 외적 준거에 따른 작품 감상   답 ④

〈보기〉에 따르면, (가)의 화자는 자연 속에 은거하며 누리는 평화로운 삶을 이상과 현실이 부합하는 상황으로 인식하고 이로부터 즐거움을 느낀다고 볼 수 있다. 이를 (가)에서 구체적으로 살펴보면, '누항'에 머물며 '내 마음은 신선'이고 '일체의 다툼'이 없'다고 하였으므로 화자가 처해 있는 현실이 이상과 부합한다고 볼 수 있다. 한편, 〈보기〉에 따르면, (나)의 화자는 힘겨운 노동을 하면서도 육체와 정신이 하나 되어 활기차게 일하는 농민들의 삶을 이상과 현실이 부합하는 상황으로 인식하고 이로부터 즐거움을 발견하였다고 볼 수 있다. 그런데 (나)의 '낙원'은 소박한 현실 속에서의 진정한 즐거움이 있는 농민들의 삶의 공간이므로, 이곳이 '먼 곳'이 아니라는 말은 화자가 처해 있는 현실이 아니라, 농민들이 처해 있는 현실이 이상과 부합하는 상황임을 보여 준다. 현재 화자는 농민들을 관찰하며 자신의 지난날을 돌아보고 있는 상황에 처해 있다.

오답 피하기
① (가)의 화자는 '평생'을 살아도 '백 년이 못' 된다는 인간의 삶에 대한 유한성을 인식함으로써 '공명이 무엇이라고 일생에 골몰할까 / 낮은 벼슬을 두루 거치고 부귀에 늙어서도 / 남가의 한 꿈이라 황량이 덜 익었네'와 같이 세속적 삶을 거부하고 현재와 같은 자연에서의 삶을 살아가고 있다.

② (나)의 화자는 보리타작하는 농민들을 보고 '마음이 몸의 노예'가 되지 않았다고 하며 육체와 정신이 조화된 상태에 대한 긍정적 인식을 드러내고 있다.

③ (가)의 화자는 '누항'에서 편안히 지내며 '단표', 즉 소박한 음식에도 '시름'이 없다고 하였으므로 자연에 은거하며 사는 삶에서 즐거움을 느끼고 있음을 알 수 있다. (나)의 화자는 보리타작을 하는 농민을 관찰하여 '그 기색'이 '즐겁기 짝'이 없다고 하였으므로 보리타작하는 농민들의 활기찬 모습에서 즐거움을 발견하고 있음을 알 수 있다.

⑤ (가)에서 속세와 단절된 채 살고 있는 화자가 '진계', 즉 세속의 세계에 대해 '지척이나 지척이 천 리로다'라고 한 것은 세속이 물리적으로는 가까이 있지만 화자는 세속과의 심리적 거리감을 느끼고 있음을 드러내고 있는 것이다. (나)의 화자는 '무엇하러' 고향을 떠나서 '벼슬길'을 헤맸냐고 하며 세속적인 욕망, 즉 공명에 얽매여 살아온 자신의 삶을 반성하고 있다.

수능 연계 포인트

수능 연계 교재에서는 정민의 〈그림과 시〉에서 제시한 한시 감상 방법을 이달의 〈불일암 인운 스님에게〉, 정철의 〈재 너머 성 권농 집에〉, 김수장의 〈서방님 병들여 두고〉에 적용해 볼 수 있도록 하였다. 우리 교재에서는 〈불일암 인운 스님에게〉를 속세와의 단절, 탈속적 삶의 태도가 나타나는 〈청산별곡〉, 〈산촌에 눈이 오니〉와 엮어 유사한 주제 의식의 작품을 깊이 있게 학습할 수 있도록 하였다.

(가) 작자 미상, 〈청산별곡〉

- 해제 이 작품은 삶의 고통과 비애에서 벗어나 삶의 안식처를 찾고자 하는 마음을 형상화한 고려 가요이다. 화자는 '청산'과 '바다'라는 이상향을 동경함으로써 현실의 비애와 고독을 해소하고자 하는 인간의 보편적인 정서를 노래하고 있다. 뛰어난 문학성과 유려한 음악성까지 함께 갖춘 고려 가요의 백미로 평가된다. 한편 이 작품은 고도의 상징적, 비유적 표현 기교를 구사하여 풍부한 함축적 의미를 지님으로써 다양하게 해석되고 있다.

- 주제 삶의 고통과 비애에서 벗어나고 싶은 마음

- 구성

1연	청산에 대한 동경
2연	삶의 비애와 고독
3연	속세에 대한 미련
4연	절망적 고독과 외로움
5연	운명적 삶에 대한 체념
6연	바다에 대한 동경
7연	기적을 바라는 절박한 심정
8연	술을 통한 고통의 일시적 해소

(나) 신흠, 〈산촌에 눈이 오니〉

- 해제 이 작품은 작가가 인목 대비 폐위 사건인 계축년 옥사로 고향 춘천에 유배되었을 때 지은 시조로, 산촌에서 자연을 벗하며 살아가고자 하는 태도가 잘 드러나 있다. 작품에 등장하는 '돌길'과 '시비'는 세상과 통하는 통로를 의미하는데, 눈이 내려 막혀 있는 돌길의 풍경과 사립문을 닫아 두고자 하는 모습은 모두 속세와 단절된 채 자연에 묻혀 살아가고자 하는 강호 한정가로서의 주제 의식을 보여 준다고 할 수 있다. 특히 '일편명월'은 이러한 자연 세계를 상징하는 대상으로, 화자는 이 달을 자신의 벗이라고 함으로써 자연에서 은거하고자 하는 심경을 효과적으로 드러내고 있다.

- 주제 속세와 단절하고 자연과 벗하는 삶

- 구성

초장	산촌에 눈이 내림
중장	시비를 닫아 둠
종장	자연을 벗 삼아 살아감

(다) 이달, 〈불일암 인운 스님에게〉

- 해제 이 작품은 계절의 변화도 잊은 채 자연 속에 묻혀 살아가는 탈속의 경지를 보여 주는 5언 절구의 한시이다. '절집', '흰 구름'과 같은 탈속적 이미지의 시어를 활용하여 속세

와의 단절감을 강조하고 '흰 구름', '송화'와 같은 시각적 이미지를 통해 산속 절의 고요하고 신비로운 분위기를 표현하고 있다. 손님이 와서야 문을 열어 보고 계절의 변화를 알게 되는, 세상일에 무심한 스님의 모습에서 탈속적 경지가 잘 드러나 있다.

- **주제** 자연 속에서 시간의 흐름을 초월하여 살아가는 탈속적 경지
- **구성**

기	흰 구름에 묻힌 산사의 정경
승	흰 구름을 쓸지 않는 스님
전	손님의 방문으로 비로소 문을 여는 스님
결	시간의 흐름에 얽매이지 않고 살아가는 스님

015 작품 간의 공통점 파악   답 ②

(가)는 '내 엇디 하리잇고'에서 의문형 종결 표현으로 술로 삶의 시름을 달래고 있는 화자의 처지를 드러내고 있다. (나)도 '날 찾을 이 뉘 있으리'에서 의문형 종결 표현으로 자신을 찾을 사람 없는 처지에 놓여 있음을 드러내고 있다. 한편 (다)에서는 의문형 종결 표현이 나타나지 않는다.

오답 피하기

① (가)에서는 '얄리얄리 얄라셩 얄라리 얄라'라는 후렴구를 통해 리듬감을 형성하고 있지만, (나)에서는 후렴구가 나타나지 않는다.
③ (나)는 '일편명월'을 자신의 벗이라고 하며 자연 친화적 태도를 드러내지만, 감정 이입을 통해 대상을 생동감 있게 묘사하고 있지는 않다. (다)에서도 감정 이입을 통한 대상의 묘사는 드러나지 않는다.
④ (가)는 '살어리랏다', '청산에 살어리랏다', '우러라', '우러라 새여', '가던 새', '믈 아래 가던 새 본다', '바다에 살어리랏다', '가다가 드로라' 등에서 동일한 시어 및 시구를 반복하여 작품의 주제 의식을 강조하고 있다. (다)는 '흰 구름'이라는 시어를 반복하는 데서 작품의 주제 의식과 관련한 탈속적 이미지가 나타나고 있다. 한편 (나)에는 동일한 시어 및 시구의 반복이 나타나 있지 않다.
⑤ (가)는 2연에서 자연물인 '새'를 매개로 현실에 대한 비애의 정서를 드러내고 있을 뿐이며 화자의 깨달음은 찾아볼 수 없다. (나)도 '눈', '일편명월' 등 자연물이 나타나나 이를 통해 속세와 단절하고 자연과 벗하는 삶에 대해 노래하고 있을 뿐이다. (다)는 '흰 구름', '송화' 등 자연물을 매개로 시적 대상인 스님의 탈속적 경지에 대해 표현하고 있을 뿐, 화자의 깨달음은 찾아볼 수 없다.

016 시구의 의미 비교   답 ④

(나)에서 화자는 '시비를 여지 마라'를 통해 문밖의 세상(세속)과 단절하고 살아가려는 모습을 보여 주고 있다. (다)에서 스님이 거처하는 '절집'은 '흰 구름'에 묻혀 있으며, 스님은 그 구름을 '쓸지를 않'음으로써 문밖의 세상(세속)과 단절하고 달관적 삶을 살아가는 모습을 보여 주고 있다. 따라서 ㉠, ㉡은 모두 세속과 단절된 삶을 살아가려는 태도를 암시한다고 할 수 있다.

오답 피하기

① ㉠은 세속과 거리를 두고 자연 친화적으로 살아가려는 모습으로, 세속적 삶의 어려움을 드러내거나 이를 인식하는 계기가 되는 것은 아니다.

② (나), (다)에는 공통적으로 세속을 멀리하는 삶의 모습이 나타나 있다. 따라서 ㉡은 물론 ㉠에서도 자연에 대한 지향 의식이 나타난다고 볼 수 있다. 그러나 ㉡은 화자가 아닌 스님의 자연 지향 의식을 드러내고 있다.
③ ㉠과 ㉡ 모두 세속을 멀리하는 태도를 드러낼 뿐, 세속의 모습을 구체적으로 드러내고 있지 않으므로 세속과 자연의 모습을 대조적으로 보여 준다는 설명은 적절하지 않다.
⑤ ㉠과 ㉡ 모두 세속과의 괴리에서 오는 화자의 내적 갈등은 나타나지 않는다.

017 외적 준거에 따른 작품 감상   답 ⑤

〈보기〉를 참고할 때, 고려 민중들은 내우외환의 시련 속에서 삶의 터전을 잃고 고향을 떠나 유랑할 수밖에 없는 처지였으며, 〈청산별곡〉은 이러한 고려 민중들의 삶의 비애와 고뇌를 노래하고 있음을 알 수 있다. 이를 통해 볼 때 8연의 '강수'는 고려 민중들이 이러한 괴로움을 잊기 위한 수단으로, ㉤'조롱곳 누로기 매와 잡사와니 내 엇디 하리잇고'에는 이러한 고뇌와 비애를 술에 의지하여 해소할 수밖에 없는 고려 민중들의 체념적 태도가 나타나 있다고 볼 수 있다. 따라서 ㉤에서 해학적인 모습이나 낙관적인 전망이 나타난다고 이해하는 것은 적절하지 않다.

오답 피하기

① ⓐ에서 화자는 청산에 살고 싶은 소망을 드러내는데, 〈보기〉를 참고할 때 '청산'은 내우외환을 피하여 평안하게 살 수 있는 도피처와 같은 공간으로 볼 수 있다.
② ⓑ에서는 우는 행위를 새와 비교하여 화자의 시름이 많음을 나타내는데, 〈보기〉를 참고할 때 ⓑ는 내우외환으로 삶의 터전을 잃고 유랑할 수밖에 없는 삶을 살게 된 상황에서 고려 민중들이 느끼는 비애와 고뇌를 표현한 것이라고 볼 수 있다.
③ 〈보기〉를 참고할 때, ⓒ에서 '믈 아래'는 '청산'과 대조되는 공간으로, 고려 민중들이 고향을 떠나 '청산'으로 떠나기 전의 일상적 삶의 공간으로 볼 수 있다. 따라서 그 공간을 바라보는 것은 일상적 삶의 공간에 대한 미련과 애착을 드러내는 고려 민중들의 모습을 담고 있다고 할 수 있다.
④ 〈보기〉를 참고할 때, 5연에서 '돌'을 맞고 운다는 표현은 외부적 원인으로 인해 고려 민중들이 누군가에게 미움받을 만한 일도 하지 않았는데 맞아야만 하고, 누구를 맞히려는 돌인지도 모르는데 맞아야만 하는, 피할 수 없는 고통스러운 현실을 상징한다고 볼 수 있다. 따라서 ⓓ에는 자신의 의지와는 상관없이 유랑의 삶에 내몰린 고려 민중들의 현실 인식과 비극적 운명에 대한 체념이 나타나 있다고 할 수 있다.

수능 연계 포인트

수능 연계 교재에서는 〈서방님 병들여 두고〉를 예술 이론을 소개한 정민의 현대 수필 〈그림과 시〉, 이달의 한시 〈불일암 인운 스님에게〉, 정철의 시조 〈재 너머 성 권농 집에〉와 엮었고, 수필 작품에 제시된 문학 이론의 개념과 관련해 각 작품의 소재나 인물을 이해하는 문제 등을 출제하였다. 우리 교재에서는 〈서방님 병들여 두고〉에 〈논밭 갈아 기음매고〉를 엮어 지문을 구성함으로써 작품을 보다 심층적으로 학습할 수 있게 하였다. 두 작품이 평민 계층의 일상적이고 구체적인 삶을 다루었다는 점에 주목하여 감상하도록 한다.

(가) 작자 미상, 〈논밭 갈아 기음매고〉

해제	이 작품은 힘들고 고된 노동을 하며 살아가는 농민들의 생활상을 사실적으로 그린 사설시조이다. 자연 및 농촌을 제재로 하여 농민들의 삶을 관념적으로 예찬한 조선 전기 사대부의 시조와 명확히 구별되는 작품으로, 고된 노동 속에서도 여유와 흥취를 즐기는 서민들의 생활과 풍류가 잘 드러나 있다. 또한 일상어의 나열을 통해 농민들의 일상 생활과 하루의 일과를 생동감 있게 구체적으로 표현하고 있다.
주제	힘든 농사일 속에서 누리는 여유로움과 흥겨움

구성	초장	농사일을 마친 후에 산에 갈 준비를 함
	중장	산에서 고된 일을 한 후 여유롭게 쉼
	종장	해 질 녘이 되어 노래를 부르며 돌아가려 함

(나) 김수장, 〈서방님 병들여 두고〉

해제	이 작품은 남편에 대한 희생과 정성을 노래한 사설시조이다. 화자는 병든 남편을 위해 화채를 만들려 하는데 돈이 없어 자신의 '다리'를 팔아 화채 재료를 사 가지고 온다. 그러나 화채를 만드는 데 중요한 오화당을 빠뜨렸음을 알고 이내 안타까워한다. 병든 남편을 위하는 아내의 애틋한 마음을 재미있게 제시하여 해학적인 멋을 드러낸 시조로 볼 수 있다.
주제	병든 남편에 대한 아내의 정성과 사랑

구성	초장	병든 남편을 위하는 마음
	중장	화채 재료를 샀으나 오화당을 빠뜨림
	종장	오화당을 빠뜨린 것을 한탄함

018 작품 간의 공통점 파악   답 ②

(가)는 농부의 일상적인 삶의 모습과 하루의 일과를 구체적으로 나타내고 있다. 그런데 (가)에는 담배를 피어 물고 콧노래를 부르는 모습에서 흥겨운 분위기가 나타나 있지만, 익살스럽게 웃음을 주는 해학적인 표현이나 대상에 대한 비판적 태도를 드러내는 풍자적 표현은 나타나지 않는다. 한편, (나)에는 병든 남편에게 화채를 만들어 주려는 아내의 애틋한 마음과 행동이 나타나 있다. 아내가 급한 마음에 '오화당'을 잊고 와서 한숨을 짓는 상황이 '아차아차'라는 감탄사를 통해 해학적으로 표현되고 있지만, 풍자는 나타나 있지 않다.

오답 피하기

① (가)에서는 농부의 행동을 열거하여 농부의 하루 일과를 묘사하고 있고,

(나)에서는 중장에서 화채에 들어갈 재료들을 사는 여인의 행동을 열거하여 보여 주고 있다.

③ (가)는 '논밭', '기음', '낫', '도끼', '지게', '지팡이', '도시락', '곰방대' 등의 일상적 소재를 통해 농민들의 생활상을 구체적으로 보여 주고 있다. (나)는 '다리', '배', '감', '유자', '석류', '수박', '술' 등의 일상적 소재를 통해 병든 남편을 위하는 여인의 모습을 드러내고 있다.

④ (가)는 '석양이 재 넘어갈 제'라는 시간적 배경을 제시하여 일을 마치고 집으로 돌아가는 농민의 여유롭고 흥겨운 정서를 강조하고 있다. (나)에서 시간적 배경은 나타나 있지 않다.

⑤ (나)는 중장의 '아차아차'라는 감탄사를 통해 화채 재료 중 오화당을 빠뜨린 것에 대한 여인의 난감함과 안타까움을 드러내고 있다. 한편 (가)에서는 감탄사를 사용하고 있지 않다. '어이 갈꼬 하더라'의 '어이'는 '어찌'라는 뜻의 부사이다.

019 외적 준거에 따른 작품 감상   답 ①

(가)의 '논밭 갈아 기음매고 베잠방이 다임 쳐 신들메고'에는 논밭 갈기, 김매기 등 농민들의 고된 일상과 옷차림이 구체적으로 나타난다. 여기에는 인물의 행동들이 제시되어 있을 뿐, 힘들고 고된 일상을 긍정적으로 수용하는 당대 민중의 낙천적인 성정은 나타나 있지 않다. 삶에 대한 농민들의 낙천적인 태도는 중장과 종장에 드러난다.

오답 피하기

② '무림 산중'은 농민들이 땔감 나무를 하는 노동의 공간으로, 서민들의 구체적인 생활 공간이다.

③ '삭정이 마른 섶을 베거니 버히거니'는 두 동작이나 상태가 되풀이됨을 나타내는 '-거니'라는 연결 어미를 통해 행위를 나열한 것으로 숲속에서 땔감 나무를 마련하는 농민들의 노동하는 모습이 생동감 있게 드러나 있다.

④ '잎담배 피어 물고 콧노래에 졸다가'는 힘겨운 노동 뒤에 잠시 휴식을 취하는 모습으로, 여유를 즐기는 서민들의 삶의 태도가 나타나 있다.

⑤ '어깨를 추키면서 긴소리 짧은소리하며 어이 갈꼬 하더라'는 어깨를 추스르고 노래를 부르는 모습으로, 고된 노동으로 점철된 삶 속에서도 여유를 즐기는 서민들의 소박한 흥취가 나타나 있다.

020 시어의 의미 관계 파악   답 ④

(나)에서 화자는 병(㉠)든 남편을 위해 자신의 다리(㉡)를 팔아 수박화채(㉢)를 준비한다. 그러나 화자는 화채에서 단맛을 내는 중요한 재료인 오화당을 빠뜨리고 사 오지 않는데, 그런 실수를 한 자신을 한탄한다. 따라서 수박화채(㉢)를 마련한 상황에 대한 화자의 긍정적 인식이 나타나 있다고 볼 수 없다.

오답 피하기

①, ② 화자는 병(㉠)든 남편을 위해 수박화채(㉢)를 만들려고 다리(㉡)를 판다. 따라서 ㉠은 ㉢을 만들게 되는 계기로 작용하며, ㉡을 파는 것은 병든 남편을 위한 화자의 희생을 환기한다.

③ 수박화채(㉢)를 만들기 위해 여인이 다리(㉡)를 판 것이다.

⑤ 남편이 병이 들자 화자는 남편을 위해 수박화채(㉢)를 마련하려고 하는데 돈이 없으므로 자신의 다리(㉡)를 판다. 따라서 ㉡에는 자신의 소중한 것이라도 팔아서 화채 재료를 사고자 하는 절박함이, ㉢에는 남편의 병(㉠)이 낫기를 바라는 마음이 담겨 있다고 볼 수 있다.

현대시

021 ②	022 ③	023 ①	024 ②	025 ②	026 ⑤
027 ③	028 ⑤	029 ⑤	030 ③	031 ②	032 ②
033 ②	034 ③	035 ②	036 ④	037 ③	038 ③
039 ③	040 ②				

021~023 | (가) 김영랑, 〈모란이 피기까지는〉
(나) 김종길, 〈고고〉

수능 연계 포인트　　　✦ 연계 기출 2015 9월 평가원 B형

수능 연계 교재에서는 '산'이 시적 대상이자 공간적 배경으로 나타나는 〈장수산 1〉과 〈고고〉를 엮어 지문으로 제시하여 작품 간의 공통점과 차이점, 배경과 소재의 기능, 외적 준거에 따른 작품 감상 등을 물었다. 우리 교재에서는 시적 대상과 계절적 배경이 밀접한 관련성을 갖고 있는 〈모란이 피기까지는〉과 〈고고〉가 묶인 기출 지문을 선정하여 비교 감상할 수 있도록 하였다. 표현상 특징, 외적 준거에 따른 작품 감상, 주요 시구의 의미를 중심으로 작품을 감상해 보도록 한다.

(가) 김영랑, 〈모란이 피기까지는〉

- **해제**　이 작품은 절대적 소망의 세계를 '모란'에 빗대어 소망의 추구와 상실감을 형상화한 시이다. 이 작품에서 화자에게 절대적 의미를 지니는 '모란'은 실재하는 자연의 꽃이자 인간이 지향하는 최고의 가치나 내면적 순결성을 상징한다. 이 작품은 언어의 예술성과 음악성을 중시했던 김영랑의 대표작이자 1930년대 순수시를 대표하는 작품이라는 문학사적 의의를 갖고 있다.
- **주제**　모란이 피는 것에 대한 간절한 기다림, 절대적 소망의 추구와 상실감
- **구성**

1~2행	모란이 피기를 기다림
3~4행	모란이 질 때의 슬픔
5~10행	모란이 지고 난 후의 슬픔과 절망감
11~12행	모란이 다시 피기를 기다림

(나) 김종길, 〈고고〉

- **해제**　이 작품은 '북한산'이라는 자연물을 통해 높은 정신적 경지를 추구하는 삶의 자세를 보여 주는 시이다. 화자가 기다리는 북한산은 '신록이나 단풍', '안개'가 있는 봄이나 여름, 가을의 산이 아니고 겨울이라도 온 산에 눈이 쌓인 산이 아니다. 밤사이 눈이 내린 겨울날 이른 아침, 높은 봉우리에만 가볍게 눈이 쌓인 산이 바로 화자가 기다리는 '고고한 높이를 회복'한 북한산이다. 이러한 북한산의 모습은 곧 고고한 삶의 경지를 의미하며 이를 '기다려야만 한다.'라고 반복함으로써 화자는 그러한 높은 경지의 삶에 도달하고자 하는 지향과 의지를 나타내고 있다.
- **주제**　높은 정신적 경지의 고고한 삶에 대한 지향
- **구성**

1연	높이를 회복한 겨울 북한산에 대한 기다림
2~3연	높은 봉우리만 가볍게 눈이 덮인 겨울 북한산에 대한 기다림
4~6연	고고한 높이를 회복한 겨울 북한산에 대한 기다림

021 작품 간의 공통점 파악　　　답 ②

(가)에서는 1~2행 '모란이 피기까지는 / 나는 아직 나의 봄을 기다리고 있을 테요'가 11~12행에서 변주되어 반복되는 수미상관의 구조가 나타나며, 이를 통해 모란이 피는 것에 대한 간절한 기다림, 즉 소망이 이루어지를 기다린다는 주제를 강조하고 있다. (나)에서는 1연의 '다음 겨울까지는 기다려야만 한다.'가 마지막 연의 '어느 겨울날 이른 아침까지는 / 기다려야만 한다.'로 변주되어 반복되는 수미상관 구조가 나타나며 이를 통해 고고한 삶의 지향이라는 주제를 강조하고 있다.

오답 피하기

① (가), (나)에는 모두 공간의 이동이 나타나지 않는다.
③ 어순의 도치는 (가)의 11~12행에서만 나타나며 상황의 긴박감을 표현하고 있지도 않다.
④ (나)의 '수묵'은 흑백의 대비를 통한 회화적 이미지와 관련이 있지만, (가)에는 흑백의 대비가 나타나지 않는다.
⑤ (가)는 모란꽃이 피고 지는 것을 본 경험, (나)는 겨울 북한산의 모습을 본 경험을 바탕으로 하므로 가상의 상황을 나타낸다고 볼 수 없으며 화자가 자기반성적 태도를 보여 주고 있지도 않다. (가)와 (나)의 화자 모두 자신이 추구하는 바를 모란과 북한산을 통해 나타내고 있을 뿐이다.

022 외적 준거에 따른 작품 감상　　　답 ③

〈보기〉는 (가)와 (나)의 공통점과 차이점에 대해 설명하고 있다. (가)와 (나)의 공통점은 대상이 지닌 특정 속성을 통해 화자가 경험한 아름다움을 드러낸다는 것이다. 그리고 (가)와 (나)의 차이점은 (가)는 대상에서 촉발된 주관적 정서, 즉 대상 때문에 일어난 개인적인 생각이나 감정의 표현에 중점을 두고 있고, (나)는 대상 자체의 묘사에 중점을 두고 있다는 것이다. 〈보기〉에서 (나)에 적용할 수 있는 내용은 (나)가 대상이 지닌 특정 속성을 통해 화자가 경험한 아름다움을 드러낸다는 것과 대상이 지닌 특정 속성을 대상 자체의 묘사를 통해 드러낸다는 것이다. (나)에서 대상은 '북한산'이고 대상의 특정 속성을 통해 화자가 경험한 아름다움은 '고고함'이다. 화자가 북한산의 고고한 아름다움을 느끼는 순간은 봄이나 여름, 가을의 산의 모습일 때가 아니며, 겨울이라도 눈이 온 산을 뒤덮는 모습이 아닌 높은 봉우리만 가볍게 눈을 쓰고 있을 때의 모습이다. 따라서 북한산의 높이는 북한산의 고고한 아름다움을 결정하는 유일한 조건이 아니라 여러 조건 중 하나일 뿐이다.

오답 피하기

① (가)의 '천지에 모란은 자취도 없어지고 / 뻗쳐오르던 내 보람 서운케 무너졌느니 / 모란이 지고 말면 그뿐 내 한 해는 다 가고 말아 / 삼백예순

날 하냥 섭섭해 우옵네다'를 보면 대상인 '모란'의 아름다움을 경험하는 주체인 화자 '나'가 직접 '섭섭해 우옵네다'라고 서운한 정서를 표현하고 있다.

② (가)의 대상은 봄이라는 계절에 소멸을 앞둔 '모란'이다. (가)의 '천지에 모란은 자취도 없어지고', '모란이 지고 말면 그뿐 내 한 해는 다 가고 말아 / 삼백예순 날 하냥 섭섭해 우옵네다'를 보면 '모란'이 곧 시들어 자취도 없이 사라질 대상임을 알 수 있다. 또한 1년 365일 중 360일을 섭섭해 운다는 내용을 통해 모란이 피는 기간이 고작 5일이라는 것도 짐작할 수 있다. 즉 짧게 피는(한정된 시간 동안 존속하는) 모란의 속성은 모란에 대한 간절함과 아쉬움을 더하여 모란의 아름다움을 강화하고 있는 것이다.

④ (나)의 2, 3연 '백운대나 인수봉 같은 / 높은 봉우리만이 옅은 화장을 하듯 / 가볍게 눈을 쓰고', '어느 겨울날 이른 아침까지는 기다려야만 한다.'는 시적 대상인 북한산의 고고한 아름다움이 드러나는 순간이다. 반대로 4, 5연 '신록이나 단풍, / 골짜기를 피어오르는 안개', '눈이래도 왼 산을 뒤덮는 적설(積雪)', '장밋빛 햇살'은 북한산의 고고한 아름다움이 드러나지 않는 순간과 관련된 것이다. (나)는 이렇게 북한산의 고고한 아름다움이 드러나는 순간과 그렇지 않은 때의 모습을 대비하고 있다.

⑤ (가)의 '모란이 피기까지는 / 나는 아직 나의 봄을 기다리고 있을 테요', '모란이 피기까지는 / 나는 아직 기다리고 있을 테요 찬란한 슬픔의 봄을'을 보면 (가)는 '봄'이라는 계절적 배경을 통해 봄철 짧은 순간 피는 모란의 아름다움을 표현하고 있다. (나)의 '북한산이 / 다시 그 높이를 회복하려면 / 다음 겨울까지는 기다려야만 한다.', '어느 겨울날 이른 아침까지는 / 기다려야만 한다.'를 보면 (나)는 '겨울'이라는 계절적 배경을 통해 북한산의 고고한 아름다움이 드러나는 순간을 표현하고 있다.

023 시구의 의미 파악   답 ①

(가)에서 '설움'은 ㉠'나의 봄'을 기다리는 화자가 봄을 여읜 뒤, 즉 봄이 지난 뒤에 느끼는 감정이다. 따라서 '설움'은 '나의 봄'을 경험하지 못하게 방해하는 요인이 아니라 모란을 본 '나의 봄'이 지난 뒤, 즉 모란을 볼 수 없게 된 뒤에 느끼는 정서이다.

오답피하기

② (가)에서 화자가 기다리는 '봄'은 '모란'을 의미한다. 따라서 '모란이 지고 말면 그뿐 내 한 해는 다 가고' 만다고 과장되게 표현한 것은 ㉠'나의 봄'이 화자의 삶에서 매우 큰 비중을 차지하고 있음을 의미한다.

③ '찬란한 슬픔의 봄'이란 모란이 피는 순간의 찬란한 아름다움과 모란이 지는 것으로 인한 상실의 슬픔이 함께 담겨 있는 표현이므로, 화자가 ㉠'나의 봄'에서 경험할 수 있는 강렬한 정서가 맞다.

④ (나)에서 '고고한 높이를 회복하'기 위해서 '어느 겨울날 이른 아침까지는 / 기다려야만 한다.'고 했으므로 '어느 겨울날 이른 아침'은 화자가 북한산의 ㉡'고고한 높이'를 경험할 수 있는 시간에 해당한다.

⑤ (나)에서 '고고한 높이를 회복하'기 위해서 '백운대와 인수봉만이 가볍게 눈을 쓰는 / 어느 겨울날 이른 아침까지는 / 기다려야만 한다.'고 했으므로 '백운대와 인수봉만이' '가볍게 눈을 쓰는' 것은 북한산이 ㉡'고고한 높이'를 회복하기 위한 조건에 해당한다.

수능 연계 포인트

수능 연계 교재에서는 '고향'을 주요 제재로 삼아 과거에 대한 그리움을 노래한 〈우라지오 가까운 항구에서〉와 〈흑백 사진 – 7월〉을 엮어 지문으로 제시하여, 표현상의 특징, 배경 및 소재의 기능, 시어 및 시구의 비교와 대조, 외적 준거에 따른 감상 등을 물었다. 우리 교재에서는 현재 시점에서 과거의 유년 시절을 회상한 〈우라지오 가까운 항구에서〉와 〈바람의 집 — 겨울 판화 1〉을 엮어 지문으로 제시하여 비교 감상할 수 있도록 하였다. 표현상의 특징, 주요 시구의 의미, 화자의 상황을 중심으로 작품을 감상해 보도록 한다.

(가) 이용악, 〈우라지오 가까운 항구에서〉

- 해제   이 작품은 일제 강점기에 정든 고향을 떠나 낯선 이국땅을 떠돌던 화자가 고향과 가족을 그리워하는 마음을 노래한 시이다. 일제 강점기의 피폐한 현실로 인해 가족 공동체가 해체되고 고향을 떠날 수밖에 없었던 유랑민의 한과, 고향을 간절히 그리워하지만 돌아갈 수 없게 되어 버린 안타까움을 다양한 비유적 표현과 상징적 시어를 통해 형상화하고 있다.

- 주제   고향에 대한 간절한 그리움과 고향에 돌아갈 수 없는 절망감

- 구성

1연	고향을 그리워하는 마음으로 찾은 부두
2연	힘들지만 당당하게 살아온 삶
3연	우라지오의 이야기를 들었던 어린 시절에 대한 추억
4연	어머니를 그리며 떠올려 보는 어린 시절의 추억
5~6연	고향으로 돌아갈 수 없는 절망적 상황

(나) 기형도, 〈바람의 집 — 겨울 판화 1〉

- 해제   이 작품은 가난했던 어린 시절의 모습과 이를 추억하는 화자의 그리움을 노래한 시이다. 촉각, 청각, 시각 등의 다양한 감각적 이미지를 활용하여 궁핍했던 어린 시절의 모습을 생동감 있게 형상화하고 있으며, 마치 한 장의 판화처럼 시인의 머릿속에 각인되어 있는 유년 시절 겨울밤의 풍경을 묘사하고 있다. 또한 화자를 객관화한 '작은 소년'이라는 표현을 통해 유년 시절 화자 자신에 대한 연민과 그리움을 드러내고 있다.

- 주제   가난했던 유년 시절의 추억과 그 시절에 대한 그리움

- 구성

1	유년 시절의 겨울밤 무를 깎아 주시던 어머니
2	'나'와 어머니의 대화
3	'나'의 배를 쓸어 주시던 어머니
4	춥고 가난했던 어린 시절에 대한 연민

024 표현상 특징 파악   답 ②

(나)는 '어머니는 내 머리를 당신 무릎에 뉘고', '어머니는 마른 손으로 종잇장 같은 내 배를 자꾸만 쓸어내렸다.'에서 어린 화자와 '어머니'의 모습을 묘사하여 두 인물 간의 친밀감을 드러내고 있다.

오답피하기

① (가)는 '눈보라에 얼어붙은 섣달 그믐 / 밤이'에서 시각적 이미지를 통해

계절적 배경을 부각하고 있으나, 공감각적 심상을 활용하지는 않았다.

③ (가)는 '하얀'이라는 색채어를 활용하여 시적 분위기를 형성하고 있다. 또한 (나)도 '시퍼런', '은빛'이라는 색채어를 활용하여 시적 분위기를 형성하고 있으므로 적절하지 않다.

④ (가)의 3연에서 과거 회상이 나타나므로, 현재 시점의 공간적 배경인 '부두'에서 과거의 고향으로 공간의 이동이 나타난다고 볼 수 있다. '부두'에서는 고향에 대한 그리움, 고향에서는 '우라지오'를 동경하던 마음이 나타나기 때문에, (가)는 공간의 이동에 따른 화자의 심리 변화를 드러낸다고 볼 수 있으므로 적절하지 않다. (나)에서 유년 시절의 공간적 배경은 '방 안'이고, 현재 시점의 공간적 배경은 나타나 있지 않다. '방 안'에서는 화자가 두려움을 느끼고 현재 시점에서는 유년 시절에 대한 연민과 그리움을 드러내고 있다.

⑤ (가)는 '섣달 그믐 / 밤이'에서 의도적으로 행을 바꾸어 시간적 배경인 '밤'을 부각하고 있으나, 이를 통해 화자의 안타까움을 강조하고 있지는 않다. 또한 (나)에서는 연쇄적 표현이 사용되지 않았으므로 적절하지 않다.

025 작품의 내용 파악   답 ②

2연의 '없었대도'는 부정 표현이며 이를 통해 삶의 위안이 될 만한 소박한 행복을 상징하는 '찔레 한 송이'조차 갖지 못한 화자의 고단한 상황을 표현하고 있다. 그러나 이를 통해 화자의 자책감을 강조하고 있지는 않다. 화자는 오히려 '뉘우칠 줄 모른다'고 하며 당당한 삶의 태도를 드러내고 있다.

오답 피하기

① 1연의 '밤'은 시간적 배경이자 의인화된 대상이다. '밤이 얄궂은 손을 하도 곱게 흔들길래 ~ 이 부두로 왔다'에서는 화자가 '술'을 마시고 이 '부두'로 향한 이유가 '밤'이 '얄궂은 손을 하도 곱게 흔들'었기 때문이라고 말하고 있으므로 적절하다.

③ 4연의 '어린 기억의 새'는 어린 시절의 '기억'을 '새'에 비유한 표현이다. 화자는 '어린 기억의 새'에게 '마음의 은줄에 작은 날개를 털라'라고 말을 건넴으로써, 과거의 기억을 적극적으로 떠올리려 하는 태도를 드러내고 있으므로 적절하다.

④ 5연의 '멧비둘기'는 화자와 달리 고향으로 날아갈 수 있는 존재로, 고향을 그리워하는 화자에게는 부러움의 대상이다. 따라서 '날고 싶어 날고 싶어'와 같이 '날고 싶어'를 반복하여, '멧비둘기'를 부러워하는 화자의 내면을 드러내고 있다고 볼 수 있다.

⑤ 6연의 '등대'는 고향을 그리워하지만 고향에 '가도 오도 못'하는 화자의 처지가 투영된 대상으로, 현재 위치한 곳에서 벗어날 수 없다는 점에서 '나'의 처지와 유사한 대상이다. 또한 '얄팍한 꿈'은 고향에 가고자 하는 꿈이므로, '나'와 처지가 유사한 대상인 '등대'를 제시하여 '얄팍한 꿈'을 실현할 수 없는 화자의 상황을 부각하고 있다고 볼 수 있다.

026 화자의 정서와 태도 파악   답 ⑤

(가)의 ㉠(나의 아롱범)은 현재 시점의 화자를 의미한다. '나의 아롱범은 / 자옥 자옥을 뉘우칠 줄 모른다'는 화자가 지나온 삶에 대해 후회하지 않는다는 의미이고, '어깨에 쌓여도 하얀 눈이 무겁지 않고나'는 화자가 시련을 겪었음에도 꿋꿋하다는 의미이다. 따라서 ㉠은 시련에 맞서 당당하게 살아온 존재라고 볼 수 있다. (나)의 ㉡(작은 소년)은 유년 시절의 화자를 의미한다. '어머니 무서워요 저 울음

소리, 어머니조차 무서워요.'를 통해 ㉡은 내면의 두려움을 감추지 않고 어머니에게 표출한 존재임을 알 수 있다.

오답 피하기

① (가)에서 ㉠(나의 아롱범)이 미래에 대해 낙관적 태도를 보였다는 내용을 확인할 수 없다. (나)에서도 ㉡(작은 소년)이 미래에 대해 낙관적 태도를 보였다는 내용을 확인할 수 없다.

② (가)에서 ㉠(나의 아롱범)이 주변의 조언을 들었다는 내용을 확인할 수 없다. 또한 (나)에서 ㉡(작은 소년)은 '네가 크면 너는 이 겨울을 그리워하기 위해 더 큰 소리로 울어야 한다.'라는 '어머니'의 조언을 들었다고 볼 수 있으나, 이에 따라 ㉡이 삶의 방향을 정했는지는 (나)에서 확인할 수 없다.

③ (나)에서 ㉡(작은 소년)은 바람 소리를 듣고 두려워하고 있으며, 궁핍한 상황을 극복하기 위한 의지적 태도를 보이지 않고 있으므로 적절하지 않다. 또한 (가)에서 ㉠(나의 아롱범)은 '어깨에 쌓인 하얀 눈(시련과 고난)이 무겁지 않다'고 했으므로, 부정적 상황을 극복하기 위한 의지를 지닌 존재라고 볼 수 있다.

④ (가)의 ㉠(나의 아롱범)은 현재 시점의 화자를 의미한다. '어머니의 입김이 무지개처럼 어질다', '드나드는 배 하나 없는 지금 / 부두에 호젓 선 나는'이라는 구절을 보아, ㉠은 가족과 떨어져 있어 유대감을 나눌 수 없는 존재라고 볼 수 있다. (나)의 ㉡(작은 소년)은 과거 시점의 화자를 의미한다. (나)의 '어머니는 마른 손으로 종잇장 같은 내 배를 자꾸만 쓸어내렸다.'를 통해 ㉡은 가족과 함께 있었던 존재임을 알 수 있다.

027 외적 준거에 따른 작품 감상   답 ③

(가)의 화자는 '우라지오의 이야길 캐고 싶던'을 통해 고향을 그리워하던 과거의 모습이 아니라 고향에서 '우라지오(러시아의 항구 도시 블라디보스토크)'를 동경했던 과거의 모습을 드러냈으므로 적절하지 않다. 〈보기〉에서 (나)는 유년 시절의 아픈 기억을 떠올리는 화자가 그 시절의 단면을 그려내고 있다고 했다. 이를 참고하면 '수십 장 입김이 날리던 밤'은 유년 시절에 겪은 가난과 추위를 '입김'을 통해 시각적으로 형상화한 것으로, 고단했던 어린 시절의 모습을 표현한 것이라고 볼 수 있다.

오답 피하기

① 〈보기〉에서 과거에 대한 기억이 (가)에서는 따뜻하고 정겨운 이미지로 제시되고 있다고 했다. 이를 참고하면 (가)의 '철없는 누이 고수머릴랑 어루만지며'는 화자가 누이의 곱슬머리를 어루만지던 밤의 정다운 분위기를 드러낸 것이라고 볼 수 있다.

② 〈보기〉에서 과거에 대한 기억이 (나)에서는 궁핍하고 냉혹한 이미지로 제시되고 있다고 했다. 이를 참고하면 (나)의 '은빛 금속처럼 서리가 깔릴 때'는 화자가 서리가 얼던 겨울밤의 냉혹한 분위기를 나타낸 것이라고 볼 수 있다.

④ 〈보기〉에 따르면 (가)와 (나)에서 과거의 기억이 서로 다르게 형상화된 것은 현실을 부정적으로 인식할 때 과거를 더 애틋하게 생각하고 그리워하는 경향에서 비롯되었다고 볼 수 있다. 이를 참고하면 (가)의 화자는 '무지개처럼 어질다'를 통해 추억 속 어머니를 애틋하고 그리운 대상으로 형상화했다고 볼 수 있다. 〈보기〉에서 과거에 대한 기억이 (나)에서는 궁핍하고 냉혹한 이미지로 형상화되고 있다고 했다. 이를 참고하면 (나)의 화자는 '마른 손으로'를 통해 가난을 겪은 어머니의 모습을 표현했다고 볼 수 있다.

⑤ 〈보기〉에 따르면 (가)와 (나)에서 과거의 기억이 서로 다르게 형상화된 것은 현실을 부정적으로 인식할 때 과거를 더 애틋하게 생각하고 그리워하는 경향에서 비롯되었다고 볼 수 있다. 이를 참고하면 (가)의 화자는 '얼음이 두텁다'를 통해 고향에 갈 수 없는 현재 상황에 대한 비극적 인식을 드러냈다고 볼 수 있다. 반면 (나)의 화자는 자신의 현재 상황을 구체적으로 제시하지 않고 '내 유년 시절'을 언급한 것으로 보아 과거에 대한 회상에 잠겨 있다고 볼 수 있다.

수능 연계 포인트

수능 연계 교재에서는 우리 민족의 아픔을 다룬 작품인 〈북방에서 – 정현웅에게〉와 〈나비와 철조망〉을 엮어 지문으로 제시하여 표현상의 특징, 시어 및 시구의 의미와 기능, 외적 준거에 따른 작품 감상 등을 물었다. 우리 교재에서는 특정한 자연물을 통해 화자의 소망과 의지를 형상화한 〈교목〉과 〈나비와 철조망〉을 엮어 지문으로 제시하여 비교 감상할 수 있도록 하였다. 표현상 특징, '교목'과 '나비'를 통해 드러나는 화자의 정서와 태도, 주제 의식을 중심으로 작품을 감상해 보도록 한다.

(가) 이육사, 〈교목〉

- 해제 이 작품은 가혹한 시대를 견디어 내는 굳은 의지를 '교목'이라는 상징적 소재를 통해 형상화하고 있다. 화자는 강인하고 단호한 어조로 일제 강점기의 부정적인 상황 속에서도 현실과 타협하지 않는 꿋꿋한 기상과 단호한 저항 의지를 교목의 모습을 통해 드러내고 있다.
- 주제 가혹한 현실에 굴복하지 않는 강인한 저항 의지
- 구성

1연	우뚝 서 있는 교목의 신념과 의지
2연	후회 없는 삶에 대한 교목의 결의
3연	바람에 흔들리지 않는 교목의 단호한 자세

(나) 박봉우, 〈나비와 철조망〉

- 해제 이 작품은 '나비'의 비행이라는 우의적 장치를 활용하여 민족 분단의 아픔을 형상화하고 통일과 평화에 대한 염원을 노래하고 있다. 특히 '나비'(연약함)와 '철조망', '철조망'(단절, 분단 현실)과 '꽃밭'(화해, 통일의 이상)이라는 상징적이고 대비되는 시어를 사용하여 분단의 아픔과 통일에의 소망이라는 주제를 효과적으로 표현하고 있다.
- 주제 분단의 아픔과 통일에의 소망
- 구성

1연	해가 질 무렵 지친 날개로 나는 나비
2연	꽃밭을 떠올리며 상처 입은 채 날고 있는 나비
3연	적지를 헤쳐 나가는 나비
4연	벽을 인식하며 날고 있는 나비
5연	마지막 꽃밭을 그리며 나는 나비

028 표현상 특징 파악 답 ⑤

(가)는 '꽃피진 말아라'에서 명령형 어미 '–라'를 활용하여 시련을 극복하고자 하는 강인하고 굳건한 화자의 의지를 드러내고 있다. (나)는 '모진 바람이 분다.', '시린 바람이 자꾸 불어 간다' 등에서 현재형 진술을 활용하여 시련을 겪고 있는 '나비'의 부정적 상황을 형상화하고 있으므로 적절하다.

오답 피하기

① (가)는 이상적인 세계를 상징하는 이미지('푸른 하늘')와 부정적인 상황을 상징하는 이미지('세월에 불타고', '낡은 거미집', '검은 그림자')를 대비하여 어려운 현실에서도 굴하지 않는 화자의 강인한 신념과 의지를 강조하고 있다. 따라서 회고적 정서를 드러내고 있다는 설명은 적절하지 않다.

② (나)에는 음성 상징어가 사용되지 않았으므로 적절하지 않다.

③ (가)에는 역설적 표현이 사용되지 않았다. (나)는 '따시하고 슬픈 철조망'에서 역설적 표현을 활용하여 '아방(우리 쪽 진영)'에서 느끼는 따스함과 분단 현실의 슬픔을 나타냈으므로 애상적 정서를 드러냈다고 볼 수 있다.

④ (가)는 동일한 시어를 반복하지 않고 있으므로 적절하지 않다. (나)에서는 '나비', '피', '벽' 등의 시어를 반복하여 분단의 아픔을 강조하고 있다.

029 시어의 의미 파악   답 ⑤

(나)에서 '어설픈 표시의 벽'은 아군과 적이 대립하는 상황, 즉 분단의 상황이 극복 가능한 것임을 드러내고 있다. '나비'는 '마즈막 '꽃밭'', 즉 분단이 극복된 상황을 소망하고 있으며 화자는 이러한 소망을 지니고 날아가는 나비를 무모하다고 여기거나, 부정적으로 인식하지 않으므로 적절하지 않다.

오답 피하기

① (가)의 '검은 그림자 쓸쓸하면 / 마침내 호수 속 깊이 거꾸러져'는 절망적 현실 속에서 죽음, 파멸과 같은 극단적 상황도 각오하는 화자의 의지를 드러낸 것이다. 또한 '깊이'는 '겉에서 속까지의 거리가 멀게'라는 의미로, 절망적인 상황에서 죽음도 불사하고자 하는 화자의 의지를 부각한다고 볼 수 있다.

② (가)의 '차마 바람도 흔들진 못해라'는 외부의 유혹과 시련도 화자의 의지를 꺾지 못한다는 뜻이다. 또한 '차마'는 '부끄럽거나 안타까워서 감히'라는 의미이므로, 고통과 유혹에도 동요하지 않겠다는 화자의 자세를 강조한다고 볼 수 있다.

③ (나)에서 '지친 날개'는 시적 대상인 '나비'가 고단함을 느끼며 날고 있다는 뜻이다. 또한 '지친'은 '힘든 일을 하거나 어떤 일에 시달려서 기운이 빠진'이라는 의미이므로, 비행을 계속해 온 나비가 고단함을 느끼고 있음을 드러낸다고 볼 수 있다.

④ (나)에서 '아직도 싸늘한 적지'는 나비가 날고 있는 곳이 적군의 땅이라는 뜻으로, 이는 아군과 적이 대립하고 있음을 드러낸다. 또한 '아직'은 '어떤 일이나 상태가 끝나지 아니하고 지속되고 있음을 나타내는 말'이므로, 아군과 적이 대립하는 상황이 지속되고 있음을 부각한다고 볼 수 있다.

030 외적 준거에 따른 작품 감상   답 ③

'목이 빠싹 말라 버리고 숨결이 가쁜'은 분단 상황에서 지치고 고통스러운 삶을 살아가는 우리 민족의 모습을 나타내는 표현이므로, 이를 우리 민족이 겪어야 할 시련과 고난이 끝나 가는 상황이라고 이해하는 것은 적절하지 않다.

오답 피하기

① '세월에 불타고 우뚝 남아 서서' 존재하는 교목은 식민지하의 모진 세월을 견뎌 내고 우뚝 선 화자의 모습을 형상화한 것으로, 여기서 '우뚝 남아 서서'는 일제의 가혹한 식민 통치에 굴복하지 않고 정면으로 맞서는 화자의 굳은 의지를 나타낸다.

② 어떤 뉘우침도 없이 후회 없는 삶을 살아왔다는 것은 화자 자신의 행위에 대한 고백이라고 할 수 있다. 따라서 '끝없는 꿈길'은 포기할 수 없었던 광복을 위해 죽음을 각오하고 독립 투쟁을 벌이며 일제에 항거했던 날들을 나타낸다고 볼 수 있다.

④ '어설픈 표시의 벽'은 언젠가는 무너질 수밖에 없는 벽을 의미하고 '마즈막 꽃밭'은 통일을 의미한다. 따라서 '숨은 아직 끝나지 않았다'는 분단 상

황의 극복에 대한 소망을 결코 버릴 수 없다는 신념을 함축하고 있다고 볼 수 있다.

⑤ (가)에서 화자를 상징하는 교목이 향해 있는 '푸른 하늘'은 화자가 염원하는 이상 세계, 즉 광복을 맞은 조국을 상징한다. 그리고 (나)의 '첫 고향의 꽃밭'은 남북 분단 이전에 평화로운 삶을 영위하던 민족 공동체의 모습을 상징한다.

수능 연계 포인트

수능 연계 교재에서는 절망적 상황에서도 이상을 추구하는 삶의 태도가 나타난 〈들길에 서서〉, 〈등꽃 아래서〉, 〈그때 알았다면 좋았을 것들〉 등 세 작품을 엮어 지문으로 제시하여, 작품 간의 공통점, 시구의 의미와 기능, 이미지의 특징과 효과, 작품 간의 비교 감상, 글쓴이의 관점과 주제 의식, 외적 준거에 따른 작품 감상 등을 물었다. 우리 교재에서는 낙관적인 삶의 태도와 의지적 자세를 형상화한 〈들길에 서서〉와 〈산길에서〉를 엮어 지문으로 제시하여 비교 감상할 수 있도록 하였다. 표현상 특징, 〈들길에 서서〉의 시대적 배경, '들길'과 '길'의 의미를 중심으로 작품을 감상해 보도록 한다.

(가) 신석정, 〈들길에 서서〉

- 해제   이 작품은 '저문 들길'로 표현된 일제 강점기의 암울한 현실에서 화자가 추구하는 삶의 태도를 노래하고 있다. 화자는 뼈에 저리도록 슬픈 생활 속에서도 절망하지 않고, '푸른 산'을 자신과 동일시하며 자신의 삶을 숭고하고 기쁜 것으로 인식하는 긍정적 태도를 보이고 있다. 또한 '푸른 산', '푸른 하늘', '푸른 별' 등 색채어를 반복적으로 사용하여 밝은 분위기를 형성하고, 절망적 상황 속에서도 이상을 품고 있는 화자의 낙관적인 삶의 태도를 보여 주고 있다.
- 주제   절망 속에서도 이상을 품고 살아가는 긍정적 삶의 자세
- 구성

1~2연	희망과 이상을 추구하는 삶의 숭고함
3~4연	희망과 이상을 추구하는 삶의 기쁨
5~6연	역경에 굴하지 않고 희망과 이상을 지향하는 삶의 거룩함

(나) 이성부, 〈산길에서〉

- 해제   이 작품은 산길을 걷는 일상적 체험을 통해 화자가 깨달은 바를 노래하고 있다. 화자는 산길을 걸으며 길을 걷게 만든 이가 '바람'과 '풀꽃들'처럼 작고 소소한 것들이라는 것을 깨닫는다. 이와 같은 깨달음은 작품 후반부에서 '무엇에 쫓기듯 살아가는 이들'과 '비칠거리는 발걸음들' 역시 저마다 무언가 다져 놓고 사라진다는 깨달음으로 이어져 결국 화자가 걷고 있는 이 길은 대단한 힘과 능력을 지닌 자들이 만든 것이 아니라, 주위에서 쉽게 볼 수 있는 소소하고 일상적인 것들에 의해 만들어진 것이라는 깨달음을 드러내고 있다. 이처럼 화자가 감동을 느끼고 신명을 내며 계속 걷고자 하는 길은 작은 존재들이 만들어 낸 역사로도 볼 수도 있다.
- 주제   산길을 걸으며 느낀 감동과 깨달음
- 구성

1~8행	길을 만든 이들을 따라 길을 떠나고 싶은 욕구
9~12행	산길을 만든 이들로부터 배움을 얻은 '나'
13~17행	산길에서 주저앉으면 안 되는 이유를 알게 된 '나'

031 표현상 공통점 파악   답 ②

(가)에서는 '푸른 산', '흰 구름', '푸른 하늘', '푸른 별' 등의 시각적 이미지를 통해 암울한 현실 속에서도 희망을 잃지 않고 살아가려는

화자의 삶의 태도와 생각을 보여 주고 있다. (나)에서는 '그러기에 짐승처럼 그이들 옛 내음이라도 맡고 싶어'에서 후각적 이미지를 사용하여 길을 만든 이들의 흔적을 떠올리며 깨달음을 얻고자 하는 화자의 생각을 드러내고 있다. 따라서 (가)와 (나) 모두 감각적 이미지를 사용하여 화자의 생각을 표현하고 있다고 볼 수 있다.

오답피하기

① (가)는 '푸른 산이 흰 구름을 지니고 살 듯 / 내 머리 우에는 항상 푸른 하늘이 있다', '하늘을 향하고 산림처럼 두 팔을 드러낼 수 있는 것', '푸른 산처럼 든든하게 지구를 디디고 사는 것'에 비유적 표현이 사용되었고, (나)는 '짐승처럼 그이들 옛 내음새라도 맡고 싶어'에 비유적 표현이 사용되었다. 그러나 이를 통해 대상의 가치를 드러낸 것이 아니라, 화자가 지향하는 삶의 모습이나 현재 모습을 드러내고 있다.
③ 음성 상징어란 소리를 흉내 낸 말인 의성어와 모양이나 움직임을 흉내 낸 말인 의태어를 포괄하는 말인데, (가), (나) 모두 의성어, 의태어는 쓰이지 않았다.
④ 자문자답은 스스로 묻고 답하는 방식을 말한다. (가)에서는 2연과 4연에서 물음의 형식이 나타나고, (나)에서는 8행에서 물음의 형식이 나타난다. 그러나 이 시구들은 모두 대답을 원하는 질문이 아니라 화자의 정서나 태도를 강조하기 위해 사용한 설의적 표현에 해당한다. 따라서 (가)와 (나)에는 모두 자문자답의 방식이 사용되지 않았다.
⑤ (가)에는 공간의 변화가 드러나 있지 않다. (나)는 화자가 산길을 걷고 있는 상황이라고 할 수 있으나 공간의 이동은 나타나 있지 않다.

032 외적 준거에 따른 작품 감상   답 ②

'두 다리는 비록 연약하지만'에 자신의 연약함에 대한 화자의 인식이 드러나 있는 것은 맞다. 그러나 희망을 잃지 않으려는 화자의 의지적 태도를 고려할 때, 연약함을 스스로 비웃는 작가의 자조적 인식이 담겨 있다는 설명은 적절하지 않다.

오답피하기

① 푸른 산이 흰 구름을 지니고 사는 것처럼 화자는 푸른 하늘을 지니며 살겠다고 말하고 있으므로, '푸른 산'은 작가가 자신과 동일시하는 대상이자, 작가가 지향하는 삶의 자세를 함축한 소재라 할 수 있다.
③ '저문 들길'과 뼈에 저리도록 슬픈 '생활'을 통해 화자가 부정적인 처지에 놓여 있음을 추측할 수 있는데, 그럼에도 화자는 자신의 상황을 숭고하고 기쁜 일로 여기며 긍정적 삶의 태도를 보여 주고 있다. 이는 작가의 낙관적 태도가 시에 형상화된 것으로 볼 수 있다.
④ 뼈에 저리도록 슬픈 '생활'은 '저문 들길'과 마찬가지로 일제 치하에서 살아가는 화자의 힘겨운 처지를 의미하므로 이를 작가의 상황으로 생각할 수 있다.
⑤ '푸른 별'은 '저문 들길'와 대비되는 밝음의 이미지를 지닌 시어로, 절망적 상황 속에서 화자가 품고 있는 이상 또는 희망을 의미한다. 따라서 '푸른 별을 바라보자'에는 어려운 상황에서도 희망을 잃지 않으려는 작가의 의지가 담겨 있다고 볼 수 있다.

033 시구의 의미 파악   답 ②

ⓛ의 '조릿대밭 눕히며 소리치는 바람'은 산길을 걸으며 만날 수 있는 자연으로, '이름 모를 풀꽃들'과 함께 '내 가슴 벅차게 하는' 대상으로 표현되고 있다. 따라서 '바람'은 삶의 고통을 유발하는 대상이

라고 볼 수 없다. '길을 따라 나를 걷게 하는 그이들'이라는 표현으로 볼 때 '바람'과 '풀꽃들'은 화자보다 먼저 길을 만들고 다진 존재를 의미한다고 볼 수 있다.

오답 피하기

① 제목 〈산길에서〉를 고려하면 화자가 걷고 있는 '이 길'은 산길에 해당한다. 따라서 ㉠은 산길을 만들어 낸 존재를 자각하고 있는 화자의 내면을 드러낸다고 볼 수 있다.

③ ㉢의 '그이들'은 화자보다 앞서서 길을 만들고 다져 온 존재를 의미한다. 따라서 '그이들'의 '옛 내음이라도 맡고 싶'다는 것은 화자 자신보다 앞서 살아오면서 길을 만든 존재가 남긴 삶의 흔적을 찾으려는 태도를 드러내는 것으로 볼 수 있다.

④ ㉣의 '부질없음'은 사소하고 가치 없어 보이는 존재들의 평범한 삶을 의미한다. 화자는 이러한 삶의 흔적들이 쌓이고 쌓여서 길이 만들어진다고 인식하고 있으므로 적절하다.

⑤ ㉤은 화자 자신의 삶의 흔적도 뒤에 올 누군가에게 길이 될 것임을 인식하고 비록 당장의 상황이 힘들더라도 포기해서는 안 된다는 의지를 드러낸 것이다. 따라서 ㉤은 산길을 걷는 과정에서 포기하지 않는 화자의 의지적 태도를 드러낸다고 볼 수 있다.

034~036 | (가) 김남조, 〈겨울 바다〉
(나) 고정희, 〈상한 영혼을 위하여〉

수능 연계 포인트

수능 연계 교재에서는 삶의 고통을 겪으며 얻게 된 깨달음이 나타난 〈설일〉, 〈상한 영혼을 위하여〉, 〈아름다운 흉터〉 등 세 작품을 엮어 지문으로 제시하여, 표현상 특징, 시어 및 시구의 의미와 기능, 작품의 내용, 외적 준거에 따른 작품 감상 등을 물었다. 우리 교재에서는 절망적 상황에 대한 극복 의지를 형상화한 〈겨울 바다〉와 〈상한 영혼을 위하여〉를 엮어 지문으로 제시하여 비교 감상할 수 있도록 하였다. 표현상 특징, 화자의 인식 변화와 '겨울 바다'의 이중적 이미지, 주요 시구의 의미를 중심으로 작품을 감상해 보도록 한다.

(가) 김남조, 〈겨울 바다〉

- 해제 이 작품은 소멸과 생성이라는 '겨울 바다'의 이중적 이미지와 불과 물의 대립적 이미지를 바탕으로 절망과 허무 의식을 극복하는 과정을 보여 주고 있다. 작품 초반의 '겨울 바다'는 소망과 기대가 사라지고 상실감으로 허무함을 느끼는 절망적인 공간이었지만, 시상이 전개되면서 화자는 모든 인간은 시간 속의 유한한 존재이며 지금 겪고 있는 고통은 시간이 흐르면서 극복된다는 것을 자각하며 허무와 좌절을 이겨 내기 위해 기도를 한다. 다시 '겨울 바다'에 섰을 때 화자는 그곳에서 삶에 대한 뜨거운 의지가 커다란 기둥을 이루고 있는 것을 발견하게 된다.

- 주제 삶의 허무를 극복하려는 의지

- 구성

1연	기대와 소망이 없는 죽음의 공간인 겨울 바다
2연	상실감으로 인한 삶의 아픔과 절망
3연	상실감으로 인한 삶의 허무함
4연	깨달음과 삶에 대한 긍정
5~7연	삶의 유한함에 대한 인식과 기도를 통해 삶의 허무를 극복하려는 갈망
8연	허무한 삶을 극복하려는 의지

(나) 고정희, 〈상한 영혼을 위하여〉

- 해제 이 작품은 오늘날을 살아가는 상처받은 사람들에게 고통을 부정하거나 외면하지 말고 대면하여 이겨 내자는 격려와 희망의 메시지를 전달하고 있다. 화자는 이 시에서 상한 갈대와 같이 상처받은 영혼을 안고 사는 사람들에게, 뿌리가 깊다면 밑동이 잘려도 새순이 돋는다는 점을 강조한다. 즉 역경이 닥쳐와도 그것을 수용하며 견디면 희망이 나타나고 이를 통해 성숙할 수 있다는 것이다. 그러므로 화자는 고통이 다가올 때 그것을 피하거나 부정하지 말고 당당하게 마주하라고 격려하고 있다.

- 주제 고통을 수용하는 성숙한 삶의 자세

- 구성

1연	고통을 당당히 대면하라고 권유함
2연	고통을 포용할 것을 제안함
3연	성숙한 삶의 자세로 고통을 함께 견뎌 나갈 동반자를 기다림

034 표현상 특징 파악   답 ③

(나)의 '고통에게로 가자', '살 맞대고 가자' 등에서 청유형 문장을 사용하고 있다. 이를 통해 고통을 직시하고 수용하려는 화자의 의지가 드러나고 있다. 독백적 어조를 활용하고 있는 (가)에서는 청유형 문장의 사용을 확인할 수 없다.

오답 피하기

① (가)에서는 감정 이입의 대상이 나타나 있지 않으므로 적절하지 않다.

② (나)의 화자는 시상이 전개되면서 소극적인 태도로 변화하는 것이 아니라, 고통을 직시하고 수용하는 삶의 태도를 점차 강조하고 있다.

④ (나)의 '외롭기로 작정하면 어딘들 못 가랴 / 가기로 목숨 걸면 지는 해가 문제랴'에 설의적 표현이 사용되었으며, (가)에서는 사용되지 않았다.

⑤ (가)에서는 '겨울 바다에 가 보았지', '남은 날은 / 적지만'과 같은 동일한 시구를 반복하고 있고, (나)에서는 '이 세상 어디서나 개울은 흐르고 / 이 세상 어디서나 등불은 켜지듯', '영원한 눈물이란 없느니라 / 영원한 비탄이란 없느니라'와 같이 유사한 통사 구조를 반복하고 있다. 그러나 이를 통해 화자가 처한 상황에 대한 냉소적 태도를 드러내고 있지는 않다.

035 외적 준거에 따른 작품 감상   답 ②

(가)에서 '매운 해풍'은 '진실'을 얼게 만드는 대상으로 화자가 겪게 되는 현실적 시련을 의미한다. 따라서 '매운 해풍'이 화자에게 삶의 의지를 다지게 하는 원동력으로 작용한다는 설명은 적절하지 않다.

오답 피하기

① 1연에서 화자가 말하는 '보고 싶던 새들'은 '미지의 새'들로 삶의 이상과 소망을 의미한다고 볼 수 있다. 따라서 화자는 겨울 바다에 미지의 새가 죽고 없었음을 확인하고 좌절과 허무를 경험한다고 볼 수 있다.

③ 4연에서 화자는 '나를 가르치는 건 / 언제나 / 시간'이라고 하며 겨울 바다에 섰다. 그리고 이러한 깨달음을 얻고 '끄덕이'는 행위를 하는데, 이는 화자가 삶에 대해 긍정적인 인식을 갖게 되었음을 의미한다고 볼 수 있다.

④ 6연에서 화자는 허무와 절망을 극복하기 위해 '기도'를 하며 이를 통해 '더욱 뜨거운 기도의 문이 열리'기를 희망한다. 그리고 그런 기도를 통해 허무와 절망을 이겨 내고자 하는 바람을 드러내고 있다.

⑤ 8연에서 겨울 바다라는 공간은 변하지 않았으나 인식이 전환된 이후에 화자는 마주한 바다에서 '인고의 물이 / 수심 속에 기둥을 이루고 있'는 것을 발견한다. 이는 화자의 허무한 삶에 대한 극복 의지를 시각적으로 형상화한 것으로 볼 수 있다.

036 구절의 의미 파악   답 ④

'눈물'이나 '비탄'은 상처 입은 존재가 겪는 고통을 의미하는 것으로, 화자는 이 고통은 유한하기에 언젠가는 끝이 난다는 희망을 말하고 있다. 따라서 ⓔ은 삶의 유한성에서 오는 무상감과는 거리가 멀다.

오답 피하기

① '넉넉히'라는 부사어는 '여유가 있게, 충분하게'의 의미를 가지고 있으므로, 이 작품에서는 고통 속에서도 의연한 갈대의 태도를 부각하는 데 사용되고 있다고 볼 수 있다.

② '밑둥 잘리'는 고통 속에서도 '뿌리 깊으면야', '새순'이 돋는다고 했으므로, ⓒ은 강한 의지만 있다면 어떤 고통과 절망 속에서도 희망을 품을 수 있음을 제시하고 있는 것으로 볼 수 있다.

③ 화자는 고통과 '살 맞대고 가자'라고 하며 특정 행동을 권유하고 있다. 이는 고통을 회피하지 않고 적극적으로 수용하려는 의지를 표현한 것으로 볼 수 있다.

⑤ '캄캄한 밤'이란 부정적 현실을 의미하므로, '마주 잡을 손'은 부정적 현실 속의 고통을 함께 극복할 동반자가 나타날 것이라는 낙관적 인식을 보여 주는 것으로 볼 수 있다.

수능 연계 포인트

수능 연계 교재에서는 '고향'을 주요 제재로 삼아 과거에 대한 그리움을 노래한 〈우라지오 가까운 항구에서〉와 〈흑백 사진 − 7월〉을 엮어 지문으로 제시하여, 표현상 특징, 배경 및 소재의 기능, 시어 및 시구의 비교, 외적 준거에 따른 작품 감상 등을 물었다. 우리 교재에서는 유년 시절의 추억을 형상화한 〈흑백 사진 − 7월〉과 〈추억에서〉를 엮어 지문으로 제시하여 비교 감상할 수 있도록 하였다. 표현상 특징, 시적 공간의 의미와 기능, 작품에 활용된 이미지, 화자의 정서와 태도를 중심으로 작품을 감상해 보도록 한다.

(가) 정일근, 〈흑백 사진 − 7월〉

- **해제** 이 작품은 여름날 자연 속에서 마음껏 뛰어놀았던 평화로운 유년 시절에 대한 추억을 노래하고 있다. 냇가에서 헤엄치며 흘러가는 냇물과 냇물에 비친 미루나무에 말을 건네는 화자의 모습에서 순수한 동심의 세계가 잘 드러나고, 물놀이를 마친 후 누나가 다니는 분교의 풍금 소리를 자장가 삼아 미루나무 그늘 아래에서 낮잠을 즐기는 화자의 모습에서 평화로움을 느낄 수 있다.
- **주제** 행복했던 유년 시절의 여름날 추억
- **구성**

내 유년의 ~ 쉼 없이 흘러갔다.	냇가에서 바라본 아름다운 자연 풍경
냇물아 흘러 ~ 미루나무 한 그루.	화자의 눈에 비친 미루나무의 모습
달아나지 마 ~ 잠이 들었다.	화자의 평화로운 유년 시절

(나) 박재삼, 〈추억에서〉

- **해제** 이 작품은 가난했던 어린 시절에 대한 추억을 노래하고 있다. 진주 장터 생어물전에서 고기를 팔며 가족의 생계를 책임졌던 어머니의 삶을 회상하며, 가난한 삶으로 인해 어머니가 느꼈을 한(恨)을 장사 끝에 남은 고기 몇 마리의 빛 발하는 눈깔과 달빛 받은 옹기들의 반짝임과 같은 시각적 이미지를 통해 형상화하고 있다. 화자는 고달픈 삶을 사신 어머니에 대한 안타까움과 그리움을 경상도 사투리와 의문형 어미를 통해 효과적으로 드러내고 있다.
- **주제** 가난했던 어린 시절과 어머니의 한(恨)
- **구성**

1연	해 질 무렵 진주 장터의 생어물전
2연	가난에서 벗어나기 힘들었던 삶과 어머니의 한(恨)
3연	골방에서 떨며 어머니를 기다렸던 유년 시절의 추억
4연	진주 남강을 보며 느꼈을 어머니의 서러움

037 표현상 특징 파악   답 ③

(가)는 '냇물아', '미루나무야'에서 자연물인 '냇물'과 '미루나무'를 의인화하여 부르며 대상에 대한 친근감과 어린 화자의 동심을 드러내고 있다. 또한 '미루나무 손들을 흔들어' 등과 같이 자연물을 의인화한 표현을 통해 유년 시절 화자의 순수한 동심을 보여 주고 있다. 그러나 (나)에는 자연물을 의인화한 부분이 나타나 있지 않다.

오답 피하기

① (가)에는 '미루나무', '하늘', '바람', '새잎' 등 여러 대상이 등장하지만 이들을 비교하고 있지는 않으므로 적절하지 않다. (나)는 '진주 장터 생어물전'에서 '골방', '진주 남강'으로 공간을 이동하며 시상을 전개하고 있다.

② (나)의 4연 '달빛 받은 옹기전의 옹기들같이'에 비유적 표현이 쓰였지만, (가)에는 역설적 표현이 쓰이지 않았다.

④ (나)에는 계절감이 두드러지는 시어가 쓰이지 않았고, 오히려 (가)의 '7월'이라는 시어가 계절적 배경이 여름임을 드러내고 있다.

⑤ (가)에는 '차르르 차르르', '삐뚤삐뚤'이라는 음성 상징어가 나타나 있지만, (나)에는 음성 상징어가 쓰이지 않았다.

038 시적 공간의 의미와 기능 파악   답 ③

'생어물전'은 화자가 떠올린 추억 속의 공간으로, 가족의 생계를 책임진 어머니의 삶의 현장이다. 그러나 '생어물전'으로 인해 화자가 과거를 떠올린 것은 아니다.

오답 피하기

① '냇가'는 어린 화자가 여름날 수영을 즐기고 미루나무가 된 것처럼 자연과 동화되었던 유년 시절의 공간으로, 어린 화자의 순수한 동심이 나타나는 공간이다.

② '미루나무 그늘 아래에서 7월은 더위를 잊은 채 깜빡 잠이 들었다'라는 구절을 통해 '미루나무 그늘 아래'는 화자가 오수(낮잠)를 즐기는 시골의 평화로운 정경을 나타낸다는 것을 알 수 있다.

④ '골방'은 엄마의 귀가를 기다리며 오누이가 손 시리게 떨었던 곳으로, 엄마 없는 외로움을 부각하는 공간이자, 화자 가족의 가난한 처지를 상징적으로 보여 주는 공간이다.

⑤ '진주 남강 맑다 해도 / 오명 가명 / 신새벽이나 밤빛에 보는 것을'이라는 구절을 통해 어머니는 새벽부터 밤까지 생선 장사를 하시느라 '진주 남강'의 맑은 모습을 제대로 보지 못했다는 것을 알 수 있다. 따라서 '진주 남강'은 새벽부터 밤까지 생업에 종사하며 고달프게 살아가는 어머니의 삶을 부각한다고 볼 수 있다.

039 시어와 시구의 의미 파악   답 ③

'과수원을 지나온 달콤한 바람은 ~ 내 겨드랑에도 간지러운 새잎이 돋고'는 나뭇잎들이 화자의 몸에 닿아 느끼는 간지러움을 표현한 것이 아니라, 화자의 겨드랑이에 바람이 불 때 느끼는 간지러움과 자연과 동화된 화자의 모습을 표현한 것이므로 적절하지 않다.

오답 피하기

① '파란 하늘에 뭉게구름 내려와 어린 눈동자 속 터져 나갈 듯 가득 차고'는 유년 시절의 화자가 하늘에 떠 있는 구름을 바라보고 있는 모습을 형상화한 것이다. 따라서 '가득'이라는 부사어를 사용하여 그 모습을 부각한다고 볼 수 있다.

② '과수원을 지나온 달콤한 바람은 미루나무 손들을 흔들어 차르르 차르르'는 미루나무의 잎들이 바람으로 인해 서로 부딪히는 모습을 표현한 것이다. 따라서 '차르르 차르르'는 바람으로 인해 미루나무의 잎들이 서로 부딪치며 내는 소리를 구체적으로 표현한 것이라고 볼 수 있다.

④ '귀에 들어간 물을 뽑으려'를 통해 화자가 물놀이를 끝냈음을 알 수 있고, '온몸으로 퍼져 오던 따뜻한 오수'는 화자가 낮잠이 드는 상태를 나타낸다. 따라서 '퍼져 오던'은 물놀이를 끝낸 뒤 낮잠에 빠져드는 화자의 상

태를 드러낸다고 볼 수 있다.

⑤ '멀리 누나가 다니는 분교의 풍금 소리 쌓이고'는 냇가와 멀리 떨어진 학교로부터 풍금 소리가 퍼져 화자에게까지 들린다는 의미이다. 따라서 '멀리'는 화자가 위치한 냇가와 누나가 다니는 학교 사이의 거리감을 드러낸다고 볼 수 있다.

040 외적 준거에 따른 작품 감상   답 ②

2연에서 고기의 '빛 발하는 눈깔'이 '은전'에 대한 연상으로 이어지고 있으나, 어머니가 버는 돈에 대한 어린 화자의 기대를 표현한 것은 아니다. '은전만큼 손 안 닿는 한'이라고 한 것을 통해 가난에 대한 한을 표현하고 있음을 알 수 있다.

오답 피하기

① 조금 어둑한 상태를 의미하는 '어스름'이 환기하는 어두운 이미지는 작품 전반에 흐르는 무겁고 애상적인 분위기와 조응한다.

③ 화자는 가족의 생계를 책임진 어머니를 '울 엄매야 울 엄매'라고 반복하여 부르며 어머니에 대한 그리움과 한스러운 삶을 산 어머니에 대한 안타까움을 드러내고 있다.

④ 밝은 '별 밭'은 소망이나 희망 등으로 해석될 수 있는데, 이것이 멀리 떨어져 있다고 하여 가난으로 인한 힘겨운 생활과 그런 현실에서 벗어나는 것이 쉽지 않았던 유년 시절의 상황을 드러내고 있다.

⑤ 화자는 가족의 생계를 책임진 어머니의 심정을 '어떠했을꼬', '반짝이던 것인가'와 같이 의문형 어미를 통해 추측하고 있는데, 이 같은 추측 속에는 어머니의 힘겨운 삶에 대한 공감과 연민이 담겨 있다.

정답 체크   본문 p. 40-53

041 ②	042 ⑤	043 ②	044 ②	045 ⑤	046 ⑤
047 ③	048 ④	049 ③	050 ④	051 ⑤	052 ⑤
053 ③	054 ④	055 ②	056 ③	057 ④	058 ③
059 ⑤	060 ④				

041~044 | 이옥, 〈류광억전〉

수능 연계 포인트   ✦ 연계 기출 2014 6월 고2 교육청 B형

수능 연계 교재에서는 당대의 부정적인 세태를 드러낸다는 점에서 이옥의 고전 소설 〈류광억전〉과 신헌조의 사설시조 〈벌의 줄 잡은 갓은〉, 김창협의 한시 〈착빙행〉을 갈래 복합 지문으로 구성하였다. 그리고 한 작품의 화자 관점에서 다른 두 작품을 감상하거나 문학의 기능을 준거로 세 작품을 감상하는 문제, 그리고 두 작품의 특정 부분의 표현상 특징을 비교하는 문제를 출제하였다. 또 〈류광억전〉 단독 문제로는 인물에 대한 이해, 인물전의 구성상 특징을 준거로 한 작품 감상 문제를 제시하였다. 우리 교재에서는 〈류광억전〉의 인물전으로서의 3단 구성에 주목하여 지문을 세 문단으로 나누어 제시한 기출 문제를 선정하였다. 소설에서 자주 출제되는 서술상 특징과 구절의 의미를 기본적으로 파악하고, 인물의 태도에 대해서도 비판할 수 있어야 한다. 또한 전(傳)의 형식을 각 문단들과 관련지어 작품의 특징을 이해할 수 있도록 한다.

- 해제   이 작품은 과거 시험지의 답안을 팔아 살아가는 류광억이라는 인물의 모습을 통해 세상에 팔지 못할 물건이 없게 된 당대 세태를 풍자하고 있는 고전 소설이다. 이 작품은 인물의 행적을 다룬 '전'의 형식을 띠고 있지만, 일반적인 '전'의 형식과 다르게 주제 의식을 처음 부분에서 외사씨의 말과 함께 간단히 소개한 다음 류광억의 행적을 서술하고, 매화외사의 말로 논평을 하면서 마무리하는 구조로 되어 있다. 여기서 '외사씨'와 '매화외사'는 모두 작가 이옥의 별호인데, 작가는 앞뒤 부분에 세태와 류광억에 대한 논평을 덧붙여, 과거 시험의 부정행위가 만연한 부도덕한 사회에 대한 비판 의식을 드러내고 있다.

- 주제   과거 시험의 부정과 타락한 사회상 비판

- 전체 줄거리   류광억은 신분이 낮고 가난하지만 과거 시험의 문체에 능하여 과거의 답안을 대신 써 주며 생계를 꾸려 가는 사람이다. 일찍이 류광억은 영남 향시에 급제하여 서울로 시험을 치르러 가던 중 은밀하게 어느 부잣집으로 인도된다. 그리고 부잣집 주인의 아들을 위해 과거 시험의 대리 답안을 작성해 주고, 주인의 아들은 진사가 된다. 그 이후에도 류광억은 타인의 답안을 대리로 작성해서 이익을 취한다. 그러던 중 감사와 경시관이 류광억의 글을 찾아내는 것으로 글에 대한 안목이 있음을 입증하는 내기를 한다. 그런데 경시관이 과장에서 뽑은 시험 답안들에는 류광억이라는 이름이 나오지 않는다. 몰래 알아보니 그 답안들은 모

두 류광억이 돈을 받은 액수에 맞춰 차등을 두고 지어 준 것이었다. 경시관은 감사와 내기를 하였으므로 죄를 범한 사실을 증거로 얻기 위해 공문서를 내려 류광억을 잡아 오게 한다. 이에 류광억은 잡혀가면 죽음을 면할 수 없다고 지레 겁을 먹고 밤에 술을 마신 뒤 강물에 빠져 죽는다. 경시관은 이를 듣고 애석해한다.

041 서술상 특징 파악 답 ②

이 글에서는 부잣집 주인 아들이 류광억의 글로 진사에 합격한 사건, 경시관이 고른 세 개의 글 모두 류광억이 쓴 글임이 드러나는 사건을 요약적으로 진술하고 있는데, 이를 통해 류광억의 글솜씨가 뛰어나다는 특성을 드러내고 있다.

오답 피하기

① 이 글에서는 주인 집, 과장, 합천군, 강 등의 공간적 배경과 밤이라는 시간적 배경이 드러나 있지만, 이러한 시·공간적 배경을 구체적으로 묘사한 부분은 찾아볼 수 없다.

③ 이 글에서는 류광억이 쓴 시를 삽입하고 있는데, 이는 류광억의 뛰어난 글솜씨를 보여 주기 위해 제시한 것이다. 따라서 시를 삽입하여 류광억의 비극적 결말을 암시해 준다고는 할 수 없다.

④ 이 글은 전지적 시점으로 일관되게 서술하고 있다. 서술의 시점을 달리하여 사건의 입체성을 살리는 부분은 찾아볼 수 없다.

⑤ 이 글에서는 경시관과 감사가 대화를 나누며 내기를 하게 되고, 이 내기가 결국 류광억이 자결하게 되는 계기로 작용하기는 하지만, 인물 간의 갈등이 대화 장면에서 구체적으로 드러나는 것은 아니다.

042 구절의 의미 파악 답 ⑤

경시관은 감사와 류광억의 글을 알아낼 수 있는지를 가지고 내기를 하였다. 이후 경시관은 류광억이 다른 사람들의 시험 답안을 대신 써 주었다는 사실을 알고도 감사가 글을 보는 자신의 안목을 믿지 않을 것을 염려하여 류광억의 공초를 얻어 증거를 삼으려고 그를 잡아서 보내라 한다. 즉 경시관은 감사와의 내기에서 이기기 위해 범죄 사실을 인정하는 류광억의 진술을 받으려고 그를 체포하려 한 것이다. 따라서 ⑩을 통해 경시관이 류광억에게 청탁한 인물들을 체포하려고 한 것을 알 수 없다.

오답 피하기

① ㉠은 세상에서 사지 못할 것도 팔지 못할 것도 없을 정도로 이익만을 추구하는 세태를 나타낸다. 이는 사회 전반에 잇속을 좇는 풍조가 만연하였음을 보여 준다고 할 수 있다.

② ㉡은 류광억이 쓴 글을 옮겨 적기 위해 서사꾼이 준비하고 있음을 드러낸다. 이를 통해 류광억과 같이 과거 시험의 답안을 대신 작성하는 사람 외에 서사꾼처럼 글씨를 대신 써 주는 사람도 과거 부정행위에 동원되었음을 알 수 있다.

③ '이만 냥을 가지고 광억을 찾아온 사람도 있었고'를 통해 돈을 많이 가진 사람이 류광억에게 청탁을 하였음을 알 수 있다. 또한 '그가 빌렸던 고을의 환곡을 미리 갚은 감사도 있었다.'를 통해 감사처럼 권력을 가진 사람 역시 류광억에게 청탁을 하였음을 알 수 있다.

④ ㉣은 류광억이 받은 돈의 액수에 따라 답안의 수준에 차이를 두었음을 보여 준다. 이를 통해 류광억이 답안의 수준을 조절할 수 있을 정도로 과제에 능숙했음을 알 수 있다.

043 외적 준거에 따른 작품 감상 답 ②

〈보기〉를 통해 '전'의 도입부에서는 인물의 가계나 성장 과정이 제시됨을 알 수 있다. 그러나 이 글의 도입부인 (가)에서는 류광억의 집안 내력과 성장 환경은 제시되어 있지 않고, 이익만을 추구하며 모든 것을 사고파는 세태와 이에 대한 '외사씨'의 논평이 제시되어 있다.

오답 피하기

① 〈보기〉를 통해 전형적인 '전'의 도입부에서는 인물의 가계나 성장 과정이 제시됨을 알 수 있다. 그러나 (가)는 '외사씨'의 논평을 제시하고 있으므로 전형적인 전의 구조에서 벗어난 것이라 할 수 있다.

③ 〈보기〉를 통해 '전'의 전개부에서는 인물의 업적이나 잘못을 열거한다는 것을 알 수 있다. 그리고 (나)에서는 류광억이 과거 시험의 답안을 대신 써 주는 부정행위를 부잣집 아들과 관련된 일화, 경시관과 감사의 내기와 관련된 일화 등을 통해 나타내고 있다. 따라서 류광억의 옳지 못한 행적을 몇 개의 사건을 들어 제시한 (나)를 전개부로 볼 수 있다.

④ 〈보기〉를 통해 '전'의 주인공은 주로 유교적 덕목을 실현하는 존재로 한정되었다가 신선, 도인, 예술가, 패륜자 등으로 확장되었음을 알 수 있다. 그리고 이 글에서는 과거 시험의 부정행위를 저지른 류광억이 주인공으로 설정되어 있으므로, 주인공이 유교적 덕목을 실현하는 존재가 아니라 부도덕한 존재이다. 따라서 (나)로 보아 '전'에 등장하는 주인공의 범위가 확장된 것을 알 수 있다.

⑤ 〈보기〉를 통해 '전'의 논평부에서는 저자의 견해, 평가, 교훈 등을 제시하는 것이 일반적이었음을 알 수 있다. 그리고 (다)에서는 '매화외사'의 말을 인용하여 류광억의 잘못을 통해 이익만 추구하는 세태를 비판하고 있다. 따라서 (다)는 주인공의 옳고 그름을 따져 부정을 일삼는 세태를 비판하고 있으므로 논평부에 해당한다고 할 수 있다.

044 인물의 태도 비판 답 ②

이 글에서 '주인'은 류광억이 아들의 과거 시험 답안을 대리로 작성하도록 류광억을 극진히 대접하고, 아들이 류광억의 글로 진사에 오르자 광억에게 말 한 필과 종 한 사람을 준다. 즉, '주인'은 아들의 과거 급제를 위해 돈으로 류광억을 매수하는 부당한 방법을 동원하고 있는 것이다. 따라서 이를 비판할 수 있는 속담으로는, 수단이나 방법은 어찌 되었던 간에 목적만 이루면 된다는 의미의 '모로 가도 서울만 가면 된다'가 적절하다.

오답 피하기

① '사공이 많으면 배가 산으로 간다'는 여러 사람이 저마다 제 주장대로 배를 몰려고 하면 결국에는 배가 물로 못 가고 산으로 올라간다는 뜻으로, 주관하는 사람 없이 여러 사람이 자기주장만 내세우면 일이 제대로 되기 어려움을 비유적으로 이르는 말이다.

③ '뒷간에 갈 적 마음 다르고 올 적 마음 다르다'는 자기 일이 아주 급할 때는 통사정하며 매달리다가 그 일을 무사히 다 마치고 나면 모른 체하고 지낸다는 말이다.

④ '떡 줄 사람은 생각지도 않는데 김칫국부터 마시고 있다'는 해 줄 사람은 생각지도 않는데 미리부터 다 된 일로 알고 행동한다는 말이다.

⑤ '얌전한 고양이 부뚜막에 먼저 올라간다'는 겉으로는 얌전하고 아무것도 못할 것처럼 보이는 사람이 딴 짓을 하거나 자기 실속을 다 차리는 경우를 비유적으로 이르는 말이다.

045~048 | 작자 미상, 〈조웅전〉

수능 연계 포인트

수능 연계 교재에서는 〈조웅전〉의 전반부에 해당하는 조웅의 고행담을 지문으로 구성하여 조웅이 조력자의 도움을 얻어 영웅적 면모를 지닌 인물로 거듭나는 과정을 보여 주었다. 우리 교재에서는 조웅이 적대자 이두병을 물리치고 나라를 구하는 후반부의 영웅적 무용담(군담)을 지문으로 구성하여 작품의 전반적인 내용을 파악할 수 있게 하였다. 이두병과 제신, 조웅 등 인물 간의 갈등 관계를 파악하고 작품의 핵심 서사를 이해하도록 한다.

- **해제**　이 작품은 조선 후기에 널리 향유된 작품으로, 나라에 충성하는 마음과 자유연애를 주제로 한 영웅 군담 소설이다. 영웅의 일대기 구조에 따른 조웅의 영웅적인 면모가 잘 드러나 있다. 작품의 전반부에서는 조웅의 고행담과 장 소저와의 결연담이 주된 서사를 이루고, 후반부에서는 적대자 이두병을 물리쳐 나라를 구하는 조웅의 영웅적 무용담(군담)이 펼쳐진다. 다만 일반적인 영웅 소설들에서 나타나는 기자 정성에 대한 이야기나 적강 모티프는 나타나 있지 않다. 유교적 사상인 효와 충을 배경에 둔 작품이지만 조웅의 고행을 사실적으로 그리고 있으며, 당대로서는 보기 드문 솔직한 연애 감정이 드러나 있다.
- **주제**　진충보국(盡忠報國)과 자유연애
- **전체 줄거리**　중국 송나라의 승상 조정인은 간신 이두병의 참소로 죽고, 아들 조웅은 어머니를 모시고 이두병을 피해 도망친다. 고된 유랑의 삶을 살던 조웅은 월경 대사와 철관 도사를 만나 병법과 무술을 전수받는다. 이후 조웅은 어머니가 있는 강선암에 가던 중 우연히 만난 장 소저와 혼인한다. 마침 서번이 위나라를 침입하자 조웅은 위왕을 도와 서번을 물리친다. 이때 이두병은 태자를 유배 보내고 스스로 황제의 자리에 올라 태자에게 사약을 내린다. 조웅은 송나라에 돌아와 위기에 빠진 태자를 구하고 이두병을 처단한다. 조웅은 그 공으로 제후에 봉해진다.

045 서술상 특징 파악　　　　　답 ⑤

전반부에서는 황제와 조웅의 갈등이 조웅 모자를 잡아 오라는 황제와 조웅 모자를 잡지 못하는 제신 간의 갈등을 유발하고 있고, 후반부에서는 황제와 조웅의 갈등이 제신의 배신이라는 문제 상황을 유발하고 있으므로 적절한 진술이다.

오답 피하기

① 조웅과 황제(이두병)의 갈등은 황제(이두병)가 송의 태자를 쫓아내고 스스로 황제가 되었기 때문이며, 황제와 제신의 갈등은 제신이 조웅을 잡지 못하고 있기 때문이다. 따라서 우연한 사건이 거듭 발생하여 인물들 간의 갈등이 심화되고 있다는 설명은 적절하지 않다.

② 후반부에서 사건이 새로운 국면으로 전환되고 있지만 초월적 시 · 공간은 나타나 있지 않다.

③ 대화와 행동을 통해서 인물의 심리가 드러날 뿐, 공간적 배경을 세밀하게 묘사한 부분은 확인할 수 없다.

④ 후반부는 전반부로부터 시간이 많이 경과한 후의 상황으로 동일 시간에 벌어진 사건의 병치라고 할 수 없다. 또한 황덕을 비롯한 백관의 모의 상

황 역시 황제가 친히 조웅에 대적하기 위해 출병을 결정한 그날 밤에 이루어진 일로 다른 시간대에 벌어지는 사건으로 볼 수 있다.

046 인물의 말하기 방식 파악   답 ⑤

[A]의 '천명이 온전하거늘,' '신명을 돌아보아 송업을 끊지 말라'와 [B]의 '하늘이 나를 명하사 ~ 송실을 회복하고자 하였으며'에서 보듯 조웅은 하늘의 뜻, 송나라 황실을 지켜야 한다는 명분에 근거하여, 황제의 자리를 빼앗아 차지한 상대인 이두병을 꾸짖으며 비판적 인식을 드러내고 있다.

오답피하기
① [A]는 [B]와 달리 고사를 인용하고 있지만, 이는 이두병의 능력을 조롱하기 위한 것이 아니라 천명(신명)을 거스를 수 없음을 강조하기 위한 것이다.
② [B]가 아니라 [A]에서 상대가 범한 잘못을 구체적으로 언급하며 상대를 꾸짖고 있다.
③ [B]는 '의병 팔십만'이라는 세력의 규모를 바탕으로 상대를 압박하고 있지만, [A]에서는 세력의 규모를 확인할 수 없다.
④ [B]는 격서의 성격으로 조웅이 이두병을 공격할 것을 예고하고 있지만, [A]에서는 조웅이 이두병에게 취할 행동을 확인할 수 없다.

047 인물의 심리와 태도 파악   답 ③

ⓒ에서 '오 형제'가 '자장격지'의 방법을 제시하자 '황제'는 할 수 없이 군장을 택취하며 친행하려 하였다. 즉 '황제'는 ⓒ에서 제시한 방법을 실행하려는 태도를 보이고 있는 것이다. 이때 묵묵부답으로 일관하던 '제신'은 조웅과 맞서 겨루는 일에 두려움을 느끼고 ⓔ과 같은 논의를 하였다. 따라서 '오 형제'가 제시한 방법을 '황제'가 실행하지 않자 '제신'이 ⓔ과 같은 논의를 하고 있다는 진술은 적절하지 않다.

오답피하기
① 서술자는 ⓒ과 같은 안일한 생각으로 ⓐ에서 고작 황성 삼십 리 이내 지역을 뒤지고 있는 '제신'의 행동을, '곳곳이 뒤져 본들 벌써 삼천 리 밖에 있는 조웅을 어찌 잡으리오.'와 같이 말하며 회의적으로 바라보고 있다.
② ⓑ에서 '제신'은 '우물에 든 고기'와 같은 관용적 표현을 통해 조웅과 그 어미를 쉽게 잡을 수 있음을 강조하여 '황제'를 안심시키려 하고 있다.
④ ⓔ에서 '승상'은 수많은 가족들을 두고 어찌 도망하며 도망한들 어찌 살기를 바라겠느냐고 이야기하며, 처자를 지키고 좋은 벼슬까지 할 수 있는 묘책을 제안하려 하고 있다.
⑤ ⓕ은 용장 육십여 인이 궐내에 복병하였다가 황제와 황자 오 형제를 결박한 후 한 말로, 황제 이두병의 세력이 쇠할 때가 되었으므로 어쩔 도리가 없음을 이야기하고 있다. 즉 '제신'은 하늘의 뜻에 따라 쇠락한 황제를 결박하였다고 말하며 자신들의 행동을 합리화하는 태도를 보이고 있다.

048 외적 준거에 따른 작품 감상   답 ④

의병장인 조웅이 보낸 격서는 조웅이 하늘의 명으로 황제(이두병)를 치고 송나라 황실을 회복할 것이니 두려우면 항복하라는 내용이다. 이를 본 황제와 제신이 대경 황망하여 어찌할 줄을 모르고 서로 돌아봤다는 것은 조웅과 맞서는 일에 대한 두려움 때문이지, 민

중들이 꿈꾸었던 정치적 변혁을 이루지 못한 자책 때문이 아니다. 송나라 황실을 회복하려는 조웅을 긍정적으로, 역적인 황제를 부정적으로 서술한 점을 감안할 때 당시 민중이 꿈꾸었던 정치적 변혁은 황제와 제신 같은 부정한 위정자들을 쫓아내는 것이라고 할 수 있다.

오답피하기
① 임진왜란이나 병자호란과 같은 실제 사건을 배경으로 하지 않는 창작 군담 소설인 〈조웅전〉이 공간적 배경을 중국 송나라로 설정한 것은 사회적 제약에서 벗어나 자유로운 창작을 하기 위해서인 것으로 볼 수 있다.
② 자신들이 섬기던 황제를 자신들의 지위를 유지하기 위해 배신하는 신하들의 비열한 모습에는 당시 사리사욕에만 눈이 먼 위정자에 대한 민중의 반감이 반영되었다고 볼 수 있다.
③ 조웅이 어려서 이두병으로 인해 고난을 겪는다는 설정은, 그러한 시련을 겪어 냄으로써 조웅이 영웅적 면모를 갖추게 되었음을 강조하고 조웅의 영웅적 위업을 더욱 두드러지게 만드는 효과가 있다.
⑤ 전반부에서 고작 팔 세에 불과하던 조웅이 후반부에서 대원수가 되어 나타난다. 따라서 이 과정에는 조웅이 조력자를 만나 도술을 배움으로써 국가를 위기 상황에서 구해 낼 수 있는, 영웅적 능력을 갖추어 가는 내용이 담겨 있었을 것으로 볼 수 있다.

누명을 실으니 원정을 뉘게 말하리오'에서 서술자가 인물이 처한 상황에 대해 평을 하고 있다.

오답피하기

① '시랑의 풍채 전일보다 더욱 뛰어나 몸에 운무사관대를 입고 허리에 금사각대를 띠었으니'에서 시랑의 외양을 자세히 묘사하고 있기는 하다. 그러나 '천상 신선이 하강한 듯하더라'는 시랑의 풍채가 훌륭함을 신선에 빗대어 나타낸 것이지 그가 천상의 인물임을 암시하는 것은 아니다.

② 서술자가 인물이 한 말을 요약하여 제시한 부분은 이 글에 나타나 있지 않다. 노 씨의 말 중 '신랑이 방문 밖에서 어떤 남자와 소리 지르며 여차여차 하니'에서 '여차여차 하니'는 서술자가 인물의 말을 요약한 것이 아니라 노 씨가 대강의 상황을 유 승상에게 전하고 있는 것이다.

④ 이 글에 인물의 처지와 관련이 있는 고사를 인용한 부분은 없다.

⑤ 제시된 장면의 갈등 요소는 간부의 등장으로 시랑이 소저를 의심하여 혼인 첫날밤에 자신의 집으로 돌아간 것으로, 이로 말미암아 소저는 죽게 된다. 따라서 인물들 간의 대화가 진행됨에 따라 갈등이 해소된다고 볼 수 없다.

수능 연계 포인트

수능 연계 교재에서는 추연이 정렬부인 조 씨의 계략에 의해 외간 남자와 사통했다는 모함을 받고 고난을 겪다가 사건의 전말이 드러나면서 권선징악의 주제 의식이 구현되는 작품 후반의 내용을 지문으로 구성하였다. 우리 교재에서는 계모 노 씨의 계략으로 을선이 추연에게 다른 남자가 있다고 오해하여 떠나는, 계모와 전처소생의 갈등이 드러나는 작품 전반부의 내용으로 지문을 구성하여 작품의 전반적인 갈등 양상을 파악할 수 있도록 하였다.

· 해제 조선 후기의 가정 소설로, 〈유소저전〉이라고도 하며, 전반부는 계모형 가정 소설, 후반부는 쟁총형 가정 소설의 면모를 보인다. 다른 가정 소설과 달리 남녀 주인공인 을선과 추연의 애정 성취를 위한 적극적 자세가 두드러지는데, 이는 중세적 질서와 규범이 약화되어 가는 과정에서 개인적 가치를 추구하는 당대 사회의 이념이 소설에 반영된 것으로 볼 수 있다. 우리나라를 배경으로 하고 있으면서도 중국의 지명과 관직명이 섞여 나타난다는 특징이 있다.

· 주제 시련(계모의 학대와 처첩 간의 갈등)을 극복하고 이룬 남녀 간의 절대적인 사랑

· 전체 줄거리 송나라 때 좌승상 정진희는 자식이 없어 고민하던 중 용모와 재질이 뛰어난 아들을 낳고 이름을 을선이라 하였다. 한편 우승상 유한성은 후처인 노 씨와 딸 추연과 함께 살고 있었다. 어느 날 정진희가 을선을 데리고 유한성의 회갑연에 참석했는데, 이때 그네를 타고 있던 추연을 보고 을선은 상사병이 든다. 이를 정 승상이 알고 청혼을 하니 유 승상이 수락한다. 을선은 18세 때 과거 급제하고 추연의 집에서 혼례를 올리나, 계모 노 씨가 이를 시기하여 자신의 사촌 오빠를 추연의 간부로 꾸미고, 을선은 추연을 오해하여 첫날밤 자신의 집으로 돌아가 버린다. 추연은 억울함에 통곡하다가 죽고, 노 씨는 이로 인해 천벌을 받아 죽는다. 이후 추연의 울음소리를 들은 사람들이 모두 죽게 되어 마을이 황폐해진다. 임금의 명을 받고 조사하러 내려온 을선은 유모로부터 자초지종을 듣고 나서 자신이 오해했음을 알게 된다. 을선은 신기한 구슬을 얻어와 방 안에 있던 추연의 시신을 회생시킨다. 을선은 추연을 충렬부인으로 봉하고 다시 결혼하였는데, 초왕의 딸인 정렬부인과 이미 혼례를 한 상태였으므로 정렬부인이 추연을 시기하고 모해한다. 을선이 서융을 정벌하러 출전한 사이 정렬부인이 남장한 시비를 추연에게 보내어 계략을 꾸미니, 추연의 절개를 의심한 시어머니가 추연을 죽이려 한다. 목숨을 보전한 추연은 혼자서 아들을 낳았지만 사경을 헤매게 되고, 을선은 집으로 돌아와 사실을 확인하고 정렬부인을 벌한다. 이후 추연과 을선은 행복한 나날을 보내다가 생을 마친다.

050 작품의 내용 파악 답 ④

소저는 시랑에게 '군자는 잠깐 앉아 첩의 말을 들으소서.'라며 자신의 억울함을 말해 오해를 풀고자 하였으나, '시랑이 들은 체 아니하고 나와 부친께 수말을 고하고 바삐 가' 버렸다. 따라서 소저가 시랑에게 무고함을 말하였으나 시랑이 믿지 않았다는 내용은 적절하지 않다.

오답피하기

① '노 씨 ~ 계교를 생각하고 이에 심복으로 노태를 불러 가만히 차사를 이르고, 금은을 많이 주어 행사하라 하매, 노태 금은을 욕심내어 삼척장검을 집고 월광을 띠어 소저 침소에 이르러 동정을 살피고 입에 담지 못할 말로 유 소저를 갱참에 넣으니'에서 확인할 수 있다.

② '신랑이 교배석에 나아가 눈을 들어 신부를 잠깐 보니 ~ 신부 수색이 만안하고 유모 눈물 흔적이 있거늘 심중에 괴이하나 누구를 향하여 물으리오.'에서 확인할 수 있다.

③ 노 씨는 사촌 오라비인 노태를 불러 금은을 주고 유 소저의 간부인 척하게 하여 소저가 억울한 오해를 받도록 하였다. 그리고 자신이 일을 꾸몄으면서도 모른 체하고 승상에게 '신랑이 무삼 연고로 심야에 급히 가나잇가?'와 같이 묻고 잠결에 들으니 신랑이 어떤 남자와 소리 지르며 여차여차 했다고 고하였다.

⑤ 노 씨는 소저를 해하려고 독약을 죽에 타 소저에게 먹으라고 주었다. 그러나 '하늘이 살피심이 소소'하여 갑자기 바람이 불어 티끌이 죽에 들어가면서 죽에 독이 든 것을 알게 되었고, 소저는 죽을 먹지 않고 무사할 수 있었다.

049 서술상 특징 파악 답 ③

'원래 이 간부로 칭하는 자는 노녀의 사촌 오라비 노태니 ~ 입에 담지 못할 말로 유 소저를 갱참에 넣으니'에서 서술자가 직접 개입하여 사건의 전말을 설명하고 있고, '가련하다 유 소저 백옥 같은 몸에

051 구절의 의미 파악 답 ⑤

㉠의 '일언'은 "어찌한 연고로 이 밤에 상경코자 하시나뇨?"에 대한 대답이므로 시랑이 밤중에 갑자기 돌아간 이유에 해당한다. 그러나 ㉡은 '유모가 소저가 죽을까 겁하여 만언으로 위로'하였으나 소저가 대답을 하지 않았다는 말이므로, 이때의 '일언'은 유모의 위로에 대한 소저의 대답을 의미한다.

① ㉠의 주체는 정공 부자, 즉 시랑과 그의 부친이다. ㉡은 소저가 부친의 물음에 대답하지 않는다는 말이고 ㉢은 소저가 유모의 위로에 대답하지 않았다는 말이므로 둘 다 주체는 소저이다.

② 시랑과 그의 부친은 소저에게 다른 남자가 있다고 생각하고 분노해 돌아가려고 하고 있으므로 ㉠과 같이 유 승상의 물음에 답하지 않고 떠난 것에는 소저와 '어떤 남자'에 대한 분한 마음이 담겨 있다고 할 수 있다.

③ 소저는 억울한 상황에 있으면서도 아버지의 물음에 ㉡과 같이 어떠한 변명도 하지 않는 것으로 보아, '어떤 남자'로 인해 자신의 정숙함을 오해받고 있는 현재의 상황을 말로써 풀기 어렵다고 체념하고 있음을 알 수 있다.

④ 혈서를 쓴 적삼을 받은 유모는 '소저가 죽을까 겁하여 만언으로 위로하'지만 이에 소저가 ㉢과 같이 대답을 하지 않고 슬피 울다가 죽은 것으로 보아, 소저는 죽음으로써 자신의 결백을 증명하겠다는 의지를 품고 있었음을 짐작할 수 있다.

052 외적 준거에 따른 작품 감상 답 ⑤

소저의 아버지인 유 승상은 처음에는 소저를 꾸짖으며 사실대로 말하라고 했지만 소저가 말을 하지 않고 우는 모습을 보자 '전일에 지극한 효성으로 오늘날 불효를 끼치니 무삼 곡절이 있도다.'라고 생각한다. 또 유모에게 소저의 죽음을 전해 듣고는 크게 놀라며 '일장을 통곡'였으므로, 가정이 정조를 잃은 여성에게 가한 억압 때문에 소저가 죽음에 이른 것이라고 볼 수 없다.

① '저 더러운 계집'은 정숙함의 가치가 훼손된 소저에 대한 사랑의 노여움을 엿볼 수 있는 표현이다.

② '누명'이란 사실이 아닌 일로 이름을 더럽히는 억울한 평판이다. '유 소저 백옥 같은 몸에 누명을 실으니'는 노 씨가 꾸민 부정 누명으로 인해 소저가 정숙하지 못한 여인이라는 평판을 얻게 되었음을 말하고 있다.

③ 칼을 빼어 죽으려 하다가 소저가 자신의 속적삼에 혈서를 쓴 이유는 '내 일신이 옥 같음'을 알려 부정 누명을 벗기 위해서이다.

④ '불초한 자식'이란 어리석고 못난 자식이라는 뜻으로 부정 누명을 쓴 소저 자신을 일컫는 말이다. 즉 정숙함을 훼손했다는 누명을 쓴 자신 때문에 집이 망하게 되었다는 말로, 당시 사회에서는 정조를 잃었다는 것 때문에 집안이 망하는 일도 있었다는 것을 짐작할 수 있다.

053~056 | 작자 미상, 〈이대봉전〉

수능연계포인트

수능 연계 교재에서는 〈이대봉전〉 가운데 여주인공인 장애황의 '영웅담' 중 장애황이 남장을 통해 위기를 극복하고 학업과 무예를 익히게 되는 부분을 지문으로 구성하고 '여성 영웅 소설'로서의 평가에 주목해 문제를 출제하였다. 우리 교재에서는 이 이대봉과 장애황이라는 남녀 주인공의 서사가 유사한 구조로 제시된다는 점에 착안하여, 이대봉이 간신 왕희에 의해 유배지로 가던 중 겪는 시련, 조력자를 만나 영웅적 면모를 갖춰 가는 과정을 다룬 작품 앞부분을 제시하여 감상의 폭을 넓혔다.

- **해제** 이 작품은 조선 후기의 대표적인 창작 군담 소설로, 첫째는 〈조웅전〉이요 둘째는 〈이대봉전〉이라는 뜻의 '일 조웅 이 대봉'이라는 속담이 있을 정도로 높은 인기를 누린 영웅 소설이다. 이 작품은 천정배필인 남녀가 정혼하였으나 적대자로 인해 이별한 후 우여곡절 끝에 재회한다는 애정담의 서사 구조와, 시련을 극복하고 비범한 능력을 발휘하여 과업을 수행하고 승리하는 영웅담의 서사 구조가 결합되어 있다. 특히 남녀 주인공인 이대봉과 장애황의 서사를 번갈아 전개하면서 두 인물의 영웅적 행적을 그린 것이 특징적이다. 두 인물의 개별적 서사를 결합하여 국가적 위기를 해소하고 개인적 시련을 초래한 적대자를 징치하며 천정배필인 남녀가 재회하는 과정을 그려 내고 있다.

- **주제** 이대봉과 장애황의 영웅적 행적

- **전체 줄거리** 중국 명나라의 이부시랑 이익은 오랫동안 자식이 없다가 금화산 백운암에 시주하고 빌어 아들 대봉을 낳는다. 대봉은 같은 날 태어난 장화림의 딸 애황과 장차 혼인하기로 약속한다. 한편 간신 왕희 때문에 나라가 위태로워지자 이익은 상소를 올리나 오히려 왕희의 모함으로 귀양을 가게 된다. 왕희는 이익과 대봉을 물에 빠뜨려 죽이려고 하나 대봉은 용왕의 도움으로 살아나 백운암에서 도술을 익힌다. 애황 역시 부모를 잃고 왕희의 흉계를 피해 남장을 하여 계운으로 이름을 바꾸고 무술을 익힌다. 애황은 과거에 급제하여 한림학사를 제수받고 중원을 침공한 남선우를 물리친다. 이때 흉노가 침공하자 대봉이 나가 무찔러 항복을 받고, 돌아오는 길에 아버지를 만난다. 애황과 대봉은 왕희를 처단하고 황제의 주선으로 혼인한다. 그 뒤 대봉은 초왕으로 봉해져 부귀를 누리며 일생을 보낸다.

---

053 서술상 특징 파악 답 ③

'만학천봉은 하늘에 닿고 오색구름이 봉상에 걸렸더라. ~ 미록과 난학이 쌍쌍이 왕래하니, 짐짓 별유선경이라.'라고 금화산의 아름다운 경치를 묘사한 뒤 '공자가 경치를 볼수록 심사 더욱 비창하여'라고 하였다. 이는 주변의 아름다운 경치가 인물의 처지와 대비를 이루면서 부모를 잃고 혼자 살아남은 공자의 심정을 부각하고 있는 것이다.

① 고사란 '유래가 있는 옛날의 일. 또는 그런 일을 표현한 어구'를 의미한다. 이 글에 고사는 제시되고 있지 않다.

② '짐짓 별유선경이라', '재주는 능히 풍운조화를 부리고 용력은 능히 태산을 끼고 북해를 뛸 듯하더라.' 등에서 서술자가 작품에 개입하고 있으나, 인물이 처한 비참한 상황에 대해 평을 하고 있지는 않다.
④ '재주는 능히 풍운조화를 부리고 용력은 능히 태산을 끼고 북해를 뛸 듯하더라.'에서 인물의 비범한 능력을 비유적으로 나타내고 있으나, 인물의 외양을 다른 것에 빗대고 있지는 않다.
⑤ 소저가 '일찍 부모를 여의고 의탁할 곳이 없어 동서로 표박하여 사해로 다니나이다.'라고 자신의 사연을 이야기하는 부분은 있으나, 다른 인물의 말을 인용하여 인물의 경험을 요약적으로 제시하는 부분은 나타나 있지 않다.

054 작품의 세부 내용 파악   답 ④

희씨 부인은 애황을 보고 '인물이 비범하고 풍채 준수하'다고 생각했으며 애황을 '공자'로 부르고 애황에게 '부디 학업을 힘써 공명을 취하라.'라고 말한다. 이를 통해 부인은 애황이 남장한 여인이라는 것을 눈치채지 못하고 애황을 남자로 여기고 있다는 것을 확인할 수 있다.

오답피하기
① '나는 서해 용왕의 동자러니, 우리 왕의 명을 받자와 공자를 구하였나니이다.'라는 동자의 말에서 확인할 수 있다.
② '저 산명은 금화산이요, 그 산중에 절이 있으되 이름은 백운암이라. 그 절을 찾아가면 자연히 구할 사람이 있으리이다.'라는 동자의 말에서 확인할 수 있다.
③ '노선사는 곤궁한 행인을 보시고 이렇듯 관대하시니, 생의 마음에 불안하여이다.'라는 대봉의 말에서 확인할 수 있다.
⑤ '소저가 학업을 공부할새 낮이면 시서백가를 읽고, 밤이면 손오병서와 육도삼략을 습독하여 창검 쓰는 법을 익히니'라는 내용에서 확인할 수 있다.

055 말하기 방식 비교   답 ②

[B]에서 부인은 자신의 집에 밥을 빌러 온 장 소저의 거동을 보고, '인물이 비범하고 풍채 준수하'다고 생각하여 '차인의 행색을 보니 본래 걸인이 아니라.'라고 말한다. 그리고 자신의 집에 머물라고 하면서 '부디 학업을 힘써 공명을 취하라.'라고 하였을 뿐, 소저 학식의 높고 낮음에 대해서는 언급하지 않았다.

오답피하기
① [A]에서 '귀댁 상공께 황금 오백 냥과 백미 삼백 석과 황촉 사천 개가 이 절에 들었사오니'라는 노승의 말은 공자의 부친이 예전에 백운암에 시주했던 일을 의미한다.
③ [A]에서 노승은 '오늘 이리 오심은 명천이 도우시고 부처님이 지시하심이라.'라고 하여 공자와의 만남이 하늘의 뜻임을 강조하고 있다. 그러나 [B]에서 부인은 장 소저와의 만남이 하늘의 뜻임을 강조하고 있지 않다.
④ [B]에서 소저는 '본대 기주땅에 사는 장계운이라 하옵고 나이는 십육 세로소이다.'라고 밝히며 자신의 거주 성명을 부인에게 직접 말하고 있다. 그러나 [A]에서는 '공자가 중원 기주땅 모란동 이 시랑의 귀공자가 아니시닛가?'라고 하여 공자가 아니라 노승이 공자의 거주 성명을 밝히고 있다.
⑤ [A]에서 공자는 '선사가 소생을 이같이 애휼하시니 감사하여이다.'라고 하고 있고, [B]에서 소저는 '부인이 소생의 고혈함을 생각하사 존문에 두고

자 하시니, 하해 같은 은혜를 어찌 다 갚으리잇고?'라고 하고 있다. 즉 공자와 소저 모두 노승과 부인이 자신을 불쌍하게 여겨 은혜를 베푼다고 생각하고 감사함을 느끼고 있다.

056 외적 준거에 따른 작품 감상   답 ③

노승이 산문에 나와 금화산으로 들어온 대봉을 공손히 맞이한 것은 하늘의 뜻에 따라 대봉이 이곳에 올 것을 알고 있었기 때문이며, 과거 '귀댁 상공(대봉의 아버지)'과 인연이 있기 때문이라고 할 수 있다. 대봉은 아직 영웅으로서의 비범한 능력을 갖춘 상태가 아니며, 이후 백운암에서 수련을 거쳐 영웅성을 획득하게 된다.

오답피하기
① 〈보기〉에서 이 작품은 남녀가 이별하고 만나는 남녀이합의 구조를 중심으로 한다고 하였다. 간신 왕희와 그 아들 때문에 대봉과 애황이 이별하는 모습에서, 이 작품이 남녀이합의 구조를 띠고 있다는 것을 알 수 있다.
② 〈보기〉에서 이대봉은 자신에게 닥친 위기를 초월적 대상과의 만남을 비롯한 조력자의 도움으로 극복한다고 하였다. 동자는 서해 용왕의 명에 따라 나타난 초월적 존재로, 동자가 죽을 뻔한 대봉을 구하고 금화산 백운암으로 갈 것을 알려 주는 데서 조력자의 역할을 확인할 수 있다.
④ 〈보기〉에서 장애황의 경우 영웅으로서의 과업을 수행하기까지 남성 모티프의 활용이 두드러진다고 하였다. 애황은 남복을 하고 남성의 행세를 함으로써 희 씨 부인의 집에 머물 수 있었고 이곳에서 학문과 무예를 닦으면서 왕희 부자의 눈을 피하므로, 남장 모티프가 위기 극복에 활용되는 모습을 확인할 수 있다.
⑤ 〈보기〉에서 장애황은 다양한 시련을 겪으며 비범한 능력을 획득한다고 하였다. 애황은 희 씨 부인의 집에 머물며 학문과 무예를 닦아 풍운조화를 부리는 재주와 뛰어난 용력을 지니게 되었으므로, 이로부터 비범한 능력을 갖춘 영웅으로 거듭나는 과정을 확인할 수 있다.

수능 연계 포인트

수능 연계 교재에서는 이별에 대해 의연한 태도를 보이던 도령(생)이 그리움을 이기지 못하고 옛 연인 자란을 찾아 평양으로 떠나는 장면, 도령이 장원 급제한 뒤의 결말 부분 등을 지문으로 제시하였고 도령의 다면적인 성격과 야담으로서의 특징에 주목하여 문항을 구성하였다. 우리 교재에서는 아전의 도움을 받아 도령과 자란이 재회하고 함께 살기 위해 도망치는 부분을 지문으로 제시함으로써 '옥소선 이야기'의 특징인 사랑을 이루기 위한 충동적 결단, 인습에 반하는 행동 등에 주목하여 학습할 수 있도록 하였다.

- **해제**   이 작품은 사대부 남성과 기생의 신분을 초월한 사랑 이야기를 다루고 있다. 야담이면서 소설이기도 한 이 작품은 세상의 어려움을 모르던 귀공자가 연인과의 이별 뒤에 비로소 사랑을 깨달은 후 모든 것을 버리고 연인을 찾아 나서 결국 사랑을 성취한다는 내용을 담고 있다. 남녀 주인공은 사랑을 이루기 위해 마을에서 도망치는 일탈적 행위를 하지만, 과거 급제를 통해 사회에 다시 복귀하며 과거의 잘못을 용서받게 된다. 장원 급제를 한 남자 주인공이 정승에 오르고, 정실부인으로 신분 상승한 여자 주인공이 남자 주인공과 함께 부귀영화를 누리는 결말로 마무리된다.
- **주제**   신분을 초월한 사랑
- **전체 줄거리**   평안 감사의 아들인 도령이 명기인 자란과 사랑에 빠진다. 감사의 임기가 끝나 서울로 돌아올 때가 되자 도령은 의연하게 자란과 이별하지만, 산속의 절에서 과거 공부를 하다 자란이 그리워 평양으로 떠난다. 도령은 고생 끝에 평양에 도착하지만 자란이 신임 관찰사 아들의 총애를 받고 있다는 사실을 알게 된다. 도령은 아전의 도움으로 자란이 머물고 있는 산속 정자의 눈을 쓰는 인부로 위장하여 자란을 찾아가지만, 자란은 그를 모른 체한다. 하지만 자란은 아버지 제사를 핑계로 밖으로 나와 도령을 만난 후 함께 외딴 산골 마을로 도망간다. 그 후 자란은 도령을 독려하여 과거 공부를 하게 하고, 도령은 장원 급제하여 임금에게 자신의 과거를 고백한다. 임금은 도령을 용서하고, 도령은 자란을 정실부인으로 맞이하여 행복한 여생을 보낸다.

057 인물의 성격, 태도 파악   답 ④

도령은 아전의 목숨을 구해 준 과거의 일을 떠올리고 이 때문에 아전이 며칠 정도는 자신을 잘 대접해 줄 것이라 기대하며 아전의 집을 찾아갔다.

오답피하기

① 도령이 절에 머물며 공부를 한 것은 부친의 명에 의해 과거를 준비하기 위한 것이지, 자란에 대한 그리움을 잊기 위한 것이 아니다. 도령은 절에서 공부하다가 자란을 그리워하는 자신의 마음을 알게 된 것이다.

② 도령은 자란을 보고 싶은 욕망을 누를 수 없어 절을 뛰쳐나와 평양으로 향한 것이며, 산속 정자로 그녀를 찾아간 것이다. 또한 자란은 자신을 찾아온 도령을 모른 체하는데, 이는 도령이 자란을 찾아온 이후에 일어난 일이므로, 도령이 자란이 자신을 멀리하는 이유를 알기 위해 그녀를 찾아간 것이라는 진술은 적절하지 않다.

③ 도령이 눈을 쓸 때 비질이 서툴렀던 것은 부귀한 집의 자제여서 일을 해 본 적이 없었기 때문이라고 할 수 있다. 도령이 자란의 관심을 끌기 위해 일부러 서툰 척한 것이 아니다.

⑤ 도령은 자란이 자신을 바라본 후 방에 들어가 나오지 않자 풀이 죽은 채 슬픔에 잠겨 아전의 집으로 돌아왔다. 따라서 도령이 자란의 행동을 보고 아전의 집으로 돌아와 자란과의 재회를 준비했다는 진술은 적절하지 않다.

058 인물의 말하기 방식 파악   답 ③

ⓒ에서 아전은 자신이 눈을 치우는 사람을 차출하는 일을 담당하고 있음을 밝히면서 자신이 도령을 인부로 뽑을 수 있음을 드러낸 후, 도령이 인부로 위장해 산속 정자의 눈을 치우러 가면 자란의 얼굴을 볼 수 있을 것이라 말하고 있다. 이는 청자의 바람을 이루기 위해 화자 자신의 역할을 드러낸 후 청자가 취해야 할 행동과 예상되는 결과를 제시한 것이다.

오답피하기

① ⓐ에서는 자란의 현재 상황만 언급하고 있을 뿐, 청자인 도령의 과거 잘못은 지적하고 있지 않다.

② ⓐ에서는 도령이 만나기를 원하는 대상인 자란이 산속 정자에 머물고 있음을 밝히고 도령이 자란과 만나기가 어렵다는 점을 말하고 있을 뿐, 도령의 무심함을 질책하고 있지 않다.

④ ⓒ에서는 도령이 인부로 위장해 눈을 쓸러 가서 자란을 만나는 방안만 제시하고 있을 뿐, 이를 다른 방안과 비교하고 있지는 않다.

⑤ ⓐ에서 신임 사또의 아들은 도령의 바람을 방해하는 인물로 볼 수 있으며, ⓒ에서 도령이 눈을 쓰는 인부로 위장하는 것은 자란을 만나고 싶어 하는 도령의 바람을 이루기 위한 조건이라 볼 수 있다. 그러나 도령의 행동 변화를 강요하는 내용은 ⓐ, ⓒ 모두에서 확인할 수 없다.

059 외적 준거에 따른 작품 감상   답 ⑤

이 글에서 자란은 도령을 만나기 위해 신임 관찰사의 아들을 속이고 자신의 집으로 돌아온다. 그 후 도령과 의논하여 야밤에 도망칠 계획을 세우고, 보배들을 정리하여 앞날을 도모하고 있다. 이러한 자란의 모습은 여성 주인공이 서사를 이끌어 가는 구심점의 역할을 하는 것에 해당한다. 그러나 자란이 도망갈 계획을 세운 것은 도령과 만난 이후의 일로, 처음부터 도망갈 계획을 세우고 신임 관찰사의 아들을 속인 것은 아니다.

오답피하기

① 아버지의 명으로 산속 절에서 과거를 준비하던 도령이 갑작스레 절을 뛰쳐나와 천 리 길을 걸어 평양의 자란을 찾아온 것은 사랑을 이루기 위한 주인공의 충동적 결단이라 볼 수 있다.

② 도령이 자란과의 이별을 가볍게 여긴 것은 '고작 기생 따위와의 이별'이기 때문이므로, 신분 질서의 구속에서 벗어나지 못한 것으로 볼 수 있다. 또한 자란이 도령이 떠난 뒤 신임 관찰사 아들의 명을 따르는 모습 역시 기생이라는 자신의 신분에 부응하는 것이므로, 신분 질서의 구속에서 벗어나지 못한 것에 해당한다.

③ 도령은 자란을 만나기 위해 부친의 명을 거역하고 절을 뛰쳐나왔으며, 도령과 자란은 내일이면 다시 만나기 어렵다고 판단하고 자란의 어미 몰래 야반도주를 결행한다. 이는 부모를 섬기는 자식의 도리(효)에 벗어난다는

점에서 사랑을 이루기 위해 인습에 반하는 행동을 실행하는 것으로 볼 수 있다.

④ 도령과 자란이 몸을 의탁하는 곳인 시골 촌가는 양덕과 맹산 사이 깊은 골짜기 안에 있는데, 이는 남녀 주인공들이 인간의 본질적 욕망인 사랑을 추구하기 위해 유폐된 공간을 선택한 것으로 볼 수 있다.

060 다른 작품과의 비교 감상   답 ④

[A]와 [B]는 모두 자란을 본 후의 도령의 반응과 도령을 발견한 후의 자란의 반응을 구체적으로 제시하였다. 따라서 이로부터 수록자가 초점을 맞추는 인물이 다른 것을 확인할 수 없다.

오답 피하기

① [A]와 [B]에서 도령은 자란의 얼굴을 보고 싶어 눈을 쓰는 인부로 위장하여 산속 정자에 감으로써 자란의 모습을 보게 된다. 따라서 [A]와 [B] 모두에서 산속 정자에 간 도령의 목적이 실현되었음을 알 수 있다.

② [A]와 [B]에서는 모두 비질을 하는 도령을 자란이 본 뒤 외면하여 방으로 들어가고, 이러한 자란의 모습에 실망한 도령이 돌아가는 서사 구조가 나타난다.

③ [A]에서는 서술자의 서술을 통해 자신을 외면한 자란으로 인해 풀이 죽은 도령의 심리가 제시되어 있다. 이와 달리 [B]에서는 도령의 말을 인용하여 자란을 원망하는 도령의 심리를 제시하고 있다.

⑤ [A]와 [B]에서 모두 도령은 비질이 서툰 모습으로 제시되어 있는데, [A]에서는 관찰사 아들이 도령을 비웃는 주체로, [B]에서는 수청 기생들이 도령을 비웃는 주체로 나타나 있다.

현대 소설

정답 체크   본문 p. 54-65

061 ③	062 ②	063 ③	064 ⑤	065 ⑤	066 ⑤
067 ②	068 ④	069 ③	070 ③	071 ③	072 ②
073 ④	074 ④	075 ①	076 ⑤	077 ⑤	078 ①
079 ⑤	080 ②				

061~064 | 최윤, 〈속삭임, 속삭임〉

수능 연계 포인트   ✦ 연계 기출 2021 10월 교육청

수능 연계 교재에서는 과수원에 가서 아재비를 떠올리는 장면으로 시작해 아재비의 실체가 밝혀지고 아버지와 아재비가 속삭이는 모습, 아재비의 마지막 모습을 중심으로 지문을 구성하여 작품의 내용, 인물의 심리와 태도, 공간과 소재의 의미와 기능, 외적 준거에 따른 작품 감상 등을 물었다. 우리 교재에서는 수능 연계 교재의 '중략' 이후의 일부분과 '나가 딸에게 전하는 속삭임' 중 주제 의식을 보다 뚜렷하게 드러내는 장면을 지문으로 구성하여 두 속삭임의 의미를 깊이 있게 학습할 수 있는 기출문제를 선정하였다. 아재비가 남긴 '공책'의 기능과 의미, 인물의 정서, 작품의 독특한 주제 전달 방식 및 주제 의식에 대해 심층적으로 감상해 보도록 한다.

- **해제**   이 작품은 '나'가 자신의 딸에게 하는 속삭임과 아버지와 아재비가 나눈 속삭임을 통해 분단과 이념 대립을 초월하는 화해와 공존에 대한 염원을 드러낸 소설이다. 전자의 속삭임은 아재비와의 추억에서 떠오르는 상념들을 털어놓는 것으로 제시되고, 후자의 속삭임은 사상이 다른 아버지와 아재비가 서로 의지하며 교감을 나누는 모습으로 제시된다. 이 둘의 속삭임은 과수원이라는 공간을 통해 과거와 현재를 넘나들며 서로 유기적으로 연관되면서 주제 의식을 형성하고 있다. 즉 두 개의 속삭임이라는 서사를 통해 마음을 나누는 대화로서, 갈등과 그로 인한 상처를 극복할 수 있다는 가능성을 모색한 작품이라고 볼 수 있다.

- **주제**   이념 대립을 초월하는 화해와 공존에 대한 지향
- **전체 줄거리**   '나'는 남편, 어린 딸과 함께 여름휴가를 맞이하여 지인의 과수원에서 지내게 된다. '나'는 그곳에서 어린 시절 가족과 함께 지냈던 과수원지기인 아재비와의 일들을 떠올린다. 남로당 간부였던 아재비는 검거되어 후송되던 중 도망쳐 우연히 '나'의 집에 살게 되면서 죽을 때까지 '나'의 과수원에서 일하던 인물이었다. 이러한 아재비는 '나'를 위해 작은 호수를 만들어 줄 정도로 '나'를 정성껏 보살펴 주었고, 아재비 가족에게 편지를 전해 달라는 부탁을 '나'에게 하기도 하였다. 또한 병치레가 잦은 아버지를 대신해 과수원을 돌보면서 아버지와 의형제처럼 지냈다. 이후 '나'가 성인이 된 어느 날 아재비는 오랜만에 집에 온 '나'에게 채송화 화분을 하나 주고는 자전거를 타고 사라졌는데 그것이 그와의 마지막 만남이었다. '나'는 이러한 아재비를 떠올리면서 아재비가 어린 시절 '나'를 아껴 주던 소중한 마음과 반공주의자

28 수능 연계 국어 문학_실전 134제

였지만 아재비를 받아들였던 아버지와 어머니가 지닌 두터운 정의 가치를 깨닫게 된다. 그리고 자신의 어린 딸을 바라보며 그 모든 사연을 언젠가는 전할 수 있기를 소망한다.

061 서술상 특징 파악　　　　　　　답 ③

지문에서는 등장인물인 '나'가 서술자가 되어 자신이 어린 시절에 겪은 일, 즉 아재비와 관련된 기억이나 아버지와 아재비의 모습에 대한 기억을 고백적으로 서술하고 있다. 그리고 '나는 그럴 때의 그들이 제일 아름다웠다고 생각한다.', '상식으로 설명되지 않는 일들', '지난하던 과수원의 생활을 안온한 미소로서 기억하게 하는 것이다.' 등과 같은 표현을 통해 '나'가 이러한 과거의 기억에 의미를 부여하고 있음을 알 수 있다.

오답 피하기

① 지문에서 제시된 공간적 배경은 과수원으로, '과수원의 길이 곧게 뻗어 나가는', '나무들은, ~ 늠연하게 푸른 하늘에 미세한 실핏줄을 그리고 있었다. 잎이 다 진 가을이었던 것이다.' 등에서 과수원을 묘사하고 있다. 그러나 이런 묘사를 통해 '나'나 아재비, 아버지 등 인물의 태도가 변화하는 양상을 드러내고 있지 않다.
② 지문에서는 서술자인 '나'의 진술로 과거 사건을 드러내고 있지, 대화를 통해 인물이 겪은 과거 사건을 드러내고 있지는 않다. 또한 아버지와 아재비의 과거 모습은 어린 '나'의 상식으로 이해되지 않았던 것일 뿐, 이러한 모습이 비현실적이라 할 수 없다.
④ 지문에서 서술자는 '나' 하나로, 서술자를 시간적 배경에 따라 달리 제시하고 있지 않다.
⑤ 서술의 초점이 되는 인물의 시선을 취할 수 있는 서술자는 3인칭 전지적 서술자에 해당하므로, 1인칭 서술자인 '나'가 서술하고 있는 이 글의 서술 방식으로 적절하지 않다.

062 작품 내용의 이해　　　　　　　답 ②

'바로 그가 남로당의 열성 간부였던 아재비를 과수원에서 발견했고 그의 불안한 신원의 바람막이가 되어 주었으며 그와 일생의 의형제가 된 것이다.'를 통해, 아버지는 아재비의 신원을 알면서도 그에게 도움을 주었음을 알 수 있다. 따라서 아버지가 아재비의 신원을 알아차릴 수 없었다고 이해하는 것은 적절하지 않다.

오답 피하기

① '아재비의 어깨에 팔을 얹어 기대고 불편한 몸을 움직이며 짧은 산책을 하는 아버지와 그 옆에 그림자처럼 엉킨 아재비의 모습이었다.'를 통해, 아재비는 거동하기 어려웠던 아버지가 의지할 수 있는 대상이었음을 알 수 있다.
③ '과수원의 길이 곧게 뻗어 나가는 게 보이는 호숫가에 앉아서 나는 다시는 못 보게 될지도 모르는 낯익은 풍경들 하나하나에 나의 애정 어린 시선을 나누어 주었다.'를 통해, '나'는 어린 시절 과수원의 호숫가에 앉아서 볼 수 있는 풍경들에 애정 어린 태도를 보였음을 알 수 있다.
④ '인력도 달리었거니와 무엇보다도 오래된 아버지의 투병으로 진 빚 감당으로 팔려 나간 과수원'을 통해, '나'가 어린 시절을 보낸 과수원은 인력이 부족하고 아버지의 오랜 투병으로 인한 빚 때문에 보전되지 못했음을 알 수 있다.

⑤ '내가 다니는 국민학교에 와서 가끔 반공 강연을 하곤 했었다. 모든 사람이 고개를 끄덕여 주어 내 어깨를 으쓱하게 한 강연들이었다.'를 통해, 어린 시절 '나'는 아버지의 반공 강연을 듣는 사람들이 고개를 끄덕이는 반응을 보고 아버지를 자랑스럽게 생각했음을 알 수 있다.

063 외적 준거에 따른 작품 감상　　　답 ③

'나'가 딸에게 하는 속삭임에서 '나'는 딸이 '고전적인 시인이어야겠다'고 말하고 있는데, 이는 딸에 대한 '나'의 바람을 드러낸 것이다. 즉, '나'는 딸이, 서로 대립하고 싸우는 전쟁의 이미지인 '고약한 냄새'를 지우고 '모든 딱딱하고 근육질이 박힌 단어'를 '가벼움과 부드러움'을 지닌 단어로 바꾸는 사람이 되기를 바라고 있는 것이다. 이를 통해 볼 때, '고전적인 시인이어야겠다'는 딸이 세상의 대립, 대결 등을 없애고 조화와 화해를 이루는 사람이 되기를 바라는 '나'의 마음을 표현한 것이라 할 수 있다. 그리고 '상식으로는 설명되지 않는 일들'은 가족을 모두 버리고 남쪽을 택해 내려올 만큼 공산주의를 싫어했던 아버지와, 남로당의 열성 간부였던 아재비가 대립하지 않고 조화롭게 사는 모습을 가리킨다. 즉, 상식으로 볼 때 이념 때문에 마땅히 대립해야 할 두 사람이 대립하지 않고 조화로운 모습을 보여 주는 것을 말한다. 이를 통해 볼 때, '상식으로 설명되지 않는 일들'은 '고전적인 시인이어야겠다'는 것과 의미상 대응한다고 할 수 있다. 그러나 '나'는 어린 시절의 경험을 통해 '상식으로 설명되지 않는 일들'에 대해 이해하고 있다. 그러나 '나'는 어린 시절의 경험을 통해 '상식으로 설명되지 않는 일들'에 대해 이해하고 있다. 따라서 '고전적인 시인이어야겠다'라고 한 말에 '상식으로는 설명되지 않는 일들'을 이해하려는 '나'의 소망이 투영되어 있다는 설명은 적절하지 않다.

오답 피하기

① '딱딱하고 근육질이 박힌' 단어는 '전쟁'에서 연상되는 대립을 의미하므로 '공기 같은 가벼움과 부드러움'과 의미상 대조된다. 이 '공기 같은 가벼움과 부드러움'은 '과수원'에 담긴 '평화'의 의미와 대응되는데, '나'가 '과수원'에서 느낀 '평화'는 사상이 다른 아버지와 아재비가 조화와 화해를 이루는 모습으로부터 느낀 것이다. 이러한 조화와 화해는 '공기 같은 가벼움과 부드러움'과 그 의미가 어울려 이념의 대립을 초월하는 화해와 공존에 대한 지향이라는 주제 의식을 형성한다고 할 수 있다.
② '미운 단어를 아름답게 만드는, 악취에 향기를 주는, 입을 벌리면 음악이 나오는…… 너는 아주 고전적인 시인이어야겠다.'를 통해, 후각적 이미지인 '향기'와 청각적 이미지인 '음악'은 '고약한 냄새'인 '전쟁'의 냄새를 없애 주는 아름다운 것들이라 할 수 있다. 그리고 이러한 감각적 이미지인 '향기', '음악' 등은 '그들은 늘 할 말이 많았다. 단둘이서. 나는 그럴 때의 그들이 제일 아름다웠다고 생각한다.'에서 드러나듯이 아버지와 아재비의 속삭임에서 '나'가 느낀 아름다움과 조응하는 것들이라 할 수 있다.
④ 아버지는 과거 반공 강연에 앞장 선 사람이고 아재비는 과거에 남로당 활동을 한 사람으로, 이념상 대립적인 위치에 있지만 두 사람은 다정하게 속삭이는 모습을 보여 준다. 따라서 이러한 아버지와 아재비의 '단둘이서' 속삭이는 모습은 서로 교감을 나누는 조화로움을 드러낸 것으로, 대립을 초월한 화해와 공존을 보여 주는 것이라 할 수 있다.
⑤ 아재비와 아버지의 속삭임은 과수원의 '평상 위', '좁은 길들', '호수 주변' 등 사방에서 귀만 기울이면 들을 수 있는 것이었으므로, 이들의 속삭임

은 공간과 연계되어 과수원을 가득 채우는 것이었다고 할 수 있다. 또한 아재비와 아버지의 속삭임은 '수많은 세월이 흐른 지금까지도' 과수원의 생활을 안온한 미소로서 기억하게 하는 것'이다. 따라서 '바람 소리 같은 그들의 속삭임'은 과수원의 여러 공간과 연계되어 수많은 세월이 흘러도 '나'에게 잊히지 않는 이미지로 형상화되었다고 할 수 있다.

064 소재의 기능 파악   답 ⑤

'나'는 공책에서 아재비가 일생 동안 붙잡고 있었던 생각들이 두서없이 채워져 있는 것을 보고 아재비가 겪어 온 사고의 모든 갈피들을 접하게 된다. '나'는 이러한 공책의 내용을 통해 아재비가 변하지 않은 채로 일생을 살았던 것 같고 그것을 아버지나 어머니한테 그다지 숨겼던 것 같지도 않다고 서술하고 있다. 따라서 공책에는 아재비가 과수원에서 생활하는 동안에도 아재비의 신념에 변화가 없었음을 '나'가 짐작하게 해 주는 말들이 적혀 있었다고 할 수 있다.

오답 피하기

① 딱지 편지에 인용된 문장은 공책의 딱딱한 어투의 글들에 섞여 있던, 정갈하게 정리해서 쓴 문자들로, 이 말들은 '작은 호수가 있네. 호수 주변에 채송화를 심었네.'와 같이 부드러운 말들이다. 따라서 딱지 편지에 인용된 문장이 본래 너무도 딱딱한 어투였다고 설명하는 것은 적절하지 않다.

② '어머니가 내준 아재비의 공책에 보면 자연을 읊은 글만 있었던 것이 아니다. 거기에는 잘 알아볼 수 없을 정도로 흘려 쓴 글씨이기는 하지만 그가 일생 동안 붙잡고 있었던 생각들이 두서없이 채워져 있었다.'를 통해, 공책에는 자연을 읊은 글뿐만 아니라 아재비의 생각들도 채워져 있었음을 알 수 있다.

③ '거기에는 잘 알아볼 수 없을 정도로 흘려 쓴 글씨이기는 하지만 그가 일생 동안 붙잡고 있었던 생각들이 두서없이 채워져 있었다.'라는 구절을 통해 아재비의 공책에는 아재비가 일생 동안 붙잡고 있던 생각들이 쓰여 있었다는 것을 알 수 있다. 그러나 그 생각들을 어린 '나'도 이해하기 쉽게 설명해 주는 말은 적혀 있지 않았다.

④ 아재비의 공책에는 자연을 읊은 것뿐만이 아니라 그가 일생 동안 붙잡고 있었던 생각들이 담겨 있다. 그러나 아재비와 아버지가 의형제를 맺을 정도로 친밀한 관계였음을 '나'가 깨닫게 해 주는 말들이 적혀 있었던 것은 아니다.

065~068 | 채만식, 〈명일〉

수능 연계 포인트

수능 연계 교재에서는 자식들을 학교에 보내는 문제를 놓고 주인공인 범수가 아내 영주와 갈등을 겪는 장면, 범수가 금은방에서 금비녀를 훔치려다 실패한 장면을 지문으로 제시하여 서술상의 특징, 인물의 심리와 태도, 작품의 내용, 외적 준거에 따른 작품 감상 등을 물었다. 우리 교재에서는 수능 연계 교재 지문의 '중략' 이전 부분과 이 작품의 마지막 부분을 지문으로 구성하여, 주제 의식을 보다 깊이 있게 이해할 수 있도록 하였다. 인물의 심리와 태도, '범수'의 말하기 방식, '양복'의 기능, '지식'에 대한 인물들의 대립을 중심으로 감상해 보도록 한다.

• 해제	이 작품은 대학까지 다녔지만 취업을 하지 못해 생활고에 시달리다 급기야 도적질까지 하려는 주인공의 모습을 통해 식민지 현실을 살아가는 지식인 계층의 무기력한 삶을 풍자하고 있다. 자식들을 교육시켜야 한다는 아내와 달리 범수가 자식들을 학교에 보내지 않거나 큰아들을 공장에 보내려 하는 것은, 식민지 시대에서의 교육의 무가치함에 대한 지식인의 고뇌와 현실 인식이 반영된 결과이다. 이처럼 이 작품에는 현실에 대한 지식인의 냉소적인 인식과 무능력한 자신에 대한 지식인의 조소가 잘 드러난다.
• 주제	일제 강점기의 무능력한 지식인의 삶에 대한 풍자
• 전체 줄거리	주인공 범수는 대학을 나왔으나 직업을 얻지 못하고, 아내 영주도 고등 보통학교를 졸업하였으나 삯바느질을 하며 어렵게 살아간다. 둘은 끼니 걱정을 하며, 어린 자식들을 학교에 보내는 문제를 놓고 갈등을 겪는다. 생활고에 시달리던 범수는 금은방에서 금비녀를 훔치려고 마음먹기도 하지만 결국 실행에 옮기지 못한다. 한편, 범수를 기다리던 영주는 자식들이 굶주림에 두부를 훔쳐 먹은 것을 알고 충격을 받는다. 집으로 돌아온 범수는 금비녀를 훔치지 못한 자신과 두부를 훔쳐 먹은 아이들을 비교하며 자신을 조소한다. 결국 영주는 작은아들을 사립 학교에 입학시키려 하고, 범수는 큰아들을 공장에 취직시키려 한다.

---

065 작품의 내용 파악   답 ⑤

영주는 "무슨 낯으루 자식을 나무래요? 다 에미 애비 죄지.", "자식을 굶겨 노니 안 그럴까?"라고 하며 자식들이 두부를 훔쳐 먹은 것을 부모인 자신과 범수의 탓으로 여기며 범수를 원망하는 말을 했으므로 영주가 범수를 책망하였다고 볼 수 있다. 그러나 범수가 가장의 책임을 다하지 못했다고 생각하여 미안함을 표현하는 부분은 나타나 있지 않으므로 적절하지 않다.

오답 피하기

① '그는 하다 못하면 자기가 몸뚱이를 팔아서라도 아이들의 뒤는 댄다고 하고 또 그의 악지로 그만 짓을 못할 것도 아니었었다.'를 통해 영주는 자식들을 위해 자신의 삶을 희생하는 것을 두려워하지 않았음을 알 수 있다.

② 영주는 자식들이 싸웠다고 생각하여 자식들을 나무라는 범수에게 "무슨 낯으루 자식을 나무래요? 다 에미 애비 죄지."라고 말하며 자식들이 두부를 훔쳐 먹은 것을 자신과 범수의 탓으로 여겼다. 이를 통해 영주는 자식들이 굶주림으로 인해 도둑질한 것은 부모의 탓이라고 여기며 자책했음

을 알 수 있다.

③ 범수는 영주로부터 자식들이 '도적질'을 했다는 사실을 듣고서 '피가 한꺼번에 머리로 치밀어' 오르는 분노를 느꼈다. 이후 그는 '무어라고 아이를 나무래'고 했지만, 자신이 도둑질을 시도했다가 실패한 일을 떠올리고서는 자식들을 직접 꾸짖지 않았다.

④ 영주는 아이들을 학교에 보내지 않고 직접 가르치는 범수에게 "글쎄 여보! 당신은 당신이 희망하는 일이나 있어서 그런다구 나는 어쩌라구 그리우?"라고 말했다. 이를 통해 영주는 범수가 뜻하는 바가 있어 자식들을 학교에 보내지 않는다고 생각했음을 알 수 있다.

066 인물의 말하기 방식 파악 답 ⑤

[A]에서 범수는 "자식들이 장래에 잘되어 잘살게 하자는 생각은 임자허구 꼭 같지만"이라고 하며 자신과 영주의 목적이 같음을 언급하고 있다. 그리고 [B]에서 범수는 "여보 임자도 여자 고보를 마쳤지? 나도 명색 대학을 마쳤지? 그런데 시방 우리 둘이 살아가는 꼴을 좀 보지 못해?"라고 하며 자신과 영주가 고등 교육을 받았지만 현재는 궁핍한 처지에 있음을 언급하고 있다. [A]와 [B]에 드러난 범수의 말은 지식의 무가치함을 이해하지 못하고 있는 영주를 설득하려는 목적에서 한 것이라고 볼 수 있으므로 적절하다.

오답 피하기

① [A]에서 범수는 "낸들 희망을 따루 가자구 그리는 건 아니래두 그래!"라고 하였으므로, 이러한 말을 범수가 이전에 한 적이 있음을 알 수 있다. 따라서 상대가 알고 있는 사실을 언급했다고 볼 수 있으나, 그러한 사실을 자식들을 학교에 보내지 않아야 한다는 주장의 근거로 들고 있는 것은 아니다. 그리고 [B]에서 범수는 "여보 임자도 여자 고보를 마쳤지? 나도 명색 대학을 마쳤지?"라고 하였으므로, 상대방이 모르는 새로운 사실을 근거로 들고 있다고 보기 어렵다.

② [A]에서 범수는 영주가 지닌 능력의 한계를 언급하고 있지 않고, 기존의 의견을 변경하고 있지도 않다. 그리고 [B]에서 범수는 "그런데 시방 우리 둘이 살아가는 꼴을 좀 보지 못해?"라고 하였으므로, 자신의 능력 부족을 언급했다고 볼 수 있다. 그러나 이를 통해 범수가 기존의 의견을 변경하고 있지는 않다.

③ [A]에서 범수는 "내가 골라낸 방법이 옳으니까"라고 말하며 영주와의 자식 교육에 대한 가치관 차이를 근거로 들어 영주를 비판한다고 볼 여지가 있다. 그러나 [B]에서 범수는 영주와 자신의 역할 차이를 근거로 들고 있지 않으므로 적절하지 않다.

④ [A]에서 범수는 "내가 골라낸 방법이 옳으니까"라고 하였으므로, 자신의 생각에 대한 확신을 드러내고 있다고 볼 수 있다. 또한 범수는 자신이 골라낸 방법으로 "자식들이 장래에 잘되어 잘살게" 되는 결과를 암시하고 있다고 볼 여지가 있다. 그러나 [B]에서 범수는 자신의 주장에 대한 가정을 하고 있지 않으므로 적절하지 않다.

067 소재의 의미와 기능 파악 답 ②

영주는 '남편이 몇 군데 이력서를 보내 두었으니 그런 데서 갑자기 오라는 기별이 올지도 모르는 터에 양복을 잡혀 버리면 일껏 될 취직도 낭패가 되고 말 것'이라고 생각하였다. 따라서 '양복'은 생계유지를 위해 영주가 필요하다고 여기는 대상이라고 볼 수 있다.

오답 피하기

① '양복'은 범수의 취직 및 담보 문제에 대한 범수와 영주의 인식 차이를 보여 주는 소재일 뿐, 지문에서 '양복'이 범수가 그동안 살아온 삶의 내력을 드러낸다는 내용을 확인할 수 없다.

③ 범수는 세상을 부정적으로 보고 있지만 사회생활에서 억압을 느낀다거나, 사회생활의 억압에서 벗어나고자 하는 모습을 확인할 수 없다.

④ 범수는 대학까지 졸업하고도 직장이 없는 상태로, "그리 긴하게 양복을 입구 출입을 헐 일은 무엇 있나?"에서 알 수 있듯이 취직에 대한 기대를 버렸고, 회사 몇 군데에 이력서를 보내 두었으나 아직까지 연락이 오지 않은 점으로 미루어 보아 취직에 실패했다고 볼 수 있다. 그러나 영주는 범수에게 실망감을 느낀 것이 아니라 오히려 범수가 취직에 성공했다는 '반가운 소식'을 기대하고 있으므로 적절하지 않다.

⑤ 범수는 영주에게 '양복이라두 잽혀'서 저녁거리를 구하자고 하며 "그리 긴하게 양복을 입구 출입을 헐 일은 무엇 있나?"라고 말한다. 이를 통해 '양복'은 범수에게 큰 의미가 없는 물건이며 취직에 대한 기대를 버린 지식인의 모습을 확인할 수 있다. 또한 지문에서 범수가 지식인으로서의 정체성을 회복하였다는 내용은 확인할 수 없다.

068 외적 준거에 따른 작품 감상 답 ④

ⓔ은 작은아들인 종태만이라도 사립 학교에 보내 교육을 시키려는 영주의 의지를 보여 준다고 볼 수 있다. 그러나 영주가 종태만이라도 학교에 보낸다고 데리고 나선 것은 범수와 다툰 결과 '정 그러려든 작은아이 종태나 마음대로 하라고' 한 범수의 말을 따른 것이다. 따라서 지식의 효용성으로 인한 갈등의 결과 범수가 영주의 결정을 전적으로 따르기로 했다는 설명은 적절하지 않다.

오답 피하기

① ⊙은 '섣불리 공부를' 하면 '아이들'이 '반거충이'가 되고, '불행'해져 불우란 삶을 살게 될 것이라고 여기는 범수의 인식을 보여 준다. 이를 통해 범수는 〈보기〉에 언급된 '지식의 효용성'에 대해 불신하고 있음을 알 수 있다.

② ⊙에서 영주가 다른 사람들은 '제가끔 공부를 해 가지구 잘들 살'아간다고 한 것은 자신들이 궁핍한 이유가 지식 때문이 아니며, 지식을 활용하여 잘살아갈 수 있다는 생각을 드러낸 것으로 볼 수 있다. 이를 통해 영주는 〈보기〉에 언급된 '지식의 효용성'에 대해 신뢰하고 있음을 알 수 있다.

③ ⓒ에서 범수가 두부를 훔쳐 먹은 종석이 '승어부(아버지보다 나음)' 했다고 한 것은, 자신은 〈보기〉에 언급된 것처럼 지식인으로서의 체면과 윤리 의식 때문에 도둑질에 실패하였는데, 학교 교육을 받지 않은 종석은 도둑질에 성공하였기 때문이다. 따라서 이는 범수가 지식이 아무 소용없다는 인식을 바탕으로 지식을 보유한 자신에 대한 자조를 표현한 것이라고 볼 수 있다.

⑤ ⓓ에서 범수가 종석을 데리고 서비스 공장으로 데려간 것은 종석을 공장에 취직시키고자 하는 범수의 의도가 반영된 행동이다. 이를 통해 범수는 고등 교육을 받은 자신과 달리, 종석은 고등 지식을 보유하지 않고서도 생계를 해결하길 바라고 있음을 알 수 있다.

수능 연계 포인트

수능 연계 교재에서는 직원들이 사원을 대표하여 위원회에 참석했던 장상태에게 불만을 토로하는 장면과 민도식이 아내의 성화에 못 이겨 뒤늦게 혼자 사복 차림으로 창업 기념일 행사에 참석하는 장면을 제시하여 서술상 특징, 작품의 내용, 인물의 심리와 태도, 외적 준거에 따른 작품 감상 등을 물었다. 우리 교재에서는 사장과 민도식, 우기환이 대립하는 장면과 수능 연계 지문의 '중략' 이후 부분을 지문으로 구성하여 회사의 제복 제도를 둘러싼 외적 갈등과 내적 갈등 상황을 확인할 수 있도록 하였다. 서술상 특징, '제복 제도를 도입하는 일'을 둘러싼 인물의 태도와 갈등 상황, '사장'의 말하기 방식과 제목의 의미를 중심으로 작품을 감상해 보도록 한다.

• 해제	이 작품은 회사 측의 강제적인 제복 제정으로 인한 인물들의 다양한 갈등을 그리고 있다. 제복 착용에 반대하며 회사를 그만두는 '우기환', 회사 방침에 따라 제복을 입는 '장상태' 그리고 제복 착용을 반대하다 제복을 입지 않고 회사 행사에 참가하는 '민도식' 등의 인물들은 부당한 권력에 대한 각기 다른 대응 방식을 보여 준다. 이처럼 제복으로 사원들을 통제하려는 회사와 갈등을 빚는 이들을 통해 작가는 국민들을 획일화하고 통제했던 1970년대의 국가 권력을 우회적으로 비판하고 있다.
• 주제	① 불합리한 권력에 대응하는 소시민들의 모습 ② 국민을 획일화하고 통제하는 국가 권력에 대한 비판
• 전체 줄거리	회사의 제복 강제 착용 지침에 대해 관리과 직원들은 우기환과 민도식을 중심으로 하여 강한 불만을 드러낸다. 그러나 막상 제복 준비 위원회가 발족하자 장상태를 비롯한 사원 대표들은 기획실장의 설명을 듣고 그대로 수용하는 쪽을 택해 제복 제정에 반대하는 이들은 자신들의 목소리를 내지도 못한다. 결국 제복 제정의 반대자들만 다방에 모여 성토하는 사이 제복 제정은 계획대로 진행이 되고 이에 불복한 우기환은 회사를 떠난다. 창립 기념일에 민도식을 제외한 전 사원은 새로 제정한 깔끔한 제복 차림으로 질서 정연하게 식장에 도열해 있고, 제복도 입지 않은 채 늦게 도착한 민도식은 어찌할 바를 모르고 중간에 어정쩡하게 서 있다.

069 서술상 특징 파악 　　　　　　　답 ③

사장과 우기환의 대화인 "기업 발전에 단결력이 중요하냐 창의력이 중요하냐 하는 문제는 자네가 아니라 내가 결정할 문제야.", "그동안을 못 참아서 협조할 수 없다면 별수 없지. 이런 일엔 누군가 한 사람쯤 희생이 따른다는 사실을 각오해야 돼.", "무슨 뜻인지 알겠습니다. 제가 희생이 되죠."에서 사장과 직원 사이의 위계질서가 나타나고 있으므로 적절하다.

오답 피하기

① 지문에서 획일적이고 억압적인 1970년대의 시대적 배경이 암시되고 있으나 역사적인 사건을 서술하고 있지는 않으므로 적절하지 않다.

② 지문에서 회상 장면이 제시되지 않았고, 이야기의 인과 관계를 재구성하고 있지도 않으므로 적절하지 않다.

④ 이 작품은 3인칭 전지적 작가 시점으로 이야기 외부의 서술자가 서사를 전개하고 있다. 그러나 서술자가 중심인물인 민도식에 대한 비판적 시각을 드러내고 있지는 않으므로 적절하지 않다.

⑤ 지문에 인물의 독백이 나타나지 않으므로 적절하지 않다.

070 핵심 사건의 이해 　　　　　　　답 ③

ⓐ는 제복 제도를 도입하는 일이다. '민도식'과 '우기환'은 제복 제도에 반대하며 회사에 불만을 품게 되고 제복을 맞추는 날 사무실을 몰래 빠져나온다. 이 사건으로 인해 '민도식'과 '우기환'은 사장과 면담을 하게 되므로, ⓐ는 '민도식'이 '사장'과 면담을 하게 된 원인으로 작용한 일이라고 볼 수 있다.

오답 피하기

① '사장'은 '사원들' 개인의 개성과 창의력보다는 회사에 충성하며 단결하는 모습을 더욱 중시하여 제복을 통해 '사원들'을 억압하고 통제하려 한다. '사장'은 '사원들'의 진심을 중요하게 생각하지 않으며 이를 확인하기 위해 제복 제도를 계획한 것도 아니다.

② '우기환'은 제복을 입는 대신 그 이상의 보상이 뒤따른 K 직물의 사정을 사장에게 이야기하고 있다. 그러나 제복 입는 일을 '우기환'이 추진한 것도 아니고, 동림 산업이 K 직물의 사정을 참고하여 제복 제도를 추진했는지 여부도 알 수 없다.

④ '과장'은 회사의 권력층 중 한 명으로 '사장'의 명에 따라 제복 제정 방침을 관철시키고자 하는 인물이다. 그러나 '과장'이 '사장'에게 잘 보이기 위해 ⓐ를 제안하여 실행하고 있는지 여부는 지문에 제시되어 있지 않다.

⑤ '장상태'는 처음에는 제복에 대해 반대하는 모습을 보이지만 결국 제복을 입고 회사에 출근하였으므로, 제복 제도의 도입이 태도가 변화하는 계기가 되었다고 볼 수 있다. 하지만 '우기환'은 처음부터 제복 제도의 도입을 반대하고 회사의 요구를 받아들일 수 없어 결국 퇴사하면서까지 자신의 생각을 고집하였으므로 태도가 변화했다고 보기 어렵다.

071 인물의 말하기 방식과 태도 파악 　　　　　답 ③

[A]에서 사장은 먼저 상대방의 의견을 존중하는 듯한 태도로 '나름대로 충분한 이유가 있겠지', '천천히 얘기해도 괜찮으니까' 등과 같이 말하며 상대방의 생각을 수용하는 척하였다. 그러나 '단결력이 중요하냐 창의력이 중요하냐 하는 문제는 자네가 아니라 내가 결정할 문제야.'와 같이 회사의 방침에 대한 결정권은 자신에게 있다고 말하면서 결국 권위를 이용하여 자신의 주장을 밀어붙이고 있다.

오답 피하기

① 사장이 두 사원의 견해를 들은 것은 결국 자신의 의견을 받아들이게 하기 위해서이지, 그들이 전문적 견해를 가지고 있고 이를 통해 자신의 생각을 바로잡기 위해서가 아니다.

② 사장은 민도식의 말에 '아주 좋은 말을 했어.'라고 하였으므로 상대방의 의견에 근거가 없음을 질책하고 있다고 보기 어렵다. 또한 사장이 내세우는 근거는 자신의 권위이므로 논리적 근거를 제시했다고 볼 수 없다.

④ 민도식과 우기환은 처음에 아무 말도 하지 않다가 사장이 '서두를 거 없어, 천천히 얘기해도 괜찮으니까.'라고 말한 이후에 조심스럽게 의견을 밝히고 있으므로 사장이 대화의 완급을 조절하고 있다고 볼 수는 있다. 그러나 사장은 두 사원이 사건을 감정적으로 판단하는 것에 주목하지는 않았다.

⑤ 사장은 제복 제도의 시행 절차나 방법을 먼저 이야기하고 민도식의 제복 반대 근거인 창의력의 퇴보에 대해서 설득력이 없다며 대응하고 있으므로 상대방이 주장하는 말을 이해하지 못하고 있다는 설명은 적절하지 않다. 사장은 두 사원의 주장을 이해했지만, 그와 관계없이 자신의 입장을 받아들이기를 강요하고 있다.

072 외적 준거에 따른 작품 감상 · 답 ②

'검정 곤색의 제복들이 일치단결해 가지고 사복 차림으로 꽁무니에 따라붙으려는 유일한 사람을 완강히 거부하는 듯한 기분에 사로잡혔다.'에는 모두가 제복을 입은 행사에 민도식이 홀로 사복을 입고 참가해서 느끼는 소외감과 이러지도 저러지도 못하는 혼란스러운 감정이 드러난다. 이것을 '날개'에 해당하는 자유를 추구하고 있는 장면이라고 보기는 어려우며 속박에서 벗어나고자 하는 바람을 드러내고 있다고 볼 수 없다.

오답 피하기

① '제복에 눌려서 개성이 위축되고 단결력에 밀려서 창의력이 퇴보하는 데서 오는 손실이 더 클 것 같습니다.'는 민도식이 생각하는 제복 제정의 단점을 언급한 부분이다. 이를 통해 작가는 옷은 그것을 선택한 사람의 개성을 나타내는데, 그 옷이 '수갑'으로 기능하여 개인을 속박하는 부조리한 현실에 문제를 제기하는 것으로 볼 수 있다.

③ '새로 맞춘 유니폼 입고 아침 일찍 출근했다구요.'는 장상태의 부인이 장상태가 제복 입는 것을 받아들이고 회사에 출근했음을 알려 주는 부분이다. 장상태는 제복 제정에 찬성하지는 않지만, 회사의 결정에 어쩔 수 없이 따르는 인물로, 부조리한 현실에 순응하는 모습을 보여 주고 있다.

④ '들어올 때는 제 맘대로 못 들어오지만 나갈 때는 제 맘대로 나갈 수 있으니까요.'는 우기환이 제복 제정에 끝까지 반대하며 결국 회사를 그만두는 부분이다. 우기환은 제복 제정에 적극적으로 반대하고, 제복이 제정되자 회사를 떠나는 인물로, 부조리한 현실에 불응하는 모습을 보여 주고 있다.

⑤ '세상 전체가 온통 제복투성이인 가운데 저 혼자만 외돌토리로 떨어져 있는 셈이었다.'는 획일주의적 사회, 개인의 개성을 인정하지 않는 사회에서 민도식이 느끼는 소외감이 드러나는 부분이다. 민도식은 제복 제정에 반대하지만 창립 기념일 행사에 참가하고, 제복을 입은 다른 사원들의 모습을 보고 혼란스러워 하는 인물로, 부조리한 현실과 갈등하는 모습을 보여 주고 있다.

073~076 | 박완서, 〈해산 바가지〉

수능 연계 포인트

수능 연계 교재에서는 시어머니의 치매 증상이 악화되자 요양 시설을 찾게 된 '나'가 생명을 존중했던 시어머니의 모습을 떠올리며 시어머니를 계속 모시게 된 장면을 지문으로 제시하여 서술상 특징, 작품의 내용 등을 물었다. 우리 교재에서는 수능 연계 지문의 '중략' 이후 부분과 '나'가 시어머니의 임종을 지키는 장면을 지문으로 구성하였다. 서술상 특징, '남편'의 심리, '해산 바가지'의 기능, 작품의 구조를 중심으로 작품을 감상해 보도록 한다.

- **해제** 1985년에 발표된 소설로, 성별을 따지지 않고 정성으로 며느리의 산바라지를 했던 시어머니를 통해 생명의 고귀함과 생명 탄생을 대하는 경건한 자세에 대해 말하고 있는 작품이다. 모든 생명을 경건하게 대하는 시어머니의 모습은 남성 중심의 가부장적 이데올로기에 젖어 자행되던 성차별적인 세태를 비판적으로 돌아보게 한다. 손주로 아들을 바라는 '나'의 친구와 구별 없이 낳겠다는 친구의 며느리를 통해 세대 간의 가치관 갈등을 그리고 있기도 하다. 이 작품은 생명의 소중함과 생명 존중의 자세를 일깨워 줌으로써 성차별적인 세태가 만연한 우리 사회에 모든 생명을 고귀하게 여기며 존중하는 자세가 필요하다고 이야기하고 있다.
- **주제** 생명의 고귀함과 생명 존중의 자세
- **전체 줄거리** 친구와 함께 둘째도 딸을 낳은 친구 며느리가 입원한 병실에 간 '나'는 며느리가 딸을 낳았다고 속상해하는 친구를 보고 자신의 경험담을 들려주기로 마음먹는다. '나'는 시집와서 딸만 넷을 낳은 끝에 아들을 얻지만 시어머니는 남녀 구별 없이 항상 인자한 미소로 아이들을 대해 주셨다. 하지만 '나'는 치매에 걸린 시어머니를 모시며 효부인 척하느라 육체적·정신적으로 고통을 받으며 괴로워하고, 남편과 함께 시어머니를 맡길 요양원을 보러 가던 중 발견한 박을 보고 해산 바가지를 떠올린다. '나'는 해산 바가지를 통해 모든 생명을 경건한 자세로 맞이했던 시어머니의 고귀한 정신을 떠올리게 되고, 마음을 바꾼 '나'는 시어머니를 진심으로 대하며 임종하실 때까지 부양한다.

---

073 서술상 특징 파악 · 답 ④

지문에서는 '시어머니'와 관련 있는 서술자 '나'의 체험과 태도를 중심으로 이야기를 서술하고 있다. '나'는 치매에 걸린 시어머니 때문에 극도의 스트레스에 시달려 정신과 치료까지 받는다. 이에 시어머니를 요양 시설에 모시기로 결정하고 '나'가 남편과 함께 시설을 알아보러 가던 중, 초가지붕 위의 탐스러운 '박'을 보고는 시어머니가 자신의 출산 때 정성을 다해 산바라지를 해 준 것을 떠올리고 시어머니가 고귀한 정신을 지닌 분이라는 사실을 새삼 깨닫는다. 그리고 시어머니를 요양 시설에 모시지 않기로 결정하고 시어머니가 돌아가실 때까지 모신다. 지문에는 이러한 서술자의 체험과 시어머니를 대하는 태도가 중점적으로 서술되어 있다.

오답 피하기

① 1인칭 서술자에 의해 서사가 전개되고 있으나 이를 통해 현실과 단절된

의식 상태를 표현하고 있지는 않다.

② 인물들의 서로 다른 특성이 아니라, 시어머니의 특성을 제시하는 데에 서술의 초점이 맞추어져 있다.

③ 시어머니의 성격과 행위의 괴리를 제시하고 있지 않으며, '나'의 성격과 행위의 괴리도 제시하고 있지 않다.

⑤ 1인칭 서술자에 의해 이야기가 서술되고 있으며, 공간적 배경에 따라 서술자를 달리하고 있지는 않다.

074 인물의 심리 추리   답 ④

남편은 쾌적한 날씨임에도 와이셔츠 등어리가 젖을 만큼 땀을 흘렸다. 이는 자신의 어머니를 모실 요양 시설을 알아보러 가는 것에 대해 심리적으로 부담감을 크게 느끼고 있음을 보여 주는 것이다. 그 이유는 '나'가 시어머니를 요양 시설에 모시지 않기로 마음먹고, 발걸음을 돌린 후에 ⓒ에서와 같이 남편은 더 이상 땀을 흘리지 않았기 때문이다. 즉 이 작품에서 쾌적한 날씨임에도 불구하고 남편이 땀을 흘리는 것은 그의 심리를 보여 주는 장치로, ㉠, ㉡을 통해 남편이 어머니를 요양 시설에 보내는 것에 대해 부담감을 느끼고 있었음을 알 수 있다.

오답 피하기

① 어머니를 모실 요양 시설을 알아보러 갈 때, 어머니가 언제 어디서 돌아가실지 불안해하는 남편의 심리와 태도는 나타나 있지 않다.

② 남편이 '나'와 함께 길을 걸으며 자신의 어머니에게 적합한 요양 시설을 찾지 못할 수 있다고 걱정하는 모습은 나타나 있지 않다.

③ 남편이 자신의 어머니를 모시기에 좋은 요양 시설을 알아보는 과정에서 심신이 많이 지쳤다는 내용은 지문에 제시되어 있지 않다.

⑤ 남편이 자신의 어머니가 요양 시설에 가지 않을 것이라고 생각한 내용은 지문에 제시되어 있지 않다.

075 소재의 서사적 기능의 이해   답 ①

'나'는 ⓐ(박)를 보고 시어머니가 자신의 산바라지를 위해 정성껏 준비했던 해산 바가지를 떠올리고 모든 생명을 고귀하게 대했던 시어머니의 정신을 되새기고 있다. 즉, ⓐ는 '나'에게 과거 회상의 계기를 제공하고 있다.

오답 피하기

② 지문에서 ⓐ는 '나'에게 닥칠 사건의 성격을 예고해 주고 있지 않다.

③ 지문에서 '나'는 현실 상황의 모순을 겪고 있지 않으므로 적절하지 않다.

④ 지문에서 '나'는 '남편'과 갈등하고 있지 않으므로 적절하지 않다.

⑤ 지문에서 '나'는 현실에 대한 저항 의지를 드러내고 있지 않으므로 적절하지 않다.

076 외적 준거에 따른 작품 감상   답 ⑤

'나'가 시어머니의 평화롭고 순결한 임종을 보며 성취감에 젖은 것은, '나'가 자식을 낳으면서 시어머니로부터 받은 생명 존중 의식을 그분에게 되돌려 준 것에 대한 뿌듯함의 표현이다. '나는 마치 그분의 그런 고운 얼굴을 내가 만든 양'이라는 부분에서 이를 알 수 있다. 따라서 이는 '나'가 시어머니를 모시는 수고에서 벗어났다는 의

미가 아니라, '나' 역시 시어머니를 본받아 생명 존중 의식을 실천했다는 의미라고 할 수 있다.

오답 피하기

① 네 번째 딸을 낳고 슬퍼한 '나'와 '나'를 동정한 의사나 간호사의 태도는 딸보다 아들을 선호하는 세태에서 비롯된 것으로, 사회에 만연한 남아 선호의 사상을 보여 준다고 볼 수 있다.

② 시어머니는 성별을 기준으로 차별하지 않고 모든 생명을 고귀하게 대했다. 첫아이로 딸을 낳고 켕겨 했던 '나'와 달리 시어머니는 딸을 낳은 '나'의 산바라지를 정성을 다해 주셨다. 이러한 태도는 생명 존중 의식을 바탕으로 '나'를 이해하고 포용하는 태도를 보여 준 것이다.

③ '나'는 시어머니가 모든 생명을 동일한 태도로 존중하는, 고귀한 정신을 지닌 분임을 깨닫고 시어머니를 막 대했던 자신의 지난 태도를 반성하고 있다. 이는 생명 존중의 가치를 종종 잊는 현 세태에 대한 비판적 인식을 유도할 수 있다.

④ '나'가 시어머니를 요양 시설에 보내려던 마음을 바꾸어 돌아가실 때까지 모신 것은 치매에 걸린 시어머니를 이해하고 포용하는 태도를 보여 준 것이라고 할 수 있다.

수능 연계 포인트

수능 연계 교재에서는 현대 소설 〈제3 인간형〉과 현대시 〈희미한 옛 사랑의 그림자〉를 엮어 지문으로 제시하여 서술상 특징, 작품의 내용, 표현상 특징, 구절의 의미, 배경 및 소재의 기능, 외적 준거에 따른 작품 감상 등을 물었다. 우리 교재에서는 조운과 석이 오랜만에 만나는 장면과 석이 조운을 통해 미이의 이야기를 듣고 자신의 삶을 반성하는 장면으로 지문을 구성하였다. 서술상 특징, 인물의 심리와 태도, 사건의 전개 과정, 주제 의식을 중심으로 작품을 감상해 보도록 한다.

• 해제   이 작품은 6·25 전쟁과 피란 생활이라는 특수 상황 속에서 살아가는 세 사람의 삶의 방식을 조명함으로써, 역사의 소용돌이 속에서 '어떻게 살아야 하는가'의 문제를 탐구하고 있다. 주요 인물은 모두 세 사람이다. 먼저 작가 '조운'으로 문학에 대한 결백성을 굳게 지켜 존경을 받지만 6·25 전쟁이 일어나자 문학을 버리고 세속적인 인물로 변한다. 그리고 문학소녀 '미이'이다. 넉넉한 집안의 외동딸이었지만 6·25 전쟁이 일어나 집안이 몰락하고 부산으로 피란을 가서 밑바닥 생활을 하며 성숙한 인간으로 변모하고, 인간의 소명(召命)이 무엇인가를 깨닫는다. 마지막으로 작가이자 교사인 '석'이다. 그는 6·25 전쟁 전에는 신문사에 근무하면서 작품을 써 왔다. 그런데 6·25 전쟁이 일어나 부산으로 피란 가서는 생계를 위하여 교사로 취직하지만, 교사로도 충실하지 못하고 작가로서도 충실하지 못하여 늘 번민 속에 있다. 이처럼 이 소설은 전쟁으로 인하여 방황하는 인물들의 모습과 그들의 현실 대응 방식을 사실적으로 그리며, 전쟁으로 인해 점차 피폐해 가는 인간형과 각성하여 새롭게 거듭나는 인간형의 대비를 통해 작품의 주제를 전달하고 있다.

• 주제   전쟁 속에서 인생의 변화를 겪는 인간에 대한 탐구

• 전체 줄거리   한때 작가였다가 6·25 전쟁 후 피난지 부산에서 교사로 일하는 석은 전쟁 때 소식이 끊기고 여러 소문만 무성하게 나돌던 친구이자 작가였던 조운을 만난다. 석은 조운의 차를 타고 가면서 그에 대한 소문을 생각해 본다. 그리고 조운이 숨어서 이룩한 대작(大作)에 대한 평을 받으려고 불쑥 나타난 것은 아닌지 생각한다. 요릿집에 간 두 사람은 함께 술을 마시고, 석은 차 안에서 궁금했던 말을 꺼냈으나 조운은 외투 안주머니에서 종이 꾸러미를 내어놓는다. 거기에는 검정색 넥타이와 '조운 선생'이라고 쓰인 봉투가 있었다. 편지는 선생님(조운)의 호의는 고맙지만 자신의 길은 이미 작정되어 있기 때문에 간호 장교에 지원했음을 알리는, 미이란 여성의 것이었다. 조운은 미이에 대하여 말하기 시작한다. — 미이는 문학소녀였으며 가정이 부유했고 명랑한 성격으로 조운을 무척 따랐으나, 전쟁 이후 집안이 크게 기울고 성격도 많이 변했다. 조운은 다방을 차려 줌으로써 미이를 도우려 했으나 미이는 며칠의 여유를 구하더니 새로운 사명을 찾아 간호 장교를 지원했다. — 말을 마치며 조운은 미이가 전쟁을 겪으며 제 갈 길을 바르게 찾은 데에 반하여 자신은 깊은 낭떠러지로 굴러떨어지는 부끄러움을 느낀다고 고백한다. 석은 조운에게 가졌던 호기심과 기대감 대신 미이로부터 강렬한 인상을 받고, 집으로 돌아와 자신의 삶에 대해 생각한다.

077 서술상 특징 파악   답 ⑤

지문에서 현재의 사건은 '석'이 '조운'을 만나 그간의 이야기를 듣는 것이다. 현재의 사건은 3인칭 시점, 즉 전지적 작가 시점에서 서술되고 있는데, '석'의 시각에서 '조운'을 바라보며 느낀 심리, '미이'의 삶에 대한 내면 심리 등을 보여 주고 있다. 즉, '석'의 시선에서 사건을 서술하여 '석'의 내면 심리를 효과적으로 전달하고 있다.

오답피하기
① 장면이 전환되는 부분이 있으나 이를 통해 인물 간의 갈등이 고조됨을 보여 주지는 않는다.
② 이 작품은 6·25 전쟁을 겪으면서 사명을 포기한 인간의 유형을 제시하여 현실에 대한 비판적 시각을 드러내고 있다. 그러나 인물을 희화화하지는 않았다.
③ 인물의 상황이나 처지, 심리 상태 등을 중심으로 서술하고 있으며, 배경에 대한 감각적 묘사는 드러나지 않고 있다.
④ 조운의 과거 회상이 제시되지만, 이 회상이 인물이 지닌 내적 갈등의 해소를 드러내지는 않는다.

078 인물의 심리와 태도 파악   답 ①

㉠은 현재 교사 생활을 하는 '석'의 변화한 모습에 대해 '조운'이 친근하게 이야기하는 것으로 두 사람의 친분을 보여 주면서 두 사람이 오랜만에 만났음을 드러내는 것이지, '조운'이 '석'을 우회적으로 비판하기 위한 발화는 아니다.

오답피하기
② '조운'은 뒷부분 '미이'와의 사건에서 이유를 밝히고 있듯이 자신의 삶을 '타락'이라고 단정하고 있다. 따라서 자신의 과거를 부정적으로 평가하고 있음을 알 수 있다.
③ '미이'의 생계 수단으로 '다방'을 차려 줄 생각을 하는 것으로 보아 '조운'은 세속적 삶의 태도를 지니고 있음을 짐작해 볼 수 있다.
④ '미이'에게 '검정 넥타이'를 받은 후 '조운'은 자신의 삶을 성찰하게 되므로 '검정 넥타이'는 '조운'이 자신의 삶을 반성하는 계기로 작용했음을 알 수 있다.
⑤ '조운'은 '미이'의 결심을 듣고 낭떠러지를 굴러떨어지는 기분을 느낀다. 아울러 '친구의 구원'이 필요하다고 말하는 것을 통해 '석'을 삼 년 만에 찾아온 까닭을 짐작할 수 있다.

079 사건의 전개 과정 파악   답 ⑤

'조운'을 만나기 전에 '석'은 그의 변화를 기대하고 그에게 흥미를 가졌다. 그러나 만남 이후 그가 문학을 포기한 것을 알게 되었으며, 그보다는 '미이'에 대해 흥미를 갖게 된다. 따라서 [C]에서 '석'이 '조운'이 변화한 이유에 대해 흥미를 느낀다는 설명은 적절하지 않다.

오답피하기
① 6·25 전쟁 이전에 '조운'과 '석'은 문학에 대한 열정을 가지고 있었다. 그러나 전쟁을 겪으면서 '조운'은 사업으로 돈을 벌면서 문학에 대한 열정을 잃고, '석' 또한 현실에 충실한 것도 문학에 충실한 것도 아닌 삶을 살면서 문학에 대한 열정이 약해진 모습을 보인다.
② [A]에서 '조운'은 문학에 열정을 보이는 삶을 살았지만, [B]에서는 세속적

인 삶을 추구하며 살아가고 있었다.

③ [B]에서 '조운'은, 처음에는 '미이'가 부박하고 세상을 모른다고 여겨 다방을 차려 줄 생각을 한다. 이는 [B]에서의 '조운'의 삶의 방식이 반영된 것이고, 사변 이전의 '미이'의 삶과 관련지어 '미이'를 평가하고 판단한 것이다.

④ [C]에서 '조운'은 '석'에게 [B]에서의 '미이'의 삶에 대한 이야기를 들려준다. '조운'의 이야기를 들은 '석'은 '미이'의 삶에 충격을 받고 자신의 현재 삶을 되돌아보게 된다.

080 외적 준거에 따른 작품 감상   답 ②

'석'이 '넓은 데서 좁은 구멍으로 기어 들어가'는 것은 전쟁을 겪고 선생님이 되면서 문학에 대한 꿈과 열정, 사명 등이 약해진 자신에 대한 생각을 의미한다. 따라서 전쟁의 상황에도 문학의 사명을 지키려는 원래의 모습을 지키려고 안간힘을 썼다는 설명은 적절하지 않다.

오답 피하기

① '보기 좋은 얼굴'은 전쟁 이전의 날렵한 얼굴은 사라지고 기름진 모습으로, '조운'이 물질적 욕망을 추구하는 세속적인 인물로 변했음을 간접적으로 보여 준다.

③ '사변에서 키워졌'다는 것은 전쟁을 겪으면서 부박하고 세상을 모르던 '미이'가 정신적으로 성숙하고 강인한 인물로 변하였음을 의미한다.

④ '석'은 '마음이 미이로 말미암아 팽팽 차 있었기 때문'에 자신의 삶을 성찰한다. 이에 따라 세 사람의 삶 중 새롭게 각성하고 성숙한 '미이'의 삶이 가장 긍정적으로 부각되고 있는데, 이는 작가가 독자에게 권하고자 하는 삶의 모습을 나타낸 것으로 볼 수 있다.

⑤ '사변이 빚어 낸 한 타입'은 사명을 포기하지도 그것에 충실하지도 못하고 어정쩡한 삶을 살아가는 '석'의 모습을 표현한 것이다.

정답 체크   본문 p. 66-97

081 ④	082 ④	083 ④	084 ③	085 ⑤	086 ④
087 ③	088 ⑤	089 ③	090 ④	091 ③	092 ④
093 ③	094 ③	095 ④	096 ①	097 ②	098 ③
099 ②	100 ①	101 ②	102 ③	103 ②	104 ③
105 ③	106 ③	107 ②	108 ①	109 ③	110 ③
111 ①	112 ④	113 ④	114 ⑤	115 ②	116 ②
117 ⑤	118 ③	119 ③	120 ③	121 ③	122 ③
123 ④	124 ①	125 ③	126 ⑤	127 ④	128 ①
129 ②	130 ③	131 ⑤	132 ③	133 ②	134 ②

081~085 | (가) 작자 미상, 〈춘향전〉
(나) 작자 미상, 〈춘향이별가〉

수능 연계 포인트   ✦ 연계 기출 2018 9월 평가원

수능 연계 교재에서는 변 사또가 춘향에게 수청을 강요하지만 춘향이 수청을 거절하는 장면을 지문으로 제시하여 서술상의 특징, 인물의 심리와 태도, 말하기 방식, 외적 준거에 따른 작품 감상 등을 묻는 문제를 출제하였다. 우리 교재에서는 〈춘향전〉과 함께 춘향과 이 도령의 이별 상황을 형상화한 잡가인 〈춘향이별가〉가 묶인 기출 지문을 선정하여 인물의 심리와 태도, 소재의 기능, 시구의 의미, 외적 준거에 따른 작품의 감상 등을 파악하도록 하였다.

(가) 작자 미상, 〈춘향전〉

- 해제   이 작품은 양반 자제 이몽룡과 기생의 딸 춘향의 신분을 뛰어넘는 사랑을 그린 소설로, 신분적 제약에서 벗어나 인간적 해방을 이루려는 주제 의식을 담고 있다. 〈춘향전〉은 조선 후기의 서민 예술인 판소리 〈춘향가〉가 소설로 정착된 판소리계 소설로 120여 종이 되는 이본을 통해 당대의 높았던 인기를 짐작할 수 있다. 다양한 이본이 존재하지만 '기생의 딸 춘향이 변학도의 수청을 거부하고 절개를 지켜 양반가 자제인 이몽룡의 정실부인이 된다.'라는 공통적인 서사 전개 양상이 나타난다. 정절을 지키려는 춘향의 열녀적 면모를 칭송한 것이 표면적 주제라면 춘향이 자신의 욕망을 솔직히 드러내고 신분적 제약에서 벗어나 인간적 해방을 이룩하고자 한 것이 이면적 주제라 할 수 있다.

- 주제   ① 신분을 초월한 남녀 간의 사랑
      ② 신분 상승에 대한 서민의 욕망
      ③ 부패한 권력에 대한 서민들의 저항 의지

- 전체 줄거리   단옷날 춘향이 그네 뛰는 모습에 반한 이몽룡은 춘향과 백년가약을 맺고 잠시 행복한 나날을 보내지만, 아버지의 전출로 어쩔 수 없이 춘향과 헤어지게 된다. 이몽룡은 꼭 다시 돌아오겠다는 약속을 하고 춘향과 눈물로 이별을 한다. 춘향은 이몽룡의 과거 급제를 바라며 한숨의 나날을 보내는데, 악명 높은 변학도가 고을 사또로 부임해 와 춘향에게 수청을 들 것을 요구한다. 춘향이 열녀는 두 지아비를 섬

기지 않는다며 수청을 거절하자 이에 분노한 변 사또는 춘향을 옥에 가두고 모진 고문을 한다. 변 사또는 자신의 생일날에 춘향을 죽일 것을 다짐하며 생일잔치를 연다. 한편 한양으로 떠난 이몽룡은 과거에 급제하여 어사라는 직분을 받아 남원으로 내려온다. 이몽룡은 변 사또의 생일잔치에 어사출또하여 변 사또의 직분을 파하고 춘향과 재회하여 행복하게 산다.

(나) 작자 미상, 〈춘향이별가〉

- 해제 이 작품은 판소리 〈춘향가〉의 일부분을 노래로 만든 조선 시대의 잡가이다. 당시 인기 있었던 판소리 〈춘향가〉에서 청중이 사랑하고 좋아하는 부분인 춘향과 이 도령의 이별 장면을 따로 떼어 노래하고 있다. 한편 잡가는 조선 시대 문학 작품 중 일부를 수용하여 당대의 정서를 표출하고, 또 그중 일부가 국악이나 민요 형식으로 현대에 계승되고 있어, 과거와 현재를 이어 주는 과도기적인 문학 양식이라 할 수 있다.
- 주제 이별의 정한(情恨)
- 구성

1행	춘향과 이 도령(몽룡)의 이별 상황
2~16행	춘향이 이별하지 않겠다는 의지를 드러냄
17~23행	이 도령이 올라앉은 나귀가 춘향의 가슴을 참
24~26행	춘향이 이 도령과의 이별을 애통해함
27~39행	춘향이 이 도령과의 이별을 수용함

081 인물의 정서 및 태도 파악 답 ④

'춘향'은 '이별'이라는 글자를 없앰으로써 몽룡과의 이별을 거부하고자 하는 의지를 드러내고 있는데, 이때 '이별'이라는 글자를 없앨 수 있었던 과거의 사건으로 진시황의 분서 사건, 박랑사와 관련된 사건 등의 중국 고사를 활용하고 있다. 그러나 이는 이별의 상황에 처한 '춘향'의 억울함과 원통함을 드러내는 데 활용되고 있을 뿐, '춘향'의 상황이 역사적 사건과 관련되어 있음을 말하는 것은 아니다.

오답피하기

① '도련님'의 말 '누구를 탓하겠냐마는 속절없이 춘향을 어찌할 수 없네! ~ 아무튼 잘 있거라!'에서 '도련님'이 춘향과의 이별을 어쩔 수 없는 일, 불가피한 일로 받아들이고 있음을 알 수 있다.
② '춘향'의 말 '이런 일이 있겠기로 처음부터 마다하지 아니하였소?'에서 '춘향'이 '도련님'과 처음 만날 때부터 지금과 같은 이별의 상황을 우려하였음을 알 수 있다.
③ '춘향'의 말 '죽은 후에 넋이라도 삼수갑산 험한 곳을 날아다니는 제비가 되어 ~ 도련님 품으로 들어가 볼깨'에서 '춘향'이 제비라는 자연물에 '도련님'과 함께하고 싶은 마음을 의탁하고 있음을 알 수 있다.
⑤ '춘향'은 '옥황전에 솟아올라 억울함을 호소'하고 싶다고 하였다. 이는 천상의 존재인 옥황상제에게 이별로 인한 억울함을 전하는 상황을 설정하여 자신의 안타까움과 슬픔을 드러내는 것이다.

082 소재의 기능 파악 답 ④

'춘향'의 말 '도련님은 사대부라 여기저기 청탁하여 또다시 송사에서

지게 하겠지요.'를 통해 볼 때 ㉣'판결문'에는 '춘향'이 송사에서 지게 된 내용, 즉 '도련님'에게 '춘향'과의 약속을 파기한 책임을 물을 수 없다는 내용이 담겨 있을 것이다.

오답피하기

① '춘향'의 말 '광한루에서 날 호리려고 명문 써 준 것이 있으니'를 통해 ㉠'명문'은 '도련님'의 마음을 확인하고자 '춘향'이 쓴 글이 아니라, '도련님'이 '춘향'의 마음을 얻고자 쓴 글임을 알 수 있다.
② '소지'는 '예전에, 청원이 있을 때에 관아에 내던 서면'을 의미한다. '춘향'의 말 '소지 지어 가지고 본관 원님께 이 사연을 하소연하겠소'를 통해 볼 때 '소지'는 '도련님'이 자신의 무고함을 밝히는 내용이 아니라, '춘향'이 자신의 억울함을 호소하는 내용이 담길 것임을 알 수 있다.
③ 춘향은 순사또에게 소장을 올려 자신의 억울함을 호소하겠다고 하면서 '도련님은 양반이기에 편지 한 장만 부치면 순사또도 같은 양반이라 또 나를 패소시키거든'이라고 하였다. 이를 통해 볼 때 '편지 한 장'은 '도련님'이 순사또에게 춘향이 제기한 소송에 대해 청탁하기 위해 보내는 것임을 알 수 있다. 즉 ㉢'편지 한 장'에는 '춘향'과의 친밀감을 강화하려는 '도련님'의 마음을 전하는 내용이 아니라, '도련님'이 소송에서 이길 수 있는 내용, 자신은 죄가 없음을 밝히는 내용이 담길 것이다.
⑤ '춘향'의 말 '언문으로 상언을 쓸 때, 마음속에 먹은 뜻을 자세히 적어'를 통해 볼 때 ㉤'상언'에는 '춘향'이 '임금'에게 자신의 입장을 전하는 내용이 담길 것이다. 그러나 '춘향'이 '순사또'의 힘을 빌린다는 것은 언급되어 있지 않다.

083 시구의 의미 파악 답 ④

'춘향'은 '도련님'과 언약을 맺던 밤의 일을 떠올리면서 물과 산을 두고 서로 변하지 말자고 맹세하며 함께 '증삼'이 되자고 했으나 '산수 증삼'은 간 곳이 없다'고 말하고 있다. 이를 고려할 때 '산수', '증삼'은 '춘향'과 '도련님'이 백년가약을 맹세한 상황과 관련된 대상들이다. 그런데 '산수 증삼은 간 곳이 없다'고 하였으므로 이는 '춘향'과 '도련님'의 맹세가 깨어져 버린 상황을 부각하여 '춘향'의 비애감을 심화한 표현이라고 할 수 있다.

오답피하기

① '춘향'은 '도련님'에게 자신을 두고는 한양으로 가지 못한다고 말하면서 '잡을 데 없으면 삼단같이 좋은 머리'를 감아쥐고서라도 자신을 데려가 달라고 애원한다. 이를 통해 볼 때 ⓐ는 '춘향'이 지닌 자부심을 환기하여 좌절감을 완화하는 소재가 아니라, 이별을 피하고 싶은 '춘향'의 간절함이 담겨 있는 소재라고 할 수 있다.
② '춘향'은 '도련님'에게 자신을 두고 가겠으면 '영천수 맑은 물에다' 던지고 가라고 하며 자신을 살려 두고는 못 갈 것이라고 말하고 있다. 이를 통해 볼 때 ⓑ는 '춘향'이 죽을지도 모르는 극단적 상황과 연결되므로 초월적 공간에 대한 지향을 드러내어 현재의 고통과 대비하기 위한 소재가 아니라, 죽음을 각오하고서라도 '도련님'을 붙잡고 싶은 절박한 심정이 담겨 있는 소재라고 할 수 있다.
③ '춘향'은 '도련님'과 이별하는 상황에서 '도련님'이 탄 나귀 꼬리를 부여잡다가 가슴을 차인다. 이는 원치 않는 이별이라는 부정적인 상황을 희화화하여 표현한 측면이 있지만 이를 통해 현실을 풍자하는 것은 아니다.
⑤ '춘향'은 '산첩첩 수중중한데 부디 편안히 잘 가시오'라고 하며 '도련님'과의 이별을 수용하는 모습을 보이고 있다. 이를 고려할 때 '명년 양춘가절이 돌아오면 또다시 상봉할까나'는 '도련님'과의 재회가 어려울 것임을

탄식하는 표현이라고 할 수 있으므로, 미래에 대한 전망을 바탕으로 대상과의 재회를 확신하는 표현이라는 것은 적절하지 않다.

084 외적 준거에 따른 작품 감상   답 ③

(나)에서 '춘향'은 이별 후 자신이 겪을 고난을 말하는 것이 아니라 '도련님'과 이별을 하니 차라리 죽음을 선택하겠다는 의지를 드러내며 '도련님'의 마음을 돌리려는 모습을 보이고 있다. 그리고 (나)에서 문제 해결책을 강구하는 '춘향'의 치밀한 면모는 확인할 수 없다.

오답 피하기

① (가)에서 '춘향'은 원님, 순사또, 형조, 한성부, 비변사에까지 자신의 억울함을 호소하겠다고 하면서 그들은 같은 양반, 사대부인 '도련님'의 편을 들 것이라고 말하고 있다. 이를 통해 볼 때 '춘향'에게서 민중의 입장을 취하는 면모를 확인할 수 있다는 것은 적절하다.

② (가)에서 '춘향'은 자신의 억울함을 호소하여 벌인 송사에서 지게 되면 판결문을 모아 품에 품고 구걸하고 다니면서 돈을 모아 마음속의 뜻을 상언으로 써 임금님께 나아가 자신의 억울함을 알리겠다고 말하고 있다. 이를 통해 볼 때 '춘향'에게서 뜻한 바를 성취하려는 적극적 면모를 확인할 수 있다는 것은 적절하다.

④ (나)에서 '춘향'은 '할 수 없이 도련님이 떠나실 때', 주안을 올리며 '잘 가시오', '부디 편안히 잘 가시오'라고 이별을 고하고 있다. 이를 통해 볼 때 '춘향'에게서 원치 않는 상황이지만 이를 받아들이고 서글픈 현실을 감내하려는 수용적 면모를 확인할 수 있다는 것은 적절하다.

⑤ (가), (나)에서 모두 '춘향'은 '이별'이라는 글자를 원수로 여기고 천하장사 항우에게 철퇴를 주어 이를 깨뜨리고 싶다고 말하며 이별의 상황을 한탄하고 있다. 이를 통해 볼 때 '춘향'에게서 북받친 감정을 토로하면서 탄식하는 격정적인 면모를 확인할 수 있다는 것은 적절하다.

085 외적 준거에 따른 작품 감상   답 ⑤

[B]에서 '이별이라네 이별이라네 ~ 눈물짓고 하는 말이'의 화자는 해설자이고, 이후의 화자는 '춘향'이다. 두 화자 모두 '춘향'과 '도련님'의 이별 장면을 서술하고 있다. 따라서 화자가 해설자에서 인물로 역할을 바꾸는 것은 연속되지 않은 장면들이 엮여 작품이 구성되었음을 알게 해 주는 단서라는 진술은 적절하지 않다.

오답 피하기

① [A]에서 '도련님'은 춘향과의 이별 상황을 '생눈 나올 일'이라고 과장하여 표현하고 있다. 〈보기〉의 세책업자가 '과장되고 재치 있는 표현을 활용하여 흥미를 높이'려 했다는 내용을 고려할 때, '생눈 나올 일'이라는 과장된 표현을 사용한 것은 작품의 흥미를 높이기 위한 것으로 볼 수 있다.

② [A]에서 춘향은 '도련님'에게 거듭 질문을 던지면서 이별에 대한 안타까움을 드러내고 있다. 〈보기〉의 세책업자가 '특정 부분의 분량을 늘려 이윤을 얻으려 했다'는 내용을 고려할 때, '춘향'이 '도련님'에게 거듭하여 묻는 형식을 사용한 것은 분량을 늘리기 위한 것으로 볼 수 있다.

③ [B]의 첫 행에서는 '이별이라네 이별이라네 이 도령 춘향이가 이별이로다'라고 하여 '춘향'과 '도련님'의 이별 상황을 제시하고 있다. 〈보기〉에서 잡가의 담당층이 '노래의 내용을 단시간에 전달하기 위해 상황을 집약'했다는 내용을 고려할 때, 첫 행에서 '춘향'과 '도련님'의 이별 상황을 집약적으로 제시한 것은 청중을 작품의 내용에 빠르게 끌어들이려는 전략으로 볼 수 있다.

④ [B]에서는 '못 가시리다'라는 구절을 반복하여 이별에 대한 '춘향'의 절박한 심정을 강조하고 있다. 〈보기〉에서 잡가의 담당층이 '인물의 감정을 드러내는 가사를 반복해 청중의 공감을 끌어냈다'는 내용을 고려할 때, '못 가시리다'라는 구절을 반복하여 이별을 거부하는 '춘향'의 절박한 심정을 강조한 것은 청중의 공감을 유발하기 위한 것으로 볼 수 있다.

수능 연계 포인트

수능 연계 교재에서는 정지용의 〈장수산 1〉을 김종길의 〈고고〉와 엮어 자연이 인간 삶의 배경인 동시에 인간이 지향해야 할 가치를 가진 존재로 형상화된 시를 보여 주었고 표현상 특징, 시구의 의미, 화자의 정서와 태도 등에 대해 물었다. 우리 교재에서는 〈장수산 1〉을 인간의 삶의 모습이나 정신적 경지를 자연의 모습이나 속성과 관련지어 나타낸 다른 두 작품과 묶어 갈래 복합 지문을 구성하였다. 작품 간 공통점, 소재 및 시어ㆍ시구의 의미, 인물의 의도에 주목하여 작품을 감상하도록 한다.

(가) 김선우, 〈빌려줄 몸 한 채〉

- 해제 이 작품은 배추 모종을 심어 배추가 자라는 과정을 관찰한 경험을 통해 희생의 의미를 발견하고, 삶과 죽음이 순환하는 생태적 원리 속에서 생명이 탄생하게 된다는 깨달음을 드러내고 있다. 이 시의 제목이기도 한 '빌려줄 몸 한 채'는 어떤 존재에게 자신의 몸을 빌려준다는 의미를 지닌다. 이것은 자신의 몸을 빌려줌으로써 다른 존재를 살게 하는 동시에 몸을 빌려준 자신도 꽉 찬 존재가 될 수 있다는 인식을 상징적으로 보여 준다. 작가는 이를 통해 삶의 의미를 강조하고 있다.

- 주제 나눔과 희생을 통해 얻게 되는 삶의 결실과 가치

- 구성

1~2행	배추를 관찰하기 전의 생각
3~9행	배추의 성장을 관찰하면서 알게 된 사실
10~13행	배추 모종을 심은 경험에서 얻은 깨달음
14~17행	양보와 희생을 통해 이루어지는 결실의 가치

(나) 정지용, 〈장수산 1〉

- 해제 이 작품은 탈속적 공간인 장수산을 배경으로, 슬픔과 시련 등의 인간적 고뇌에서 초월한 삶을 살고자 하는 마음을 노래하고 있다. 전반부에서는 속세에서 멀리 떨어진 깊은 산인 장수산을 눈 덮인 겨울의 달밤의 모습으로 형상화함으로써 탈속적이고 평안한 모습으로 그려내고 있다. 후반부에서는 내면적 고뇌와 슬픔에 흔들리는 화자와 달리 승부에서 여러 번 지고도 웃을 수 있는 무욕의 경지에 이른 윗절 중의 모습을 제시하여 그를 본받아 시련에 굴하지 않고 견뎌 내겠다는 화자의 지향을 나타내고 있다. 즉 화자는 시름에 흔들리지만 장수산의 절대 고요의 공간에서 인고의 자세로 시련을 견뎌 내겠다는 현실 극복의 의지를 드러내고 있는 것이다.

- 주제 탈속적 공간에서의 시련 극복의 의지

- 구성

[A]	깊은 산속 고요함을 지닌 장수산의 면모
[B]	겨울밤 고요하고 순수한 장수산의 모습
[C]	무욕과 초탈의 경지에 이른 윗절 중에 대한 지향
[D]	내적 고뇌를 견디고자 하는 의지

(다) 남구만, 〈용암정기〉

- 해제 이 작품은 글쓴이가 제자의 요청을 받아 쓴 기문으로 서생 '숙'의 삶의 내력과 함께 그의 삶의 자세에 대해 긍정적인 평가를 제시하고 있다. 서생 '숙'은 자신의 은거 계획과 자신이 지은 정자의 명칭을 '용암'이라고 붙인 이유, 용암정의 특징을 제시한 다음, 용암정에 대한 기문을 써 줄 것을 글쓴이에게 요청한다. 이에 글쓴이는 재주가 있지만 탐욕적인 사람들의 비참한 말로와 대비하여 가난하지만 깨끗하게 살아온 서생 '숙'을 칭찬하면서, 세속적 욕망을 잊고 자연에 은거하는 그의 모습을 본래 숨고 감추는 것을 덕으로 여기는 용에 빗대어 표현하고 있다.

- 주제 물욕에 초연하여 청렴하게 살아온 서생 '숙'의 삶

- 구성

서생 숙이라는 자가 ~ 책만 읽을 뿐이었다.	서생 '숙'의 생활과 성품에 대한 소개
젊은 시절에 ~ 다음과 같이 말하였다.	서생 '숙'이 살아온 일생에 대한 소개
저는 글을 배웠으나 ~ 장소로 삼았습니다.	서생 '숙'이 '용암정'이라는 정자를 짓게 된 배경
저는 이미 문장을 ~ 지어 주시겠습니까?	서생 '숙'이 '용암정'의 기문을 지어 주기를 부탁함
이에 나는 다음과 같이 ~ 기문으로 삼는 바이다.	서생 '숙'이 부탁한 '용암정'의 기문을 지어 줌

086 작품 간의 공통점 파악   답 ④

(가)는 '겉잎 속잎이랄 것 없이 / 저 벌어지고 싶은 마음대로 벌어져 자라다가 / 그중 땅에 가까운 잎 몇 장이 스스로 겉잎 되어'에서 배추가 자라는 모습에 대한 묘사가 나타나고 있다. (나)는 '아름드리 큰 솔이 베어짐직도 하이 골이 울어 메아리 소리 쩌르렁 돌아옴직도 하이'에서 웅장한 산세를 지닌, '눈과 밤이 종이보다 희고녀!'에서 눈으로 뒤덮인 장수산의 모습에 대한 묘사가 나타나고 있다. (다)는 '두 뿔이 우뚝 솟아 꿈틀꿈틀하여 마치 물을 마시는 용 모양과 같다'는 데서 비렴산 아래 솟아 있는 큰 바위인 '용암'에 대한 묘사가 나타나고 있다.

오답 피하기

① (나)는 '달도 보름을 기다려 흰 뜻은 한밤 이 골을 걸음이란다?', '윗절 중이 여섯 판에 여섯 번 지고 웃고 올라간 뒤 조찰히 늙은 사나이의 남긴 내음새를 줍는다?'에서 물음의 방식을 확인할 수 있다. 이때 '윗절 중이 ~ 내음새를 줍는다?'는 윗절 중의 맑고 깨끗한 탈속적 면모를 드러내고 있다고 볼 수 있다. (다)는 '오직 그대만은 ~ 그 득실이 어떠한가?'에서 물음의 방식을 활용하여 서생 '숙'의 무욕의 삶의 자세를 강조하고 있다. 그러나 (가)는 물음의 방식을 활용한 의문형 진술을 찾아볼 수 없다.

② (다)의 일부는 문답 형태로 전개되고 있으며, 서생 '숙'과 글쓴이의 말을 직접 인용하고 있다. 그 인용된 두 인물의 말은 모두 말을 건네는 방식을 사용하고 있다. 그러나 (가)와 (나)는 모두 독백체의 어조로 서술되어 있으며, 구체적 청자에게 말을 건네는 방식으로 표현되어 있지 않다.

③ (다)는 '지금 그대가 ~ 손톱같이 한다면 좋지 않겠는가.'에서 가정적 진술을 사용하였으나, 이는 현재 상황에 대한 글쓴이의 인식이 아니라 미래 상황에 대한 글쓴이의 예측을 드러내고 있다. (가), (나)는 가정적 진술을 활용하고 있지 않다.

⑤ (나)는 '눈과 밤이 종이보다 희고녀'에서 영탄적 표현을 활용하여 눈으로 뒤덮여 종이보다 흰 장수산의 모습을 바라보는 화자의 고조된 감정을 드러내고 있다. '오오 견디란다'에서도 영탄적 표현을 활용하여 시름을 견

디겠다는 화자의 의지와 고조된 감정을 드러내고 있다. (가)와 (다)는 영탄적 표현을 활용하고 있지 않다.

087 외적 준거에 따른 작품 감상 · 답 ③

〈보기〉는 생태계의 상호 관계성에 대한 개념을 밝히고, 자연을 바라보는 생태학적 인식이 작품의 창작 기반이 되고 있음을 설명하고 있다. (가)의 화자는 배추가 성장하면서 자기 몸(겉잎)을 다른 생명체에게 빌려주는 사이 '결구'가 생기고 '알불'을 달 듯 속이 차 오르는 것을 보고, 이것이 자기희생을 통해 얻은 생명의 결실임을 깨닫는다. 즉, 타자의 희생이 새로운 생명 탄생의 원동력이 되는 것이 아니라, 타자를 위한 자기희생과 베풂이 생명의 결실로 이어진다는 결론으로 이어지고 있는 것이다.

오답 피하기

① '속이 꽉 찬 배추가 본디 속부터 / 단단하게 옹이지며 자라는 줄 알았는데'는 생태계 상호 관계성에 대한 화자의 깨달음이 있기 이전의 인식을, '겉잎 속잎이랄 것 없이 ~ 속이 차오는 거라'는 깨달음 이후의 인식을 각각 드러내고 있다.

② 배추의 땅에 가까운 잎 몇 장이 '스스로 겉잎 되어' '나비'와 '벌레'에게 몸을 주는 것은, '나비'와 '벌레'가 배춧잎을 먹고 자라는 것을 의미하는 것으로, 배추가 자기를 희생하여 타자의 생명 유지에 기여하고 있다는 화자의 인식을 보여 준다.

④ '내 몸으로 짓는 공양간'은 곧 자기희생을 바탕으로 한 생태계의 상호 관계성의 구체적 양상을 의미하며, 이러한 전제를 바탕으로 세상을 밝히는 희망을 의미하는 '등불'이 올 수 있다는 화자의 깨달음을 표현하고 있다.

⑤ '처음 자리에 길은 없는 거였다'는 화자가 배추 모종을 심는 과정을 통해 얻게 된 생태계의 상호 관계에 대한 깨달음이 집약된 표현이다. 즉, 화자는 모든 생물은 처음부터 홀로 존재하는 것이 아니라 다른 생명들과의 먹이 사슬의 순환 구조 속에서 상호 연관 관계를 맺음으로써, 생명을 유지하고 있다는 인식을 가지게 된 것이다.

088 시어 및 시구의 의미 이해 · 답 ⑤

[B]에서 감각적으로 형상화된 겨울 장수산의 모습은 고요하고 적막한 분위기를 형성하며, 이는 [D]에서도 동일하게 유지된다고 볼 수 있다. 그런데 [D]에서 화자는 '시름'이라는 내적 고뇌를 드러내었고 이를 인고의 자세로 이겨내고자 하므로 화자가 탈속의 경지에 이르렀다고 볼 수 없다.

오답 피하기

① '벌목정정'은 실제로 들리는 소리가 아니라 그런 소리가 날 만큼 소나무의 밑둥이 크다는 것을 뜻한다. '쩌르렁'하는 '메아리 소리' 역시 실제 소리가 아니며 그만큼 장수산의 골짜기가 깊다는 것을 표현한 것이다. 그리고 짐작의 의미를 담아 '직도 하이'를 반복함으로써 깊고 울창한 장수산의 전경에 대한 화자의 인상을 드러내고 있다.

② [B]의 '눈', '밤', '달'은 눈 덮인 겨울 장수산의 밤 풍경을 형상화하고 있으며, 이는 [A]에서 짐작할 수 있는 장수산의 모습에 시간성을 부여하여 더욱 구체적인 이미지를 형성하고 있다.

③ [B]에 부여된 장수산의 탈속적인 이미지는 [C]의 여섯 번을 지고도 웃는, 무욕의 경지에 이른 '윗절 중'에게 그대로 이어지고 있다.

④ [C]에서 '윗절 중'은 내기 등을 여섯 판이나 졌음에도 웃고 절로 돌아갈

정도로 여유로운 모습을 보인다. 이에 화자는 '조찰히 ~ 내음새를 줍는다?'와 같이 '윗절 중'에게서 무욕의 태도를 본받고자 하였다. 이는 [D]에 이르러 화자가 내면의 시름을 인고의 자세로 극복하겠다는 의지적 태도를 보이는 데 영향을 미치고 있다.

089 구절의 의미 파악 · 답 ③

ⓒ는 글쓴이가 병조 판서 재임 시절 편비였던 서생 '숙'과 다른 사람들에 대한 평가, 서생 '숙'과 그들의 이후 행적을 기반으로 하여, 서생 '숙'의 삶에 대한 긍정적 인식을 설의적 표현으로 드러낸 것이다. 서생 '숙'보다 더 능력이 뛰어났던 이들은 이익과 권세를 탐하다가 불행한 삶을 살았지만, 서생 '숙'은 물욕에 초연한 삶의 태도로 일관하여 후회 없는 삶을 살아왔음을 긍정적으로 평가하고 있다.

오답 피하기

① ⊙에는 사제의 연을 맺었던 글쓴이와 서생 '숙'의 과거 인연, 서생 '숙'이 무관으로서 관료 생활을 했다는 정보가 드러나 있다. 이를 두고 그가 관료로서 다양한 방면에서 뛰어난 능력을 발휘했던 행적을 제시한 것이라 보기는 어렵다.

② ⓛ에는 용암정의 기문을 지어 주기를 요청하는 글의 창작 동기가 제시되어 있다. 그러나 용암정에 대해 서생 '숙'은 명승은 아니지만 군자가 지낼 만한 고요하고 한가로운 곳이라고 평가했으므로, 용암정을 명승이라고 이해하는 것은 적절하지 않다. 다만 서생 '숙'은 용암정에 대해 일정 정도 만족감은 가지고 있다고 판단할 수는 있다.

④ ⓔ에는 관직에서 물러난 '서생 숙'이 용과 같이 자취를 감추어 몸을 온전히 하며 살아가기를 바라는 글쓴이의 당부가 드러나는 동시에, 자연을 벗삼아 무욕의 삶을 지속하기를 바라는 마음이 드러나 있다. 따라서 미래의 입신을 위해 지금 몸을 낮추라는 당부를 제시한 것으로 보는 것은 적절하지 않다.

⑤ 글쓴이가 ⓜ의 앞에서 아직 용암정에 가 보지 못해 잘 알지 못한다는 말을 하기는 하였다. 그러나 ⓜ에서는 용암정에서의 경관에 대해 말하는 것이 적절하지 않음을 언급하였을 뿐, 용암정의 기문을 지어달라는 요청을 거절하고 있지 않다.

090 외적 준거에 따른 작품 감상 · 답 ④

(나)의 '눈과 밤이 종이보다 희고녀', '달도 보름을 기다려 흰', '멧새도 울지 않아 깊은 산 고요가' 등에서 '장수산'이라는 공간에 순수하고 탈속적인 이미지가 부여되었음을 알 수 있다. (나)의 화자는 '장수산 속 겨울 한밤내—'에서 '윗절 중'을 본받아 시름을 견디고자 하고 있으므로 세속과 거리를 두고자 하는 화자의 정서와 장수산의 탈속적 이미지는 서로 조응된다고 볼 수 있다. (다)의 '용암' 역시 조용하고 적막한 물가로 남이 빼앗으려고 다투지 않는 '고요하고 한가'로운 이미지를 가진 공간이다. 그리고 이러한 '용암'의 이미지는 물욕에 초월한 탈속적 삶을 살고자 하는 서생 '숙'의 정서와 조응된다.

오답 피하기

① (나)의 '벌목정정'과 '쩌르렁'은 역동적인 분위기를 형성한다고 볼 여지가 있다. 그러나 (나)의 화자가 장수산에 생명이 회복되기를 바라는 것은 아니다.

② (다)의 '용암'의 모습은 마치 용이 꿈틀꿈틀하여 물을 마시는 것처럼 표현되어 있으며, 이러한 용암의 모습을 통해 생동감 있는 분위기를 환기한다고 볼 수는 있다. 하지만 서생 '숙'은 이곳에서 한가로운 삶을 살아가고자 할 뿐 시인, 일사 등 다른 이와 활발하게 교류하며 살고자 하는 지향을 가지고 있지 않다.

③ (다)의 서생 '숙'이 '용암'을 '궁벽한 산중의 황폐한 곳일 뿐'이라고 표현한 것은 '용암'에 대한 겸손한 표현 또는 '용암'이 수려한 풍경이 있는 곳은 아니라는 인식을 드러낼 뿐이다. 서생 '숙'은 자신이 무엇 하나 크게 이룬 것이 없다고 평가하고 있을 뿐 자신의 삶을 비관적으로 인식하고 있지 않다. 그리고 서생 '숙'은 관직에서 물러날 나이가 되었으므로 한가롭고 편안하게 여생을 지내겠다는 계획을 세우고 있다.

⑤ (나)의 '장수산 속 겨울 한밤내–'는 탈속적 이미지를 환기하며 화자가 현실 극복 의지를 다지는 배경으로 기능하고 있다. 그러나 (다)에서 서생 '숙'이나 글쓴이 모두 현실 극복 의지를 가지고 있는 것은 아니다.

091~096 | (가) 김기택, 〈사무원〉
　　　　　　　(나) 박남수, 〈새 1〉
　　　　　　　(다) 김현, 〈두꺼운 삶과 얇은 삶〉

수능 연계 포인트

수능 연계 교재에서는 현대시 박남수의 〈새 1〉과 오장환의 〈성탄제〉를 묶어 지문으로 제시하였고, 외부의 폭력에 의해 파괴되는 자연물에 주목하여 작품을 감상하는 문제를 중심으로 문항을 구성하였다. 우리 교재에서는 현대 사회나 인간에 대한 비판적 인식을 드러낸다는 점에서 〈새 1〉을 김기택의 현대시 〈사무원〉, 김현의 현대 수필 〈두꺼운 삶과 얇은 삶〉과 엮어 복합 지문으로 구성하였다. 작중 상황에 대한 작가의 의식이나 태도와 관련하여 세 작품의 공통점을 파악하거나 외적 준거를 바탕으로 각 구절을 이해해 보도록 한다.

(가) 김기택, 〈사무원〉

- 해제　이 작품은 하루도 빠짐없이 고된 업무에 시달리는 사무원의 모습을 불교의 수행 과정에 빗대어 비인간적이고 사물화된 현대인의 삶과 현대 사회를 비판하고 있다. 이 작품에 등장하는 '그'는 하루의 대부분을 사무실에서 보내면서 '의자 고행'을 하는데, 의자의 다리와 '그'의 다리가 구분되지 않는 모습을 통해 사물화된 삶의 단면을 보여 준다. 또한 물신화된 지금과 관련된 경전을 읽는 모습을 통해 자본주의 사회에 속박되어 살아가는 삶을 그려 내며, 이러한 삶은 습관화되어 일상을 지배하고 자율적 사고가 마비된 상태로 심화되고 있음을 제시하고 있다. 작가는 '～고 한다'라는 식의 간접 화법을 사용하여 '그'의 모습을 관찰자적 입장에서 서술하면서 현대인의 삶이 지닌 부정성을 비판적으로 형상화하고 있다.

- 주제　주체성을 상실하고 사물화된 삶을 살아가는 현대인과 현대 사회 비판

- 구성

1~9행	하루도 빠짐없이 업무에 시달리며 의자 고행과 공양을 하는 사무원
10~14행	자본주의 사회에 속박된 채 반복되는 업무를 수행하는 사무원
15~18행	과중한 업무로 허약해진 신체로 상사에게 아부하며 살아가는 사무원
19~24행	사무실에서의 습관화된 삶이 일상을 지배하여 주체성을 상실한 채 살아가는 사무원
25~32행	생계를 위해 자신을 돌아볼 겨를도 없이 절박하게 살아가는 사무원
33~35행	사물화된 삶에 매몰되어 살아가는 사무원

(나) 박남수, 〈새 1〉

- 해제　이 작품은 자연과 인간의 대립 구도를 바탕으로 순수를 파괴하는 인간 문명에 대한 비판적 인식을 드러내고 있다. 이 작품에서 '새'는 순수의 상징으로, 목적이나 의도를 지니지 않고 따스한 사랑을 나누는 존재로 형상화되어 있다. '포수'는 그러한 순수를 파괴하는 인간 혹은 인간의 문명을 상징하는 존재로, 작가는 포수가 쏘는 것이 한 마리 상처 입은 새에 지나지 않는다고 표현함으로써 인간의 문명이 지닌 파괴성과 그러한 욕망으로 얻는 것은 훼손된 순수임을 강조하고 있다.

- 주제　순수한 삶에 대한 옹호와 인간 문명의 폭력성에 대한 비판

• 구성	1연	순수한 노래와 사랑의 모습을 보이는 새
	2연	인위적이거나 가식이 없는 새
	3연	새의 순수를 파괴하는 포수와 그로 인해 훼손되는 순수성

(다) 김현, 〈두꺼운 삶과 얇은 삶〉

- 해제 이 작품은 아파트의 삶과 땅집의 삶이 지닌 특성을 바탕으로 깊이가 없는 삶에 대한 반성을 드러내고 있는 수필이다. 이 작품에서 아파트는 입체감이 없이 실용적인 것만을 추구하며, 숨김이 없이 모든 것이 노출되어 있는 삶을 살아가야 하는 공간으로, 글쓴이는 이에 대해 부정적인 태도를 보인다. 이에 비해 땅집은 모든 것이 자기 나름의 두께와 깊이를 가지고 있으며 정신적 가치가 존중되는 동시에 자연적인 삶이 가능하다는 점에서 두꺼운 삶을 영위할 수 있는 공간으로 제시되어 있다.

- 주제 깊이가 없는 도시적 삶에 대한 반성

- 구성

처음	입체감이 없고 표피적인 열림으로 이루어진 아파트에서의 삶
중간	두께와 깊이를 가진 공간으로서의 땅집에서의 삶
끝	숨김의 가치 및 자연이 없는 아파트에서의 삶에 대한 자기반성

091 작품 간의 공통점 파악   답 ③

(나)에서는 순수를 상징하는 '새'와 이를 겨냥하는 '포수' 사이의 대립되는 속성을 바탕으로 순수를 파괴하는 인간 문명의 폭력성에 대한 비판적 인식을 드러내고 있다. 그리고 (다)에서는 깊이가 없고 표피적인 열림의 속성을 지니고 있는 '아파트'와, 두께와 깊이를 가지고 있고 진정한 숨김의 가치가 있는 '땅집' 사이의 대립되는 속성을 바탕으로 아파트에서의 삶에 대한 비판적 인식을 드러내고 있다. 한편, (가)는 '그'의 모습을 통해 주체성을 잃고 사물화된 현대인의 삶과 현대 사회에 대한 비판적 인식을 드러내고 있지만, 이를 형상화하는 과정에서 대립되는 소재를 활용하고 있지는 않다.

오답피하기

① (가)는 사무원의 일상을 다루고 있다는 점에서 일상적 삶의 모습을 바탕으로 주제 의식을 구현하고 있다고 볼 수 있다. 그러나 (나)에서 순수한 새의 이미지와 이를 겨냥하는 포수의 모습을 일상적 삶의 모습이라고 보기는 어렵다. 그리고 (다)는 거주하는 공간에 대한 인식을 바탕으로 내용을 전개하고 있는 동시에 아파트에서의 삶을 다루고 있다는 점에서 일상적 삶의 모습을 바탕으로 한다고 볼 수 있다.

② (가)는 '그'를 통해 사물화, 물신화, 주체성 상실 등 부정적 모습들이 지속, 심화되는 상황을 제시하고 있을 뿐, 화자가 이러한 상태가 변화되기를 기대하는 내용은 나타나지 않는다. 또한 (다)에서는 글쓴이가 아파트에서의 삶이 지닌 얇은 삶으로서의 부정적 측면을 인식하고 이에 대한 반성적 태도를 드러내고는 있으나, 아파트라는 대상의 속성이 변화할 것이라는 기대감을 드러내고 있지는 않다. 한편, (나)에서는 순수를 상징하는 새가 포수에 의해 훼손된 이미지로 변화하고 있는데, 이에 대해 화자는 기대감이 아니라 비판적 태도를 취하고 있으며 포수라는 대상이 변화할 것이라는 기대감도 드러나지 않는다.

④ (가)는 과거에 있었던 '그'의 행적을 전달하고 있을 뿐, 미래에 대한 낙관

적 전망은 제시하고 있지 않다. 오히려 부정적 상황이 열거됨으로써 상황의 심각성이 부각되고 있다. (나) 역시 피에 젖은 새의 이미지를 제시하고 있을 뿐, 미래에 대한 낙관적 전망은 드러나 있지 않다. (다)도 아파트에서의 삶을 표현하고는 있지만, 미래를 낙관적으로 전망하는 태도는 찾아볼 수 없다.

⑤ (다)의 경우, 아파트에서의 삶을 경험하고 있는 글쓴이가 이 아파트에 대해 부정적인 태도를 드러내고 있다. 그러나 (가)의 경우, 화자 자신이 겪은 일이 아니라 '그'가 겪은 일로 다른 사람에게서 들은 말을 전달하는 간접 화법의 방식으로 시상을 전개하고 있으며, (나)의 화자는 대상에 대한 관찰을 통해 시상을 전개하고 있을 뿐, 화자가 경험한 사건을 근거로 하고 있다고 보기 어렵다.

092 외적 준거에 따른 작품 감상   답 ④

'30년간의 장좌불립' 앞부분에 제시된, 사무원으로서 수행한 고된 노동이 지닌 다양한 부정적 모습을 포괄한다. 이는 〈보기〉에서 제시한 반복적 삶을 기반으로 한 자동화된 의식, 주체성을 상실하고 사물화된 면모로 극단화된 비인간적 상태에 해당한다고 볼 수 있다. 그런데 이러한 상황에 대해 '그'는 '그리 부르든 말든', '전혀 상관치 않고 묵언으로 일관'하고 있다. 여기서 '묵언'은 자신이 처한 부정적 현실에 대한 주체적 판단이나 비판의 정신을 상실해 버린 채 아무런 저항을 하지 않는 모습을 의미하는 것으로, 이를 비인간적인 삶을 감내하며 의지적으로 사는 상태로 이해하는 것은 적절하지 않다.

오답피하기

① '그'가 수행하는 사무원으로서의 업무를 '고행'으로 표현하면서 '하루도 빠짐없다'고 한 것은 〈보기〉에서 언급한 반복적이고 맹목적인 삶이 '그'를 구속하고 있는 상황으로 볼 수 있다. 따라서 이러한 삶을 살아가는 현대인의 상황을 보여 주는 것이라는 설명은 적절하다.

② 손익관리대장이나 자금수지표를 신성한 경전에 비유하고 이것들을 경전 읽듯이 읊는다고 표현한 것은 〈보기〉에서 언급한 자본주의 사회에 속박되어 살아가는 모습을 나타낸다고 볼 수 있다. 또한 '그'의 '은둔'은 '철저히 고행 업무 속에만' 파묻혀 있는 모습을 보여 주는데, 이는 타인과의 교류나 소통이 결여된 상태로 볼 수 있다는 점에서 〈보기〉에서 언급한 소외의 상황을 가리킨다고 볼 수 있다.

③ 전화를 걸다가 '전화기 버튼 대신 계산기를 누르'고, 귀가하다가 '지하철 개찰구에 승차권 대신 열쇠를 밀어 넣'는 모습은 계산기를 누르거나 열쇠를 밀어 넣는 사무원으로서의 습관이 다른 상황에서도 그대로 나타나는 것으로, 그 정도로 사무원의 업무가 반복적이었음을 의미한다. 이는 일상의 반복을 기반으로 의식이 자동화, 습관화된 상태를 보여 주는 것으로 볼 수 있다.

⑤ '통장'으로 들어오는 '시주'가 채워지기 무섭게 흔적 없이 사라지지만 이를 '거들떠보지 않고 업무에만 몰두하는 '그'의 모습은 스스로를 돌아볼 겨를도 없는 상황을 보여 준다. 이는 자신의 상황에 대한 주체적 사고나 반성 없이 살아가는 모습이라는 점에서 〈보기〉에서 언급한 주체성의 상실로 이해할 수 있다. 또한 '용맹 정진'한다는 것은 주체성을 상실한 채 자본주의 사회에 속박되어 살아가는 '그'의 일상이 지속되고 있음을 의미한다.

093 외적 준거에 따른 작품 감상   답 ⑤

(다)에서 작가는 아파트를 땅집과 달리 인위적인 자연이 존재하는

곳, 자연과의 직접 교섭이 거의 완전히 단절된 곳으로 여기고 있다. 그리고 〈보기〉에서 (다)가 인공적인 속성을 지닌 아파트와 달리 '땅집'으로 표상되는 자연성의 가치에 대한 옹호를 드러낸다고 하였다. 이를 통해 땅집에서는 자연과 교섭하는 삶이 가능함을 알 수 있다. 즉, 작가는 아파트가 아닌 땅집에서의 삶을 인간이 추구해야 할 방향이라고 생각하고 있는 것이다. 그리고 '잔가지가 잘 정돈된 가로수'는 아파트라는 공간에서 사람의 손길을 거쳐 정리되어 존재하는 인위적인 자연을 의미한다. 따라서 작가가 '잔가지가 잘 정돈된 가로수'에서 발견한 자연성에 대한 긍정적 인식을 바탕으로 삶의 방향성을 제시했다는 이해는 적절하지 않다.

오답피하기

① 〈보기〉에 따르면, (나)의 화자는 순수성을 기반으로 한 자연성의 가치에 긍정적 인식을 지니고 있다. 1연에서 '새'가 '그것이 사랑인 줄도 모르'는 상태라는 것은 어떤 목적이나 의도를 지니지 않는 순수함의 상태이므로, 이로부터 순수성을 기반으로 한 자연성을 구체화하고 있다고 볼 수 있다.

② (나)의 2연에서 '새'는 '뜻을 만들'거나 '지어서 교태'를 부리지 않는 존재로 형상화되어 있다. 이는 억지나 거짓으로 무엇을 하지 않는 모습을 나타낸다는 점에서 〈보기〉에 제시된, 순수성을 기반으로 한 자연성의 본질적 가치를 보여 준다고 할 수 있다.

③ (나)의 3연에서 '포수'는 '한 덩이 납'이라는 폭력적 수단을 동원해 새를 겨냥하고 '피에 젖은 한 마리 상한 새'를 만든다. 〈보기〉를 참고할 때, 여기에는 인간의 욕망이 순수성에 기반한 자연성을 훼손하고 부정적 결과를 초래한다는 작가의 인식이 반영되어 있다고 볼 수 있다.

④ 〈보기〉에 따르면, 아파트는 평면적이고 인공적인 속성을 지니고 있고 작가는 그런 아파트에 부정적 인식을 지니고 있음을 알 수 있다. (다)에서 작가는 아파트에 대해 '분할된 곳의 크기가 다'를 뿐이라고 밝히고 있는데, 이는 수평적 평면에서의 공간 분할을 의미한다. 또한 아파트는 '모든 방의 높이가 같은 곳'이라는 점에서 수직적 동일성이라는 특징을 가진다. 여기서 작가는 수직적 동일성에 주목하여 아파트가 입체감과 깊이가 없는 평면적인 곳이라는 부정적 인식을 드러내고 있다.

094 시구의 의미 및 관계 파악 답 ③

[A]에서는 '그'가 의자를 떠나 화장실로 향하는 모습을 제시하고 있는데, 이 과정에서 '그'의 다리가 의자가 직립한 것처럼 보였다는 내용을 통해 의자의 다리와 '그'의 다리가 다를 바 없는 상황을 형상화하고 있다. 또한 다시 의자에 앉아 있는 [B]에서도 의자의 다리와 '그'의 다리를 구분할 수 없는 상황이 유지되고 있다. 이는 의자의 다리와 '그'의 다리가 구분되지 않은 상태의 지속이라는 점에서 사물화된 삶이 지닌 심각성을 부각한다고 볼 수 있다.

오답피하기

① [A]에서는 '그'의 다리가 의자가 직립한 것처럼 보였다는 표현을 통해 의자와 '그'의 다리 사이의 구분이 없어진 상황을 제시하고 있다. 그런데 [B]에서는 이러한 상황이 유지되고 있으므로 '그'의 다리가 의자와 구분된 상황으로 전환되었다는 것은 적절하지 않다.

② [A]에서는 사무실에 '그'를 목격한 사람이 있었음을 제시하고 있다. 그런데 [B]에서는 의자와 '그'의 다리가 구분되지 않는 상황을 제시하고 있는 것이지, '그'를 목격한 사람과 '그' 사이의 구분이 불가능한 상황을 제시하고 있는 것은 아니다.

④ [A]에는 '놀랍게도'와 같이 '그'의 다리가 의자가 직립한 것처럼 보인 상황에 대한 정서가 직접적으로 표출되어 있다. 그리고 [B]에서는 정서의 직접 표출 없이 상황에 대한 묘사만 하며 감정을 절제하고 있다. 그러나 이를 통해 화자의 태도 변화를 암시하고 있지는 않다.

⑤ [A]에서는 '~ 보였다고 한다'와 같이 '그'의 특징을 간접 화법으로 전달하고 있다. 그런데 이는 [B]에서도 '~ 없었다고 한다'와 같이 유지되고 있으므로 직접 관찰한 내용을 전달하고 있지 않다.

095 표현상 특징 파악 답 ④

(나)의 「1」에서는 '~ㄴ(는) ~에서나'나 '그것이 ~인 줄도 모르면서', 「2」에서는 '~어(어서) ~을 ~지 않다.'와 같은 유사한 문장 구조를 활용하여 리듬감을 형성하고 있다. 그러나 「3」에서는 유사한 문장 구조의 활용이 나타나지 않는다.

오답피하기

① 「1」에서는 새가 노래하는 청각적 이미지나 다스한 체온이라는 촉각적 이미지를 활용하여 새의 순수한 모습을 드러내고 있다. 그런데 「3」에서도 피에 젖은 새의 모습이라는 시각적 이미지를 활용하여 훼손당한 새의 모습을 보여 주고 있다.

② 「2」에서는 공간적 배경이 나타나 있지 않다. 반면 「1」에서 '하늘', '바람의 여울터', '나무의 그늘'과 같은 공간을 나열하여 새가 어느 곳이든 노래하는 상황을 나타내고 있다.

③ 「3」에서는 문장의 어순을 바꾸어 표현하는 도치법이 사용되지 않았다. 이러한 표현법이 사용된 부분은 「1」이다. 「1」에서는 '새는 / 노래한다. 그것이 노래인 줄도 모르면서'에서 도치법을 활용하여 새의 순수성이라는 시적 의미를 강조하고 있다.

⑤ 「2」와 「3」에서는 '않는다'에서 현재형 어미를 사용하고 있다. 그런데 「1」에서도 '가진다'에서 현재형 어미를 사용하고 있다.

096 글쓴이의 관점 파악 답 ①

㉠에서 글쓴이는 아파트가 자신을 숨길 데가 없는 공간이라고 밝히고 있다. 이는 아파트가 깊이가 없는 공간이라는 앞부분의 내용, 아파트의 열림은 모든 것이 열려 있기만 한 표피적인 열림인 동시에 이것이 깊이를 가진 인간에게 상당한 형벌이라고 한 내용과 관련지어 볼 때 자신을 숨기는 것이 불가능한 채로 열려 있기만 한 아파트에 대한 부정적 인식을 보여 준다고 할 수 있다. 또한 인간은 원래 깊이를 가지고 있는데 아파트는 이러한 인간에게 상당한 형벌을 주는 가혹한 공간이라는 인식을 고려할 때 아파트는 인간의 본질에 위배되는 곳으로 볼 수 있다. 그러나 이 과정에서 아파트의 공간이 한눈에 들어오는 것을 장점으로 인식하고 있는 것은 아니다. 한눈에 들어오는 것은 모든 것이 열려 있기만 한 아파트의 부정적 측면을 강조하기 위한 표현이다.

오답피하기

② ㉡에서는 땅집의 속성을 지닌 다락방과 지하실이 실용적 가치로만 대상이 평가되는 세계에 국한되지 않는, 신비를 간직한 공간으로 표현되어 있다. 이는 다락방과 지하실이 우리에게 즐거움을 주는 곳이라고 밝히고 있는 앞부분의 내용과 관련지어 볼 때, 공간 속에서 진정한 행복을 추구하기 위해서는 공간을 실용적 가치 이외의 다른 관점에서도 바라볼 수 있

어야 한다는 것으로 볼 수 있다.

③ ⓒ에서 글쓴이는 다락방이나 지하실을 쓸모없는 물건들이 쌓여 있는 창고로 보지 않고 가치 있는 신비를 간직하고 있는 소중한 공간으로 인식하고 있다. 이는 공간의 의미를 물질적인 관점에서가 아니라 정신적 가치의 측면에서 생각하고 있는 것이다.

④ ⓓ에서 글쓴이는 골동품이 아파트라는 공간에서는 본연의 가치를 상징하는 '두께'를 상실한 채 '얼마짜리', 즉 경제적 가치에 의해 평가받는 대상으로 존재함을 밝히고 있다. 이는 어떤 공간의 경우 대상의 진정한 가치가 도외시될 수밖에 없다는 인식을 드러낸 것으로 볼 수 있다.

⑤ ⓔ은 숨김이 불가능해질 때 사회의 요구에 따라서만 살 수밖에 없으며 숨김이 불가능한 공간에서는 메마른 인공적인 삶만이 존재할 수밖에 없다는 인식을 드러내고 있다. 이는 드러내는 것보다 훨씬 많은 것을 숨겨야 살 수 있다는 내용과 관련지어 볼 때 두꺼운 삶, 깊이 있는 삶을 위해 극복해야 할 상황으로 볼 수 있다. 즉, 드러냄보다 많은 숨김이 가능할 때 사회가 요구하는 삶에서 벗어날 수 있는 것이다.

097~102 | (가) 이존오, 〈구름이 무심탄 말이〉
(나) 김병연, 〈안락성을 지나며〉
(다) 김용준, 〈게〉

수능 연계 포인트

수능 연계 교재에서는 〈구름이 무심탄 말이〉를 '말'을 소재로 한 다른 두 시조와 엮어 지문을 구성하였고, 〈게〉를 사회적 주류에 대해 거리감을 보이는 한시, 야담과 엮어 지문을 구성하였다. 우리 교재에서는 특정 시대를 배경으로 당대 세태나 인물을 비판하고 있는 유사한 주제 의식의 작품을 선별하여 〈구름이 무심탄 말이〉를 김병연의 〈안락성을 지나며〉, 김용준의 〈게〉와 함께 제시함으로써 작품 이해의 폭을 넓혔다.

(가) 이존오, 〈구름이 무심탄 말이〉

- 해제 이 작품은 고려 시대의 간신 신돈이 공민왕의 총애를 믿고 국정을 어지럽혔던 정치적 상황을 표현한 시조이다. 작가는 상징적 소재인 '구름'과 '날빛'을 대비하여 간신을 비판함과 동시에 임금에 대한 자신의 충성심을 드러내고 있다.
- 주제 간신의 횡포에 대한 비판
- 구성

초장	간신의 부정한 마음
중장	조정을 어지럽히는 간신
종장	임금의 총명함을 가리는 간신

(나) 김병연, 〈안락성을 지나며〉

- 해제 이 작품은 작가가 안락성이라는 곳에서 하룻밤을 묵으며 겪은 감상을 노래한 한시이다. 제목의 '안락'은 전혀 안락하지 않은 화자의 상황을 반어적으로 드러낸 것이며, 관서 지방 양반들의 허세에 대한 반감과 나그네를 푸대접하는 각박한 마을 인심을 비판적 목소리로 표현하고 있다. 작품의 후반부에서는 고단한 방랑의 삶 속에서도 선비로서의 풍모를 잃지 않으며 자신의 처지를 해학적으로 수용하는 여유를 보여 주고 있다.
- 주제 관서 지방의 야박한 인심과 양반들의 허세에 대한 풍자
- 구성

1~2행	관서 지방 양반들의 허세
3~4행	야박한 마을의 인심
5~6행	배고픔과 추위로 인한 고통
7~8행	비참한 상황을 해학적으로 수용함

(다) 김용준, 〈게〉

- 해제 이 작품은 화가이자 수필가인 글쓴이가 친구들에게 그림을 부탁받았을 때 자주 화제(畫題)로 삼은 '게'에 대한 독특한 관점을 드러낸 수필이다. 글쓴이는 '정소남'의 일화를 제시하며 욕심 없이 예술가답게 살고자 하는 자신의 소망을 밝히고 있다. 또한 '게'의 속성에 관한 옛 문인의 글을 인용하고 자신의 경험을 제시하여 인간 세태에 대한 비판적 인식을 드러내고 있다.
- 주제 ① 게를 화제로 선택하는 이유
  ② 게의 속성을 통한 인간 세태 풍자
- 구성

정소남이란 ~ 소원이라 할까.	글쓴이의 예술관과 예술가로서의 소원
이 오죽잖은 ~ 기뻐할 때가 많다.	글쓴이가 화제로 '게'를 선택하는 이유

그러고는 화제를 ~ 올리기 때문이다.	'게'를 소재로 한 한시와 '게'에 대한 글쓴이의 생각
이 비애의 주인공은 ~ 많지 않은가.	'게'와 글쓴이, 우리 민족의 유 사성
맑은 동해 변 바위틈 ~ 싸우기 잘하는 놈!	'게'의 어리석은 행태
귀엽게 보면 ~ 좋은 화제다.	다양한 속성을 지녀 좋은 화제 가 되는 '게'

097 표현상 특징 파악　　　　　　　　답 ②

(나)는 '아침이 되어서야 강산의 정기를 한번 마셨으니 / 인간 세상에서 벽곡의 신선이 되려 시험하는가'에서 의문형 진술을 통해 오랜 기간 굶주린, 당면한 상황에 대한 인식을 드러내고 있다. (다)는 '아니 나 자신만이 아니라 우리 민족 중에는 이러한 인사가 너무나 많지 않은가.'에서 의문형 진술을 통해 '단장의 비애'를 모르는 우리 민족의 상황에 대한 인식을 드러내고 있다.

오답피하기

① (다)는 윤우당과 왕세정의 한시를 직접 인용하여 '게'에 대한 인식을 드러내고 있지만, 대상에 대한 관점의 차이를 제시하고 있다고 보기는 어렵다. 한편 (가)에는 인용이 방식이 사용되지 않았다.
③ (가)는 '구름'을 의인화하여 간신을 비판하고 있는데, 화자의 구체적 소망은 표현되어 있지 않다. (나)는 화자가 안락성에 하룻밤 머문 경험을 통해 시상을 전개하고 있을 뿐 상황의 가정이나 구체적 소망은 나타나지 않는다.
④ (나)는 독백의 어조를 통해 관서 지방에 양반에 대한 비판과 굶주림이라는 현실의 고통을 표현하고 있다. 한편 (다)에는 자문자답의 방식이나 내면의 갈등은 나타나지 않는다.
⑤ (나)는 빈 배에서 들리는 '꼬르륵' 소리를 천둥소리에 비유하고 있지만 이를 바탕으로 대상의 가치를 부각하고 있지 않다. (다)는 게와 글쓴이, 우리 민족을 비교하고 있다고 볼 수 있지만 이를 바탕으로 대상의 가치를 부각하고 있지 않다.

098 시어 및 시구의 이해　　　　　　　　답 ③

'임의로'는 '일정한 기준이나 원칙 없이 하고 싶은 대로 함'이라는 의미로, 중천에 떠서 자기 마음대로 움직이는 구름의 모습을 나타내고 있다. 이는 간신이 권력을 마음대로 휘두르며 횡포를 부리는 모습을 우의적으로 나타낸 것이다.

오답피하기

① '허랑하다'는 '언행이나 상황 따위가 허황하고 착실하지 못하다.'라는 의미로 '구름이 무심탄 말'이 옳지 않다는 인식을 담고 있다.
② '떠 있어'와 '따라가며'는 구름의 움직임(간신의 횡포)을 나타내는 것으로, 시시각각 변하는 구름의 변화무쌍한 모습을 묘사하는 것은 아니다.
④ '구태여'는 구름이 날빛을 가리는 행동에 대한 화자의 비판적 태도를 드러내는 것으로, 화자의 실망감과는 관계가 없다. 또한 초장에서 구름이 무심탄 말이 허랑하다고 하였으므로, 구름의 행태를 '무심'하다고 해석하는 것은 적절하지 않다.
⑤ '따라가며'는 '광명'을 좇는 구름의 수동적인 모습이 아니라 구름이 날빛

을 가리는 행동에 해당한다. 또한 화자는 구름을 안타깝게 여기지 않으며, 구름이 광명한 날빛을 따라가며 덮는 것을 비판적으로 바라보고 있다.

099 외적 준거에 따른 작품 감상　　　　　　　　답 ②

'시 짓는다고 우쭐대네'의 주체는 '관서 지방 못난 것들'이다. 이는 시 짓는 능력을 과시하는 사대부들의 허세를 비판하는 대목으로 볼 수 있다.

오답피하기

① '나그네'는 이 작품의 화자이면서 평생 방랑 시인으로 떠돌아다녔던 작가 자신을 객관화하여 표현한 것이다.
③ '날이 저무는데'는 저녁에서 밤으로, '아침이 되어서야'는 밤에서 아침으로 시간이 흐름을 나타낸다. 이를 통해 화자가 안락성에서 하룻밤 동안 경험한 사건을 시간 순서에 따라 제시하고 있음을 알 수 있다.
④ '강산의 정기를 한번 마셨으니'는 밤새 굶주림과 추위로 고통을 받았음에도 불구하고 비참한 현실에 굴하지 않는 화자의 의연한 모습을 나타내는 구절로 선비의 기상을 엿볼 수 있다.
⑤ '냉기만 스며드네'는 안락성에서의 열악한 잠자리를 촉각적 이미지를 통해 나타낸 것이다. 이는 안락성에서 작가가 경험한 떠돌이 생활의 비애를 감각적 이미지를 통해 형상화했다고 볼 수 있다.

100 구절의 내용 비교　　　　　　　　답 ①

[A]에서 화자는 '한평생 창자 끊는 시름을 모른다네'라고 하며 창자가 없는 '게'를 부러워한다. 이는 '게'와 달리 화자가 창자가 끊어지는 듯한 시름으로 고통받고 있음을 나타내는 것이다. 따라서 '게'가 부럽다는 화자의 말은 자신의 비애를 우회적으로 드러내는 것임을 알 수 있다.

오답피하기

② [B]에서 화자는 '마음껏 횡행하기를 얼마나 하겠는가'라고 하며 결국에는 사람 입에 떨어질 신세인지도 모르고 마음대로 행동하는 '게'의 어리석은 모습을 비판하고 있다.
③ [A]에서 화자는 '게'를 '공자무장(公子無腸)'이라 하여 인간과 달리 창자가 없음을 나타내고 있다. 그러나 '창자 없는 게가 참으로 부럽도다.'라고 하였으므로 '게'를 부정적으로 평가하는 것은 아니다.
④ [B]에서 화자는 '게'가 마음껏 횡행하다가 결국 사람의 입으로 떨어질 것이라고 보고 있으므로 게의 횡행하는 모습을 긍정적으로 평가하고 있다고 볼 수 없다.
⑤ [A]와 [B] 모두 '종횡으로', '횡행하기'를 통해 게가 옆으로 기어다니는 모습을 나타내고 있으나, 이를 통해 중도에서 벗어난 삶을 경계하는 것은 아니다.

101 세부 내용 이해　　　　　　　　답 ②

ⓑ를 통해 사물을 비슷하게 그리는 재주뿐만 아니라, 자연을 빌려 작가의 청고한 심경을 담아내야만 환이 예술이 될 수 있다는 작가의 예술관을 엿볼 수 있다.

오답피하기

① '타족'은 송나라를 멸망시킨 원나라를 의미한다. 그리고 '개결(慨潔)'한 몸

을 더럽히지 않으려 함'에는 원나라에 대한 적개심, 이미 망한 송나라에 대한 절개를 지키려는 마음이 담겨 있다.

③ '한묵(翰墨)으로 유일한 벗'을 삼겠다는 것은 물욕과 영달에서 떠나 오로지 예술가로서의 삶을 살겠다는 의미를 담고 있다.

④ '이런 경우'는 '할 수 없이 청에 응하는' 경우와 '자진해서 도말해 보내는' 경우 모두를 포함한다.

⑤ 글쓴이에게 '게'는 어리석은 행동을 하는 연민의 대상이면서 동시에 밉살스럽고 가증스러운 대상이다. 이는 '게'가 화제로서 다양한 의미를 가진다는 것을 뜻한다. 따라서 '즐겨 보내고 싶은 친구'와 '뻔뻔스럽고 염치없는 친구'에게 게가 '확실히 좋은 화제'인 이유는, 동일한 그림을 통해 서로 다른 의미를 전달할 수 있기 때문이다.

102 외적 준거에 따른 작품 감상   답 ③

'벽곡'은 곡식은 안 먹고 솔잎, 대추, 밤 따위만 날로 조금씩 먹는 것을 의미한다. 따라서 '벽곡의 신선'은 세속적 욕망을 초월한 청빈한 모습이 아니라 밤새 아무것도 먹지 못한 화자의 굶주린 모습을 신선에 빗대어 해학적으로 나타낸 것이라 할 수 있다.

오답 피하기

① (가)에서 '구름'은 승려 신돈을, '날빛'은 임금을 비유하고 있다. 구름이 광명(光明)한 날빛을 따라가며 덮는 것은 간신으로 인해 임금이 총기를 잃고 선정을 베풀지 못하는 상황을 나타낸 것이다.

② (나)에서 '안락'은 몸과 마음이 평안하고 즐거움을 의미한다. 따라서 '밥 짓는 미루'고 '돈부터 달라'는 사람들이 있는 곳을 '안락성'이라고 칭하는 것은 인심이 야박한 당시 세태를 비판하기 위한 의도의 반어적 표현이라고 할 수 있다.

④ (다)에서 '이러한 인사'는 '단장의 비애를 모르는 놈, 약고 영리하게 처세할 줄 모르는 눈치 없는 미물'을 의미한다. 글쓴이는 자신뿐만 아니라 우리 민족 중에 이러한 인사가 많다고 하며 해방 전후의 격변기에 영리하게 처세할 줄도 모르면서 시대에 무감각하게 반응하는 자신과 우리 민족의 모습을 비판적으로 성찰하고 있다.

⑤ (다)에서 미끼를 두고 다투다가 결국 모두 어부에게 잡히는 '해공'은 싸우기를 좋아해 결국 공멸하는 인간의 어리석음을 풍자하는 것으로 볼 수 있다.

103~108 | (가) 이신의, 〈단가육장〉
             (나) 정철, 〈속미인곡〉
             (다) 조위, 〈규정기〉

수능 연계 포인트

수능 연계 교재에서는 〈단가육장〉을 단독 지문으로 제시하여 표현상 특징과 소재의 기능 비교, 작가의 삶과 관련해 작품을 이해하는 문제를 출제하였다. 〈규정기〉도 단독 지문으로 제시하여 서술 방식과 한문 수필의 성격과 관련된 문제를 출제하였다. 우리 교재에서는 이 두 작품이 모두 유배 문학적 성격을 지닌다는 점에 착안하여 유배 문학의 특징이 작품 속에 형상화된 양상을 비교하며 이해할 수 있도록 구성하였으며, 작가의 낙향 배경에 주목하여 〈속미인곡〉을 함께 엮어 다른 작품과 시어를 비교하거나 작가의 인식과 태도를 심층적으로 감상해 보도록 하였다.

(가) 이신의, 〈단가육장〉

- **해제** 이 작품은 작가가 인목 대비 폐위를 반대하는 상소를 올렸다가 유배당했을 때의 심정을 담은 연시조이다. 작가는 '효제충신'을 대장부와 인간이 추구해야 할 가치이자 도리로 여겨야 함을 천명한 뒤, 당대에 벌어졌던 정치적 숙청을 상징적으로 나타내면서 임금의 은혜를 생각하며 앞으로 상황이 변할 것이라는 막연한 기대감을 드러내고 있다. 또한 자연물인 '제비'를 활용하여 유배되어 자유롭지 못한 처지에 대한 시름을 표출하기도 하고, '달'을 벗으로 삼아 시름을 달래는 등 유배객으로서의 복잡한 심경을 나타내고 있다. 작가는 유배된 처지에서도 임금에 대한 변함없는 자신의 충정을 '매화'에 빗대어 표현하고, 이를 임금이 알아주기를 바라는 마음을 드러내며 시상을 맺고 있다.
- **주제** 유배 생활의 고달픔과 임금에 대한 변함없는 충정
- **구성**

제1장	장부가 해야 할 일인 효제충신
제2장	당대의 정치적 상황과 임금의 은혜에 대한 기대
제3장	유배된 자신의 처지에 대한 한탄
제4장	유배 생활에서 느끼는 외로움과 시름
제5장	달을 통해 시름을 달래는 모습
제6장	임금에 대한 변함없는 충정을 알아주기를 바라는 마음

(나) 정철, 〈속미인곡〉

- **해제** 이 작품은 조선 시대의 대표적인 사대부 가사로서, 임에 대한 애절한 사랑을 토로하는 이야기를 통해 임금을 향한 연군지정을 드러내는 충신연군지사이다. 작가가 은거할 때 지은 노래로, 한 여인이 천상의 백옥경을 떠난 이유를 묻고, 이에 다른 한 여인이 자신의 사연을 말하는 대화 방식을 통해 임금을 그리워하는 마음을 드러내고 있다. 한편 이 작품은 〈사미인곡〉, 〈관동별곡〉과 함께 우리말의 아름다움을 잘 살린 가사 문학의 백미이자, 연군 가사의 전형을 확립한 작품이라는 점에서 문학사적으로 중요하게 평가된다.
- **주제** 임에 대한 그리움과 변함없는 사랑
- **구성**

서사	임과 이별한 사연에 대한 질문과 대답
본사	임에 대한 걱정과 그리움
결사	임을 따르고 싶은 소망과 깊은 사랑

(다) 조위, 〈규정기〉

- 해제 이 작품은 글쓴이가 유배지에서 지은 정자에 '규정(해바라기 정자)'이라는 이름을 붙인 이유를 밝히고 있는 한문 수필이다. '기(記)'는 특정 대상과 관련한 경험과 그로부터 얻은 교훈이나 깨달음을 제시하는 한문 양식의 하나이다. 이 글 역시 글쓴이가 유배지에서 정자를 짓고 '규정'으로 명명한 일과 그 과정에서의 깨달음을 제시하고 있다. 글쓴이는 유배 중인 자신의 비참한 처지를 '해바라기'에 빗대고 해바라기의 속성에서 충성과 지혜라는 가치를 도출해 내어 정자의 이름을 해바라기로 정하였음을 밝히고 있다. 이를 통해 글쓴이는 비록 유배지로 내몰렸지만 충의를 중시하며 임금의 은혜를 잊지 않고 있음을 드러내고 있다.
- 주제 정자의 이름을 '규정'이라고 지은 이유
- 구성

기	정자를 짓고 '규정'이라는 이름을 붙임
서	정자의 이름에 대한 손님의 물음과 글쓴이의 대답
결	정자 이름에 대한 손님의 납득

103 작품 간의 공통점 파악 답 ②

(가)는 '남산에 많던 솔이 어디로 갔단 말고', '난후 부근이 그다지도 날랠시고' 등에서 의문형 진술을 반복하여 남산의 소나무들이, 즉 많은 충신들이 사라진 상황에 대한 안타까운 마음을 부각하고 있다. 또한 '종일 하는 말이 무슨 사설 하는지고', '인간에 유정한 벗은 명월밖에 또 있는가'에서 유배되어 홀로 지내는 상황에서의 외로움을 부각하고 있다. (나)는 '내일이나 사람 올까', '내 마음 둘 데 없다 어드러로 가잔 말고', '사공은 어디 가고 빈 배만 걸렸는고', '반벽 청등은 눌 위하야 밝았는고' 등에서 의문형 진술을 반복하여 임과 이별한 상황에서 화자가 느끼는 외로움과 임에 대한 그리움을 부각하고 있다.

오답피하기

① (가)는 〈제3장〉에서 화자가 자유롭게 훨훨 날아다니는 '제비'를 보고 유배당해 자유롭지 못한 자신의 처지를 탄식하고 있으므로 대조적인 자연물을 통해 화자의 고뇌를 간접적으로 나타내고 있다고 할 수 있다. 그러나 (다)는 높이 평가받는 식물인 '소나무, 대나무' 등과 하찮게 여겨지는 식물인 '해바라기'를 대조하고 있으나, 이를 통해 글쓴이의 고뇌를 간접적으로 드러내고 있지 않다.

③ (가)에서 화자는 유배지에서 남산에서의 일을 떠올리고 있을 뿐, 공간의 이동은 나타나지 않는다. (나)에는 저녁에서 새벽으로 시간의 흐름은 나타나 있지만, 이에 따른 화자의 심리 변화는 찾아볼 수 없다.

④ (나)는 작품 전체적으로 볼 때, '나(각시님)'와 마지막 행에서 '각시님'을 부르는 인물 간의 대화 형식이 나타난다. 다만 '방정맞은 계성'에서 일부 원망의 정서를 찾아볼 수 있다. (다)는 글쓴이와 손님 간의 대화 형식으로 내용을 전개하고 있으나 타인에 대한 원망의 정서는 드러나 있지 않다.

⑤ (가)는 〈제1장〉의 종장 '어즈버 인도에 하올 일이 다만 인가 하노라'에서 영탄적 표현을 통해 효제충신을 지키며 살겠다는 변함없는 신념을, 〈제6장〉의 종장 '어즈버 호접이 이 향기 알면 애 끊일까 하노라'에서 영탄적 표현을 통해 임금에 대한 변함없는 충정을 드러내고 있다. (나)는 '어와 허사로다 이 임이 어디 간고'에서 영탄적 표현이 나타나지만, 이는 꿈에서 깨어 허망한 화자의 심리를 드러낸 것이다. (다)에는 영탄적 표현이 나타나지 않는다.

104 시상 전개 양상 파악 답 ③

〈제3장〉의 '제비'는 날아다닐 수 있는 자유로운 존재로 유배를 당해 자유롭지 못한 화자와 대비를 이루면서 화자의 시름을 심화한다고 볼 수 있다. 이로부터 심화된 화자의 정서는 〈제4장〉의 '제비'에게 투영되어 '제비'가 시름을 토로하는 것으로 나타나고 있다.

오답피하기

① 〈제1장〉에서 '장부의 하올 사업'은 효제충신을 의미한다. 〈제2장〉에서 '부근'으로 '솔'을 베는 일은 긍정적 대상(솔)을 제거하는 일과 관련되므로, '장부의 하올 사업'에 포함된다고 볼 수 없다.

② 〈제2장〉에서 화자는 '우로'가 깊으면 솔을 다시 볼 수 있다고 생각하므로 '우로'가 깊어지는 것은 화자가 기대하는 상황으로 볼 수 있다. 〈제3장〉에서 화자는 '세우' 오고 제비 나는 상황에서 적객의 회포로 인해 한숨 겨워하고 있으므로, '우로'가 깊어진 상황이 '세우' 오는 상황으로 변화되어 화자의 기대감이 고조되는 것은 아니다.

④ 〈제4장〉에서 '적객'의 '시름'은 유배당한 자신의 처지에 대한 시름이며 〈제5장〉에서 화자는 '인간'에 '유정한 벗'은 명월밖에 없다고 하고 있으므로, '적객'의 '시름'이 '인간'에 '유정한 벗'이 없는 처지에서 연유한 것은 아니다.

⑤ 〈제6장〉에서 화자는 '설월'에 핀 '매화'를 보려 창을 열었더니 섞인 꽃 여윈 속에 향기가 잦았다고 하고 있으므로, 화자가 '설월'에 핀 '매화'를 볼 수 없는 상황에 처해 있지 않다.

105 외적 준거에 따른 작품 감상 답 ③

(나)에서 화자는 '일월'을 보기 위해 산을 오르내리기도 하고 강가에 가기도 한다. 따라서 '오르며 내리며 허둥거리며 헤매'는 것은 임금의 소식을 알기 위해 노력하는 모습일 뿐, 화자가 임금과 가까운 곳으로 자신의 거처를 옮기려는 모습으로 보는 것은 적절하지 않다.

오답피하기

① 〈보기〉에서 작가는 〈속미인곡〉에서 임금의 눈과 귀를 가리는 간신들에 대한 부정적 인식을 드러낸다고 하였다. (나)에서 '구름', '안개'로 '산천이 어둡'다는 것은 '일월'이 가려진 상황으로 임금이 간신들에 둘러싸여 있는 현실이라고 할 수 있으므로, 당시 정치 상황에 대한 작가의 부정적 인식을 드러낸다고 볼 수 있다.

② 〈보기〉에서 작가는 탄핵을 받아 고향으로 돌아오게 되었으며, 〈속미인곡〉은 임금에 대한 변함없는 충정을 노래한다고 하였다. 그리고 (나)에서 화자는 강가에 혼자 서서 지는 해를 굽어보니 임의 소식이 더욱 아득하다고 하였다. 따라서 '강가에 혼자 서서 해를 굽어보'는 것은 임금과 떨어져 지내는 상황에서 임금을 그리워하는 모습을 나타낸다고 볼 수 있으므로, 이를 통해 조정에서 쫓겨나 고향으로 돌아와 지내는 작가의 처지를 엿볼 수 있다.

④ 〈보기〉에서 작가는 당쟁에 휘말려 탄핵을 받았으며, 〈속미인곡〉에서 그런 현실에 대한 자신의 억울함을 드러낸다고 하였다. 따라서 '마음에 먹은 말씀'을 실컷 말하고자 하는 것은 당쟁에 휘말려 관직에서 쫓겨난 상황의 부당함을 임금에게 호소하고자 한 것이라고 할 수 있으므로, 자신의 억울함과 충정을 전하려는 작가의 태도를 드러낸다고 볼 수 있다.

⑤ 〈보기〉에서 작가는 〈속미인곡〉에서 임금에 대한 변함없는 충정을 노래한 다고 하였다. 그리고 '죽어져서 낙월이나 되'어 '임 계신 창 안'을 비추겠 다는 것은 죽어서라도 임금 곁에 가까이 있고 싶은 마음을 표현한 것이 다. 따라서 이는 임금에 대한 변함없는 충정을 드러낸다고 볼 수 있다.

106 시어의 의미 비교　　　　　　　　　　답 ③

(가)의 화자는 남산의 솔이 모두 베어진 상황에 안타까움을 느끼고 있는데 '부근'은 소나무를 베는 도구로 사용된 것이므로, '부근'은 현 실에 대한 화자의 안타까움을 유발하는 대상으로 볼 수 있다. (나) 의 화자는 띠집 찬 자리에 돌아와 반벽 청등만이 밝혀져 있는 상황 에서 고독감을 느끼고 있으므로, '반벽 청등'은 화자의 외로움을 환 기하는 대상으로 볼 수 있다.

오답피하기

① (가)의 화자는 남산의 솔이 베어진 상황에 안타까워하고 있으나 '부근'이 과거에 대한 그리움을 촉발하고 있지는 않다. (나)의 화자는 홀로 있는 상 황에 외로워하고 있으나 '반벽 청등'을 보며 과거를 그리워하고 있지는 않다.

② (가)의 화자는 부근으로 솔이 모두 베어진 상황에 안타까워하고 있으므로 '부근'은 내적 갈등이 해소되는 원인으로 볼 수 없다. (나)의 '반벽 청등'은 화자로 하여금 자신의 외로운 처지를 떠올리게 하므로 내적 갈등이 해소 되는 원인으로 볼 수 없다.

④ (가)의 화자는 부근으로 솔이 베어진 상황에 안타까워하고 있으나 이를 개선하겠다는 의지를 드러내고 있지는 않다. (나)의 화자는 강가에서 임 의 소식을 얻지 못하고 집으로 돌아와서는 반벽 청등을 보고 고독감을 느끼고 있다. 따라서 '반벽 청등'은 여전히 외로운 처지에 있는 화자의 상 황을 환기하는 대상으로, 변함없는 현실에 대한 화자의 비애를 나타낸다고 볼 여지가 있다.

⑤ (가)의 화자는 부근으로 솔이 베어진 상황에 안타까워하고 있으므로 '부 근'은 화자가 현실을 부정적으로 인식하는 계기로 볼 수 있다. (나)의 화 자는 '반벽 청등'을 보며 자신의 외로운 처지를 떠올리고 있으나 그런 처 지를 운명적으로 수용하는 태도는 확인할 수 없다.

107 구절에 대한 이해　　　　　　　　　　답 ②

ⓑ는 손님이 글쓴이에게 정자의 이름을 '해바라기 정자'라는 뜻의 '규정'으로 지은 이유를 물은 것으로, 글쓴이가 정자의 이름을 지은 이유를 밝히게 되는 계기가 된다고 할 수 있다. 그러나 손님의 질문 이전에 해바라기에 대한 글쓴이의 생각은 제시되어 있지 않았으므 로 손님이 이를 비판한 것이라고 볼 수 없다.

오답피하기

① ⓐ는 손님이 해바라기를 하찮은 식물로 여기는 일반적인 평가, 즉 통념을 단정적으로 제시한 것으로, 이는 해바라기로 정자 이름을 지은 것에 대한 의문을 품게 된 이유로 볼 수 있다.

③ ⓒ는 글쓴이가 '많은 이들이 소나무, 대나무, 매화, 국화, 난이나 혜초로 자기가 사는 집의 이름을 지었'다는 손님의 말을 인정하는 것으로, 이는 그렇게 높이 평가받는 식물로 정자의 이름을 짓지 않고 하찮게 여기는 해바라기로 정자 이름을 지은 것을 손님이 궁금해하는 이유를 이해하고 있음을 드러낸 것으로 볼 수 있다.

④ ⓓ는 글쓴이가 자신을 버림받은 사람이라고 하면서 천한 식물로 평가받

는 해바라기와 자신의 유사성에 기반하여 정자의 이름을 '규정'으로 지은 이유를 밝힌 것으로 볼 수 있다.

⑤ ⓔ는 손님이 정자의 이름을 지은 이유에 대한 글쓴이의 말을 듣고 이에 공감하여 자신의 생각이 부족했음을 깨닫고 이를 인정한 진술로 볼 수 있다.

108 외적 준거에 따른 작품 감상　　　　　　답 ①

〈보기〉에서 유배 문학의 작가는 자신의 결백을 호소하기도 한다고 하였다. (가)에서 화자는 인간에 유정한 벗은 천 리를 멀다 하지 않 고 간 데마다 따라오는 명월밖에 없다고 하는데, 이는 명월만이 유 배 생활을 하는 자신의 벗이라고 함으로써 화자가 얼마나 외로운 처지에 있는지를 나타낸다. 이를 화자가 자신의 결백을 호소하는 모습으로 볼 수는 없다.

오답피하기

② 〈보기〉에서 유배 문학은 작가의 처지나 생각을 효과적으로 드러내기 위 해 관습적 상징물로서의 다양한 소재를 활용한다고 하였다. (가)에서 화 자는 매화를 보면서 '섞인 꽃 여읜 속에 잦은 것이 향기'라고 하였는데, 매화는 지조와 절개를 나타내는 관습적 상징물로 임금에 대한 변함없는 충정을 지닌 화자를 상징한다고 볼 수 있다. 따라서 매화가 시들고 여위 었다고 표현한 것은 유배지에서 고통을 겪는 화자의 상태를 나타낸다고 볼 수 있다.

③ 〈보기〉에서 유배 문학의 작가는 유배지의 열악한 거주 상황에 대한 고통 을 토로한다고 하였다. (다)에서 글쓴이는 '세 든 집이 낮고 좁아서 덥고 답답함을 참을 수가 없었다'고 하는데, 이는 그만큼 글쓴이가 거주하는 유배지의 환경이 열악함을 나타낸다고 볼 수 있다.

④ 〈보기〉에서 유배 문학의 작가는 유배지의 원주민들의 냉대에 대한 고통 을 토로한다고 하였다. (다)에서 글쓴이는 '사람들은 천히 여겨 사람 대접 을 하지 않고, 식물도 나를 서먹서먹하게 내치는 형편'이라고 하였는데, 이는 글쓴이가 유배지의 원주민들로부터 냉대와 멸시를 받고 있음을 나 타낸다고 볼 수 있다.

⑤ 〈보기〉에서 유배 문학의 작가는 자신의 내면을 들여다보면서 자신이 추 구하는 삶의 자세를 드러낸다고 하였다. (가)에서 화자는 '효제충신밖에 하올 일이 또 있는가'라며 '인도에 하올 일이 다만 인가'라고 하여 효제충 신을 강조하는데, 이는 유교적 가치를 자신이 추구해야 할 삶의 자세로 여기는 인식을 드러낸다고 볼 수 있다. (다)에서 글쓴이는 자고 먹고 하는 것이 임금님의 은혜가 아닌 것이 없다고 하며 해를 향하는 마음을 스스 로 그칠 수가 없었다고 하여 임금에 대한 변함없는 충정을 드러내고 있 는데, 이는 글쓴이가 추구하는 삶의 자세로 볼 수 있다.

수능 연계 포인트

〈만복사저포기〉는 애정 소설 및 전기 소설의 대표작이라는 점에서 출제 가능성이 높다. 수능 연계 교재에서는 양생이 여인의 부모를 만나고 여인과 재회하는 부분을 지문으로 제시하고 인물의 심리를 중심으로 내용을 파악하는 문제를 출제하였다. 우리 교재에서는 작품의 주요 장면을 포함하여 작품의 결말에 해당하는 장면을 추가로 제시하고, 또 다른 수능 연계 작품이면서, 영혼과의 만남이 나타나는 최인훈의 〈어디서 무엇이 되어 만나랴〉와 엮어 작품 이해의 범위를 넓힐 수 있도록 하였다.

(가) 김시습, 〈만복사저포기〉

- **해제**
이 작품은 김시습의 『금오신화』에 실려 있는 다섯 편의 소설 중 하나로, 생사를 초월한 사랑을 다루고 있다. 이 작품은 양생이 만복사의 부처와 저포 놀이를 해 이기고, 왜구로 인해 죽게 된 여인을 만나 생사를 초월한 사랑을 나누지만, 끝내 이별하게 되는 내용을 담고 있다. 만남과 이별의 반복이라는 애정 소설의 주요한 서사 구조를 따르고 있으며, 남녀 주인공의 운명적이고 비극적인 사랑을 형상화하고 있다.

- **주제**
생사를 초월한 남녀 간의 애절한 사랑

- **전체 줄거리**
만복사에서 홀로 외롭게 살고 있던 양생은 부처와 저포 내기를 해 이기고 배필을 만나게 해 달라는 축원이 이루어져 여인을 만나게 된다. 양생은 인간 세상의 사람이 아닌 것으로 보이는 여인의 거처로 가서 융숭한 대접을 받으며 여인과 3일 동안 즐거운 시간을 보내는데, 여인은 양생에게 이별을 고하고 사랑의 징표로 은그릇을 주며 보련사로 가는 길목에서 다시 만날 것을 기약한다. 여인을 만나기 위해 보련사로 가던 양생은 여인의 부모를 만나 여인이 왜구들에 의해 비참히 죽은 사실을 알게 되고, 보련사에서 여인과 만나 하룻밤을 보낸다. 여인은 양생에게 다시 영원한 이별을 고한다. 그리고 양생은 여인을 위한 축원과 명복의 재를 올린 후 다시는 장가를 들지 않았고 지리산으로 들어가 자취를 감춘다.

(나) 최인훈, 〈어디서 무엇이 되어 만나랴〉

- **해제**
이 작품은 바보 온달과 평강 공주 이야기를 바탕으로 한 희곡이다. 원래의 설화는 평강 공주의 능동적이고 주체적인 삶과 이를 통한 온달의 영웅적 활약을 중심으로 하고 있지만, 이 작품에서는 정치적 권력 관계 및 온달과 공주 사이의 비극적인 사랑을 중심으로 한 서사 구조가 부각되어 있다. 특히 온달을 죽인 암살자를 밝히려고 하지만 실패하고, 음모에 의해 끝내 죽음을 맞이하게 되는 공주의 모습은 진정한 사랑의 의미와 정치적 암투가 초래하는 비극을 부각하고 있다.

- **주제**
온달과 평강 공주의 비극적인 사랑

- **전체 줄거리**
온달은 사냥을 나갔다가 집을 찾지 못해 헤매다가 꿈을 꾸고, 꿈속에서 한 여인을 만나 하룻밤을 같이 보내게 된다. 한편 비구니가 될 것을 명령받아 궁에서 쫓겨난 공주는 대사와 함께 절로 가던 도중 온달을 만나 운명을 예감하고 혼인한다. 10년 후 온달과 함께 궁으로 돌아온 공주는 온달이 장군이 되도록 돕는다. 그러던 어느 날 공주는 장수가 되어 전장에 나갔던 온달이 죽었다는 소식을 접하게 된다. 공주는 새벽 꿈속에서 온달의 영을 만나 온달의 죽음이 암살자에 의한 것임을 전해 듣고 전장에 나가 암살자를 찾으려 하지만 실패한다. 공주는 궁에서 온 장교들에 의해 죽임을 당하고 실성한 온달의 어머니는 아들을 기다린다.

109 작품의 내용 파악   답 ②

여인의 부모는 보련사에서 양생과 여인 간의 만남에 대해 의구심을 품고 여인이 양생과 함께 온 것인지를 시험해 보려고 같이 밥을 먹게 한다. 이후 여인의 부모는 식사하는 소리를 듣게 되면서 의구심을 풀게 된다.

오답 피하기

① 양생과 함께 보련사에 간 여인은 '수저 놀리는 소리'가 나게 식사를 하지만, 이러한 소리를 내는 것이 부모에게 자신의 존재를 알리기 위한 것이라고 볼 수 있는 단서나 내용은 제시되어 있지 않다.

③ 여인은 보련사에서 양생과 이별하면서 자신의 지난날과 현실의 상황에 대한 심리를 드러내고는 있지만 이별 후 양생에게 닥칠 미래의 상황에 대해서는 밝히고 있지 않다.

④ 양생의 제문을 보면, 양생이 저승과 이승이 서로 다르다는 것을 알면서도 여인과 함께 백년을 보내기를 기원했음을 알 수 있다. 여인이 혼령인 것을 알게 되면서 양생이 이승에서 여인과 부부로서 함께하지 못할 것을 염려하고 있다는 내용은 이 글에 제시되지 않았다.

⑤ 양생은 보련사에서 여인과 헤어지게 된 후, 여인을 위한 재를 올리고, 이 과정에서 여인과 함께 보낸 시간을 그리워하는 모습을 보이고 있다. 그러나 이러한 재를 올리는 것이 여인의 부탁에 따른 것이라는 내용은 제시되어 있지 않다.

110 외적 준거에 따른 작품 감상   답 ③

여인의 영혼이 울다가 사람들이 여인의 영혼을 전송하자 문 밖에 나갔는지 슬픈 소리만 은은하게 들려온 것이나 여인이 양생에게 자신이 다른 남자의 몸으로 태어나게 되었다는 말을 하는 것은 전기적인 사건으로, 현실 세계와 비현실 세계가 소통하고 있는 모습을 보여 준다고 할 수 있다. 그러나 이 두 장면에서 현실 세계의 문제가 비현실 세계에 의해 해결의 실마리를 찾는 모습은 나타나지 않는다.

오답 피하기

① 여인이 다북쑥 속에 몸을 내맡기게 된 것, 즉 죽음을 맞이하게 된 것은 왜구의 침입이라는 역사적 현실 세계의 사건과 정절이라는 유교적 가치가 반영된 것으로 이해할 수 있다.

② 보련사에서 재회한 양생과 여인은 이별했다가 양생이 잇따라 재를 올리면서 잠시 만남을 이루고 다시 이별하게 된다. 만남과 이별이 교차적으로 나타나는 이러한 서사 구조는 양생과 여인의 사랑이 그만큼 애절한 것이라는 주제 의식을 극대화하고 있다.

④ 여인과 마지막으로 만난 후 양생은 다시 장가들지 않았다고 제시되어 있는데, 이를 단종에 대한 충성과 의리를 보였던 작가의 삶과 관련지어 보면, 작가가 중시한 절개와 의리라는 지향 의식이 담긴 것으로 이해할 수 있다.

⑤ 양생과 여인이 끝내 사랑을 이루지 못하고 영원히 헤어지는 비극적 결말은 고전 소설의 일반적인 행복한 결말과 대비되는 결말 처리 방식으로 이해할 수 있다.

111 인물의 심리 및 태도 파악　　　　답 ①

[A]에서는 여인이 '지난번 절에 가서 복을 빌고 부처님 앞에서 향불을 사르며 박명했던 한평생을 혼자서 탄식하다가 뜻밖에도 삼세의 인연을 만나게 되었으므로'라며 양생을 만나기 전 인연을 기원했던 과거를 회상하는 모습을 보이고 있다. 한편, [B]에서 온달은 '나의 고구려'였던 절대적 사랑인 공주를 처음 만났던 '10년 전 그날'을 회상하고 있다.

오답피하기
② [B]에서 온달은 '지금 나는 당신에게서 떠납니다.'라며 공주를 홀로 두고 떠나가야 함을 밝히면서 '나는 두렵습니다.'라고 안타까운 심경을 드러내고 있다. 그런데 [A]에서는 '이제 한번 헤어지면 뒷날을 기약하기 어렵습니다.'라며 재회의 가능성에 대한 부정적 인식을 드러내고 있다.
③ [A]에서는 '즐거움을 미처 다하지도 못하였는데, 슬픈 이별이 닥쳐왔습니다.'와 '헤어지려고 하니 아득하기만 해서 무어라 말해야 할지 모르겠습니다.'에서 양생과의 이별의 상황에서 느끼는 아쉬움과 슬픔을 드러내고 있다. 한편, [B]에서는 '비록 내 편의 흉계에 죽음을 당했을망정 나는 상관없소.'라며 여인과의 이별에 대한 슬픔을 강조하고 있을 뿐, 같은 편의 흉계에 죽게 된 것에 대한 원통함을 호소하고 있지는 않다.
④ [B]에서는 '나는 두렵습니다. 당신 말고 다른 고구려를 섬기는 사람들이 당신을 해칠 일'이라며 앞으로 공주에게 닥칠 상황에 대해 걱정하는 모습이 나타나 있다. 한편, [A]에서는 '술을 빚고 옷을 기워 평생 지어미의 길을 닦으려 했었습니다만'이라며 평범한 여인으로서의 삶을 소망했지만 이를 이룰 수 없었다는 여인의 심경이 제시되어 있을 뿐, 이를 거부한 자신의 선택을 후회하는 모습은 나타나 있지 않다.
⑤ [A]에서는 '제가 법도를 어겼다는 것은 저도 잘 알고 있습니다.'라며 이러한 상황이 '사랑하는 마음이 한번 일어나고 보니'와 같은 이유로 일어난 것임을 밝히고 있다. 한편, [B]에서는 '다른 고구려를 섬기는 어른들', 즉 서로 다른 마음을 품고 있는 세력들이 공주를 해칠 것에 대한 근심이 제시되어 있을 뿐, 이들 간의 세력 다툼이 벌어진 이유를 밝히는 모습은 나타나 있지 않다.

112 사건 및 갈등의 양상 파악　　　　답 ④

공주는 '내가 돌아가면 어찌 될 줄 모르느냐?'와 같이 가정적 상황을 바탕으로 자신을 끌고 가려는 장교가 보이는 행동의 무례함을 지적하고 있지만, 가정적 상황에 따르는 부정적 결과를 구체적으로 제시하고 있지는 않다. 또한 '그대로 돌아가면 오늘의 허물을 내가 과히 묻지 않으리라.'라며 가정적 상황을 바탕으로 발언하고 있으나, 이 이후의 발언은 부정적 결과를 제시한 것에 해당하지 않는다.

오답피하기
① 공주는 온달의 영과 만나게 된 후 온달의 암살자를 찾으려고 장수들에게 투구를 벗을 것을 명하지만, 장수들은 이를 거부한다. 이는 온달의 죽음과 관련한 내막을 밝히려는 공주와 이를 거부하는 장수들의 외적 갈등에 해당한다.

② 공주는 '나는 이곳에 머물기로 하고 이미 아버님께도 여쭙고 오는 길, 누가 또 나를 지시한단 말이냐?'라며 자신이 온달의 집으로 온 것은 왕인 아버지에게도 허락을 받아 왕도 아는 상황임을 들어 자신을 끌고 가려는 장교의 요구를 거부하고 있다.
③ 장교는 공주를 향해 웃은 후, '온달 없는 공주가 누구를 어떻게 한다는 말이오.'라며 더 이상 온달이 함께 할 수 없는 상황의 변화와 '왕명을 받들고 온 사람에게?'라며 왕의 권위를 앞세워 공주를 몰아세우고 있다.
⑤ 장교는 '정 소원이라면 평안하게 모셔 오라는 명령이었다.'라며 공주가 자신의 요구를 듣지 않을 가능성이 있을 것을 예측했음을 드러내며, 요구대로 따라오지 않을 경우 공주를 죽이는 방법까지 염두에 두고 있었음을 내비치고 있다. 그리고 병사로 하여금 공주를 칼로 찌르게 하고 있다.

113 상연화 방식의 적절성 파악　　　　답 ④

ⓔ은 자신을 끌고 가려는 장교의 무례한 태도에 분개했던 공주가 '분을 누르고'와 '타이르듯'과 같이 말하는 부분에 해당한다. 따라서 ⓔ에 해당하는 대사를 할 때에는 분노의 감정을 누르고 말해야 하므로 강한 어조로 감정을 드러내며 대사를 하도록 지시하는 것은 적절하지 않다.

오답피하기
① ㉠은 공주가 꿈속에서 온달의 영을 만나고 온달이 자신과 같은 편의 암살자에게 죽임을 당했다는 말을 듣고 보인 반응에 해당한다. 이는 공주의 입장에서는 예상치 못한 이야기이므로 매우 크게 놀라는 심리가 드러나도록 놀라는 표정과 떨리는 목소리를 통해 표현할 수 있다.
② ㉡의 지시문과 대사는 새벽이라는 시간이 다가오는 시점의 상황과 관련된다. 이때 새벽이라는 시간은 공주를 떠나가야 하는 온달의 처지가 드러나는 배경에 해당한다. 따라서 새벽을 알리는 종소리를 두 인물의 이별이라는 무거운 분위기가 드러나도록 낮은 톤의 소리로 활용한다는 연출 계획은 적절하다.
③ ㉢은 온달 자신을 죽게 만든 암살자와 그때의 상황이 어떠했는지를 보여 준다. 이 과정에서 온달이 뒷걸음질로 물러가는 것은 이후의 내용을 고려할 때 공주로부터 멀어져 사라지는 상황이므로, 뒷걸음치는 온달의 행동과 함께 조명을 점차 어둡게 함으로써 온달이 사라지는 모습을 효과적으로 보여 줄 수 있다.
⑤ ㉤은 칼에 찔린 공주가 쓰러지는 비극적 사건에 해당한다. 이러한 비극적인 분위기를 강조하여 표현하기 위해서 비장한 분위기의 음악을 추가하면 작중 상황을 효과적으로 드러내는 데에 기여할 수 있다.

수능 연계 포인트

〈바다와 나비〉는 회화적 심상을 중시하는 모더니즘 시의 특징을 잘 보여 주는 작품이며, 〈꽃을 위한 서시〉는 구체적 사물을 활용하여 존재의 본질 탐색이라는 관념적인 주제를 다룬 작품이다. 또한 〈이름 없는 꽃〉은 명명(命名)에 대한 글쓴이의 독특한 가치관이 드러나는 작품이라는 점에서 출제 가능성이 있다. 수능 연계 교재에서는 〈꽃을 위한 서시〉를 진리에 도달하기 위한 노력을 형상화한 오세영의 〈등산〉과 묶어 지문으로 구성하였다. 우리 교재에서는 '존재의 본질'을 다루고 있다는 점에 착안하여 〈바다와 나비〉, 〈이름 없는 꽃〉을 〈꽃을 위한 서시〉와 묶어 지문으로 구성하였다. 또한 이름이나 본질과 관련하여 세 작품의 주제, 화자의 행동 및 정서 등을 비교해 봄으로써 작품을 심도 있게 이해할 수 있도록 하였다.

(가) 김기림, 〈바다와 나비〉

- **해제** 이 작품은 냉혹한 현실을 상징하는 '바다'와 그러한 현실을 알지 못하는 연약한 존재를 뜻하는 '흰 나비'를 통해 새로운 세계에 대한 동경과 좌절을 그려 내고 있다. 푸른 바다와 흰 나비의 선명한 색채 대비를 통해 모더니즘 시의 회화적 특성을 잘 드러내고 있다. 또한 각 연을 종결 어미 '–다'로 마무리함으로써 간결하면서도 단호한 어조로 대상에 대해 객관적 거리를 유지하는 한편, 시적 긴장을 느끼게 하고 있다.
- **주제** 새로운 세계에 대한 동경과 좌절
- **구성**

1연	바다의 무서움을 모르는 흰나비
2연	바다에 내려갔다가 지쳐 돌아온 흰나비
3연	냉혹한 현실과 흰나비의 좌절된 희망

(나) 김춘수, 〈꽃을 위한 서시〉

- **해제** 이 작품은 '꽃'을 제재로 하여, 존재의 본질 규명에 대한 소망을 드러내며, 소망의 좌절로 인한 안타까움을 함께 노래하고 있다. 화자인 '나'는 인식의 주체이고 '꽃'은 인식의 객체로서 탐구하고자 하는 존재의 본질에 해당한다. 화자는 존재의 본질을 밝히기 위해 끊임없이 노력하지만, 끝내 존재의 본질을 규명하지 못한 채 안타까움을 느끼게 된다. 이처럼 이 작품은 존재의 본질이라는 추상적, 관념적 이미지를 '꽃'이라는 구체적인 사물을 통해 형상화한 관념적인 시이다.
- **주제** 존재의 본질 인식에 대한 염원과 노력
- **구성**

1연	존재의 본질을 인식하지 못하는 상태
2연	존재의 본질 인식을 위한 노력
3연	존재의 본질 인식에 대한 염원과 기대
4연	존재의 본질을 인식하지 못한 안타까움과 본질 인식에 대한 기대감

(다) 신경준, 〈이름 없는 꽃〉

- **해제** 이 작품은 작가가 고향의 정원에서 이름 없는 꽃을 보며, 이름보다는 사물의 실질이 중요하다는 생각을 논리적으로 제시하고 있다. 작가는 구체적인 사례와 중국 고사를 근거로 들며 사물의 이름 유무나 이름의 미추(美醜)는 중요한 것이 아니며, 중요한 것은 그 사물이 지닌 실질성이라고 역설하고 있다. 이러한 생각은 명분에 휩쓸리지 말고 실질에 힘써야 한다는 실학적 사고와 맞닿아 있다.
- **주제** 이름 없는 꽃을 통해 이끌어 낸 실질의 중요성
- **구성**

기	이름 없는 꽃에 이름을 붙여야 하는지에 대해 문제를 제기함
승	사물의 효용이 중요하며, 이름은 사물을 구별하기 위한 것임
전	이름이 반드시 아름다울 필요는 없으며, 이름이 없어도 됨
결	이름을 알지 못한다고 하더라도 굳이 이름을 붙일 필요가 없음

114 작품 간의 공통점 파악   답 ⑤

(가)에서는 '흰나비'와 '바다', (나)에서는 '어둠'과 '불' 같은 대조적 의미의 소재를 활용하여 주제 의식을 강화하고 있다. 그리고 (다)에서도 '이름'과 '무명', '굴원'과 '어부' 같이 이름이 있고 없음을 드러내는 대조적 의미의 소재를 활용하여 주제 의식을 강화하고 있다.

오답피하기

① (가)에서는 '나비'를 의인화하고 있으며, (나)에서는 '꽃'을 '너'라고 지칭하며 의인화하고 있다. 그러나 (가)와 (나) 어디에서도 대상에 대한 경외감이 나타난 부분은 찾을 수 없다.

② (가)에서는 '흰나비', '청무우밭', '새파란 초생달' 등에서 색채어를 활용하고 있지만 이를 통해 애상적 분위기를 조성하고 있지는 않다. 그리고 (다)에서도 3문단에서 '푸른 것, 누른 것, 붉은 것, 흰 것'이라며 색채어를 언급하고 있지만 이를 통해 애상적 분위기를 조성하고 있지는 않다.

③ (다)에서는 2문단의 '여기에 맛난 회와 구이가 있다면 ~ 무슨 짐승의 가죽인지 모른다 하여 문제가 있겠는가?'에서 유사한 통사 구조를 반복하여 이름보다 실질을 중시해야 한다는 삶의 태도를 제시하고 있다. 그러나 (나)에는 유사한 통사 구조를 반복하는 표현이 나타나 있지 않다.

④ (가)에서는 '나비'를 '공주'에 빗대어 순수한 '나비'가 냉혹한 '바다'에서 시련을 겪는 부정적 상황을 형상화하고 있다. 그리고 (나)에서는 '꽃'을 얼굴을 가린 '신부'에 빗대어 존재의 본질을 인식하지 못하는 상황을 형상화하고 있다. 그러나 (다)에서는 비유적 표현이 드러나지 않으며, 부정적 상황을 형상화하고 있지도 않다.

115 외적 준거에 따른 작품 감상   답 ②

'공주처럼 지쳐서 돌아온다.'와 '삼월달 바다가 꽃이 피지 않아서 서글픈'이라는 시구를 고려할 때, 나비의 어린 날개가 바다의 물결에 절어 있는 것은 바다를 낭만적으로만 여겼던 나비가 바다에 내려갔다가 예상치 못한 시련을 겪는 상황을 나타낸다. 따라서 이를 근대 문명이라는 환상에서 벗어나려는 지식인 계층의 몸부림을 형상화한 것이라고 이해하는 것은 적절하지 않다. 〈보기〉의 '근대 문명의 냉혹한 현실'과 관련지어 볼 때, 나비의 어린 날개가 바다의 물결에 절어 있는 것은 근대 문명의 냉혹하고 비정한 현실에 좌절하는 일부 지식인들의 모습을 반영하는 것으로 이해할 수 있다.

① 나비는 바다를 모르기 때문에 바다의 색깔만 보고 바다를 자신이 추구하는 세계인 '청무우밭'으로 착각한다. 이는 〈보기〉의 '근대 문명을 이상적으로 여기고 낭만적으로 동경'하였던 당시 일부 지식인들의 무비판적인 모습으로 볼 수 있다. 따라서 바다를 청무우밭으로 여기는 나비의 태도는 근대 문명에 대한 당시 일부 지식인들의 낭만적인 동경을 나타낸 것으로 볼 수 있다.

③ '공주'의 일반적인 이미지와 나비가 바다의 본질을 모른 채 바다에 내려갔다가 시련을 겪고 돌아오는 상황을 고려할 때, '공주'는 순수하고 연약한 존재인 나비를 의미한다고 볼 수 있다. 이를 〈보기〉에서 근대 문명을 무비판적으로 수용했던 당시 일부 지식인들에 대해 설명한 내용과 관련지어 볼 때, 나비를 '공주'에 빗댄 것은 당대 일부 지식인들이 세상 물정에 어두운 순진한 존재였음을 나타낸 것으로 볼 수 있다.

④ 나비가 '청무우밭'으로 착각한 '바다'에 꽃이 피지 않는 상황은 나비가 처한 냉혹한 현실을 드러낸 것이다. 이를 〈보기〉의 '이상과 현실의 괴리로 인한 좌절감'과 관련지어 볼 때, 바다에 꽃이 피지 않는 상황은 당시 일부 지식인들이 느낀 이상과 현실 간의 괴리감을 나타낸 것으로 볼 수 있다.

⑤ '새파란 초생달이 시리다'는 나비가 바다의 물결에 절은 모습을 표현한 것으로, 냉혹하고 비정한 현실로 인해 나비의 꿈이 좌절되었음을 나타낸 것이다. 이를 〈보기〉의 '서정을 중시했던 당시 우리나라 문단에~ 모더니즘을 도입하면서 느꼈던 시인의 절망감'과 관련지어 볼 때, '새파란 초생달이 시리다'는 모더니즘을 우리나라 문단에 도입하면서 시인이 느낀 절망감을 나타낸 것으로 볼 수 있다.

116 시어 및 시구의 의미 파악　　　　답 ②

'흔들리는 가지 끝'에 있는 존재는 '나'가 아니라 '너'이며, '너'는 그곳에서 이름도 없이 피었다 진다. 따라서 '흔들리는 가지'는 '너'가 불안정하고 위태로운 상태에 있음을 나타내며, 이런 점 때문에 '나'가 '너'를 파악하는 데 어려움을 겪고 있음을 암시한다. 한편, '나'는 그런 '너'의 본질을 인식하기 위해 치열하게 노력하고 때로는 그런 노력이 결실을 얻지 못하는 상황을 안타까워하지만 '너'의 본질을 인식하고자 하는 염원은 변하지 않고 있다.

① '미지의'라는 표현을 고려할 때, '까마득한 어둠'은 '너'를 알고 싶어 '너'에게 손길을 뻗는 '나'의 의지와는 다르게 '나'가 '너'에 대해 제대로 알지 못하는 상황임을 의미한다고 볼 수 있다.

③ '어둠'은 '너'의 참모습이 드러나지 않는 상태를 상징한다. 그리고 '불'은 '어둠'을 밝히는 역할을 한다. 따라서 '나'가 '불'을 밝히는 행위는 미지의 상태에 있는 '너'를 알고자 하는 열망 혹은 노력으로 볼 수 있다. 이때 '한밤내' 우는 행위는 '너'를 향한 '나'의 간절한 마음이 드러난 것으로 볼 수 있다.

④ '나'의 '울음'은 '너'를 알고자 하는 '나'의 간절함을 상징한다. 그리고 그런 노력이 '금(金)'이 된다는 것은 '너'가 비록 지금은 '돌'처럼 견고하게 느껴지지만 언젠가는 '나'의 간절한 노력이 '너'에게 스미어 '너'의 참모습, 즉 본질을 알게 될 것임을 의미한다. 따라서 '금'은 '나'의 노력이 언젠가는 결실을 볼 것이라는 바람을 상징한다고 볼 수 있다.

⑤ '신부'는 '너'를 비유한 표현으로, '너'는 '나'에게 가치 있고 소중한 존재임을 의미한다. 그런데 '얼굴'을 가리고 있다는 것은 '나'의 간절한 마음과 노력에도 불구하고 '너'가 아직까지 참모습을 드러내지 않은 상태임을 나타낸다고 볼 수 있다.

117 작품의 내용 파악　　　　답 ⑤

ⓜ은 대상의 실질이 중요한 것이므로 이름이 없거나 모르는 것에 굳이 이름을 지어 붙일 필요가 없음을 강조한 것이다. 하지만 (다)에서 이름이 대상에 대한 객관적 인식을 방해한다는 내용은 찾아볼 수 없다. 글쓴이는 형식적 요소에 불과한 이름의 불필요성을 주장하고 있을 뿐이지, 이름으로 인해 생길 수 있는 부정적 면에 대해서는 언급하지 않았다.

① ㉠의 뒤에 이어지는 내용에서 사람들이 음식이나 옷을 좋아하는 것은 그것의 이름 때문이 아니라, 배부르게 해 주거나 따뜻하게 해 주는 것과 같이 각각 음식과 옷이 지닌 실질, 즉 사물 그 자체의 근본적인 성질 때문임을 밝히고 있다. 이를 고려할 때, ㉠은 사람들이 사물의 좋아하는 이유는 이름 때문이 아니라 그 사물이 지닌 실질 때문이라는 의미로 볼 수 있다.

② 앞의 내용을 고려할 때, ㉡은 이름이 없는 사물을 다른 것과 구별하려는 의도에서 '무명'이라고 부른다면 그것 역시 하나의 이름이 될 수 있다는 의미이다. 따라서 어떤 사물을 다른 것과 구별해 일컬을 수 있는 표현이 있다면 굳이 사물의 이름을 새로 지어 붙일 필요가 없다는 내용으로 볼 수 있다.

③ 이어지는 내용을 고려할 때, ㉢ 어부는 그 이름이 알려지지 않았는데도 굴원 같은 유명인과 함께 배향되어 후세 사람들에게 칭송받고 있으니 어부의 이름을 굳이 알 필요가 없다는 의미이다.

④ 어부의 고사를 고려할 때, ㉣은 이름 자체의 아름다움과 천함은 그 이름이 붙은 대상의 가치와는 아무런 관련이 없으므로 이름을 아름답게 짓든 천하게 짓든 상관없다는 의미이다.

118 구절의 기능 및 의미 비교　　　　답 ⑤

(나)에서 '이름도 없이 피었다 진다.'는 불안정하게 살아가는 대상, 즉 가지 끝에서 피고 지는 '꽃'의 본질이 밝혀지지 않은 상태를 의미한다. 이와 달리 (다)에서 '꽃'이 아직 이름이 없다는 것은 글쓴이 자신이 좋아할 만한 꽃이라는 꽃의 실질을 인식하였으나 그 이름만 알지 못하는 상태를 의미한다. 따라서 ⓐ는 대상의 본질이 인식되지 못한 상태를 의미한다고 할 수 있으며, ⓑ는 대상의 실질에 영향을 주지 않는 상태를 의미한다고 할 수 있다.

① (나)의 2연의 '눈시울에 젖어 드는 이 무명의 어둠'이라는 표현을 고려할 때, ⓐ는 대상의 본질을 파악하지 못한 화자의 안타까움을 유발하는 상황이라고 볼 수 있다. 그러나 (다)에서 글쓴이가 자신을 반성하는 내용은 찾아볼 수 없다. 글쓴이는 ⓑ를 계기로 이름에 대한 자신의 견해를 강조하고 있을 뿐이다.

② (나)에서 화자가 지향하는 목표는 '이름'이 없는 '꽃'이 아니라 '이름'이 명백하게 밝혀진 상태, 즉 '꽃'의 본질을 규명하는 것이다. 이와 달리 (다)에서 글쓴이가 추구하는 삶의 태도는 이름에 얽매이지 않고 실질을 추구하는 것이다. 따라서 ⓑ는 글쓴이가 추구하는 삶의 태도를 표상한다고 할 수 있다.

③ (나)에서 이름이 없다는 사실은 대상이 인위적이지 않음을 의미한다고 볼 수도 있지만 그것 자체가 자연의 섭리를 부각하는 것은 아니다. (나)에서 자연의 섭리는 꽃이 피었다 지는 현상으로 볼 수 있기 때문이다. 그리고 (다)에서 인위적인 행위는 이름이 없는 사물에 이름을 붙이는 것이다. 그

런데 ⓑ는 아직 이름이 없는 상황이고, 글쓴이는 이름 붙이는 것을 불필요하다고 여기고 있으므로 인위적 행위를 강조한다고 볼 수 없다.

④ ⓐ와 ⓑ 모두 대상, 즉 '꽃'이 처한 현재 상황에 해당한다. (가)에서는 '피었다 진다'라며 현재형 어미를 활용하고 있는 데서 이를 알 수 있으며, (나)에서는 '순원의 꽃 중에 이름이 없는 것이 많다.'라는 서술에서 이를 확인할 수 있다.

119 외적 준거에 따른 작품 감상   답 ③

(나)의 3연에서 '탑을 흔들다가 / 돌에까지 스미면 금이 될 것이다.'는, 간절한 마음으로 끝없이 존재의 본질을 탐구하면 존재의 견고한 외형(현상)에 감추어진 본질을 인식할 수 있을 것이라는 의미이다. 따라서 '나'의 '울음'이 차츰 '돌개바람'으로 변하는 것은 대상의 본질을 규명할 수 없음을 나타낸 것이 아니라, 본질 탐구에 대한 열망 혹은 노력이 심화되고 있음을 나타낸 것이라고 볼 수 있다.

오답 피하기

① (가)에서 '흰나비'는 '바다'를 '청무우밭'으로 여기고 내려갔다가 날개가 물결에 절어 버리는 시련을 겪는다. 이때 '흰나비'는 '바다'의 감각적인 현상인 '청색'에 치중해 '바다'를 '청무우밭'으로 착각한 것이다. 따라서 '흰나비'가 '바다'를 무서워하지 않는 것은 '바다'의 감각적 현상에만 치중하여 '바다'를 판단했기 때문이라고 할 수 있다.

② (나)에서 '위험한 짐승'은 대상에 대해 무지한 상태임을 의미한다. 그리고 이는 대상을 함부로 다루거나 잘못 인식하여 그것을 아예 파괴해 버리거나 본질적 의미가 감추어져 버리게 만들 수 있음을 의미한다. 따라서 화자가 자신을 '위험한 짐승'이라고 한 것은 존재의 본질을 파악하지 못하는 자신의 한계를 자각했기 때문이라고 할 수 있다.

④ (다)에서 '나'는 이름을 불필요하게 여긴다. '좋아하는 것은 이름 너머에 있다. 사람이 음식을 좋아하지만 어찌 음식 이름 때문에 좋아하겠는가?'라는 말을 고려할 때, 이는 '나'가 대상의 이름과 그것의 본질이 무관하다고 여기고 있기 때문임을 알 수 있다.

⑤ (다)에서 '나'는 맛난 '회와 구이'는 먹어서 배가 부르면 그뿐이라고 하고, 가벼운 '가죽옷'은 따뜻하면 그뿐이라고 언급하면서 이름이 필요하지 않다고 주장하고 있다. 〈보기〉의 '책상'의 예를 고려할 때, '나'는 '회와 구이'와 '가죽옷'의 본질을 각각 배부름과 따뜻함으로 인식하고 있으며, 이는 사물 본연의 핵심적 기능을 사물의 본질로 인식한 것으로 볼 수 있다.

120~124 | (가) 이문재, 〈푸른 곰팡이 – 산책시 1〉
           (나) 박목월, 〈이별가〉
           (다) 유씨 부인, 〈조침문〉

수능 연계 포인트

수능 연계 교재에서는 사별로 인한 슬픔과 죽은 대상에 대한 그리움을 노래한 〈초혼〉과 〈이별가〉을 엮어 지문으로 제시하여 작품 간의 공통점과 차이점, 시어 및 시구의 의미와 기능, 외적 준거에 따른 작품 감상 등을 물었다. 우리 교재에서는 이별 상황에서의 대상에 대한 그리움을 형상화한 〈푸른 곰팡이 – 산책시 1〉, 〈이별가〉, 〈조침문〉을 엮어 지문으로 제시하여 비교 감상할 수 있도록 하였다. 작품의 공통점, 표현상 특징, 화자와 시적 대상이 처한 상황, 반복과 의인화의 효과를 중심으로 작품을 감상해 보도록 한다.

(가) 이문재, 〈푸른 곰팡이 – 산책시 1〉

- **해제**   이 작품은 그대에 대한 화자의 사랑이 깊어 가는 과정을 우체국을 거쳐 느린 속도로 편지가 오고가는 시간으로 표현하고 있는 시로, 사랑을 숙성시키는 기다림의 시간이야말로 속도와 효율에 길들여진 우리 현대인들에게 소중한 것임을 노래하고 있다.
- **주제**   사랑을 더욱 성숙하게 만드는 기다림의 소중함
- **구성**

1연	편지가 그대에게 전해지는 시간 동안 깊어지는 사랑과 애틋함
2연	기다림을 잃어버린 현실에 대한 안타까움

(나) 박목월, 〈이별가〉

- **해제**   이 작품은 죽은 이에 대한 그리움과 안타까움의 정서를 형상화한 시로, 화자는 이승(삶의 공간)과 저승(죽음의 공간)의 경계인 '강'을 사이에 두고 죽음을 넘어서는 인연에 대한 소망과 의지를 노래하고 있다.
- **주제**   생사를 초월한 이별의 정한
- **구성**

1~2연	이승과 저승 사이의 거리감
3~5연	인연이 다함에 대한 안타까움
6~7연	인연을 이어 가고자 하는 소망
8~9연	이승과 저승의 거리감과 생사를 초월한 인연

(다) 유씨 부인, 〈조침문〉

- **해제**   이 작품은 부러진 바늘로 인한 애통한 심정을 제문(祭文) 형식으로 쓴 작품으로, 바늘을 의인화하여 묘사하고 있다. 앞부분에서는 제문을 짓게 된 동기를 제시하면서 바늘과의 이별 상황을 드러내고, 이어서 바늘을 얻게 된 계기, 바늘의 공로와 재질, 바늘이 부러진 순간의 슬픔과 자책을 제시한다. 그리고 마지막 부분에서는 바늘과 후세에 다시 만날 것에 대한 기대감을 드러내며 글을 끝맺고 있다. 여성 특유의 섬세한 정서와 뛰어난 우리말의 구사 및 감각적 표현을 잘 보여 주는 작품으로 꼽힌다.
- **주제**   부러진 바늘에 대한 애도의 정
- **구성**

1문단	바늘에 대한 제문을 짓게 된 동기
2문단	바늘을 얻게 된 내력
3문단	글쓴이의 처지와 글쓴이와 바늘의 관계
4문단	바늘이 부러지게 된 경위와 이에 대한 슬픔
5문단	애도의 심정과 후세 기약

120 작품 간의 공통점 파악   답 ③

(가)는 '그대'가 떠나 버린 상황을 바탕으로 '편지'와 '우체국'이 지니고 있는 기다림의 의미와 그 소중함을 노래하고 있으며, (나)는 '이승 아니른 저승에서라도……'라는 표현을 통해 죽은 '니'에 대한 기다림과 재회의 소망을 노래하고 있다. 또 (다)는 '후세에 다시 만나'라는 구절을 통해 부러진 바늘로 인한 애통함과 함께, 후세에 다시 만날 것에 대한 기대와 기다림의 자세를 드러내고 있다. 따라서 (가)~(다)는 모두 대상이 부재하거나 대상을 상실한 상황에서 화자가 깨달은 기다림의 의미나 재회의 소망을 드러내고 있다는 공통점이 있음을 알 수 있다.

오답피하기
① 경어체의 표현이 주되게 나타나는 것은 (가)이며, (나)와 (다)에서는 경어체의 표현을 찾아볼 수 없다.
② 그리움의 정서는 (가)~(다) 세 작품 모두에서 나타난다고 볼 수 있다. 그러나 세 작품에서 대상의 모습을 섬세하게 묘사하는 부분은 확인할 수 없다.
④ (가)와 (다)에는 대상과 이별하기 전인 과거와 대상과 이별한 후인 현재의 상황이 대비적으로 나타나 있다. 그러나 (나)에는 현재 화자가 처한 안타까운 상황이 제시되고 있을 뿐, 현재와 대비되는 과거의 상황은 찾아볼 수 없다.
⑤ (나)에서는 '뭐락카노'와 같은 질문의 반복에서 '오냐'와 같은 대답의 반복으로 변화되면서, 화자가 처한 상황과 대상에 대한 인식의 변화가 나타나고 있다고 볼 수 있다. (가)에는 상황의 변화에 따른 화자의 깨달음이 제시되어 있으며, '우체국'에 대한 화자의 인식 변화가 나타난다고 볼 여지가 있다. 그러나 (다)에서는 대상에 대한 인식의 변화를 확인할 수 없다.

121 표현상 특징 파악   답 ③

(가)는 그대와 편지를 주고받던 1연의 상황에서 그대가 떠나고 난 뒤 소중한 것을 잃어버린 2연의 상황으로, 화자가 처한 상황의 변화에 따라 시상이 전개되고 있다. 그러나 (나)는 점층적 반복을 통해 화자의 정서가 고조되며 시상이 전개되고 있을 뿐, 화자의 공간 이동은 확인할 수 없다. 화자가 위치한 공간은 '뱃머리'로 고정되어 있다.

오답피하기
① (가)에서는 '편지는 / 사나흘을 혼자서 걸어가곤 했지요'라며 사물인 '편지'에 인격을 부여하여, 편지가 전해지는 과정을 참신하고 정감 있게 표현하고 있다.
② (나)의 '뭐락카노'는 경상도 방언으로, 이를 통해 죽은 이와 소통이 이루어지지 않아 답답해하는 화자의 마음을 생생하게 드러내고 있다.
④ (가)는 '있었습니다', '알았습니다'와 같은 과거형 진술을 통해 시적 대상이 부재한 상황에서 화자가 깨닫게 된 바를 제시하고 있다. 그리고 (나)는 말끝을 마무리 짓지 않고 생략하는 진술을 통해 시적 대상과의 사별로 인한 화자의 안타까움과 재회에 대한 소망을 제시하고 있다.
⑤ (가)는 '푸른 강'을 통해 화자와 그대의 깊은 사랑을, '빨간색'을 통해 경고의 의미를 형상화하고 있다. 또한 (나)는 '흰 옷자락'(수의)를 통해 죽음의 상황을 형상화하고 있다.

122 시적 대상의 의미와 상황 파악   답 ③

(가)에서 화자와 '그대'는 편지로 소통하던 관계이므로, 공간적으로 떨어져 있었다고 볼 수 있다. 반면 (다)의 '그중에 너를 택하여 손에 익히고 익히어 지금까지 해포 되었더니', '오직 너 하나를 연구히 보전하니', '침선에 마음을 붙여, 널로 하여 생애를 도움이 적지 아니하더니', '후세에 다시 만나 평생 동거지정을 다시 이어' 등을 통해 볼 때, '너'는 화자와 한 집에서 함께 사는 '동거지정'의 존재였음을 알 수 있다.

오답피하기
① (가)의 화자는 '그대'와의 사랑이 끝난 후 기다림의 의미가 소중하다는 깨달음을 얻고 있을 뿐, 재회의 소망을 드러내고 있지 않다. 반면 (나)의 화자는 '이승 아니른 저승에서라도……'라는 구절을 통해 저승에서라도 '니'를 만나고 싶은 소망을 드러내고 있다.
② (나)의 '니'는 저승으로 간 죽은 이이며, (다)의 '너'는 부러진 바늘이다. 따라서 '니'와 '너'는 모두 화자와 소통이 불가능한 상황이다.
④ (가)의 '그대'가 화자와 이별하게 된 원인은 시를 통해서 파악할 수 없다. 그리고 (다)의 '백인이 유아이사'라는 구절을 통해, 화자는 이별의 원인이 자신에게 있음을 드러내고 있다. 그러나 (나)에서는 이별의 원인이 '니'의 죽음에 있으며 화자에게 그 원인이 있지는 않다.
⑤ (나)의 화자는 '니'의 죽음으로 인해, (다)의 화자는 부러진 '너'로 인해 느끼는 안타까움과 슬픔을 드러내고 있으나, (가)의 화자는 '그대'가 떠난 후 알게 된 소중함에 대해 이야기하고 있을 뿐, 슬픔을 드러내고 있지는 않다. 한편 (다)의 '너'는 부러지기 전에도 글쓴이의 생계를 도왔던 소중한 존재로, 글쓴이 또한 그 소중함을 알고 있었다.

123 외적 준거에 따른 작품 감상   답 ④

〈보기〉를 통해 (나)에 사용된 '바람'이 장애물의 의미에서 매개체의 의미로 변화하고 있음을 알 수 있다. 그런데 [D]에서는 이승과 저승의 거리감 및 소통의 단절로 괴로워하던 화자가 '오냐. 오냐. 오냐.'라는 표현을 통해 상대를 긍정하고 죽음의 운명에 대한 순응적 태도를 보이고 있다. 따라서 [D]의 '인연은 갈밭을 건너는 바람'에서 '바람'은 화자와 죽은 이를 이어 주는 매개체의 역할을 하는 것으로 볼 수 있다. 그러므로 [D]에 죽은 이와의 인연이 단절될 수밖에 없는 상황이 제시되고 있다는 설명은 적절하지 않다.

오답피하기
① [A]에서는 '뭐락카노'라는 표현을 통해 죽은 이와의 소통이 이루어지지 않는 안타까움을 드러내며, '니'의 말과 '나의 목소리'가 모두 '바람'에 의해 단절되고 있는 상황을 통해 '니'와 '나'의 단절로 인한 거리감과 안타까움을 드러내고 있다.
② [B]에서는 '동아 밧줄'이 '삭아 내'린다는 표현을 통해 죽은 이와의 인연이 소멸되어 가는 상황을 나타내며, '뭐락카노 뭐락카노'의 반복적 표현을 통해 저승과의 거리감이 심화되고 있음을 드러내고 있다.
③ [A]에서 '뭐락카노', [B]에서 '뭐락카노, 뭐락카노'라며 '뭐락카노'의 횟수가 증가하였는데, [C]에서는 '뭐락카노 뭐락카노 뭐락카노'로 '뭐락카노'를 3회 반복하고 있다. 이러한 점층적 반복과 죽음을 상징하는 '흰 옷자락'이 펄럭인다는 상황이 연결되면서 이별의 정한이 최고조에 이르고 있음을 보여 주고 있다.
⑤ [E]에서는 '바람'에 실려 '니 음성'과 '나의 목소리'가 이어지며 인연이 이

어진다는 인식이 나타나고 '오냐. 오냐. 오냐.'의 반복을 통해 상대방을 긍정하고 죽음의 운명을 수용하는 화자의 태도를 드러내고 있다.

124 외적 준거에 따른 작품 감상   답 ①

'유세차'라는 관용적 표현을 통해 (다)가 부러진 바늘을 애도하는 제문 형식의 글임을 알 수 있으며, '침자에게 고하노니'라는 구절을 통해 작가가 부러진 바늘에게 추모의 말을 전하는 형식으로 글이 전개됨을 알 수 있다. 그러나 (다)는 부러진 바늘을 추모하며 작가가 일방적으로 바늘에게 말을 건네는 형식으로 되어 있을 뿐, 작가가 바늘과 대화를 주고받는 형식의 구성이라고는 볼 수는 없다. 대화를 구성하는 필수 요소인 바늘의 대답 및 발화는 (다)에서 확인할 수 없다.

오답 피하기

② '미망인'은 남편이 죽고 홀로 남은 여자를 가리키는 말로, 작가의 처지를 알 수 있게 해 주는 표현이다. 또 '슬하에 한 자녀 없고'라는 구절을 통해 자식조차 없는 작가의 외로운 처지가 구체적으로 드러나고 있다.

③ '오호통재'는 '아, 비통하다', '오호애재'는 '아, 슬프도다'라는 의미의 영탄적 표현이다. 따라서 이러한 영탄적 어조의 반복을 통해, 작가가 부러진 바늘로 인한 슬픔과 안타까움의 정서를 드러내고 있다고 볼 수 있다.

④ '널로 하여 생애를 도움이 적지 아니하더니'라는 구절을 통해, 의인화된 존재인 바늘 덕분에 작가가 걱정과 근심을 덜 수 있었고, 특히 생계를 유지하는 데도 큰 도움이 되었음을 알 수 있다. 따라서 작가에게 바늘은 의지가 되는 소중한 존재였음을 알 수 있다.

⑤ 바늘이 부러짐으로 인해 숨이 막히고 정신을 잃는 '기색혼절'의 상황을 겪었다는 것과 바늘을 잃은 슬픔을 '한 팔을 베어 낸 듯, 한 다리를 베어 낸 듯'이라고 표현한 것은, 작가에게 바늘은 단순한 사물이 아니라 정서적 일체감을 느끼는 존재였기 때문으로 볼 수 있다.

125~129 | (가) 작자 미상, 〈우부가〉
(나) 정약용, 〈조승문〉

수능 연계 포인트

수능 연계 교재에서는 열거법을 활용하여 부정적 상황을 형상화한 고전 시가인 〈시집살이 노래〉와 〈우부가〉를 엮어 지문으로 제시하여, 표현상의 특징, 작품의 내용, 외적 준거에 따른 작품 감상 등을 물었다. 우리 교재에서는 시대 현실에 대한 작가의 비판적 태도가 드러난 〈우부가〉와 〈조승문〉을 엮어 여러 층위에서 서정 갈래와 교술 갈래를 비교 감상할 수 있도록 하였다. 표현상 특징, 작품의 시대적 배경과 창작 계기, 글쓴이의 정서와 태도, 주요 소재 및 구절의 기능과 의미를 중심으로 작품을 감상해 보도록 한다.

(가) 작자 미상, 〈우부가〉

- **해제**   이 작품은 '개똥이', '꼼생원', '꾕생원'이라는 세 명의 어리석은 남자의 부도덕한 행실과 그들의 비참한 말로를 노래하고 있는 조선 후기 가사이다. 이 작품은 별도의 연관성이 없이 등장하는 세 인물에 대한 행실을 열거·폭로하여 이들의 모습이 얼마나 도덕적으로 타락한 것인지를 보여 주는 구조를 띤다. 또한 세 인물의 몰락상을 전달하는 데에 그치지 않고 보편적인 윤리 규범을 어긋난 행위들에 대한 비판을 강조함으로써 경계의 의도도 효과적으로 드러내고 있다.

- **주제**   도덕적으로 타락한 인물들에 대한 비판과 경계

- **구성**

서사	인물에 대한 구경 권유와 화자의 평가
본사 1	개똥이의 타락한 모습과 구체적 비행
본사 2	꼼생원의 타락한 모습과 구체적 비행
본사 3	꾕생원의 타락한 모습과 구체적 비행
결사	패가망신 이후의 삶과 인물들이 보이는 행색 묘사

(나) 정약용, 〈조승문〉

- **해제**   이 작품은 작가가 유배 중에 쓴 것으로 알려진 고전 수필로, 가뭄과 혹한에 따른 흉년, 돌림병 그리고 관리들의 학정 등으로 인해 고통의 삶을 살았던 백성들을 '쉬파리'에 빗대어 표현하고 있다. 작가는 백성들에 대한 안타까움과 연민의 태도를 바탕으로 백성의 화신인 쉬파리에게 위로를 전하고 있다. 이 과정에서 작가는 온갖 방법을 동원해 쉬파리를 없애려는 사람들에게 쉬파리들은 학정에 죽은 백성들의 시체에서 생긴 것으로, 백성들의 화신, 곧 우리와 같은 존재라고 말하고 있다. 또한 작가는 백성들이 고통 속에서 살게 된 원인을 백성들을 보살펴야 할 관리들의 무책임과 횡포로 보고, 쉬파리에게 한양으로 날아가 임금에게 자신들의 고통을 호소하고 탐관오리들의 횡포를 아뢰라고 하면서 임금의 선정에 대한 바람을 드러내고 있다.

- **주제**   백성들의 비참한 삶에 대한 안타까움과 관리들의 횡포에 대한 비판

- **구성**

처음	쉬파리가 들끓는 원인과 위로하는 글을 짓게 된 경위
중간	굶주려 죽은 백성들의 참상과 관리들의 횡포 비판
끝	관리들의 횡포에 대한 고발 권유와 임금의 선정에 대한 바람

125 표현상 특징 파악　　　　　　답 ③

(가)는 '눈은 높고 손은 커서', '이리 모여 노름 놀기 저리 모여 투전질에', '후할 데는 박하여서 한 푼 돈에 땀이 나고 / 박할 데는 후하여서 수백 냥이 헛것이라' 등에서 유사한 통사 구조를 반복하는 대구 표현을 사용하여 '개똥이'의 부정적 면모를 드러냄으로써 '개똥이'에 대한 화자의 비판적 인식을 드러내고 있다. 또한 '동네 존장 몰라보고 이소능장 욕하기와 / 의관열파 사람 치고 맞았다고 떼쓰기와'에서도 유사한 통사 구조를 반복하는 대구 표현을 사용하여 '꾕생원'의 부정적 면모를 드러냄으로써 '꾕생원'에 대한 화자의 비판적 인식을 드러내고 있다. 한편 (나)는 '노인들은 탄식하여 괴변이 났다 하고 ~ 어떤 사람은 파리약을 놓아서 그 약 기운에 어질어질할 때 모조리 없애 버리려고도 하였다.'에서 쉬파리를 대하는 사람들의 행동을 나열하여 쉬파리에 대한 사람들의 부정적 인식을 드러내고 있다.

오답피하기

① (가)는 '내 말씀 광언인가 저 화상을 구경하게'와 같은 청유형 표현에서 설득적 어조가 드러난다고도 볼 수 있으나, 이를 통해 화자의 의지를 드러내고 있는 것은 아니다. (나)는 '모여라', '채우라', '말아라', '지내거라' 등의 명령적 어조를 사용하여 대상인 쉬파리가 음식을 배불리 먹고, 임금에게 탐관오리의 횡포를 아뢰도록 유도하고 있다.

② (가)에서 대상인 '개똥이'와 '꾕생원'은 부정적 인물로 그려지고 있는데, 시간의 흐름에 따라 이들의 태도가 변화하고 있지는 않다. (가)에서는 '개똥이'와 '꾕생원'의 부도덕적인 행실이 열거되고 있을 뿐이다. 그리고 (나)의 '불쌍한 백성을 관가로 끌고 들어가'에 공간의 이동이 드러나 있으나 대상에 대한 화자의 정서는 변화하고 있지 않다. (나)에서 글쓴이는 쉬파리를 굶어 죽는 백성들의 화신으로 여기면서 이에 대해 안타까움과 연민을 보이고 있다.

④ (가)에서 대상인 '개똥이'와 '꾕생원'은 특정 계층을 대표하는 인물이지만, 의인화된 대상은 아니다. (나)에서는 대상인 '쉬파리'를 의인화하여 주제 의식인 백성들이 처한 부정적인 상황과 이에 대한 비판 의식을 부각하고 있는데, '너희들의 충정을 호소하고 너희들의 그 지극한 슬픔을 펼쳐 보여라.'에 이러한 특징이 잘 나타나 있다.

⑤ (가)는 '내 말씀 광언인가 저 화상을 구경하게'를 통해 화자가 누군가에게 말을 건네고 있음을 알 수 있으나, 화자의 이야기를 듣는 청자가 누구인지는 명시적으로 나타나 있지 않다. (나)는 '파리야, 날아와서 음식상에 모여라.', '파리야, 날아가려거든 북쪽으로 날아가거라.', '파리야, 그때에 날아서 남쪽으로 돌아오너라.'와 같이 글쓴이가 청자인 파리에게 자신의 바람을 표출하고 있다.

126 외적 준거에 따른 작품 감상　　　　답 ⑤

(가)의 '거들어서 한 말 자랑 대장부의 결기로다'의 뒤에 사례들이 열거의 방식으로 제시되고 있으나, 이는 '꾕생원'의 부정적 면모를 제시한 것으로, 당대 현실의 변화 가능성에 대한 암시와는 관련이 없다. 한편 (나)에서 '봉황은 입을 다물고 까마귀가 울어대는 꼴'이라는 것은 어진 정치를 할 관리를 '봉황'에, 폭정을 일삼는 관리를 '까마귀'에 빗대어 가혹한 정치가 백성들을 고통스럽게 하고 있는 현실에 대한 비판적 인식을 드러낸 것이다. 이는 〈보기〉에 따르면 시대를 비판적으로 조망하는 작가의 인식을 드러낸 것으로, 당대 현실의 변화 가능성을 암시하고 있다고 볼 수 없다.

오답피하기

① (가)에서 '이리 모여 노름 놀이 저리 모여 투전질'은 '상층 양반을 대표하는 개똥이'가, '투전꾼은 좋아하며 손목 잡고 술 권하며'는 '몰락한 하층 양반을 대표하는 꾕생원'이 노름하는 것을 폭로하는 부분이다. 이는 상층 양반뿐 아니라 몰락한 하층 양반까지도 노름에 빠졌다는 것으로, 〈보기〉에서 말하는 '조선 후기 사회 전반에 만연해 있던 윤리적 가치관의 동요 양상'과 관련지어 부도덕한 행위를 일삼던 풍조가 양반 계층 전반에 만연되어 있음을 드러낸 것으로 이해할 수 있다.

② (가)의 '염량 보아 진봉하기'는 '개똥이'가 큰 권세를 누리는 이에게 뇌물을 바치는 것을 표현한 것으로, 〈보기〉에서 말하는 '상층 양반을 대표하는 개똥이'의 '부도덕한 행실'을 화자가 폭로하는 부분이다. 이는 '시대 현실에 대한 작가의 비판적 이해'에 해당하므로 세력의 우위에 따라 행동을 달리하던 양반 계층의 행태라고 볼 수 있다.

③ (나)의 '굶어 죽은 시체가 쌓여 길에 즐비'한 상태에서 '냇가의 모래알보다도 만 배는 더 되는' 쉬파리가 출현하는 과정은 굶어 죽은 백성들의 시체가 '쉬파리'가 되는 과정에 해당한다. 이는 〈보기〉의 '당대 사회의 부패한 관리들의 횡포와 그로 인한 백성들의 비참한 생활상'을 드러내고 고발하려는 것으로 이해할 수 있다.

④ (가)의 '산 너머 꾕생원은 그야말로 하우로다'에서는 꾕생원을 '하우', 즉 아주 어리석고 못난 사람으로 평가하고 있다. 따라서 이 말은 〈보기〉에서 말하는 작가의 '평가적 발언'에 해당한다고 할 수 있다. 또한 (나)의 '어진 이는 움츠려 있고 소인배들이 날뛰니'에서 가혹한 정치를 일삼는 관리들을 '소인배'라고 낮잡아 부르고 있으므로 이는 작가의 '평가적 발언'에 해당한다고 할 수 있다. 이러한 작가의 '평가적 발언'들은 양반 사대부층의 부도덕한 행실이나 관리들이 폭정을 일삼는 시대 현실에 대한 비판적 이해가 창작의 계기로 작용했음을 알게 해 준다.

127 글쓴이의 정서 및 태도 파악　　　　답 ④

'쉬파리'에게 '임금 계신 대궐로 들어가서 너희들의 충정을 호소하'고 '지극한 슬픔을 펼쳐 보'이라는 것은, '포악한 행위를 아뢰지 않고는 시비를 가릴 수 없는 것'이라고 밝히고 있는 바와 같이, 관리들의 횡포를 임금에게 알림으로써 현실의 문제를 바로잡아야 한다는 말이다. 그런데 이 말은 부패한 관리들로 인한 백성들의 고통을 임금이 알지 못하므로 이 사실을 임금에게 알려야 한다는, 문제 해결 방안이라고 할 수 있다. 따라서 글쓴이가 백성들의 고통을 대신 말해 주지 못한 것에 대한 후회를 드러낸 것이 아니라, 관리들에 대한 비판과 문제 해결 방안을 나타낸 것이라고 보아야 한다.

오답피하기

① 글쓴이가 '쉬파리'를 굶주려 죽은 백성들이 다시 태어났다고 보며 눈물이 절로 난다고 한 것은 굶주려 죽은 뒤에 '쉬파리'로 다시 태어난 백성에 대한 안타까움과 연민을 드러낸 것이라고 할 수 있다.

② 글쓴이가 '쉬파리'에게 주린 창자를 채우고 포식해서 굶주렸던 한을 풀라고 말한 것은 '쉬파리'로 다시 태어난 백성들이 실컷 먹고 마시며 굶주림의 한을 풀 수 있었으면 좋겠다는 바람을 드러낸 것이라고 할 수 있다.

③ 글쓴이가 '쉬파리'를 향해 '아무것도 모르는 지금 상태를 축하'하고, '모르는 채 그대로 지내'라고 말하는 것에는 백성으로 살아가는 삶이 고통스러우니 다시는 그러한 고통을 겪지 않을 수 있는 '쉬파리'로 사는 것이 더 나을 것이라는 인식이 담겨 있다. 이러한 글쓴이의 인식에는 백성들이 지

배 계층의 횡포로 인해 다시는 고통받는 일이 없기를 바라는 마음이 담긴 것으로 볼 수 있다.

⑤ 글쓴이는 '쉬파리'에게 '그때에 날아서 남쪽으로 돌아오'라고 말하고 있는데, 여기서 '그때'는 임금에게 관리들의 포악한 행위를 아뢰고 이를 들은 임금이 위엄을 떨쳐 선정을 베풂으로써 백성들의 굶주림이 사라질 때를 말한다. 이로 볼 때 '쉬파리'가 남쪽으로 날아오기 위해서는 임금의 선정이 이루어져야 하므로, '임금의 위엄을 떨치게 하'고 '백성들의 굶주림이 없어지'는 것을 제시한 것에는 임금의 선정에 대한 글쓴이의 바람이 담겨 있다고 할 수 있다.

128 소재의 기능 및 의미 파악 　　　　답 ①

(가)의 화자는 '개똥이'를 '한량'으로 소개하고 있는데, '한량'은 '일정한 직사(職事)가 없이 놀고먹던 말단 양반 계층'이라는 뜻이다. 이어지는 '개똥이'의 행동들로 미루어 볼 때, 그는 무위도식하며 가산을 사치와 낭비에 탕진하는 인물이라 할 수 있으므로 '한량'은 '개똥이'에 대한 화자의 부정적 인식이 반영된 평가를 나타낸 것이라 할 수 있다. 한편 (나)에서 글쓴이는 '쉬파리'를 없애려 하는 사람들에게 '얼마나 기구한 삶이었던가?'라고 하면서 쉬파리를 죽여서는 안 된다고 말하고 있는데, '기구하다'는 것은 세상살이가 '순탄하지 못하다'는 것을 의미한다. 이어지는 내용으로 미루어 볼 때, '쉬파리'는 전염병에 걸리고 가혹한 세금으로 인해 굶어 죽은 수많은 백성들의 화신으로 볼 수 있으므로 '기구한 삶'은 '쉬파리'에 대한 글쓴이의 연민이 반영된 평가를 나타낸 것이라 할 수 있다.

오답 피하기

② (가)의 '안방'은 '노구 할미'가 있는 공간이며, '노구 할미'는 기생첩을 가까이하며 방탕한 생활을 하는 '개똥이'를 돕는 인물이라는 점에서, '안방'은 '개똥이'의 도덕적 타락을 보여 주는 공간이라 할 수 있다. 따라서 '안방'은 '개똥이'의 외로운 심정이 투영된 공간이 아니다. 또한 (나)의 '인가'는 비참한 처지로 죽어 간 백성들의 시체에서 생겨난 구더기들이 '쉬파리'가 되어 날아드는 공간일 뿐, '쉬파리'의 외로운 심정이 투영된 공간은 아니다.

③ (가)의 '빚'은 '개똥이'가 허랑방탕하고 절제 없는 삶을 살다가 결국 지게 된 것일 뿐, 화자가 이를 계기로 하여 '개똥이'를 주목하게 된 것은 아니므로 '빚'은 화자가 '개똥이'에 대해 주목하게 된 계기라고 할 수 없다. 또한 (나)의 '염병'은 백성들이 죽어 '쉬파리'가 생기게 된 원인일 뿐, 글쓴이가 이를 계기로 '쉬파리'를 주목하게 된 것은 아니므로 '염병'은 글쓴이가 '쉬파리'에 대해 주목하게 된 계기라고 할 수 없다.

④ (가)의 '소'는 '꾕생원'이 친척에게 횡포를 부려 가져온 것이므로 '꾕생원'에게 고통을 주는 대상을 상징한다고 할 수 없다. 또한 (나)의 '송아지'는 관리들이 백성들에게 학정을 가하는 과정에서 강제로 빼앗아 간 것이므로 '쉬파리'에게 고통을 주는 대상을 상징한다고 할 수 없다.

⑤ (가)의 '제 부모'는 '꾕생원'이 효를 다하지 않고 '몹쓸 행세'를 가하는 대상이므로 '꾕생원'으로 인해 피해를 입는 존재를 의미한다고 할 수 있다. 그러나 (나)의 '너희 부모'는 '쉬파리'들과 함께 배부르게 음식을 먹을 존재이므로 '쉬파리'로 인해 피해를 입는 존재가 아니다.

129 구절의 의미 파악 　　　　답 ②

㉠은 후하게 돈을 써야 할 때에는 야박하게 굴고, 반대로 돈을 아껴야 할 때에는 지나치게 많은 돈을 쓰는 '개똥이'의 모습을 연달아 제

시함으로써 주어진 상황에 맞게 행동하지 못하는 '개똥이'의 어리석은 면모를 강조하고 있다. 또한 ㉡에서는 관가에 끌려가서 곤장을 맞은 후 죽을 지경에 이른 백성의 모습을 '풀이 쓰러지듯'과 '고기가 물크러지듯'과 같이 비유적 표현을 연달아 사용하여 비극적 상황에 놓인 백성들의 처지를 강조하고 있다.

오답 피하기

① ㉠에서는 '개똥이'가 예상치 못한 상황에 처한 모습이나 그에 대해 당황하는 모습은 제시되어 있지 않다. 한편 ㉡은 죽음에 이르게 될 정도의 상황에 처한 백성들의 모습이 제시되어 있는데, 이 상황을 백성들이 예상하고 있었는지는 알 수 없다. 다만 이 상황은 백성들이 슬픔을 느낄 법한 상황이라고 할 수 있다.

③ ㉡은 자신들을 괴롭히는 관리로 인해 고통을 당하고 있는 백성의 처지를 보여 주고 있다. 이때 관리에게 괴롭힘을 당하지 않고 편안하게 살고 싶은 백성의 마음을 이상으로 본다면 이와 괴리된 괴로운 현실로 인해 백성들이 비통함을 느낄 것이라고 추측할 수 있다. 그러나 ㉠은 '개똥이'가 주어진 상황을 제대로 파악하지 못하고 있는 모습을 강조하는 부분으로, 현실과 이상이 일치하는 상황 또는 그것에 만족감을 느끼고 있는 것과는 관련이 없다.

④ ㉠은 동일한 상황에서 상반되게 행동하는 것이 아니라 '후할 데'와 '박할 데'라는 상반된 상황에 대해 올바르게 처신하지 못하는 '개똥이'의 모습을 보여 주고 있다. 또한 ㉡에는 곤장을 맞고 죽을 지경에 이른 백성의 상황만 제시되어 있으므로, 백성이 상반된 상황에 대해 일관된 행동을 하고 있음을 보여 준다는 설명은 적절하지 않다.

⑤ ㉠은 주어진 상황을 제대로 파악하지 못한 채 돈을 엉뚱한 곳에 쓰고 있는 '개똥이'의 모습을 보여 줄 뿐, 수동적 삶을 보여 주는 것은 아니다. 또한 ㉡은 백성들이 처한 고통스러운 상황을 보여 주고 있으나, 백성들이 그러한 상황의 모순을 파악하거나 고통스러운 상황을 극복해 나가는 적극적인 모습은 보여 주고 있지 않다.

수능 연계 포인트

수능 연계 교재에서는 소시민들이 겪는 시련과 그들의 비극적인 삶을 그린 〈무의도 기행〉과 〈모래톱 이야기〉를 엮어 지문으로 제시하여, 작품의 내용, 배경과 소재의 기능 파악, 인물의 심리와 태도 파악, 작품 간 비교 감상, 외적 준거에 따른 작품 감상 등을 물었다. 우리 교재에서는 외부 세력의 침입으로 생존권을 위협받는 민중의 투쟁을 그린 〈모래톱 이야기〉와 〈이재수의 난〉을 엮어 현대 소설과 시나리오를 복합적으로 비교 감상할 수 있도록 하였다. 서술상 특징, 인물의 심리와 태도, 인물의 말하기 방식, 시나리오의 영상화를 중심으로 작품을 감상해 보도록 한다.

(가) 김정한, 〈모래톱 이야기〉

- **해제**　이 작품은 1인칭 서술자인 '나'가 관찰자의 위치에서 조마이섬에서 있었던 사건을 전달함으로써, 섬사람들의 비참한 삶을 사실적으로 고발하고 있다. 작가가 만들어 낸 가상의 섬인 조마이섬은 격동의 근현대사 속에서 섬 주인이 '일본인 → 국회의원 → 하천 부지 매립 허가를 얻은 유력자'로 바뀌어 가는 과정을 통해 부조리한 현실을 여실히 보여 주는 공간이다. 섬 주민들은 그곳에서 소외된 채 가난하고 비참한 삶을 살면서 사회의 불의와 부조리에 적극적으로 저항해 왔고, 이러한 그들의 모습에서 '나'는 진정한 삶의 의미를 깨닫게 된다. 이는 곧 부조리한 권력의 횡포에 굴복하지 말고 불의와 부조리에 적극적으로 저항하며 살자는 것으로, 작가가 독자에게 전달하고자 하는 주제 의식에 해당한다.
- **주제**　소외된 민중의 비참한 삶과 부조리한 세력에 대한 저항
- **전체 줄거리**　k중학교 교사인 '나'는 비가 많이 내리는 날이면 지각을 하던 건우라는 학생에게 관심을 갖게 된다. 조마이섬에서 배로 통학하는 건우는 비가 오면 배가 뜨기 어려워 지각을 했던 것이다. '나'는 가정 방문을 통해 건우 할아버지인 갈밭새 영감의 벌로 생계를 유지하는 건우네 가족과 소외된 조마이섬 사람들의 비참한 삶을 알게 된다. 그해 여름에 홍수가 났는데, 유력자가 쌓은 엉터리 둑 때문에 조마이섬 주민들은 고립되어 위험한 상황에 처하게 된다. 조마이섬 사람들을 구하기 위해 둑을 무너뜨리던 갈밭새 영감은 유력자의 하수인과 맞서다 살인을 저지르게 된다. 홍수가 끝난 후, 조마이섬을 구한 갈밭새 영감은 감옥살이를 하고, 건우는 학교에 나오지 않는다.

(나) 현기영 원작, 박광수 외 각색, 〈이재수의 난〉

- **해제**　이 작품은 현기영의 소설 〈변방에 우짖는 새〉를 각색한 시나리오로, 1999년 박광수 감독에 의해 영화로 제작되었다. 이 작품에서는 1901년 제주도에서 실제로 일어난 천주교인과 제주 주민들 간의 충돌 사건을 다루며, 과도한 세(稅) 부담에 저항하여 이를 거부하는 움직임에서 비롯된 민란이 반봉건, 반외세의 민중 항쟁으로 변화하는 과정을 생생하게 재현하고 있다. 특히 프랑스 군대의 비호를 받은 천주교 신부와 그에 맞서 싸운 관노 출신의 장두 이재수를 중심으로 사건을 전개하고 있으며, 이재수는 민중의 뜻이 관철되도록 하기 위해 결국 스스로 희생하게 된다. 참고

로, 소설 제목의 '새'는 이재수를 포함하여 부패한 세력에 저항하던 제주 민중들의 혼이 담긴 존재로 볼 수 있다.
- **주제**　외세와 맞서 싸운 민중의 투쟁과 좌절
- **전체 줄거리**　1901년 제주섬, 일부 타락한 천주교인은 부패한 봉세관(세금을 징수하던 일을 맡아보던 벼슬아치)의 앞잡이가 된다. 천주교인의 횡포와 과도한 세금으로 고통당하던 제주 민들은 유생들을 중심으로 구성한 '상무사'라는 비밀 조직을 만들어 해결 방법을 찾고자 한다. 하지만 외세를 등에 업은 천주교인들의 행패가 날로 심해지자 상무사를 중심으로 천주교와 프랑스 신부들에 대한 규탄 대회가 열리고, 여기에 많은 제주민이 참여한다. 이에 두려움을 느낀 교인들은 화해를 청하고 상무사에서도 이를 수락한다. 하지만 일부 교인들이 상무사를 기습적으로 공격하여, 상무사의 장두로 나섰던 오대현 좌수를 끌고 가자 관노 출신의 이재수가 장두로 나서게 된다. 이재수를 중심으로 이루어진 민단은 신부와 교인들이 숨어 있는 제주성을 포위하게 되고, 세폐(조정에서 파견된 세금 징수관의 행폐)와 교폐(천주교인들의 행폐)를 시정해 줄 것을 요구한다. 민단은 서양 신부들이 쏘아 대는 총에 쓰러져 가면서도 결국 제주성을 함락시킨다. 한편, 신부가 부른 프랑스 함대가 제주도를 들어오게 되자, 이재수는 조선 정부로부터 세폐와 교폐를 시정하겠다는 약속을 받아 낸 후에 스스로 목숨을 끊는다.

130　서술상 특징 파악　　　답 ③

(가)에서는 윤춘삼 씨에 의해 갈밭새 할아버지가 감옥에 가게 된 사건(어제 조마이섬에서 일어난 사건)이 전달되고 있고, (나)에서는 채 군수에 의해 청국에서 서양 각국들이 대량 살상을 저지르고 급기야 청국을 갈라 먹게 된 사건(작년에 청국에서 일어난 사건)이 전달되고 있다.

오답 피하기

① (가)에는 윤춘삼 씨의 말을 통해 갈밭새 영감이 둑을 허무는 사건의 경과가 나타나고 있지만, 둑을 허물고 잡혀 간 갈밭새 영감이 이후에 어떻게 되었는지 그 해결 과정에 대해서는 드러나 있지 않다. (나)에서도 인물 간의 대화를 통해 민란이 지속될 것이고, 천주교인들 역시 그에 맞서 싸울 것임을 드러내는 등 사건의 경과가 나타나고 있을 뿐, 해결 과정은 드러나 있지 않다.

② (나)에서는 '민단의 군막 안 → 성벽 위 → 성문 근처 → 성벽 위'로 장소의 변화가 나타나며, S# 83과 S# 86에서는 각각 '채 군수와 마찬삼, 오달문', '채 군수와 구 신부'의 대립과 갈등이 드러나 긴장감이 조성된다고 볼 수 있다. 그러나 (가)에서는 '나'와 윤춘삼 씨가 가겟집에서 계속해서 조마이섬의 상황에 관한 이야기를 나누고 있으므로, 장소가 빈번하게 변화한다고 볼 수는 없으며(이야기 속에 나오는 공간도 둑이 있는 곳으로 한정되므로 장소가 빈번하게 변화한다고 볼 수 없음), 장소의 변화로 인물들 사이의 긴장감이 고조된다고 볼 수도 없다. '나'는 윤춘삼 씨의 이야기를 들으며 조마이섬의 상황과 갈밭새 영감에 대해 안타까움을 느끼고 있을 뿐이다.

④ (가)에서는 현재 '나'가 윤춘삼 씨를 만난 상황에서 어제 조마이섬에서 일어난 사건이 언급되고 있지만, 이를 통해 인물의 성격이 변화함을 나타내고 있지는 않다. (나) 역시 S# 83에서 채 군수가 작년에 청국에서 있었던 사건을 언급하고는 있지만, 이를 통해 인물의 성격이 변화함을 나타내

고 있지는 않다.

⑤ 삽화 형식으로 나열하였다는 것은 짤막한 이야기를 병렬적으로 나열하였다는 것이다. (가)와 (나)에는 인물의 체험이 나타나지만, 이것이 삽화 형식으로 나열되어 있지는 않다.

131 외적 준거에 따른 작품 감상 답 ⑤

(가)와 (나)에서 외부 세력은 민중의 삶을 위협하고 있다. 그러나 (가)에서 민중인 건우 할아버지는 외부 세력인 청년을 '들어 물속에 태질'해 버렸으므로, 외부 세력이 민중보다 압도적으로 우세한 힘을 내세웠다는 설명은 적절하지 않다. 또한 (나)에서 법국 신부와 그의 추종자들은 과도한 세금 부담과 횡포로 제주 민중의 생존권을 위협하고 있기는 하지만, 그들을 제주도에서 내쫓으려 하는 것은 아니다.

오답 피하기

① (가)에서 민중과 외부 세력 사이의 충돌, 곧 건우 할아버지와 유력자의 하수인 사이의 무력적 충돌은 갑작스러운 홍수로 인해 촉발되었다. 한편, (나)의 '우리가 싸우지 않고 물러간다고 이 섬이 온전할 성싶소?'에서 알 수 있듯이 민단, 곧 민중들은 자신들이 일으킨 민란은 법국 군대가 제주에 들어오기 위한 형식적인 명분일 뿐이며, 그렇기 때문에 자신들이 교인들과의 싸움을 포기해도 법국 군대가 제주에 들어와 민중들에게 횡포를 저지를 것이라고 보고 결사 항전을 준비한다. 이러한 불신은 앞부분의 줄거리와 채 군수의 말 '놈들이 명월진에서 한 짓을 생각하면 불이라도 삼키고 싶겠지만'에서 언급된 것처럼, 천주교인들이 화해를 청해 오는 듯하다가 기습적으로 민단을 공격을 한 사건에서 기인한 것으로 볼 수 있다. 그리고 이러한 불신으로 인해 외부 세력(교인들)과 민중들(민단)의 갈등이 이전에 비해 심화된 것으로 볼 수 있다.

② (가)에서 민중과 외부 세력의 갈등은, 둑을 허물려고 하는 건우 할아버지(개인)와 이를 막으려는 유력자의 하수인(개인) 사이에서 발생한 폭력으로 나타난다. 이에 비해 (나)에서 민중과 외부 세력의 갈등은, 민단(집단)과 교인들(집단) 사이의 대립으로 나타난다.

③ (가)에는 건우 할아버지와 유력자의 하수인인 청년들 사이의 갈등을 중재하는 대상이 등장하지 않지만, (나)에서는 민단과 천주교 신부들 사이를 채 군수가 오가며 갈등을 중재하려 한다.

④ (가)에서 건우 할아버지가 유력자 집단에 맞서 둑을 무너뜨린 이유는 조마이섬 주민들의 생존을 위해서이고, (나)에서 민단이 교인들에게 맞서려는 이유는 온갖 횡포와 조세의 부담 등으로 '죽지 못해 사는' 자신들의 처지를 개선하기 위해서이다.

132 구절의 의미 파악 답 ③

이재수가 채 군수의 발치에 무릎을 꿇은 것은 채 군수의 하인이었던 과거 자신의 신분을 의식하며 채 군수에게 예를 갖추고, 채 군수와 상의 없이 장두를 맡게 된 것에 대해 용서를 빌기 위함이지, 그와 맞서 싸우게 된 점에 대해 미안함을 드러낸 것은 아니다.

오답 피하기

① ㉠은 '나'가 조마이섬 주민인 윤춘삼 씨에게 홍수로 인해 조마이섬 사람들이 피해를 입지는 않았는지 묻고 있는 것으로, 이는 곧 조마이섬 사람들을 걱정하는 마음을 드러낸 것이다.

② ㉡에서 '나'가 윤춘삼 씨에게 조마이섬의 비극을 들은 자신을 이방인처럼 인식했다는 것은 그들의 비극을 주체적으로 해결하지 못하고 불의한 현

실에 대항하지 못하는 자신의 무기력함을 드러낸 것이다.

④ ㉣에서 마찬삼은 자신들을 이끄는 장두가 다른 사람 앞에 무릎을 꿇자 어서 일어나라며 장두의 위신에 맞는 행동을 하라고 요구하고 있다.

⑤ ㉤에서 구 신부는 로도스섬에서 이교도와 싸우다 죽은 성 요한 기사단처럼 자신들도 제주섬에서 민단과 싸우다 죽겠다는 의지를 밝히고 있다.

133 말하기 방식의 파악 답 ②

[B]에서 오달문은 법국 군대에 맞서는 자신들도 그들을 이길 수 없음을 알기에 두려움을 느끼지만, 교인들에 대한 백성들의 분노가 그 두려움보다 훨씬 더 크기에 그들과의 싸움은 불가피하다고 말하고 있다. [B]에서 승리를 위해 백성들의 두려움을 싸움에 이용하려 한다는 내용은 확인할 수 없다.

오답 피하기

① [A]에서 마찬삼은 법국과 싸우거나 싸우지 않거나 어차피 제주섬은 법국 세상이 될 것이라고 예측하며, 그럴 바에는 차라리 자신들이 법국과 싸워 원풀이라도 해야겠다고 밝히고 있다.

③ [C]에서 이재수는 채 군수에게 자신보다 제주 백성을 위해, 그리고 자손들을 위해 목숨을 바치겠다고 말하고 있다. 이는 곧 공동체(제주 백성)를 위해 자신을 희생하겠다는 것이다.

④ [D]에서 채 군수는 제주 백성들이 죽음을 각오하여 어떤 외부 세력에도 꿈쩍하지 않을 것임(대상의 특성)을 밝혀 오적을 민단에게 내어 주고 싸움을 끝낼 것을 제안하고 있다.

⑤ [E]에서 구 신부는 자신이 오적을 민단에게 내어 주는 것을 호랑이가 있는 성 밖으로 아이를 내모는 유추적 상황을 들어 이야기함으로써 민단과 채 군수의 제안을 수용하지 않을 것임을 밝히고 있다.

134 갈래의 특징 이해 답 ②

S# 84에서 구 신부와 문 신부가 등장하는 것은 맞지만, 구 신부와 문 신부가 한 화면에 동시에 나타나는 모습을 보여 주는 것은 적절하지 않다. 몽타주는 여러 장면을 모아 하나의 '연속물'로 결합시켜 보여 주는 것이므로, 코넷을 연주하는 구 신부를 먼저 보여 주고 나서 하인과 춤을 추는 문 신부를 보여 주는 것이 적절하다.

오답 피하기

① S# 83의 마지막 장면에서 'C.U.' 기법을 활용하여 이재수를 바라보는 채 군수의 충혈된 눈을 확대하여 보여 주면 민단의 처지를 이해하고 안타까워하는 그의 감정을 더욱 효과적으로 드러낼 수 있다.

③ S# 85에서 코넷을 연주하는 구 신부의 모습을 'POV' 기법을 활용하여 채 군수의 시점으로 보이게 촬영한다면 구 신부의 모습을 낯설어하는 채 군수의 감정(구 신부가 코넷을 연주하는 모습 자체가 낯설 수도 있고, 심각한 상황에 어울리지 않는 모습이어서 낯설게 느낄 수도 있음)을 더욱 효과적으로 드러낼 수 있다.

④ S# 86에서 'L.S.' 기법을 활용하여 먼 거리에서 성루 전체의 모습을 보여 준 후에 구 신부와 채 군수가 마주앉은 성루의 구석을 보여 준다면, 그들이 어디에서 대화를 나누는지 보다 효과적으로 드러낼 수 있다.

⑤ S# 86의 마지막 장면을 'F.O.' 기법을 활용하여 점점 어둡게 촬영한다면 밤이 깊어 가는 모습을 효과적으로 드러낼 수 있다.

memo